UN ALIBI EN BÉTON

Du même auteur

Dans la collection Assassins sans visages
Trois étoiles et un meurtre (2019, Rouergue en poche 2020)
L'Île au rébus (2017, Rouergue en poche 2018)
La Trace du sang (2015, Rouergue en poche 2017)
Terreur dans les vignes (2014, Rouergue en poche 2016)
Le Mort aux quatre tombeaux (2013, Rouergue en poche 2015)

Dans la collection Rouergue noir
Rendez-vous à Gibraltar (2020)
La Petite fille qui en savait trop (2019)
Je te protégerai (2018)
Les Disparus du phare (2016)
Les Fugueurs de Glasgow (2015)
L'Île du serment
(2014, Trophée 813 du meilleur roman étranger 2015)
Scène de crime virtuelle (2013, Babel 2015)

Trilogie de Lewis
La Trilogie écossaise, édition intégrale (2014)
L'Île des chasseurs d'oiseaux
(2010, Prix Cezam des lecteurs 2011)
L'Homme de Lewis
(2011, Prix des lecteurs du Télégramme 2012)
Le Braconnier du lac perdu
(2012, Prix Polar International du festival de Cognac 2012)

Série chinoise
La Série chinoise, édition intégrale, volume I (2015)
La Série chinoise, édition intégrale, volume II (2016)

Livre illustré
L'Écosse de Peter May (2013)

Graphisme de couverture : Cédric Cailhol
Image de couverture : © DEEPOL by plainpicture/Max Bailen
Titre original : *Cast Iron*

www.lerouergue.com

Peter May

UN ALIBI EN BÉTON

Traduit de l'anglais par Ariane Bataille

ROUERGUE

À la mémoire du Dr Richard Ward,
mon ami et mentor.

Garde tes amis près de toi
et tes ennemis encore plus près.

Mario Puzo, *Le Parrain*

Prologue

Ouest de la France, 1989

Ça sent l'animal ici. L'animal mort. Qu'on a laissé faisander avant de le faire cuire. Des centaines d'années de fermentation alcoolique ont imprégné la terre d'odeurs de levure et de gaz carbonique maintenant éventées, aigres, simple souvenir retenu dans le sol, les pierres, les chevrons. Comme toutes les vies oubliées passées dans cet endroit, de jour et de nuit.

Il fait nuit à présent ; une autre vie s'en est allée.

La poussière danse dans le rayon pâle pénétrant en biais par la porte ouverte, soulevée par le déplacement du corps de sa cache obscure vers la lumière froide et blanche de la lune qui éclaire un visage autrefois beau, jeune, plein de vie. Un visage désormais enlaidi par le sang qui a séché sur les cheveux dorés, sur les joues de porcelaine, et dont un filet coule encore de la tempe à l'oreille. Par le regard anormalement fixe des yeux braqués sur les ténèbres suspendues au-dessus de lui comme un linceul. Des yeux bleus, autrefois pleins de vie, rendus opaques et laiteux par la mort.

Ses larmes tombent comme les premières gouttes de pluie d'un orage d'été, lourdes et chaudes sur la peau froide de la morte. Il s'agenouille à côté d'elle ; son ombre efface un instant le spectacle de ce qu'il a fait – fruit de l'amour et de la colère, deux émotions des plus explosives. La regarder lui est presque insupportable. Mais les regrets ne servent à rien car, de toutes les choses irréversibles de la vie, la mort est la plus immuable.

Il plonge la main dans la poche de sa veste, en sort le sac plastique bleu qu'il a pris pour masquer sa honte. Soigneusement, comme s'il avait peur de l'abîmer, il soulève la tête de la morte, tire le sac sur son visage, masquant ainsi l'accusation, la récrimination, le sentiment de trahison qu'il imagine voir dans son regard impossible à soutenir.

Il noue autour du cou le petit lien du sac ; ses larmes tombent maintenant sur le plastique, ponctuant le silence. Un moment de folie, une vie à la pleurer, et à jamais l'impossibilité de lui dire à quel point il l'aimait.

Ses mains tremblent quand elles se referment autour de son cou ; il ferme les yeux, ses pouces s'enfoncent dans la chair tendre, il sent l'os se briser.

Chapitre 1

Lot-et-Garonne, 2003

La fraîcheur de la nuit se dissipait en même temps que la brume matinale. Il sentait la chaleur monter de la terre ; bientôt, le ciel deviendrait d'un blanc poussiéreux. Comme hier, avant-hier et le jour d'avant. Il avait lu dans *La Dépêche* que le taux de mortalité grimpait, les gens âgés étant les plus affectés par ces températures qui s'envolaient au-dessus des 40 °C. Déjà onze mille décès et ce n'était pas fini. La canicule brûlait la terre, tuait les arbres, les arbustes, grillait les feuilles, aussi sèches et brunes qu'en automne.

Cela faisait plusieurs mois qu'il n'était pas descendu au lac pour assouvir son besoin viscéral de s'asseoir seul, en silence, devant une ligne plongée dans l'eau, sans se soucier le moins du monde que les poissons mordent à l'hameçon – ce qu'ils faisaient pourtant en général. Son petit garçon, tout juste âgé de deux jours, était encore à l'hôpital avec sa mère après une naissance difficile.

Il contempla vers l'ouest le paysage chatoyant, les ondulations des champs brûlés, les squelettes des arbres, les collines calcaires dont les grottes avaient servi de refuge aux résistants traqués par les Allemands.

La descente était très raide entre les arbres, les feuilles craquaient sous ses pieds. Lorsqu'il le vit, il eut un choc et s'arrêta.

D'un vert chimique sous la lumière saturée de chaleur, le lac avait rétréci de moitié. Il traversa les fourrés desséchés jusqu'à son endroit préféré et vit que le niveau de l'eau avait baissé de quatre mètres, peut-être davantage. Il s'avança sur la pente de boue craquelée, là où, d'habitude, son hameçon accrochait les poissons, et il observa l'eau.

Tous les ruisseaux qui alimentaient le lac étaient depuis longtemps réduits à un simple goutte-à-goutte mais, ayant plus que jamais besoin d'eau, les fermiers continuaient à en pomper. Si la canicule ne prenait pas vite fin, il n'en resterait rien. Il se demanda si les poissons survivraient à cet été.

Il entreprit de le contourner par l'ouest, longeant le fond exposé à l'air, asséché, marron, comme une vilaine cicatrice. Toutes sortes de détritus apparaissaient, naturels ou artificiels. Carcasses d'arbres morts depuis longtemps. Squelette de poussette.

Au milieu de la boue calcinée et de la vase desséchée, un éclat bleu capta son regard. Pâle, décoloré, juste au-dessus du nouveau niveau de l'eau. Attiré par cette couleur incongrue dans ce paysage flétri, il se risqua à pas incertains sur le sol inégal et se rendit compte qu'il s'agissait d'un sac en plastique bleu – une moitié visible, l'autre enfouie dans la boue. Entouré de stries blanches.

Curieux, il posa ses affaires par terre et s'accroupit. Il y avait quelque chose dans le sac. Fragilisé par le temps, le plastique se déchira facilement entre ses doigts et révéla les orbites noires d'un crâne, où étaient autrefois logés des yeux. Une horrible grimace dévoilant de longues dents jaunies semblait se moquer de son effroi. Il recula d'un bond, s'assit lourdement, et comprit alors qu'autour de lui, les stries blanches enchâssées dans le fond du lac étaient des os humains.

Chapitre 2

Paris, octobre 2011

Chaque fois qu'il venait chez Roger Raffin, rue de Tournon, quelqu'un, quelque part, jouait du piano. Gammes, exercices, interprétations bégayantes de Chopin et Beethoven – morceaux peu mélodieux souvent infligés par les professeurs de musique à leurs malheureux élèves. Et depuis toutes ces années, le ou la pianiste n'avait pas fait de progrès.

Enzo jeta un regard distrait au gros marronnier dont les feuilles mortes tombaient sur les pavés mouillés de la cour. Son regard fut aussitôt attiré par une femme élégante vêtue de noir dont les hauts talons, sous des chevilles fines, cliquetaient sur ces mêmes pavés, et il se demanda si, un jour, la vue d'une jolie femme cesserait d'éveiller son intérêt. Il commençait malgré tout à voir la soixantaine se profiler à l'horizon.

– Vous m'écoutez ? demanda d'une voix sèche et autoritaire le journaliste irrité par le manque d'attention d'Enzo.

– Oui, oui, bien sûr.

Enzo se concentra de nouveau sur la table où s'étalaient des papiers, des photos, et l'ouvrage de Raffin, *Assassins sans visages*, ouvert à la sixième et avant-dernière affaire non élucidée. Ce dernier avait glissé son poing fermé entre les pages et cassé le dos afin de le maintenir ouvert à l'endroit choisi, ce qui avait choqué Enzo – il détestait abîmer un livre, pour lui c'était du vandalisme.

– Lucie Martin avait tout juste vingt ans quand elle a disparu, continua Raffin, qui tenait toujours à résumer la situation avant que le grand Écossais ne s'attaque à l'une des affaires de son livre.

Même s'il avait déjà lu l'histoire plusieurs fois, Enzo appréciait cette mise au point qui lui permettait d'apprendre des choses n'apparaissant pas forcément dans le texte. D'ailleurs, il préférait de loin qu'on lui raconte les faits. Cela les rendait d'une certaine manière plus réels. Raffin attrapa la bouteille de puligny-montrachet, à présent couverte de condensation, et remplit leurs verres.

– Mais c'était quatorze ans avant qu'on ne découvre son corps. On n'a jamais pu expliquer sa disparition en 1989. Elle ne s'est pas enfuie. Ou alors elle aurait décidé de laisser derrière elle sa vie entière, toutes ses affaires ? Pourquoi se seraitelle enfuie, d'ailleurs ? Elle aimait ses parents, qui l'adoraient. Son père, Guillaume, était juge à la cour d'appel, sa mère une ancienne infirmière. On n'a trouvé aucune preuve d'homicide et, apparemment, personne n'avait de raison de lui vouloir du mal.

Enzo sirota son vin d'un air songeur.

– Elle habitait toujours chez ses parents, n'est-ce pas ?

– Uniquement le week-end. En semaine, elle vivait à Bordeaux, dans un studio. Elle travaillait en ville pour une association caritative, baptisée La Rentrée, qui aidait les détenus récemment libérés à se réinsérer dans la société.

L'air sceptique, Raffin haussa un sourcil avant de préciser avec une pointe de sarcasme dans la voix :

– Une espèce d'association religieuse.

– C'est là qu'elle a rencontré Régis Blanc ?

– Brièvement, oui.

Il parut de nouveau irrité par cette interruption. Enzo se demanda – pour la énième fois – ce que sa fille pouvait lui trouver. Roger Raffin était un bel homme. Plus vraiment de la première jeunesse. Un peu plus de quarante ans, peut-être. Comme lui, il avait pris de la bouteille au fil de leurs six années de collaboration, mais il avait surtout radicalement changé depuis qu'il avait reçu en pleine poitrine cette balle destinée à Enzo. On devinait sa vanité au soin qu'il apportait à ses cheveux et à ses vêtements de marque, si bien coupés. Enzo ne l'avait jamais beaucoup aimé.

– Bref, elle est arrivée au domicile de ses parents le vendredi soir, pour y passer le week-end. Le samedi, pendant que sa mère rendait visite à des parents, elle a prévenu son père qu'elle partait se promener.

– Les Martin possèdent une grande propriété, je crois ?

– Oui. Environ cinq cents hectares dominés par le château qui se dresse au sommet de la colline. Enfin, ils appellent ça un château, mais c'est en fait une très grosse maison entourée de nombreuses dépendances. Depuis des générations dans la famille. Ils ont dépensé beaucoup d'argent pour la restaurer entre les années 1970 et 1980.

– Donc elle est partie se promener dans la propriété.

– C'est ce qu'elle a raconté à son père. Et elle n'est jamais revenue. Le soir, en rentrant, sa mère a trouvé Guillaume Martin dans tous ses états.

– Ils n'ont pas appelé la police tout de suite ?

– Non. Pas avant plusieurs heures. Martin savait qu'il fallait attendre qu'elle ait disparu depuis un certain temps pour demander à la police d'intervenir. Lucie était majeure, après tout. Mais c'est en fouillant sa chambre, cette nuit-là, que ses parents ont découvert la lettre de Blanc.

Enzo prit la photocopie de la lettre au milieu des papiers étalés sur la table. Il l'avait déjà lue plusieurs fois. Gribouillage d'un homme sans éducation s'efforçant d'exprimer des sentiments qu'il avait manifestement beaucoup de mal à traduire en mots. Elle était tout simplement signée, *Je t'embrasse, R*. Sous-entendant une intimité improbable. Cela l'avait toujours troublé.

– À ce moment-là, ils ne pouvaient évidemment pas se douter que Blanc était sur le point de se révéler l'un des tueurs en série les plus tristement célèbres de France.

– Exact. Le lundi suivant, on l'arrêtait pour le meurtre de ces trois prostituées, et deux mois après on le condamnait à la réclusion à perpétuité dans le centre pénitentiaire de Lannemezan. Lucie l'avait rencontré à La Rentrée quelques mois plus tôt ; il sortait juste de Murat, où il avait purgé une peine de neuf mois pour voies de fait graves. Cet homme était un proxénète connu pour son caractère violent. Le père de Lucie a toujours pensé qu'il avait tué sa fille. Or à part cette lettre, rien ne le liait à elle. De son côté, Blanc a toujours affirmé qu'il était ivre lorsqu'il l'avait écrite, qu'il s'agissait juste d'une toquade passagère.

– Mais on est sûr qu'il a tué ces prostituées ?

– Absolument. En fait, la défense ne l'a même pas démenti. Elle a juste plaidé la dépression consécutive à son divorce, et l'influence de la drogue et de l'alcool pendant cette période.

Raffin passa une main dans ses cheveux bruns qui grisonnaient sur les tempes et se clairsemaient peut-être un peu au sommet du crâne.

– À peine une circonstance atténuante. De toute façon, personne n'a cru que l'acte délibéré d'étrangler ces femmes et de jeter leurs corps pouvait être autre chose que le crime d'un tueur en série lucide et sans pitié.

Le portable de Raffin se mit à sonner et vibrer sur la table. Il l'orienta vers lui pour voir qui appelait.

– Je dois répondre, dit-il en prenant l'appareil et en se levant.

Il traversa le séjour pour passer dans son bureau d'où Enzo l'entendit dire : *Non, non, ça va. Rien d'important.* Puis la porte se referma, étouffant le son de sa voix.

Au même instant, celle de l'appartement s'ouvrit. Enzo tourna des yeux pleins d'espoir vers l'entrée d'où lui parvinrent le gloussement d'un enfant et le grincement d'une poussette. Kirsty apparut, son bébé Alexis dans les bras. Elle portait un long manteau noir, avec une écharpe rouge drapée sur les épaules. Sous ses cheveux châtains, ses joues étaient colorées par l'effort et la fraîcheur automnale. Elle fut d'abord surprise de voir Enzo, puis son visage s'éclaira.

– Papa ! Qu'est-ce que tu fais ici ?

En trois enjambées, il fut devant elle.

– Je n'ai pas le droit de rendre visite à ma fille et à mon petit-fils ? dit-il en les embrassant tous les deux, les yeux remplis d'amour et d'affection pour le petit garçon de six mois.

L'enfant le regarda et lui fit un grand sourire.

– Mon Dieu ! Les femmes, les bébés, tu les fais tous craquer, hein ?

Apercevant le tas de papiers et de photos éparpillés sur la table, elle jeta un coup d'œil à son père :

– À première vue, je serais tentée de penser que la véritable raison de ta visite est de faire le point avec Roger sur l'affaire Martin.

– Oh, ça... juste un prétexte.

Elle eut un sourire sceptique.

– Tu veux bien tenir Alexis pendant que j'enlève mon manteau ?

Elle alla le suspendre dans le couloir, puis reprit Alexis des bras de son grand-père pour l'installer dans un couffin à côté de la table, avant de s'asseoir et de se servir un verre de vin.

– Mmmm, délicieux.

– Il peut. Il coûte les yeux de la tête.

– C'est toi qui l'as apporté ? fit-elle d'un air surpris.

– Pour mettre Roger de bonne humeur.

Quelque chose dans le ton d'Enzo ternit un peu le plaisir qu'elle éprouvait à le voir. Elle savait que son père n'appréciait guère son fiancé.

– Vous avez fixé une date ?

– Non, pas encore, répondit-elle en évitant son regard.

Ils avaient prévu de se marier avant la naissance du bébé, mais ne l'avaient pas fait, sans fournir d'explication.

– Ça t'ennuie ?

– Quoi ? fit-il en détournant les yeux de son petit-fils.

Peut-être regretta-t-elle d'avoir abordé le sujet.

– Eh bien, tu sais... qu'il ne soit pas de ton sang.

Avec un sourire tendre, il lui caressa le visage du bout des doigts.

– C'est ton fils, Kirsty. Comment pourrais-je le considérer autrement que comme une partie de ma chair et de mon sang ?

Elle lui saisit la main et la tint un moment.

– Tu vois Simon parfois ? demanda-t-il.

– Non.

– Pourquoi ?

Un éclair de colère brilla dans ses yeux :

– Après la manière dont il t'a tout révélé, exprès pour te blesser... eh bien, j'estime qu'il a perdu le droit d'être mon vrai père. Je n'ai qu'un seul papa, c'est toi.

Presque gêné, Enzo se tourna vers le couffin et fit des bruits avec la bouche pour attirer l'attention de son petit-fils. Mais le garçon ne réagit pas.

– On pense qu'il a un problème d'audition, dit Kirsty.

Enzo reporta sur elle un regard plein de sollicitude.

– On a remarqué très tôt qu'il avait l'air de ne pas entendre certains sons. Tu vois, si je tape dans mes mains assez fort, il se retourne, mais très souvent, quand je lui parle, on dirait qu'il n'entend pas ma voix.

– Tu as consulté un médecin ?

– Oh, oui. Plusieurs, même. Ils ne sont pas d'accord, sauf sur le fait qu'il n'est pas sourd, qu'il a simplement un problème. Mon généraliste a pris rendez-vous pour nous auprès d'un spécialiste réputé, le meilleur de France dans le domaine de l'audition.

– Ça doit coûter quelque chose.

Elle hocha la tête.

– Malheureusement, il est installé à Biarritz. Ce n'est pas la porte à côté.

– Roger possède une maison dans le coin, non ?

– Oui, au sud de la ville. Elle appartenait à la famille de sa femme. Qui en a hérité après que ses parents se sont noyés dans un accident de bateau. Il n'était pas question qu'ils aillent vivre là-bas, mais Marie ne supportait pas l'idée de la vendre. Alors, elle l'a transformée en une sorte de maison d'hôtes divisée en plusieurs appartements, dont un est réservé à leur usage personnel. Elle appartient à Roger maintenant que Marie a été... enfin, maintenant qu'elle n'est plus là.

– Elle venait d'une famille riche, n'est-ce pas ?

– Bourrée de fric, à ce qu'on dit. Les parents avaient acheté cet appartement pour leur fille. Imagine le prix qu'ils ont dû le payer. À deux cents mètres du Sénat. Une des adresses les plus prestigieuses de Paris. Qui sait combien il vaut maintenant ?

– Et je suppose que Marie a tout laissé à Roger ?

Kirsty ne répondit pas.

– On se demande pourquoi il se donne la peine de travailler.

– Oh, il n'est pas obligé. Mais il aime ça. L'argent n'est pas tout.

Enzo sourit :

– C'est ce que disent les gens qui en ont beaucoup.

Kirsty ne lui retourna pas son sourire.

– En tout cas, c'est dans cet appartement que j'habiterai avec Alexis quand nous irons à Biarritz. Ce sera la première fois. Dommage que Roger ne puisse pas nous accompagner.

Elle fit une grimace et précisa :
– Trop de travail.
– À quelle date, ce rendez-vous ?
– La semaine prochaine. J'attends qu'on me confirme le jour et l'heure.
– Eh bien, pourquoi n'irais-je pas avec vous ? En soutien moral. Je suppose qu'il n'y a pas qu'une seule chambre à coucher.
Visiblement, cela fit plaisir à Kirsty.
– Oh, tu ferais ça, papa ? Quel soulagement. J'appréhendais tellement d'y aller seule.
– Écoute, Sophie a prévu une fête à Cahors pour mon anniversaire, la semaine prochaine. Si ça se goupille bien, on pourrait se rendre à Biarritz juste après.
– Oui, je suis au courant. Elle m'a prévenue. Elle essaye de réunir toute la famille... Elle voudrait aussi que je demande à Charlotte d'amener Laurent.
Enzo se raidit légèrement.
– Ah, vraiment ?
– Mais je ne le ferai pas, ajouta-t-elle d'un air décidé.
– Je ne t'en voudrais pas, dit Enzo feignant l'indifférence.
– C'est toi qui devrais t'en charger.
Il lui lança un regard éloquent.
– Papa, Laurent est ton fils. Et Charlotte... eh bien, je ne sais pas ce qu'elle représente pour toi. Mais vous avez bien dû faire quelque chose ensemble pour avoir un bébé.
Enzo répondit par une grimace. La dernière chose dont il avait envie de parler à sa fille, c'était bien de son expérience sexuelle avec Charlotte. Il fut sauvé par le retour de Raffin, qui sortait de son bureau d'un pas décidé en affichant un petit sourire satisfait. Sans prêter la moindre attention à son fils, il déposa un baiser distrait sur la tête de Kirsty, saisit la bouteille de puligny-montrachet pour se resservir et s'assit. Calé contre le dossier de son siège, il porta son verre à ses lèvres, but une gorgée de vin et annonça :

– C'était Jean-Jacques Devez.

Puis il ajouta inutilement :

– Le maire de Paris.

– On sait qui c'est, Roger, dit Kirsty. Qu'est-ce qu'il voulait ?

Enzo comprit tout de suite que sa fille ne portait pas le maire de Paris dans son cœur. Comme si de rien n'était, Raffin continua :

– Il a l'air certain de remporter l'investiture de son parti à l'élection présidentielle de l'année prochaine.

Enzo savait que Roger, et probablement Kirsty désormais, fréquentait Devez. L'amitié entre les Raffin et la famille Devez remontait à l'époque où le jeune politicien entamait son ascension fulgurante vers la célébrité. Marie et l'épouse de Devez s'étaient apparemment connues dans l'école privée où elles avaient été élèves.

– C'est ce que prédisent les journaux depuis des mois, dit Kirsty.

Raffin sirota une autre gorgée de chardonnay.

– Oui, mais, apparemment, il a reçu le feu vert des pouvoirs en place. L'annonce devrait être faite d'ici quinze jours. Et une fois que la nouvelle sera rendue publique, il voudrait que je devienne son attaché de presse.

Ni Kirsty ni Enzo ne savaient comment réagir. S'il acceptait, et si Devez devenait président, cela le propulserait dans le cénacle des puissants et des influents. Il ne faisait aucun doute que sa famille, ainsi que la mission d'Enzo – la résolution des affaires non élucidées de son livre –, se verraient rétrogradées à la deuxième voire la troisième place dans la liste de ses préoccupations.

– Et alors ? insista Kirsty.

Raffin se contenta de hausser les épaules, comme si cela lui était indifférent.

– Je n'ai encore rien décidé.

– Eh bien, j'espère que vous prendrez la décision en concertation avec Kirsty. Car cela vous concerne tous les deux.

– Évidemment ! riposta Raffin en lui lançant un coup d'œil agacé qui signifiait clairement *Vous, mêlez-vous de vos oignons !*

Puis il tira à lui le livre ouvert :

– Bon, où en étions-nous ?

– L'absence de lien réel entre Blanc et Lucie, lui rappela Enzo.

– Ah, oui...

Raffin farfouilla dans ses papiers avant de trouver ce qu'il cherchait.

– Mais voici le plus étrange, dit-il en effleurant du bout des doigts une photo en couleurs de l'endroit où le corps de Lucie avait été retrouvé. Il n'aurait dû rester d'elle que des os, une fois la chair et les tissus tendres dévorés par les poissons. Il y a des carpes, des gardons, des rotengles et des poissons-chats dans ce lac. Ils auraient dû lui faire rapidement son affaire. Son squelette aurait dû se désintégrer assez vite et présenter pas mal de manques. Au moins le minuscule os lingual en forme de U, au-dessus du larynx. À vingt ans, les différentes parties qui le composent ne sont pas encore soudées en un seul bloc. Il faut généralement attendre l'âge de trente-cinq ans, ou plus, pour ça. La probabilité de les retrouver au bout de quatorze années passées sous l'eau est très mince. Seulement, pour une raison inconnue, son assassin lui a attaché un sac-poubelle bleu sur la tête et l'os lingual a été pris dans le plastique.

Il montra une autre photo où l'on voyait les trois parties de l'os posées sur une feuille de papier gris. La section centrale, à la base du U, et les deux cornes de chaque côté. L'une des cornes était brisée. Raffin posa l'index dessus.

– Celle-ci est fracturée. Le mode opératoire de Blanc était la strangulation. Une strangulation si violente que l'os lingual de ses trois victimes a été dissocié, et même brisé chez l'une d'elles. Lucie Martin aurait été tuée exactement de la même façon.

– Pourquoi Blanc n'a-t-il pas été accusé de ce meurtre, alors ? s'étonna Kirsty.

Raffin s'appuya au dossier de sa chaise et avala une autre gorgée de vin.

– Parce qu'il n'existait aucune preuve.

– En dehors de la lettre, fit remarquer Enzo.

– En dehors de la lettre, admit Raffin. Mais Régis Blanc ne se trouvait pas à proximité de Duras ni de la propriété des Martin le jour où Lucie a disparu. Il avait un alibi en béton. Et il a été arrêté pour les autres meurtres dans les trente-six heures qui ont suivi sa disparition. Les forces de l'ordre n'ont jamais pris cette thèse au sérieux.

Il humecta ses gencives avec une autre gorgée de puligny-montrachet qu'il repoussa sur sa langue en aspirant un peu d'air entre ses lèvres retroussées avant de lancer :

– Alors, Enzo, qu'en pensez-vous ?

Enzo soupira.

– Je pense que de toutes les affaires dont on s'est occupés jusqu'à présent, c'est la première qui nous offre si peu d'éléments pour démarrer.

Chapitre 3

Lorsqu'Enzo arriva chez Charlotte, la nuit tombait déjà et l'étroite rue des Tanneries était déserte. Autrefois, ce quartier de Paris avait été célèbre pour les tapisseries des Gobelins et les tanneries qui polluaient la Bièvre. Non loin de là, le marché de la Mouff', rue Mouffetard, tirait son nom du mot d'argot « mouffettes » désignant les effluves pestilentiels de la rivière. Mais mauvaises odeurs, teintures et polluants des tanneries avaient disparu depuis longtemps, et c'était dans l'ancien entrepôt d'un marchand de charbon que Charlotte avait élu domicile et installé le cabinet où elle dispensait de sages conseils à ceux qui se débattaient avec leurs démons intérieurs.

Il n'avait pas téléphoné avant de venir pour l'empêcher de prétendre qu'elle était trop occupée ou avec quelqu'un, ou sur le point de sortir. Il préférait tenter sa chance, la surprendre chez elle, à l'improviste.

Après avoir appuyé sur le bouton de l'interphone, il entendit sa voix :

– Oui ?

– C'est Enzo, se contenta-t-il de dire.

Un long silence, pendant lequel il l'entendit presque réfléchir, précéda le bourdonnement de la serrure qui se débloquait.

La minuscule entrée était glaciale. Sur sa gauche, une porte donnait sur le jardin intérieur avec ses petits arbres, sentiers, buissons et ruisseau, un espace de neuf mètres de haut sous verrière où elle exerçait ses talents de psychologue et recevait ses patients dans un environnement incongru, totalement inattendu.

Il sentit le froid diminuer au fur et à mesure qu'il montait l'escalier conduisant à l'appartement, puis une bouffée d'air chaud dès qu'elle ouvrit la porte. À son grand soulagement, Janine, la baby-sitter, était partie. Il chercha Laurent des yeux.

– Je l'ai déjà couché, annonça Charlotte.

Enzo comprit qu'elle lui interdisait de voir son fils.

– Je vais juste le regarder deux minutes, dit-il en gravissant les quelques marches qui séparaient la cuisine du living-room.

De là, il passa sur la galerie métallique desservant les chambres. Mais Charlotte le rattrapa et insista :

– Ce n'est pas le bon moment.

Il continua quand même d'avancer, ses semelles claquant sur la grille.

– Ce n'est jamais le bon moment.

Une lumière brillait derrière la paroi vitrée de la chambre de Charlotte où Laurent dormait encore dans son berceau.

– Enzo... lança-t-elle d'une voix stridente.

Il se retourna, un doigt sur les lèvres, et poussa la porte. La vue du grand lit défait lui serra le ventre. Combien de fois s'étaient-ils aimés entre ces draps ? Combien de fois avaient-ils discuté, allongés dans le noir, avec pour seuls témoins les fantômes imaginaires des soldats italiens tués et enterrés dans la cave par les anciens propriétaires du lieu au moment de la Libération de Paris ? C'était le lit où Laurent avait été conçu, un lit dans lequel Enzo n'avait pas couché depuis plus de deux ans.

Il concentra toute son attention sur l'enfant qui, entortillé dans sa couverture de laine, s'était endormi en suçant son pouce. Le bruit léger de sa respiration semblait emplir la pièce.

Il observa avec amour ce fils qu'il ne voyait presque jamais, ses épais cheveux noirs frisant autour des oreilles, et il se pencha pour lui effleurer doucement la tête du bout des lèvres.

Lorsqu'il se redressa, Charlotte se tenait sur le seuil. Grande silhouette mince. Longs cheveux noirs bouclés parsemés maintenant de quelques fils d'argent. Elle était simplement vêtue d'un T-shirt noir à manches longues, d'un jean et de baskets. Même sans maquillage, elle lui parut toujours aussi belle ; ses yeux noirs brillaient comme du jais.

D'un signe de tête, elle lui ordonna de sortir. Passant devant elle, il la laissa refermer la porte et la précéda sur la galerie pour regagner le living-room. Les écrans d'ordinateur posés sur une table diffusaient les images du jardin filmé par des caméras fixées aux murs. Elle enregistrait toutes ses séances afin de pouvoir les revisionner et les étudier.

– Mais, bon sang... ?

– J'ai le droit de voir mon fils, riposta Enzo.

Elle maîtrisa sa colère et sa voix en serrant les dents.

– Tu aurais pu me prévenir.

– C'est ça. Pour m'entendre dire que tu es occupée. Ou que tu vas sortir. Ou que tu n'es pas chez toi. Que tu es partie assister à une conférence quelconque en emmenant Janine et Laurent. Ou tout simplement – je viens d'y avoir droit il y a quelques minutes – que ce n'est pas le bon moment.

– Tu as le culot de t'étonner que je ne puisse pas tout laisser tomber sur-le-champ quand, pour une fois, tu te trouves à Paris. Si ton fils t'intéressait tant que ça, tu aurais peut-être envisagé de t'installer dans la capitale.

– Tu sais que je ne peux pas.

– Non, bien sûr. J'oubliais, lança-t-elle sur un ton froid et sarcastique. On ne peut pas se passer de toi à Toulouse. Le gros poisson dans une petite université de rien du tout.

Piqué, Enzo rétorqua :

– Le département de criminalistique de Paul-Sabatier est le plus important du Sud-Ouest.

– C'est bien ce que je dis, le gros poisson dans une petite mare. Ils te décrivent comment, déjà, dans leur brochure ? L'expert en médecine légale le plus éminent d'Écosse ? Le spécialiste de l'interprétation des traces de sang et de l'analyse des scènes de crime ? Laisse-moi rire. L'Écosse ? Eh bien, aujourd'hui, on ne trouve pas beaucoup plus petit comme mare, hein ? Et tu peux me dire à quand remonte la dernière fois où tu as pratiqué l'un de ces arts obscurs ? Pour autant que je sache, ça fait au moins vingt-cinq ans que tu enseignes la biologie à des gamines.

– J'ai résolu cinq des sept affaires criminelles classées du livre de Roger, dit-il d'une voix calme. La police française n'a pas réussi à en élucider une seule.

– Oui, d'accord, tu sais ce que je pense de la police française, dit-elle en ondoyant devant lui pour se laisser tomber dans un fauteuil proche de la baie vitrée donnant sur la rue. Mais pas la peine de t'en flatter, Enzo. Tu avais Roger, et moi, ainsi que plusieurs autres personnes pour t'aider. Et il t'en reste encore deux à résoudre avant de gagner ton stupide pari.

Quelque chose dans l'expression d'Enzo lui fit soudain comprendre la situation :

– Ha ! C'est donc pour ça que tu es venu à Paris ! Roger te briefe sur l'affaire Lucie Martin.

Il se sentit agacé d'être aussi transparent. Mais Charlotte et Raffin étant amants à l'époque où ce dernier écrivait son livre, chacune des sept affaires classées lui était familière, et elle avait suivi le déroulement des enquêtes avec un intérêt certain. Pour une raison qui avait toujours échappé à Enzo, ces deux-là étaient restés amis malgré leur séparation tumultueuse et il semblait que, ces temps-ci, Charlotte était vraiment plus proche de Roger que d'Enzo. Ce qu'il avait du mal à comprendre vu la mise en garde qu'elle lui avait lancée un jour : *Roger a un côté sombre. Une facette ténébreuse, hors d'atteinte, que je préfère ne pas connaître.*

Sur la défensive, Enzo répliqua :

– J'ai d'autres raisons d'être venu, en plus de celle-là.

Mais elles n'intéressaient pas Charlotte, pas pour le moment du moins.

– Qu'est-ce que tu en penses, alors ?

– De quoi ? demanda-t-il en fronçant les sourcils.

– De l'affaire Lucie Martin, bien sûr.

Il répéta ce qu'il avait dit au journaliste :

– On n'a pas grand-chose pour démarrer.

– Non.

De ses longs doigts élégants, elle écarta sa frange de ses yeux et continua :

– Un squelette nettoyé par les poissons. Une mort par strangulation. Un os lingual brisé. La signature d'un tueur en série qui se trouvait loin de l'endroit où elle a disparu. Et pas un seul suspect. C'est à peu près ça ?

– Oui.

– Par où vas-tu commencer, alors ?

Cette digression ennuyait Enzo. Ils s'écartaient dangereusement de l'objet de sa visite.

– La famille.

– Tu vas aller voir les Martin ?

– Oui.

– Et ensuite ?

Il haussa les épaules :

– Aucune idée.

– Eh bien, voilà un début prometteur, sourit-elle.

Il décida de reprendre l'initiative :

– Je veux que tu viennes à Cahors la semaine prochaine. Avec Laurent.

Ce changement de cap la déstabilisa.

– Pourquoi ?

S'il l'avait prévenue, elle aurait pu mentir, inventer un rendez-vous pris depuis longtemps, un voyage à Angoulême chez ses parents, ou tout autre prétexte.

– Sophie organise une fête pour mon anniversaire. À l'origine c'était censé être une surprise. Mais – tu connais Sophie – elle est incapable de garder un secret. Elle essaye de réunir toute la famille.

– Tes soixante ans, c'est ça ?

– Cinquante-six.

– Ah oui, je me disais bien que tu n'étais pas aussi vieux. Ce n'est pas un âge particulièrement significatif. Pourquoi une fête ?

Il haussa les épaules.

– Sophie a eu vingt-cinq ans cette année. Je lui ai offert un beau cadeau. J'imagine qu'elle veut me remercier.

– Sauf que c'est toi qui règles la note, naturellement, dit-elle en souriant.

Il ne put s'empêcher de sourire à son tour.

– Naturellement.

– Alors, quelles autres raisons ?

– Quoi ?

– Tu as dit que tu avais d'autres raisons de venir à Paris – autres que de voir Roger et de m'inviter à ton anniversaire.

Il haussa les épaules. Il n'existait pas d'autres raisons.

– Peut-être une maîtresse cachée dont tu ne me parles pas. Une gamine deux fois plus jeune que toi, ensorcelée et pas encore déçue par le charme celtique.

– Il n'y a personne dans ma vie, tu le sais, répliqua-t-il.

– Non, je n'en sais rien. Tout ce que je sais, c'est que tu as réussi à convaincre une ribambelle de jeunes femmes de partager ton lit. Des étudiantes éblouies et Dieu sait qui d'autre encore.

Furieux, Enzo haussa le ton :

– Je n'ai jamais eu de liaison avec mes étudiantes. Tu sais parfaitement que si tu ne m'avais pas rejeté, je n'aurais même jamais regardé une autre femme.

– Tu peux raconter tout ce que tu veux, Enzo, je te connais. Et je sais que tu n'es pas fait pour être le père de mon fils. Le grand-père, peut-être. À la limite. Mais même alors, quel exemple lui donnerais-tu ? Celui d'un vieil hippie alcoolique et dragueur qui a abandonné son épouse et sa fille en Écosse et est absolument incapable d'entretenir une relation stable.

Levant rapidement une main pour prévenir toute protestation, elle ajouta :

– Et ne me parle surtout pas de Pascale. J'en ai marre de t'entendre dire que la mère de Sophie était l'amour de ta vie ; si seulement elle n'était pas morte en couches... À ton avis, combien de temps aurait duré votre vie commune ? Franchement. Enfin, sois honnête, Enzo, ton bilan n'est pas génial.

Il sentit la lame glacée de la cruauté glisser entre ses côtes et s'enfoncer dans son cœur. Il ne pourrait jamais oublier la nuit atroce où Sophie était née. Il se revit en train de pleurer dans le noir au sommet de la colline qui surplombait Cahors. C'était pour Pascale qu'il avait laissé Kirsty et sa mère en Écosse et décidé de commencer une nouvelle vie en France. Une vie, lui avait-il semblé alors, qui venait de s'achever avec sa mort. En vingt ans, Charlotte avait été la première femme à conquérir son cœur, et maintenant elle le poignardait. Elle cherchait délibérément à le faire souffrir. Et ce n'était pas fini.

– La prochaine fois que tu voudras voir Laurent, appelle-moi avant, je te dirai si c'est possible.

– J'ai le droit de voir mon fils ! répéta-t-il.

– Ton fils ? Tu crois ça ?

Ses mots le frappèrent comme un coup de poing surgi de nulle part.

– Qu'est-ce que tu veux dire ?

– Comment sais-tu si je ne fréquentais pas quelqu'un d'autre ?

Enzo eut l'impression que son cœur essayait de s'échapper par sa bouche.

– C'était le cas ?

– En fait, oui. Mais comment aurais-tu pu le savoir ? Tu n'étais jamais là.

– Tu veux dire que...

– Je ne veux rien dire du tout, Enzo. Je t'explique. Ne te fie pas aux évidences.

Ravagé par la douleur et le doute, il la dévisagea et vit défiler toutes sortes d'idées dans sa tête, comme les scènes d'un film projeté à l'envers. Des mots, des images, des souvenirs. Trop rapides pour les fixer et les enregistrer. Il se sentit pris de nausée.

Elle se leva.

– J'ai bien peur que Laurent et moi ne puissions assister à ton anniversaire. Nous sommes beaucoup trop occupés.

Le métro était rempli de Parisiens se rendant au café, au restaurant, au cinéma. Enzo se faufila au milieu de la foule et gravit l'escalier débouchant boulevard Saint-Germain. Tête baissée, il bousculait les gens au passage sans se soucier de leurs protestations. De toute façon, personne n'aurait osé défier ce grand costaud aux cheveux grisonnants attachés en queue-de-cheval et striés d'une mèche blanche. Il mesurait plus d'un mètre quatre-vingt et possédait la carrure d'un joueur de rugby – sport qu'il avait pratiqué dans sa jeunesse, au collège Hutcheson de Glasgow. Sa veste en coton, ouverte, flottait derrière lui et s'enroulait autour de la sacoche en toile suspendue à son épaule gauche. Son pantalon cargo froissé se plissait au-dessus de ses grosses boots marron à lacets. Sous l'effet de la colère qui bouillonnait en lui, sa démarche s'allongeait un peu plus à chaque pas.

Il remarqua à peine les jeunes gens assis aux terrasses des bistrots, en train de fumer et de boire des cafés ou des bières, ni les restaurants bondés aux vitres embuées, ni les lumières du Franprix de la rue Mazarine où quelques clients effectuaient encore des achats de dernière minute.

La peur envahissait son esprit. La peur que Charlotte ne l'ait simplement mené en bateau. La peur que Laurent ne soit pas son fils. Cette idée était insupportable. Il ne lui était jamais venu à l'esprit que Charlotte aurait pu fréquenter quelqu'un d'autre. Qui ? Elle ne l'avait jamais laissé supposer. Et cependant, comment aurait-il pu le savoir ? Il vivait à Toulouse, elle à Paris. Dire que tout aurait pu être différent si seulement elle ne l'avait pas constamment tenu à distance. Elle tenait trop à son indépendance, disait-elle. Elle ne voulait pas d'une nouvelle liaison amoureuse – trop contraignante. Et maintenant elle sous-entendait qu'il y avait eu un autre homme dans sa vie. Non seulement c'était vexant, mais cela remettait en question la paternité de Laurent. Enzo se sentait profondément blessé.

Il tourna rue Guénégaud. Au coin, le café Le Balto était bizarrement plongé dans le noir. Il poussa la porte de son immeuble, juste à côté, et monta avec lassitude au premier étage tout en cherchant sa clé. Quand il venait à Paris, il séjournait toujours dans ce minuscule appartement que lui prêtaient des amis de Cahors. Il appartenait à un très vieil oncle désormais installé dans une maison de retraite ; le jour où ce dernier mourrait, ils seraient obligés de le vendre pour payer les droits de succession. Enzo aurait bien aimé avoir les moyens de l'acheter ; il espérait que le vieil homme vivrait encore longtemps.

Rempli de souvenirs accumulés au fil des années passées à voyager dans le monde entier –vestiges d'une vie presque achevée –, le studio sentait le renfermé. À la lumière des réverbères, Enzo traversa la pièce pour ouvrir les fenêtres et faire entrer de l'air frais. Puis il laissa tomber son sac par terre et s'affala dans un fauteuil au cuir usé.

Il repensa au jour où Charlotte était venue le retrouver sur l'île de Groix pour lui annoncer qu'elle était enceinte. Elle avait bien précisé qu'elle ne voulait pas qu'Enzo intervienne dans la vie de l'enfant, et l'avait menacé d'avorter s'il faisait valoir ses droits légalement. Parce qu'elle savait qu'Enzo n'était pas le père ? Malgré tous ses efforts, il n'y voyait aucune logique. Car tout aussi soudainement elle s'était radoucie ; elle garderait le bébé, permettrait à Enzo de le voir, mais l'élèverait toute seule. Plus troublant, encore, elle l'avait prénommé Laurent. L'équivalent français de Lorenzo, dont Enzo était le diminutif. Nom qu'il devait aux origines italiennes de sa mère.

Assis dans l'obscurité, l'esprit confus, il souffrait comme un vieux cerf blessé. Pourquoi l'aurait-elle appelé Laurent s'il n'était pas son fils ?

Il saisit la bouteille de whisky posée sur la table, en versa une bonne rasade dans le verre qu'il avait utilisé la veille et fit couler un filet d'or liquide sur sa langue. Sa seule certitude en cette sombre nuit d'automne, c'était qu'au matin la bouteille serait vide.

Chapitre 4

Se retrouver à Cahors, l'ancienne cité romaine située dans un méandre du Lot où il avait élevé Sophie, lui fit l'effet d'une bonne thérapie. S'il y avait un endroit sur terre où il avait le sentiment d'être chez lui, c'était celui-là.

Dès qu'il descendit du train il se sentit enveloppé par la douce lumière du soleil et la tiédeur de l'air. L'automne n'était pas aussi avancé dans le Sud, les platanes avaient encore leurs feuilles. Sur la terrasse de l'hôtel Terminus, des clients s'attardaient après avoir déjeuné à l'ombre des parasols ; Enzo aurait bien aimé que sa vie fût aussi simple.

Il lui fallut une quinzaine de minutes pour traverser la ville à pied jusqu'à la rue Georges-Clemenceau. Le marché couvert était fermé à cette heure-ci ; devant la pizzeria, plusieurs tables dressées sur le trottoir étaient encore occupées. Il leva les yeux vers la façade rouge brique de son immeuble, les volets bleus de son appartement, les géraniums en fleur débordant des jardinières accrochées aux balustrades en fer forgé de ses fenêtres. Il lui tardait de serrer Sophie dans ses bras. D'éprouver le réconfort de savoir sans l'ombre d'un doute qu'elle était bien sa fille.

Il fut déçu de trouver l'appartement vide. Après avoir jeté son sac dans sa chambre, il se rendit dans le séjour où le soleil pénétrait en biais, et ouvrit les portes-fenêtres pour faire entrer l'air de l'extérieur. Au loin, les dômes jumeaux de la cathédrale scintillaient dans la chaleur de l'après-midi. Il respira à fond. Puis, en se retournant, il aperçut la lettre posée sur la table et reconnut immédiatement l'écriture.

Cher papa,

Désolée de ne pas être là pour t'accueillir. ☺ *Avec Bertrand, on a décidé de louer un appartement à Argelès-sur-Mer pendant une semaine pour profiter de ce superbe été indien. Les prix d'arrière-saison sont si géniaux qu'on n'a pas pu résister – ne t'inquiète pas, c'est Bertrand qui paye.* ☺ *Comme on est juste en bordure de plage, j'aurai un bronzage parfait pour ton anniversaire. On rentrera assez tôt pour préparer la fête. Nicole a promis de s'occuper de tout en mon absence. Je lui ai dit qu'elle pouvait dormir dans la chambre d'amis. J'espère que ça te va.*

Je t'embrasse

Sophie

Enzo poussa un grognement sonore. Il n'avait vraiment pas besoin de la compagnie de Nicole. C'était typique de Sophie de décider d'organiser une fête et de disparaître en laissant le boulot aux autres. Son élan de tendresse retomba aussitôt, remplacé par un sentiment d'abattement quand il entendit une porte s'ouvrir dans le couloir et une voix familière appeler :

– Monsieur Macleod ?

Il soupira.

– Je suis là, Nicole.

Ses seins la précédèrent lorsque, du vestibule obscur, elle émergea dans le séjour ensoleillé. Enzo cligna des yeux et essaya de ne pas les regarder. Elle les considérait manifestement comme son atout majeur car elle ne manquait jamais de les exposer. Aujourd'hui, ils étaient moulés dans un T-shirt en coton très décolleté. Fille de la campagne, saine et costaude, Nicole était dotée de ce que sa mère aurait appelé des hanches faites pour enfanter. Elle avait un joli visage et de longs cheveux bruns soyeux lâchés sur les épaules ; mais c'était surtout l'étudiante la plus brillante d'Enzo dans tout le département des sciences médico-légales de l'université Paul-Sabatier. Maintenant en dernière année, elle s'était révélée une assistante hors pair pour l'aider à résoudre plusieurs affaires classées du livre de Raffin, surtout quand il s'agissait d'utiliser Internet.

À la vue d'Enzo, son visage s'illumina.

– Monsieur Macleod ! s'exclama-t-elle en l'embrassant avec enthousiasme sur les deux joues. Vous avez maigri. Vous n'avez rien mangé à Paris ?

– Si, Nicole. J'ai mangé. J'ai bu. Et fait tout ce que vous m'aviez déconseillé de faire.

– Eh ben, heureusement que je suis là pour m'occuper de vous, répliqua-t-elle avec une grimace. Franchement, je me demande à quoi pense Sophie. Quelques solides repas et on vous fera retrouver votre poids idéal à temps pour la fête.

Nicole assimilait invariablement les gens à des animaux de ferme qu'il fallait engraisser.

L'œil brillant, elle ajouta :

– Sophie vous réserve une petite surprise, on tient à ce que vous soyez au mieux de votre forme.

– Je crains de ne pas pouvoir rester, Nicole, lança-t-il sur un coup de tête.

– Et pourquoi donc ?

– J'ai commencé à attaquer l'affaire suivante.

Elle écarquilla les yeux :

– La fille Martin ?

– Oui.

– Mais c'est super. Je peux vous aider !

– Pas encore, Nicole. Je dois d'abord appeler ses parents et m'arranger pour passer les voir. J'en profiterai pour me rendre sur les différents lieux impliqués dans l'affaire, notamment à Bordeaux. Je vais donc m'absenter quelques jours.

– Je pourrais venir avec vous, glissa-t-elle pleine d'espoir.

Enzo secoua la tête d'un air grave en écartant les mains, paumes vers le ciel :

– J'aimerais beaucoup. Mais Sophie compte sur vous pour préparer la fête... Désolé.

Elle lui jeta un regard noir.

Chapitre 5

Le château Gandolfo se dressait au sommet d'une colline, dans les environs vallonnés de la petite ville de Duras, en lisière de la région viticole du Bordelais. La commune possédait sa propre appellation, côtes-de-duras, dont Enzo ne connaissait pas très bien les vins. Les saint-émilion rouges, un peu à l'ouest, lui étaient plus familiers ; mais il devait reconnaître que les douces ondulations de cette partie étonnante du Lot-et-Garonne avaient beaucoup plus de charme que les rangs de vignes à perte de vue de Saint-Émilion.

Enzo se trouvait en Aquitaine maintenant, cette partie de la France qui avait appartenu à l'Angleterre avant d'être annexée par les Français à la fin de la guerre de Cent Ans. L'influence anglaise s'y sentait encore. Dans les noms, l'architecture, la religion et même la culture. Pour avoir été élevé en Écosse, il savait que les traces envahissantes des Anglais ne s'effaçaient pas facilement.

Depuis la route principale, une piste s'enfonçait au milieu des collines en serpentant entre des arbres aux splendides couleurs automnales. Pour monter au château, Enzo emprunta ensuite un chemin raide et crayeux.

Comme il n'avait pas plu depuis plusieurs semaines, un panache de poussière s'éleva dans son sillage. Impossible d'approcher sans être vu. Le château lui-même paraissait composé de trois corps de bâtiments distincts aux toits peu pentus couverts de tuiles romaines. Deux tours se dressaient à l'une des extrémités – probablement d'anciens pigeonniers destinés à fournir l'engrais des guanos pour les champs et la viande des volatiles pour les propriétaires. Quatre tonnes de viande par an, voilà ce qu'un pigeonnier moyen était censé produire.

Les pierres blanches du logis principal, au centre, trahissaient une rénovation et une extension datant déjà de quelques siècles. Le bleu des volets était délavé, et différentes sortes de vignes d'un pourpre éblouissant envahissaient la moitié de la façade.

Enzo s'arrêta sur un terre-plein gravillonné voisin du plus bas des trois bâtiments. Une pergola abritait une terrasse sur laquelle donnaient des doubles portes-fenêtres cintrées ; le soleil qui se reflétait sur les vitres l'empêchait de voir à travers. Les murs disparaissaient sous une profusion de plantes grimpantes rouge et vert à fleurs blanches.

En descendant de sa 2 CV restaurée avec le plus grand soin, il entendit une voix dire dans un anglais sans accent :

– Là, c'est mon bureau. Enfin, c'était. Maintenant, je viens m'y réfugier. À l'écart du monde. (Il gloussa.) Et de ma femme.

Enzo se retourna. Un homme âgé s'approchait sur l'allée carrelée, en provenance du logis principal. De taille moyenne, le dos très droit, il tendit la main et serra chaleureusement celle d'Enzo. Dans son visage bronzé, profondément ridé, ses yeux bleus perçants contrastaient avec son abondante chevelure argentée. Il portait un pantalon en velours, de solides chaussures de marche et une veste matelassée jetée sur une chemise à carreaux aux manches retroussées. Il aurait tout aussi bien pu sortir d'un manoir anglais.

L'air surpris d'Enzo le fit sourire.

– Mes ancêtres étaient italiens et anglais. Je n'ai presque rien de français. À part, bien sûr, mon éducation. Et mon nom. Guillaume Martin. Vous devez être Enzo Macleod, si je ne m'abuse.

Dévisageant Enzo, il ajouta :

– Écossais.

Cela semblait plus une constatation qu'une question.

– Aux dernières nouvelles.

– Vous parlez français ?

– Je vis ici depuis vingt-cinq ans, monsieur, répondit Enzo en français. J'enseigne à l'université, et j'ai une fille aussi française qu'une cuisse de grenouille.

Martin hocha la tête.

– Alors, parlons français. Je suis plus à l'aise dans ma langue natale.

Ils se dirigèrent vers le logis.

– Une voie romaine passait ici, entre le moulin à eau, au pied de la colline, et le moulin à vent au sommet.

Il agita une main vers une grande pelouse impeccablement tondue et, au-delà, une piscine à débordement jouissant d'une vue imprenable.

– C'est là que mon ancêtre italien, Gandolfo, construisit une énorme serre pour abriter les plantes exotiques du duc de Duras. En échange du cadeau que ce dernier lui avait fait en lui offrant le château et ses terres.

– Et pourquoi le duc lui avait-il fait ce cadeau ?

– Oh, cela faisait partie de son plan pour repeupler la région et redynamiser l'économie. Gandolfo était un viticulteur célèbre en Italie ; et il amenait avec lui sa gigantesque famille.

Ils s'arrêtèrent devant la porte d'entrée.

– La peste et la guerre de Cent Ans avaient dévasté cette région, monsieur Macleod. Il n'y avait plus âme qui vive à des kilomètres à la ronde. Les Terres Désertes, voilà comme on les appelait. Et durant les deux cents années suivantes, on a fait venir des étrangers et des Français d'autres régions pour leur redonner vie.

Il se tourna vers la façade :

– Gandolfo décida d'ajouter un deuxième étage à cette bâtisse, et un nouveau fronton, lui donnant ainsi à peu près l'allure que vous lui voyez aujourd'hui. Lorsque la serre a cessé d'être utilisée, elle a été démolie et ses matériaux ont servi à construire les chais. Et la grange. Entrez, que je vous présente Madame.

Madame était une petite souris à l'air fragile. Quand elle lui tendit la main, Enzo craignit de la briser s'il la serrait trop fort. Elle avait de beaux cheveux tissés de fils d'argent et une peau aussi lisse que celle d'une femme de vingt ans. Son sourire éclairait un visage toujours beau malgré les années, et ses yeux marron avaient un regard doux et franc.

– Comme vos yeux sont étranges, remarqua-t-elle.

Il sourit :

– Un marron, l'autre bleu. Plus une mèche blanche – qui se voit de moins en moins au milieu de mes cheveux grisonnants. Autrefois, on me surnommait La Pie.

– Il y a un rapport ? demanda-t-elle en fronçant les sourcils.

– Entre les yeux et la mèche ? Oui. Les deux sont symptomatiques d'une anomalie génétique, le syndrome de Waardenburg. Mais ne vous inquiétez pas. Je l'ai depuis ma naissance et n'en suis pas encore mort.

Elle se mit à rire.

– Voulez-vous une tasse de thé, monsieur Macleod ? Je vous aurais bien proposé du café, mais je sais que les Anglais préfèrent le thé.

– Il est écossais, Mireille, corrigea monsieur Martin. Tu vas le vexer si tu le traites d'Anglais.

– Non, non, pas du tout. Je prendrai volontiers du café.

Ils s'assirent autour d'une immense table en bois, au centre d'une vaste cuisine manifestement prévue pour une famille très nombreuse et, probablement, les domestiques et les ouvriers agricoles. Il y avait un évier ancien sous la fenêtre, des piles de vieilles boîtes de thé empilées contre le mur du fond, à côté de l'une des deux cuisinières dont l'une, chauffée au bois, avait été installée dans une cheminée encadrée par des plans de travail et des placards. De bonnes odeurs de cuisine planaient dans cette pièce baignée d'une lumière douce.

Pendant que madame Martin préparait le café, son mari alluma un petit Cheroot.

– Ça ne vous dérange pas ?

Enzo ne voyait pas comment il aurait pu s'y opposer.

– Satanées lois anti-fumeurs, grogna Martin. Bientôt on n'aura même plus le droit de fumer chez soi.

Il renversa la tête en arrière et souffla un nuage bleu vers le plafond.

– Eh bien, monsieur Macleod. Vous avez acquis une sacrée réputation. Allez-vous découvrir qui a tué notre Lucie ?

– J'en ai effectivement l'intention, monsieur..., je ne sais pas trop comment m'adresser à vous : monsieur le président, monsieur le juge ?

Amusé, Martin plissa les yeux :

– Je suis depuis longtemps à la retraite, monsieur Macleod, et je n'ai jamais aimé les façons en dehors de la salle d'audience. *Monsieur* suffira. Peut-être même *Guillaume* si je décide que je vous aime bien.

– Pour ma part, j'ai déjà décidé que je vous aimais bien, dit madame Martin en apportant un plateau chargé de tasses et d'une cafetière. Vous avez un visage honnête, monsieur Macleod.

Enzo sourit.

– Merci, madame.

– Oh, appelez-moi Mireille.

Elle lança un regard pétillant à son mari. Mais soudain, une ombre le voila. Puis elle regarda Enzo :

– Il m'arrive d'oublier pendant dix ou quinze minutes. Même une heure ou deux de temps en temps. Et parfois un jour ou deux. Je me sens terriblement coupable, alors. Quelqu'un a tué notre adorable Lucie, monsieur. Elle aurait plus de quarante ans maintenant. Elle nous aurait peut-être donné des petits-enfants. Elle avait la vie devant elle et quelqu'un la lui a ôtée. Depuis le jour de sa disparition, je ne me sens plus le droit de rire ni d'éprouver du plaisir.

Incapable de soutenir plus longtemps son regard, elle servit le café.

Enzo jeta un coup d'œil au mari qui, hanté par les souvenirs, pinçait les lèvres d'un air sombre et fixait le sol sans le voir. Comme cela lui arrivait souvent, Enzo fut rappelé à la réalité de la situation ; il ne s'agissait pas seulement d'un mystère à percer, d'une énigme à résoudre. Il s'agissait de personnes réelles, de vies réelles, de chagrins réels.

– Parlez-moi du jour où elle a disparu, suggéra-t-il.

Une fois dehors, Martin ferma la porte derrière eux. Il avait préféré éviter le sujet devant sa femme pendant qu'ils buvaient le café, et tout raconter plus tard à Enzo en descendant à pied jusqu'au lac où Lucie avait été découverte.

– Je suis désolé, mais elle est encore très bouleversée.

– C'est bien normal.

Changeant lui-même de sujet, l'ancien juge désigna d'un geste plusieurs bâtiments en mauvais état.

– À l'origine, ils faisaient partie de la maison, dit-il. Un four pour sécher la viande et les pruneaux, et un four à pain, qui dateraient tous les deux du VIe siècle. Ils fonctionnent toujours. La trace la plus ancienne de la maison elle-même est une inscription gravée sur une pierre d'angle : 1456. Mais venez donc voir les chais.

Ils firent le tour de la cave à vin dont Martin poussa l'énorme double porte cintrée. Le vieux bois, gris, noueux, rainuré protesta bruyamment. L'intérieur sombre sentait le moisi. Il fallut à Enzo quelques secondes avant que ses yeux s'habituent.

Dans ce vaste espace vide, les toiles d'araignées qui pendaient des chevrons du toit auraient pu faire croire qu'un décorateur venait d'habiller le plateau de tournage d'un film d'horreur. L'effet fut encore accentué par Martin qui lui montra du doigt, au-dessus du linteau, quelque chose ressemblant à des os humains encastrés dans la pierre.

– Lorsque Lucie était encore petite, on a commencé à creuser le sol du chai pour y couler une chape de ciment ; on avait dans l'idée de le convertir en chambres d'hôtes. La terre avait à peine été déblayée sur une trentaine de centimètres de profondeur qu'on a trouvé ces os. Des restes humains. Une ancienne tombe, ai-je pensé ; alors, en guise de commémoration je les ai fait sceller au-dessus de la porte. Puis quand on a repris le déblaiement, on en a découvert d'autres, de plus en plus nombreux. Alors, j'ai abandonné le projet.

– Qu'est-ce que c'était ? Un cimetière ?

– Oh, sans doute une fosse commune de l'époque de la peste. Les gens mouraient par milliers. J'ai décidé de ne pas les déplacer.

Tandis qu'ils descendaient la colline derrière le château, le vieil homme leva la tête vers le soleil couchant et dit :

– Le jour tombe vite en ce moment. Si nous ne nous dépêchons pas, nous rentrerons à la nuit.

Le chemin les mena dans un bois où les derniers rayons du soleil tombaient en oblique à travers les branches et les feuilles qu'il éclairait à contre-jour, comme des vitraux. Sur leur gauche des roches blanches sortaient de terre au milieu des feuilles tombées.

– L'ancienne carrière, expliqua Martin. Elle a employé des centaines de gens pendant des siècles, jusque dans les années 1920. C'est de là que proviennent les pierres du château de Duras, et aussi du château Gandolfo probablement.

Lorsqu'ils arrivèrent au bord de l'eau, le soleil avait disparu derrière l'horizon ; une brume violette nappait la campagne comme un voile de poussière. Le lac bordait les bois ; tout autour, des arbres poussaient les pieds dans l'eau.

Debout sur la berge, ils contemplèrent les derniers reflets du ciel sur sa surface. Enzo avait beau être impatient d'entendre le récit de Martin, il ne voulait pas le brusquer ; aussi attendit-il que le vieil homme choisisse son moment. Les yeux fixés sur le lac, Guillaume Martin resta longtemps immobile avant de parler enfin :

– Lucie était une très belle jeune fille. Qui ressemblait à sa mère. L'amour de ma vie. Nous aurions tout fait pour elle. Ce qui ne veut pas dire que nous l'avons gâtée. Mais elle nous était aussi précieuse à vingt ans qu'au jour de sa naissance.

Enzo vit la lumière faire briller ses yeux humides ; le vieil homme cligna plusieurs fois des paupières.

– Elle aimait beaucoup son travail, poursuivit-il avec un petit rire ironique. Après des années au tribunal, j'avais peu de temps à accorder aux proxénètes, prostituées et petits délinquants qui peuplent notre monde, monsieur Macleod. Mais Lucie décelait toujours en eux l'être humain, aussi profondément enfoui fût-il. Elle voyait en eux des victimes – de la société, de leur éducation, ou simplement du destin. Et cette innocence les touchait, eux aussi. Beaucoup d'entre eux, en tout cas. Elle était taillée pour ce genre de travail. (Il sourit.) Alors que son vieux père les aurait tous enfermés derrière les barreaux et aurait jeté la clef par-dessus le marché.

Il désigna l'ouest, où le lac émergeait des arbres en terrain découvert.

– C'est là-bas qu'on l'a découverte ; je suppose que c'est là que son assassin a dû se débarrasser de son corps. C'est l'un des endroits les plus profonds du lac. Probablement lesté, selon la police. Attaché à un rocher ou un bloc de ciment pour l'empêcher de remonter à la surface. Aucune trace de corde. Elle a sans doute pourri ou été mangée par les poissons qui...

Il s'interrompit, avala sa salive, fit de son mieux pour reprendre le contrôle de sa voix avant de poursuivre :

– Il ne pouvait pas imaginer que, quatorze ans plus tard, il y aurait une sécheresse telle que le niveau de l'eau s'abaisserait de quatre mètres et exposerait son œuvre cruelle.

Il regarda Enzo.

– Vous vous souvenez de l'année de la canicule, monsieur Macleod ?

Enzo hocha la tête. 2003. Une vague de chaleur comme il n'en avait jamais connu. Elle avait commencé dans les premiers jours de mars. Du soleil tous les jours, pas une goutte de pluie. La chaleur dès le printemps, le mercure grimpant à plus de 40 °C au début de l'été. À l'université, les cours avaient dû être annulés. Les étudiants s'évanouissaient. Rentré à Cahors, il avait été obligé de laisser toutes les fenêtres fermées. Il faisait plus chaud dehors qu'à l'intérieur. Dans chaque pièce il avait installé des ventilateurs sur les tables et les chaises, mais malgré cela la chaleur était insupportable. Difficile de dormir – voire impossible certaines nuits. Plus de 13 000 personnes étaient mortes en France cet été-là, à cause de la chaleur.

– Le samedi où elle a disparu...

Il espérait inciter ainsi Martin à lui raconter cette journée.

Le vieil homme hocha la tête.

– La veille, en revenant de Bordeaux, elle était étrangement silencieuse. D'habitude, pendant le dîner, elle bavardait, nous racontait tout ce qui s'était passé au cours de la semaine. Toujours enjouée, sans jamais rien dénigrer.

Il respira profondément avant de continuer.

– Ce soir-là, elle a dîné en silence. Perdue dans un monde qu'elle n'avait pas envie de partager avec nous. Je ne dis pas qu'elle voulait nous en exclure. Je pense qu'elle était profondément perturbée par quelque chose. Préoccupée. Mireille et moi échangions de fréquents regards sans oser la questionner. Finalement, elle s'est un peu déridée, simple effort à notre intention. Mais ça n'a pas duré longtemps. Elle a prétendu qu'elle était fatiguée et souhaitait se coucher tôt. Il n'était même pas neuf heures quand elle est montée dans sa chambre.

– Ce soir-là, avec votre femme, avez-vous émis des hypothèses sur ce qui perturbait votre fille à ce point ?

– Non. Nous n'avions absolument aucune idée de ce que cela pouvait être. Nous ne l'avions jamais vue dans cet état. Nous n'étions pas en mesure de supposer quoi que ce soit. Mais cela nous a troublés. Nous ne savions pas quoi dire, même entre nous. J'imagine que, d'un commun accord, nous avons trouvé préférable de ne pas en parler. Comme si le fait de ne pas évoquer le problème suffirait simplement à le faire disparaître.

– Et le lendemain matin ?

– Elle est descendue assez tard pour prendre son petit déjeuner. Mais elle était de meilleure humeur. En apparence, du moins. Ensuite, elle est remontée dans sa chambre. Mireille l'a appelée lorsqu'elle est partie en fin de matinée voir sa sœur, qui habite à Duras. Elle déjeune souvent chez elle et y passe l'après-midi. Cette femme est veuve, je les laisse ensemble. Un homme, deux femmes – ça ne fonctionne pas. Du premier étage, Lucie lui a crié de dire bonjour pour elle à sa tante. Voilà le dernier échange de Mireille avec sa fille. Elle ne s'est jamais pardonnée de ne pas l'avoir au moins embrassée. Idiot. Mais c'est ainsi. On ne peut s'empêcher de ressentir ce qu'on ressent.

Quelque part sur le lac, un poisson sauta en l'air. Ils l'entendirent plus qu'ils ne le virent ; quand il replongea, la surface de l'eau fut agitée d'ondes circulaires captant les dernières lueurs du jour.

– Et vous ? demanda Enzo. Quelle fut votre dernière entrevue avec Lucie ?

Martin garda les yeux rivés sur les cercles qui s'élargissaient vers eux.

– Elle n'est pas descendue à midi. Elle a dit qu'elle n'avait pas faim. J'ai déjeuné tout seul dans la cuisine, puis je me suis retiré dans mon bureau, où il y a une télévision. Je fumais un cigare en regardant un match de rugby quand elle a frappé. Je l'ai vue à travers la vitre, mais je n'ai pas entendu ce qu'elle disait. Comme elle n'entrait pas, je me suis levé pour ouvrir la porte. J'aurais juré qu'elle avait pleuré. Ces yeux bleu clair, bordés de rouge, brouillés par les larmes versées. Je suis sûr qu'elle ne voulait pas que je la voie dans cet état. Elle a juste dit : *Je vais me promener, papa* et elle a tourné la tête vers le bas de la colline.

Il marqua une pause avant d'ajouter :

– Je ne l'ai jamais revue.

– Elle avait l'habitude de se promener ?

– Seule ? Jamais. Pas que je me souvienne.

– Pensez-vous qu'elle pouvait avoir rendez-vous avec quelqu'un ?

Martin haussa les épaules.

– Qui peut le savoir ? Elle, si radieuse et si franche en général, était ce jour-là... fermée. Comme une huître.

– Qu'y a-t-il au bout du lac ? demanda Enzo

Martin hocha la tête vers l'extrémité est.

– Un petit barrage. On peut traverser par là. De l'autre côté, il y a un chemin de terre. Et un vignoble. Au bout, on rejoint la petite route qui aboutit à la D708.

– Donc, si elle avait eu un rendez-vous qu'elle voulait vous cacher, elle aurait pu rencontrer quelqu'un qui serait venu en voiture par la route principale ?

– Éventuellement, dit Martin en haussant les épaules.

Mais il ne semblait pas adhérer à cette idée. Peut-être, pensa Enzo, avait-il envisagé tellement de possibilités au fil des années que toutes lui paraissaient à la fois plausibles et improbables. Quand on n'est pas en possession des faits, les spéculations sont aussi infinies que vaines.

– On ferait bien de rentrer avant la nuit.

Enzo le suivit sur un petit sentier rendu périlleux par les racines noueuses qui dépassaient du sol desséché. Le chemin serpentait entre les arbres puis débouchait sur une pente remontant vers le château. Ce devait être, imagina Enzo, le trajet suivi par Lucie en admettant qu'elle se soit rendue directement du bureau de son père au lac. Martin aurait pu la voir descendre jusqu'aux arbres s'il était resté debout à la fenêtre pour la regarder. Mais il ne posa pas la question.

Une lune presque pleine s'était levée à l'horizon ; elle baignait le coteau de sa lumière blanche et projetait vers l'ouest les ombres allongées des deux hommes. Malgré son âge, Guillaume Martin, très alerte, avançait à longues enjambées. Enzo avait du mal à le suivre.

Légèrement essoufflé, il demanda :

– Quand avez-vous commencé à vous inquiéter ?

Martin s'arrêta.

– On était en mars. Juste avant le changement d'heure. La nuit tombait donc encore assez tôt. Je pense qu'il devait être sept heures quand je me suis rendu compte que je ne l'avais pas vue revenir. Je préparais le dîner dans la cuisine, comme je le fais chaque fois que Mireille va chez sa sœur. La croyant dans sa chambre, je l'ai appelée, mais elle ne répondait pas. Ne la trouvant nulle part, j'ai commencé à m'inquiéter.

– Vous l'avez cherchée dehors ?

– Oui. J'ai enfilé mes bottes en caoutchouc et descendu la colline. Mais c'était sans espoir –le temps que j'arrive au lac, il faisait nuit noire. J'ai crié son nom. Plusieurs fois. Seul l'écho m'a répondu. Finalement, je suis retourné à la maison – et j'ai regardé encore dans toutes les pièces, juste au cas où elle serait rentrée pendant mon absence. Mireille est arrivée environ une demi-heure plus tard. J'étais fou d'inquiétude. J'avais l'affreux pressentiment qu'il s'était produit quelque chose de terrible.

– Mais vous n'avez pas appelé les gendarmes ?

Il secoua vigoureusement la tête.

– Mireille voulait que je le fasse. Mais je savais qu'ils ne bougeraient pas. Lucie n'avait disparu que depuis quelques heures et nous n'avions aucune raison de supposer qu'il lui était arrivé un malheur. C'est seulement après avoir fouillé sa chambre plus tard ce soir-là et trouvé la lettre de Blanc que j'ai décidé de les prévenir.

– Pourquoi cette lettre vous a-t-elle convaincu de le faire, finalement ?

– Parce qu'elle provenait manifestement de l'un des criminels dont elle s'occupait par charité, et son ton indiquait clairement que ce type était obsédé par Lucie.

Il se passa les mains dans les cheveux et poussa un soupir exaspéré.

– Nous ne savions pas alors quel genre d'homme c'était.

– Vous pensez donc qu'il l'a tuée ?

Le vieux juge pivota vers Enzo, le regard brûlant :

– Je sais qu'il l'a tuée.

– Comment pouvez-vous le savoir ?

– Vous avez lu la lettre. Ce type était dérangé. Il a persuadé Lucie de le rencontrer. Elle était tellement innocente. Et il l'a étranglée exactement comme il a étranglé ces trois prostituées avant elle. Ensuite il a jeté son corps dans le lac.

– Pourtant, d'après la police, il avait un alibi en béton cet après-midi-là.

Martin serra les lèvres.

– Je n'ai pas passé toutes ces années au tribunal sans avoir appris que les alibis se forgent, monsieur. Sans arrêt des gens se portent garants pour des membres de leur famille ou des amis. Pour toutes sortes de raisons. L'amour, la peur, l'argent. Régis Blanc a tué ma Lucie, monsieur Macleod, et j'aimerais beaucoup que vous puissiez le prouver.

Connectées à un minuteur, les lumières extérieures du château s'allumèrent soudain, projetant vers eux une chaude lumière jaune. Ils finirent de gravir la colline en silence. Lorsqu'ils atteignirent la 2 CV, Enzo sortit ses clés.

– Veuillez remercier votre femme pour le café, monsieur Martin. J'ai besoin de réfléchir. Et d'aller parler à certains collègues de Blanc.

Martin secoua la tête d'un air consterné.

– Où allez-vous comme ça ?

– J'ai réservé une chambre d'hôtel à Duras.

– Il n'en est pas question. Vous restez ici, bien sûr. Je vais téléphoner pour annuler.

– Oh, je ne voudrais pas...

– Taratata, le coupa Martin. Mireille a préparé le dîner. En outre, j'aimerais vous présenter certaines personnes.

Sur ce, il jeta un coup d'œil au pied de la colline et vit dans la nuit des phares de voitures approcher du château.

– Tiens, on dirait que le premier arrive déjà.

Chapitre 6

Leur saison terminée, plusieurs restaurants du front de mer avaient déjà fermé, mais un bon nombre, encore ouverts, offraient un choix assez varié. Et comme le beau temps attirait une affluence tardive de vacanciers, ils étaient bondés.

Sophie et Bertrand avaient trouvé une table sous l'auvent de l'un d'eux, où l'on servait des brochettes de viande et de poisson grillé, à quelques mètres du sable doré qui s'inclinait en pente douce vers la Méditerranée ; on pouvait presque entendre la respiration de la mer dans le soir tandis que les lumières d'Argelès se reflétaient en éclats brisés sur le renflement noir de ses vagues.

L'obscurité tombant assez vite maintenant, ils avaient dîné plus tôt que d'habitude. Leur appartement, situé juste au-dessus d'une boutique de location de vélos, n'était qu'à une centaine de mètres, au bord de la plage ; ils avaient hâte de le retrouver pour une nuit de plaisir ininterrompue, avec les fenêtres grandes ouvertes, les voilages ondulant au gré de la brise marine, et le bruit de la mer en fond sonore.

Il leur arrivait rarement de passer autant de temps ensemble. Bertrand habitait toujours chez sa mère, une dame âgée, fragile, qu'il n'osait pas laisser seule. Sophie vivait dans l'appartement de son père où défilaient sans cesse des visiteurs, au détriment de l'intimité. Ils avaient donc sauté sur l'occasion de cette offre d'arrière-saison pour s'échapper sur la côte et profiter pleinement l'un de l'autre.

Bertrand versa dans leurs verres le reste du Puig Oriol Domaine La Tour Vieille. Un vin local capiteux, riche mélange de syrah et de grenache noir à 14,5° qui glissait un peu trop facilement sur la langue. Les deux jeunes gens se sentaient très détendus. Ils riaient de la moindre bêtise et savouraient leur liberté. Voilà comment ce serait, pensaient-ils, quand ils habiteraient enfin ensemble, libres des contraintes familiales, libres de vivre exactement comme ils le voulaient.

Ils payèrent, quittèrent le restaurant et s'en allèrent main dans la main le long de la promenade, laissant derrière eux les bavardages des dîneurs pour ne plus entendre que le bruit des vagues qui se brisaient sur la plage. Bertrand dégagea sa main pour entourer les épaules de Sophie et l'attirer contre lui. Elle glissa son bras autour de sa taille, appuya la tête sur son épaule, sa mèche blanche à peine visible au clair de lune au milieu de ses longs cheveux bruns, et soupira de satisfaction. C'était le paradis.

– Tu veux m'épouser ? demanda-t-il.

Elle s'arrêta net, se laissant distancer de quelques pas par le jeune homme qui revint à sa hauteur en reculant. Elle le fixait, bouche bée, les yeux écarquillés :

– Tu plaisantes ?

– Tu veux que je mette un genou à terre ?

– Arrête de faire l'idiot, dit-elle en riant.

Puis, redevenant sérieuse :

– Il faut d'abord que tu demandes à mon père.

Bertrand détourna la tête vers la mer en soupirant.

– Tu veux rire ?

Elle haussa un sourcil aguicheur.

– Mais non. Quoi ? Tu as peur de lui ? C'est vrai qu'il ne t'aimait pas beaucoup au début.

– Bien sûr que non, je n'ai pas peur de lui. Je n'ai jamais rencontré un homme plus formidable.

Elle comprit qu'il était sincère et, pour une raison obscure, sentit les larmes lui monter aux yeux. Les relations entre son père et son amoureux avaient débuté de la pire des façons. Jusqu'à ce que Bertrand sauve la vie de Kirsty, et qu'Enzo finance la reconstruction de la salle de sport détruite par un incendie. Désormais, le jeune daguet et le vieux cerf se vouaient un tel respect mutuel que son cœur se gonflait d'amour pour les deux.

– D'accord, je lui demanderai. Mais dis-moi d'abord quelle est ta réponse.

Elle haussa les épaules.

– Ça mérite peut-être un peu de réflexion.

– Sophie ! gronda-t-il.

– Mais oui, évidemment. Oui, oui, oui !

Ils s'enlacèrent et s'embrassèrent au clair de lune sans se soucier d'être vus.

– Viens, dit-il en lui prenant la main.

Ils coururent tout le long du chemin. Devant la boutique de location de vélos, Bertrand sortit de sa poche les clés de la maison, et ils se ruèrent en haut de l'escalier, à peine capables de contenir leur désir l'un pour l'autre. Les doigts tremblants, il voulut glisser la clé dans la serrure mais la porte de l'appartement s'ouvrit toute seule. Une appréhension soudaine refroidit son enthousiasme.

– Idiot ! Tu as oublié de fermer.

Figé sur place, Bertrand souffla :

– Non. Je n'ai pas oublié.

– Mais si, forcément, dit-elle en passant devant lui avant qu'il puisse l'en empêcher.

Elle actionna l'interrupteur ; la pièce demeura obscure, avec pour seule lumière celle de la lune découpée par les lames des volets. Elle sentit alors une odeur étrangère. Anormale.

Aussitôt, deux silhouettes se détachèrent de l'ombre. Entièrement noires, avec des cagoules de ski sur la tête. Bertrand vit briller le blanc des yeux. La première saisit Sophie par-derrière et plaqua immédiatement une main sur son visage pour étouffer son cri. L'autre attaqua Bertrand, sans se douter qu'il réagirait avec une telle force et une telle violence. Toutes les heures passées à faire de la musculation dans sa salle de sport se concentrèrent dans le poing qu'il écrasa sur la figure de son agresseur ; il sentit des os et des dents se briser, et entendit un cri de douleur sortir de la bouche ensanglantée de l'homme dont les jambes se dérobèrent.

Celui qui avait attrapé Sophie la traîna à travers la pièce et la projeta contre la table de la cuisine pour pouvoir sauter sur Bertrand. C'était une véritable armoire à glace ; Bertrand s'affala sous son poids, le souffle coupé. L'autre se releva sur les genoux en jurant et frappa Bertrand à la tempe réduisant son univers à une douleur intense accompagnée d'une lumière vive. Il essaya de se dégager mais un second coup lui écrasa le larynx, l'empêchant de respirer.

Alors un hurlement emplit l'air en même temps qu'une ombre s'élançait dans l'obscurité et déstabilisait le plus grand des assaillants. Toutes griffes dehors, Sophie agitait bras et jambes de tous côtés pour frapper au hasard. L'homme au nez et aux dents cassés se retourna sur-le-champ et l'envoya valser d'un coup de poing en pleine face – sa tête heurta le sol. Dès que Bertrand essaya de se relever, une lourde botte se planta dans son ventre et fit remonter un flot de bile dans sa bouche avant qu'un second coup à la tête le plonge dans les ténèbres.

Chapitre 7

Ils étaient tous arrivés les uns après les autres, à quelques minutes d'intervalle. Dans cinq voitures dont les moteurs cliquetaient en refroidissant sur le parking, à côté de celle d'Enzo. À présent, ils avaient pris place autour de la grande table de la cuisine des Martin et leurs yeux pleins d'espoir fixaient l'Écossais.

Guillaume Martin les lui avait présentés tour à tour : M. et Mme Linol ; M. Klarczyk et sa fille Karolina ; Mme Robert ; M. et Mme Bru ; M. Édouard Veyssière. Enzo était bien entendu le centre d'attraction du dîner. Il se sentait gêné et confus tandis que Mme Martin servait l'entrée froide, foie gras et salade, avec lanières de magret de canard fumé, et que son mari remplissait les verres d'un bergerac moelleux délicieusement frais.

– Vous devez vous demander à quoi tout cela rime, monsieur Macleod.

Enzo hocha la tête.

– En effet.

L'impression d'avoir été piégé le contrariait.

Martin s'assit et expliqua :

– Nous sommes un groupe de parents... de proches... des jeunes filles qui ont soit disparu soit trouvé la mort au cours des semaines et des mois précédant l'arrestation de Régis Blanc.

Chacun de nous, ici, a la ferme conviction que Blanc en est responsable. Or, dans la plupart des cas, la police n'a même pas examiné les liens entre Blanc et nos filles. Puisqu'elle tenait le coupable des meurtres des prostituées, pourquoi se serait-elle donné la peine de revenir sur de vieilles affaires pour l'inculper d'autres assassinats alors qu'il était déjà condamné à perpétuité ?

Enzo promena son regard sur les visages tournés vers lui.

– Vous voulez dire que toutes ces jeunes filles étaient elles aussi des prostituées ?

Mal à l'aise, Martin protesta :

– Non, pas du tout. Certainement pas Lucie, en tout cas.

Il lança aux autres un regard gêné.

M. Klarczyk, qui devait avoir dans les soixante-cinq ans, dit alors avec une pointe d'accent étranger :

– La sœur de Karolina travaillait depuis plusieurs mois comme serveuse à Bordeaux quand elle a disparu.

Karolina, la quarantaine, ajouta sans le moindre accent :

– Nous sommes quasi certains qu'elle travaillait en fait pour une agence d'escortes.

Puis, évitant le regard de son père, elle précisa en rougissant :

– Enfin, je le sais parce qu'elle me l'a dit. Elle venait à la maison une fois par mois. Un jour, elle n'est pas venue. Puis on n'a plus jamais entendu parler d'elle. Elle n'avait pas payé le loyer de son appartement, mais toutes ses affaires s'y trouvaient encore, et personne ne l'avait vue depuis des semaines.

Son récit éveilla l'intérêt d'Enzo.

– Elle avait un lien quelconque avec Blanc ?

– Aucun à notre connaissance, répondit le père.

– Blanc était un souteneur connu, l'interrompit Karolina. Un maquereau. Veronika se prostituait et elle a disparu exactement à l'époque où Blanc a tué les autres filles.

Son père baissa la tête.

Toutes leurs histoires se ressemblaient étonnamment. Des filles vivant à Bordeaux, loin de chez elles, racontant à leurs parents et proches qu'elles travaillaient dans des restaurants ou des bars ; l'une d'elles prétendait qu'elle était actrice. Une seule, à part Lucie, avait été retrouvée morte. Monica, la fille de Mme Robert.

Mme Robert portait sur elle sa tristesse comme on porte un voile, une cape, un châle de deuil. Elle était presque visible, criante dans ses yeux et l'expression tragique de son visage. Mère célibataire, elle avait fait de son mieux pour élever seule sa fille dans la ville de Poitiers. Mais Monica, adolescente obstinée et chicaneuse, s'était enfuie à l'âge de dix-sept ans.

– Je l'ai cherchée en vain, expliqua-t-elle. Avec des amis, on a collecté un peu d'argent pour une campagne d'affichage. On ignorait, bien sûr, qu'elle était partie à Bordeaux. La presse ne s'y est pas intéressée. Un journal local a diffusé sa photo deux ou trois fois, la télé locale aussi, puis elle a été oubliée.

Les yeux baissés sur ses mains, elle poursuivit :

– Je m'attendais toujours à ce qu'on vienne frapper à ma porte. Mais ça n'a pas facilité les choses le jour où c'est arrivé. Au bout de quatre ans. On l'avait trouvée poignardée à mort dans une chambre d'hôtel sordide du quartier chaud de Bordeaux. Nue. (Elle se mordit la lèvre.) Son assassin lui avait fait des choses horribles.

Un silence absolu tomba autour de la table. Enzo comprenait sa douleur.

– J'imagine qu'il n'y a pas eu d'arrestation ?

Elle secoua la tête.

– Ils ont dit que c'était sûrement un client. Peut-être une histoire de drogue. Apparemment, elle prenait de l'héroïne. Et elle avait le sida.

– Et le lien avec Blanc ?

– Elle travaillait, ou avait travaillé pour lui. Il a affirmé qu'il l'avait laissée partir depuis plusieurs mois parce qu'il n'aimait pas que ses filles se droguent. Et, naturellement, il avait une demi-douzaine d'alibis pour la nuit où elle a été tuée.

– Sally aussi était une de ses filles, l'interrompit M. Linol.

Enzo regarda le petit homme chauve assis tout au bout de la table à côté de sa femme. La veste de son costume gris luisant d'usure par endroits était entièrement boutonnée par-dessus une chemise blanche dont le col rebiquait. Sa femme paraissait encore plus petite que lui. On voyait qu'elle avait été jolie autrefois, mais avec les années son visage s'était affaissé et sa peau avait pris la couleur et la texture du parchemin.

– Qu'est-il arrivé à Sally ? demanda Enzo.

– Volatilisée, répondit Mme Linol. Deux jours avant le meurtre de la première des trois prostituées. Elle les connaissait. Tout le monde l'a dit. Elle n'avait laissé aucune trace, monsieur Macleod. Rien. Son appartement avait été vidé, et personne ne l'a jamais revue ni n'a plus jamais entendu parler d'elle. Nous sommes convaincus que cet homme l'a tuée, elle aussi. On n'a jamais retrouvé son corps.

Enzo regarda les visages qui l'entouraient.

– Je ne comprends pas. Comment en êtes-vous arrivés à vous réunir ?

Mme Bru répondit :

– C'est en essayant d'obtenir quelque chose de la police que nous avons appris l'existence d'autres affaires similaires.

M. Veyssière, que Martin avait présenté comme étant veuf, dit à son tour :

– Il nous a paru naturel de nous rassembler pour mettre nos informations en commun puisqu'il devenait évident que nous étions étroitement liés.

Il jeta un coup d'œil à Guillaume Martin, qui reprit la parole :

– J'ai suggéré que nous formions un groupe pour exercer une pression sur la police. À l'époque nous avons réussi à faire parler de nous. Mais les médias ne s'intéressent jamais longtemps à un sujet et la police n'a pas apprécié notre intervention. Alors, en fin de compte, on a décidé d'engager nous-mêmes notre propre enquêteur.

– Qui ? demanda Enzo en haussant les sourcils.

– L'homme qui avait arrêté Régis Blanc pour le meurtre des trois prostituées. Le commissaire Michel Bétaille. Sa dernière affaire avant de prendre sa retraite. Et je savais, pour avoir discuté avec lui, qu'il n'était pas entièrement satisfait des circonstances entourant les meurtres et l'arrestation de Blanc.

– Comment ça ?

– Eh bien, peut-être que si vous lui rendiez visite, monsieur Macleod, il pourrait vous l'expliquer lui-même. Disons simplement qu'il a sauté sur l'occasion de pouvoir réexaminer l'affaire dans son ensemble et enquêter sur les connexions entre nos filles disparues ou assassinées.

– Et qu'a-t-il découvert ?

Une fois de plus le silence retomba autour de la table, personne ne semblait vouloir croiser le regard des autres. Martin finit par dire :

– Rien. Il a travaillé pendant deux ans environ et nous a demandé une somme considérable pour le temps passé à enquêter. Le problème, c'est qu'aucun de ses anciens collègues ne semblait vouloir l'aider. Ils lui ont refusé l'accès aux preuves et aux dépositions. Finalement, il a abandonné, et nous ne sommes pas plus avancés.

– Vous êtes notre dernière chance, monsieur Macleod.

En entendant ces paroles de Mme Bru, Enzo sentit son cœur se serrer. Il détestait être la dernière chance de qui que ce soit. Il la vit se pencher et sortir un dossier de son sac – comme un signal pour toutes les autres familles autour de la table, dont les Martin, qui firent de même. Six dossiers, bleu, rouge, jaune ou vert, attachés par un ruban noir ou un élastique, furent poussés vers Enzo, qui leva les mains en signe de défense.

– Holà ! Je ne peux pas m'occuper de toutes ces affaires. Je suis ici pour enquêter sur le meurtre de Lucie Martin. Je ne sais pas si elles ont un rapport avec ce meurtre.

En promenant son regard autour de la table, il espéra trouver de la compréhension chez ses interlocuteurs mais ne rencontra que de la tristesse. Le silence se prolongea plusieurs minutes avant que quelqu'un commence sans grande conviction à picorer son entrée. Un autre convive sirota une gorgée de vin, puis presque tous baissèrent le nez vers leur assiette avant de relever la tête pour regarder Enzo, qui soupira et s'entendit dire, se surprenant lui-même :

– Écoutez, je veux bien jeter un coup d'œil, d'accord ? Je ne vous promets rien. Mais si quelque chose me saute aux yeux... eh bien, j'y regarderai de plus près. Je ne peux pas vous proposer mieux.

Il était pris au piège. Un silence encore plus grand accueillit sa proposition.

Mme Martin commença ostensiblement à débarrasser les entrées auxquelles presque personne n'avait touché.

– Je vais servir le rosbif, dit-elle, les joues empourprées, sans regarder Enzo.

Regrettant amèrement de ne pas se trouver à des kilomètres de là, celui-ci souleva son verre et avala plusieurs gorgées de bergerac. Puis il empila les dossiers à côté de lui. L'affaire Lucie Martin était le premier. En l'ouvrant, il vit des photos et divers documents. Coupures de presse, photocopie de la lettre de Blanc.

– Auriez-vous, par hasard, l'original de la lettre envoyée par Blanc à Lucie ? demanda-t-il au vieux juge.

Ce dernier parut étonné.

– Vous en avez une photocopie. Et vous l'avez déjà sûrement lue dans le livre de Raffin ?

– Oui, en effet. Mais j'aimerais voir l'original, si c'est possible.

Martin haussa les épaules et se leva :

– Je vais vous la chercher.

Avant qu'il ne quitte la table, Enzo lui lança :

– Comment savez-vous qu'elle est de Blanc ?

– Pardon ?

– Comment savez-vous que c'est Blanc qui a écrit cette lettre ?

Le juge sembla légèrement embarrassé, comme si on le surprenait en train de commettre un acte illégal. Puis il haussa les épaules :

– Michel Bétaille a obtenu des échantillons de l'écriture de Blanc. Ne me demandez pas comment. J'ai payé un graphologue pour qu'il le compare avec la lettre. Il n'y avait aucun doute, monsieur Macleod. Les deux écritures étaient de la même main. C'est bien Régis Blanc qui a envoyé cette lettre à ma Lucie.

Chapitre 8

Lorsque Bertrand reprit connaissance, ses yeux s'ouvrirent sur une obscurité déroutante. Puis il sentit bientôt Sophie respirer à côté de lui, et l'entendit murmurer :

– Oh, mon Dieu. J'ai cru qu'ils t'avaient tué.

Les sons paraissaient venir de très loin, comme à travers un voile épais.

La douleur survint ensuite, une douleur fulgurante à l'intérieur du crâne. Il essaya de s'asseoir et grimaça à cause d'une autre douleur à l'abdomen. Sa musculature puissante l'avait protégé contre la grave blessure interne que n'auraient pas manqué de provoquer sur quelqu'un d'autre les coups de bottes répétés.

Il voulut changer de position et tendre la main vers Sophie, mais il avait les poignets attachés dans le dos. Une douleur de plus. La matière plastique d'une corde rugueuse lui entaillait la chair.

Puis il se rendit compte qu'ils étaient en mouvement et perçut le vrombissement d'un moteur. Ils se trouvaient à l'arrière d'un véhicule.

– Où on est ? chuchota-t-il.

– J'en sais rien. Ils nous ont enfoncé un sac sur la tête, attachés et jetés ici. Depuis, on roule.

– Mais pourquoi ? Qu'est-ce que ces types nous veulent, bon sang ?

– Aucune idée.

Au tremblement de sa voix, il comprit qu'elle était au bord des larmes.

– C'est sûrement une erreur, dit-il pour la rassurer.

Et il se rapprocha d'elle tant bien que mal afin que chacun puisse avoir au moins le réconfort de sentir la chaleur de l'autre. Pendant un long moment, il l'écouta sangloter. Jusqu'à ce qu'elle s'arrête d'elle-même. Pleurer n'apportait ni réconfort ni solution ; avec les larmes, le corps cédait à la peur et à la douleur. C'était trop épuisant.

Ils basculèrent sur le côté lorsque le véhicule vira soudain à droite ; le bruit des roues sur le sol se modifia. Une surface différente, accidentée. Le chauffeur, qui se moquait complètement de l'état de la chaussée, n'arrêtait pas de freiner et d'accélérer à chaque sortie de virage, les envoyant valdinguer à travers l'espace vide du fourgon. Enfin, au bout d'une longue route droite, il ralentit et s'arrêta presque avant de s'engager dans un passage sans doute étroit ; des graviers crissèrent sous les pneus. Ce n'était plus une route mais un chemin criblé de trous entre lesquels le chauffeur zigzaguait pour éviter de casser un essieu.

Après de multiples embardées, ils furent étonnés d'aborder une surface lisse. Brusquement, le véhicule stoppa. Bertrand sentit son cœur s'emballer. S'il avait souhaité voir la fin de ce voyage inconfortable, au moins étaient-ils saufs tant qu'ils roulaient. À présent, l'inconnu les attendait. De nouveau, la peur s'empara de lui.

– Reste près de moi, murmura-t-il à Sophie.

Au même moment, les portes s'ouvrirent en grand et des mains brutales les tirèrent dehors. Bertrand atterrit lourdement sur le sol où il tomba malgré lui à genoux. Il était en hyperventilation et suffoquait presque sous le sac attaché autour de son cou. Il sentait l'air frais sur sa peau, mais ne parvenait pas à en gonfler ses poumons. Soudain, il eut peur de vomir et de s'étouffer. Sophie se mit à gémir :

– Bertrand !

Il essaya en vain de se libérer des mains qui le tiraient pour le remettre debout.

– Ne t'inquiète pas, Sophie, je suis là.

– Ta gueule ! souffla une voix à son oreille.

En écoutant les ravisseurs chuchoter dans le noir, il eut l'impression très nette qu'ils étaient plus de deux maintenant. L'un d'eux l'attrapa par le col et le poussa en avant jusqu'à ce qu'il trébuche sur la première marche d'un escalier. Il avança d'un pas hésitant, gravit une demi-douzaine de marches, trébucha de nouveau, sur le seuil d'une porte cette fois. Il entendit des murmures, des pas, l'écho d'une respiration rauque à l'intérieur d'un espace caverneux.

Leurs semelles claquèrent sur le sol, carrelage ou dalles de pierre ; une porte s'ouvrit avec un raclement, on leur fit descendre d'autres marches qui s'enfonçaient dans une odeur d'humidité. L'air froid et fétide le fit frissonner. Il comprit qu'on actionnait des interrupteurs et perçut une faible lumière jaune à travers la toile du sac. Il lui sembla qu'ils traversaient une pièce, puis longeaient un couloir sur quatre ou cinq mètres avant d'être poussés dans un autre espace vide.

Il entendit Sophie pousser un cri d'effroi. Quand on lui arracha son capuchon, la lumière d'une ampoule électrique qui pendait du plafond l'aveugla. Plissant les yeux, il vit son amie debout au milieu de la pièce, les cheveux emmêlés autour de son visage couvert de bleus, du sang séché sur la bouche. La peur noircissait son regard.

Il y avait deux hommes avec eux. Cagoulés. L'un attendait devant la porte, une batte de baseball pendant de sa main gantée. L'autre brandissait un cutter ; l'espace d'un instant, Bertrand crut que cet homme voulait lui lacérer le visage. Mais il le fit simplement pivoter sur lui-même pour lui détacher les poignets. L'afflux du sang dans ses mains fut presque aussi douloureux que la morsure de la corde. L'homme le poussa ensuite contre le mur du fond et libéra Sophie à son tour. Elle tituba vers lui et, les doigts tremblants, s'agrippa au jeune homme qui l'avait demandée en mariage deux heures plus tôt. Au centre de la pièce, sur le sol poussiéreux, étaient posés la sacoche de Bertrand et le sac à main de Sophie.

Les hommes cagoulés s'en allèrent sans prononcer un mot, et la porte se referma en claquant. Une lourde porte en bois. Un verrou fut poussé, une clé tourna dans la serrure. Leurs pas s'éloignèrent dans le couloir. Une autre porte claqua, le silence retomba.

Pendant plusieurs minutes, Bertrand et Sophie restèrent debout accrochés l'un à l'autre, frissonnant de tous leurs membres, le souffle court, saccadé. Paralysés par la peur, la confusion, la désorientation.

– Ça va ? finit-il par murmurer, sans trop savoir pourquoi il murmurait.

– Oh, oui. En super forme.

Bertrand faillit sourire. Battue, contusionnée, angoissée, Sophie ne se départait jamais de l'ironie cinglante qu'elle tenait de son père.

Il fit des yeux le tour de la pièce, mais il n'y avait pas grand-chose à voir. Des murs nus d'un vert hôpital marqués par les ans. Un sol en ciment. Et tout en haut de la paroi opposée à la porte, une fenêtre assez grande pour laisser passer un homme mais trop haute pour être atteinte, et munie de barreaux extérieurs. Le verre était couvert de crasse ; impossible de voir quoi que ce soit à travers.

Dans un coin gisait un matelas usé avec deux couvertures en laine grise pliées l'une sur l'autre. Le moral de Bertrand s'effondra. On allait donc les faire dormir là, et la présence du matelas suggérait qu'ils y passeraient plus d'une nuit.

– Mais putain, qu'est-ce qu'ils nous veulent à la fin ? lança-t-il d'une voix qui lui parut étrangement forte dans l'espace confiné de cette pièce devenue leur prison.

Sophie ne l'écoutait pas. Se détachant brusquement de lui, elle tomba à genoux au milieu de la pièce, attrapa son sac à main et fouilla à l'intérieur avec une frénésie hystérique.

– Merde ! cria-t-elle en le rejetant avant d'ouvrir la sacoche de Bertrand, qu'elle balança à son tour sur le côté après l'avoir fouillée. Ils nous ont piqué nos téléphones !

Ce qui n'étonna pas Bertrand. Leurs ravisseurs ne se seraient pas donné le mal de les kidnapper et de les amener ici pour leur laisser la possibilité d'appeler au secours. Écœuré, il comprit qu'ils avaient affaire à des professionnels. De désespoir, il se laissa glisser contre le mur jusqu'au sol, remonta les genoux sous le menton et les serra entre ses bras.

Chapitre 9

Située au dernier étage, la chambre d'Enzo donnait sur la piscine et, au-delà, sur la vaste étendue de la vallée.

Enzo avait demandé la permission de se retirer avant le départ des invités. Ensuite, il était resté un petit moment en haut de l'escalier à écouter les conversations animées, parfois houleuses qui montaient de la cuisine. Ils avaient attendu son départ pour exprimer librement leurs sentiments. Même s'il ne saisissait pas leurs paroles, il devinait au ton des voix leur frustration, peut-être leur colère, et sans aucun doute leur déception.

Il poussa un grand soupir, entra dans sa chambre, ferma la porte et, sans allumer la lumière, se posta devant la fenêtre. Finalement, il les vit sortir les uns derrière les autres en direction des voitures. Il n'appréciait pas beaucoup le fait que Martin l'ait piégé de cette façon, sans prévenir, ce qui ne l'empêchait pas d'éprouver de la peine pour ces gens qui avaient perdu une fille. Quatre d'entre elles étaient toujours « portées disparues » au bout de vingt ans sans la moindre nouvelle ; elles étaient certainement mortes. Mais leurs parents voulaient pouvoir tourner la page.

Il regarda les voitures partir l'une derrière l'autre, le serpent de leurs phares descendre la colline avant d'être avalé par la nuit et la brume qui montait de la rivière et du lac. Ces gens emportaient leur douleur dans les ténèbres où elle les suivrait jusqu'à la mort. Il ne pouvait rien pour eux, il en était quasiment certain.

Avec lassitude, il se déshabilla, s'aspergea le visage d'eau glacée et se brossa les dents avant de se glisser entre les draps froids du lit. Bien que physiquement et moralement fatigué il savait que le sommeil tarderait à venir ; alors, il se redressa et, calé contre deux oreillers, étala les dossiers multicolores devant lui sur la couette.

Un par un, il les examina. Rapports de police, correspondance officielle. Coupures de presse, lettres personnelles. Le plus poignant de tout, c'étaient les photos. Enzo se retrouva en train de contempler les visages de six jeunes femmes mortes depuis longtemps, il en était sûr. Il y avait plusieurs clichés de chacune. Des photos d'adolescentes souriantes en des jours plus heureux. Des instantanés de Photomaton. Expressions sérieuses, tristes, ou saugrenues. Un portrait. Celui de la fille qui prétendait être actrice – peut-être était-ce son ambition. Souvent il ne s'agissait que de rêves inassouvis aboutissant à des vies ratées, une chute dans la dépendance ou le désespoir, ou parfois simplement l'acceptation d'une vie moins extraordinaire qu'un espoir puéril avait osé l'imaginer ? C'était une jolie fille aux pommettes saillantes, aux lèvres pleines prometteuses de doux baisers, aux yeux sombres reflétant à parts égales la lumière, l'espoir et l'innocence. Incroyablement triste. Enzo la rangea dans son dossier avec un profond sentiment d'accablement.

La morte de Poitiers avait été photographiée après son décès – les yeux ouverts, la peau bleuie. Un visage ravagé par la drogue, vieilli par un défilé infini d'hommes qui l'utilisaient pour le sexe. Ses clients ne se préoccupaient que de leur satisfaction physique. L'un d'entre eux lui avait peut-être transmis le virus qui l'aurait finalement tuée même si l'assassin au couteau ne s'en était pas chargé.

Enzo se mit à réfléchir à ce qu'il ressentirait s'il arrivait quelque chose à ses propres filles, Sophie et Kirsty – une éventualité qu'il ne pouvait pas évoquer sans douleur. Son cœur se gonfla d'émotion à la pensée de ces pauvres gens qu'il avait vus réunis autour de la table des Martin ce soir, et il se sentit accablé par le sens du devoir tout en sachant qu'il ne pourrait pas le satisfaire.

En baissant les yeux, il vit dans sa main une autre photo. Celle d'une jeune femme aux cheveux courts, blonds avec des mèches brunes. C'était la fille des Linol – Sally – celle qui connaissait les prostituées assassinées. Elle avait un sourire espiègle et des yeux verts pétillants. Une photo prise un jour d'été ensoleillé. Le décolleté de son T-shirt blanc dégageait son cou bronzé et révélait une plume tatouée entre le lobe de l'oreille et la clavicule. Le tatouage avait été réalisé par un professionnel, avec de fins traits bleus créant une illusion de douceur ; Enzo l'aurait presque trouvé beau s'il n'avait pas considéré le tatouage comme un acte d'automutilation.

Il était content de s'être battu contre l'indiscipline de Sophie à l'adolescence, de lui avoir interdit les tatouages sous peine de mort. Elle s'était vengée en choisissant un garçon qui en avait le corps couvert. Avant de tomber amoureuse de Bertrand, un jeune culturiste dont les clous et les piercings auraient déclenché les alarmes des portiques de sécurité de n'importe quel aéroport du monde. Heureusement, Bertrand s'était sorti de sa phase « métal » et révélé beaucoup plus intéressant que le premier coup d'œil ne l'aurait laissé supposer. Finalement, Enzo était soulagé que Sophie soit restée avec lui.

Il regarda de nouveau Sally et sa plume en se demandant ce qu'elle était devenue. Blanc l'avait-il tuée comme les autres ? Dans ce cas, pourquoi ne l'avait-on jamais retrouvée ? Et pourquoi Blanc aurait-il pris la peine de vider son appartement ?

Questions vaines dont il ne trouverait jamais les réponses.

Finalement, il sortit la photo de Lucie. Un portrait professionnel réalisé le jour de son dix-neuvième anniversaire. Son père avait parlé d'innocence ; elle se lisait dans ses grands yeux bleus et son visage souriant. Pas vraiment beau, mais joli. Les boucles dorées adoucissaient des traits anguleux. Un visage qui aurait bien vieilli, comme celui de sa mère. Enzo la reposa sur le lit, il en avait assez de tout ça. La mort, les scènes de crime, les éclaboussures de sang, l'ADN. Ce défilé sans fin de visages morts et de blessures horribles. C'en était trop. Une fois qu'il aurait résolu la dernière affaire du livre de Raffin, il laisserait tout tomber. Il prendrait peut-être sa retraite anticipée. Il voyagerait un peu. Il lirait. Puis il se rappela que le dernier meurtre du livre était celui de l'épouse de Raffin. L'affaire non résolue qui avait poussé le journaliste à écrire ce livre. Non sans une intense douleur.

Il soupira, remit Lucie dans son dossier pour ne plus avoir à regarder le joli visage de la morte ; la découverte de son assassin était la raison de sa présence dans cette maison.

À la place, il prit l'original de la lettre que Martin lui avait remis. Celle-ci, il le savait, était la grande énigme de toute l'affaire. Martin affirmait qu'elle prouvait de toute évidence le lien entre Blanc et sa fille. Oui, bien sûr. Mais, d'après Enzo, elle ne suggérait pas qu'il y ait eu autre chose dans l'esprit de Blanc que l'expression de son amour. Et s'il éprouvait un tel sentiment pour Lucie, pourquoi l'aurait-il tuée ?

Elle était rédigée sur la page déchirée d'un cahier à spirale, cornée à force d'avoir été manipulée. Il y avait une légère trace de brûlure de cigarette dans un coin, et peut-être une tache de café. Une écriture enfantine en pattes de mouche.

Ma Lucie chérie,

Je sais que je ne mérite pas de partager le même espace que toi. Je suis un homme qui a connu et qui a fait des choses terribles. Je sais que tu sais que ce n'est pas ma faute, mais c'est à cause de ça que les gens me détestent. Pas toi. Avec toi c'est comme si j'étais quelqu'un d'autre. Non... je pourrais être quelqu'un d'autre. L'homme que tu VOUDRAIS *que je sois. Je peux seulement essayer de gagner ton amour en échange. Pardonne-moi s'il te plaît. J'espère vraiment que tu me pardonneras.*

Je t'embrasse R

Quel curieux mélange, pensa Enzo, entre lyrisme et maladresse. Un criminel endurci, un homme qui faisait travailler des prostituées et qui sortait de prison pour agression aggravée se prosternait devant une fille ayant la moitié de son âge. Ça ne cadrait pas avec le personnage. Et puis, la familiarité de la signature – *Je t'embrasse R* – comme s'ils se connaissaient depuis toujours. C'était troublant.

Enzo rassembla les dossiers en une pile qu'il posa par terre avant d'éteindre la lumière et de se rouler en boule sous la couette, certain que ces filles hanteraient les jours, peut-être même les semaines à venir, et que, cette nuit, il aurait du mal à s'endormir.

Chapitre 10

Le commissaire à la retraite Michel Bétaille habitait à Bordeaux, dans un immeuble moderne du quartier de La Bastide, proche du jardin botanique et du quai des Queyries. Depuis les baies coulissantes de sa salle de séjour ouvrant sur un petit balcon, on voyait les eaux grises de la Garonne et, au-delà, le quai Louis XVIII et les immeubles édifiés par des armateurs et des négociants.

Bétaille était plus jeune que ne l'avait imaginé Enzo. Soixante-cinq ans environ, et pourtant à la retraite depuis plus de vingt ans. Il sourit lorsqu'Enzo s'en étonna.

– Retraité de la police. Mais pas de la vie ni du travail. Quand j'étais commissaire, je me suis trop frotté à la lie de l'humanité. Aux vraies ordures. La mort, le sang. Les vies gâchées, dévastées. Les mensonges, les tromperies. Ou on s'habitue ou on se démolit et on est marqué à jamais. Je me retrouvais entre les deux ; j'ai compris que j'avais intérêt à décamper si je ne voulais pas me bousiller.

Il fit signe à Enzo de s'asseoir près de la fenêtre.

– Vous voulez un café ?

– Merci.

Cuisine, salon et salle à manger occupaient un même espace. Confortable pour une personne, un peu étroit pour deux. Bétaille disparut derrière un îlot et alluma sa machine à expresso.

– Vous vivez seul ici ? demanda Enzo tandis que les grains de café étaient moulus à grand bruit.

– Oui. J'ai vu trop de mariages échouer chez mes collègues, ça ne m'a jamais tenté. Police et famille ne font pas bon ménage. En plus, je n'ai jamais rencontré la femme idéale. (Il gloussa.) Et puis, à partir d'un certain âge, on n'a pas envie que quelqu'un d'autre envahisse son espace privé, touche à ses affaires, chamboule ses habitudes. Et vous ?

– Divorcé, et puis veuf.

– J'en suis navré.

Enzo haussa les épaules.

– C'était il y a longtemps.

Bétaille hocha la tête. Une fois que sa machine eut forcé l'eau à s'infiltrer à travers le café fraîchement moulu, il revint avec deux petites tasses noires, des morceaux de sucre et des cuillères sur un plateau qu'il posa entre eux sur une table basse.

– Servez-vous. Je m'attendais un peu à votre visite depuis quelque temps.

– Vraiment ?

Il haussa les épaules et sirota son expresso.

– J'ai suivi vos enquêtes dans la presse, monsieur Macleod. Vous avez accompli un travail remarquable sur les meurtres non résolus du livre de Raffin. Je savais que vous finiriez par vous attaquer à celui de Lucie et qu'il vous conduirait probablement à moi.

Enzo sourit.

– Rien que de très prévisible.

Bétaille haussa les sourcils.

– Vous avez dû agacer un ou deux meurtriers. À votre place, je surveillerais mes arrières.

– Oh, c'est ce que je fais. On a déjà essayé de me tuer trois fois.

Il repensa à cette nuit sombre dans la galerie du château de Gaillac où on avait essayé de le poignarder. Au caprice du destin qui avait placé Raffin sur la trajectoire de la balle qui lui était destinée, rue de Tournon. Et, beaucoup plus douloureux, à la dénommée Anna envoyée pour le supprimer – une femme avec laquelle il avait couché et qui avait éveillé en lui des émotions depuis longtemps éteintes. Écartant ces souvenirs d'un rire, il ajouta :

– Une existence bien paisible que la mienne.

Puis, laissant tomber un sucre dans sa tasse, il dit :

– J'aimerais savoir pourquoi vous avez pris en charge le groupe des parents.

– Les Six de Bordeaux, comme les a surnommés la presse. En référence au nombre de filles, bien sûr, pas de parents.

Il marqua une pause et parut réfléchir à la manière dont il allait formuler sa réponse.

– L'enquête initiale sur les meurtres de Blanc ne m'a jamais satisfait.

– Pourquoi ? Blanc était coupable, n'est-ce pas ? Il a tué ces trois prostituées ?

– Oui. C'est vrai. Mais je n'ai jamais eu la satisfaction de savoir pourquoi.

Enzo but son café.

– Les Chinois diraient que le pourquoi importe peu si les preuves accumulées accusent clairement l'assassin. Et cela semblerait le cas.

Bétaille secoua la tête.

– Il faut comprendre l'homme. Je suis sûr que vous le savez par expérience, monsieur Macleod. Or, dans les antécédents de Blanc, rien ne permettait de penser qu'il serait capable d'assassiner ces femmes.

– Pourtant, il l'a fait.

– Oui. Mais voilà... Même si je me suis réjoui qu'on tienne notre homme, comme je l'ai dit, je n'ai pas obtenu la satisfaction de connaître son mobile. Alors, j'ai commencé à fouiller dans son histoire, ses relations, ses amis, pour chercher à comprendre.

– Et ?

– Non seulement mes supérieurs ne m'ont pas encouragé à le faire, mais ils m'ont demandé d'arrêter. Carrément.

– Ont-ils dit pourquoi ?

– Gaspillage de moyens policiers sur une affaire déjà résolue, soupira-t-il en secouant la tête. Comment argumenter contre ça ? Blanc avait avoué les crimes devant le tribunal et il avait été condamné à perpétuité. Qui pouvait soutenir un fonctionnaire troublé par le *sentiment* que quelque chose clochait ?

Il vida sa tasse avant de poursuivre :

– Je suppose que c'est ça qui a précipité ma décision de partir à la retraite plus tôt que prévu. Il était temps que je prenne le large. (Il sourit.) Et puis le groupe des Six de Bordeaux est arrivé et je n'ai pas pu résister à la chance qu'ils m'offraient de réexaminer toute l'affaire.

– Vous y avez consacré deux années ?

– Par intermittence, oui.

– Et vous y avez vu plus clair ?

Bétaille fixa le fond de sa tasse vide.

– Non, absolument pas.

– Et les Six ? Les parents m'ont dit que vous n'aviez trouvé aucune connexion entre elles.

– Non. Je ne pense pas qu'il y en ait, d'ailleurs. Enfin, hormis ce qui est évident. Mais je ne crois pas que Blanc ait tué une seule de ces filles.

– Pourquoi ?

– En ce qui concerne les trois disparues, je n'ai découvert aucun lien, à quelque niveau que ce soit, entre elles et Blanc ou ses complices connus. (Il haussa les épaules.) Des gens disparaissent sans arrêt, monsieur Macleod. En général, c'est parce qu'ils le veulent, pour une raison ou une autre.

Il se leva :

– Vous voulez un autre café ?

– Non, merci.

– Moi j'en boirais bien un autre, dit-il en allant s'affairer devant sa machine. Cela ne m'a pas aidé, bien sûr, que mes anciens collègues me battent froid. J'avais espéré pouvoir au moins accéder à quelques données internes. Mais ils m'ont refoulé. Ces gens avec lesquels j'avais travaillé pendant des années, à qui j'avais rendu service, que j'avais aidés à grimper les échelons, ne voulaient rien me livrer. Pas la moindre foutue petite info !

Très amer, il fit claquer sa tasse sur la soucoupe.

– J'imagine qu'on leur avait interdit de le faire. Mais, vous voyez, je pensais que j'aurais au moins droit à un petit signe, quelque chose. On aurait presque pu croire qu'ils avaient peur de me parler. Pourquoi des policiers auraient-ils peur de parler à un ancien collègue ?

Enzo haussa les épaules et secoua la tête, en se demandant si Bétaille ne se montait pas la tête. Frustré par son manque de résultats dans l'enquête sur les Six de Bordeaux, il pouvait attribuer son échec au manque de coopération de ses anciens collègues. Mais Enzo ne voulait pas qu'il s'écarte de son sujet :

– Et les trois autres ?

Un épais café noir s'écoula en gargouillant dans la tasse de Bétaille.

– Il était prouvé que Blanc avait rencontré Lucie dans les bureaux de La Rentrée. Vous savez, bien sûr, que La Rentrée était une association caritative catholique ayant pour mission d'aider les prisonniers récemment libérés à se réinsérer dans la société ; elle a donc dû rencontrer toutes sortes de criminels dans le cadre de son travail. La différence étant que Blanc est le seul à lui avoir écrit une lettre d'amour.

– Et quelle lettre. À mon avis, ce n'était pas la première.

Bétaille lui lança un regard curieux tout en se rasseyant pour boire son café.

– Qu'est-ce qui vous fait dire ça ?

Enzo haussa les épaules.

– L'instinct. Quelque chose dans son ton. Un échange unique ne suffit pas à installer une telle familiarité.

Cela n'eut pas l'air d'impressionner Bétaille.

– Eh bien, on n'en a pas trouvé d'autres. Ils avaient dû se rencontrer plusieurs fois dans les bureaux de l'association. Blanc a reconnu s'être épris d'elle et avoir écrit la lettre un soir qu'il était ivre dans un bar.

– Et la fille à la plume tatouée ?

– Sally Linol ? Oui, c'était bien une des filles de Blanc. Connue de toutes les autres. Mais je ne crois pas qu'il l'ait tuée. Elle a vidé son appartement et elle est partie. C'était avant les meurtres. Elle a simplement déménagé. Pour recommencer sa vie ailleurs.

– Et Monica Robert ? Celle qui a été assassinée ?

– Oh, elle aussi avait fait partie du cheptel de Blanc. Mais il s'était séparé d'elle quelques mois plus tôt. Elle travaillait pour un horrible petit mac, un dealer qui opérait depuis l'arrière-salle d'un café du quartier chaud. On l'a retrouvée mutilée dans une chambre d'hôtel. Un crime sexuel de dingue. Pas le style de Blanc. Il n'a jamais eu d'histoire de violence avec les femmes.

– Pourtant, il a étranglé trois de ses filles.

– Ce qui me ramène à mon point de départ, monsieur Macleod. Pourquoi ? Ça ne colle pas du tout avec son personnage. C'était un homme viril. Il se soûlait, se bagarrait. C'était un maquereau, d'accord, mais tout le monde savait qu'il était correct avec ses filles. Il y avait chez lui un côté tendre, peut-être même romantique. Vous avez lu sa lettre à Lucie. Il *aimait* les femmes. Il traitait ses prostituées avec un respect auquel elles n'étaient pas habituées de la part des autres macs. Alors pourquoi, brusquement, en aurait-il assassiné trois ? Et il y a plus étrange encore. Un fait qui n'a jamais été rendu public. Même au procès, puisqu'il a plaidé coupable. Toutes les trois étaient sous sédatif. Du Rohypnol ou « drogue du violeur », comme on l'appelle. Mais il ne les a pas violées, et il est probable qu'elles étaient inconscientes quand il les a étranglées. Donc elles ne se sont aperçues de rien. Il *ne voulait pas* leur faire mal.

– Juste les tuer.

– Oui.

Il vida sa seconde tasse et ajouta :

– Sans rime ni raison, cher monsieur. Je ne comprends pas plus ses motivations aujourd'hui qu'il y a vingt-deux ans. Et ça continue à me perturber.

Il se leva, plongea les mains dans ses poches, les yeux tournés vers un rayon de soleil qui jouait soudain sur l'eau.

– Évidemment, une kyrielle de psychologues et de psychiatres sont allés le voir en prison au fil des ans, et à tous il a sorti le même baratin. Sa mère était une putain, vous comprenez. Une fois, paraît-il, quand il était à l'arrière de la voiture, il l'a vue tailler une pipe à un client. Alors, naturellement, chaque fois qu'il étranglait une fille, il tuait sa mère.

– De la psychologie de bazar, sourit Enzo.

– Je ne vous le fais pas dire.

– Mais il avait bien une raison de tuer ces filles, et vous pensez que les Six de Bordeaux n'ont aucun rapport ?

– Absolument.

– Qui a tué Lucie, alors ?

– Je n'en ai pas la moindre idée.

Enzo sentit que le fil de l'enquête commençait à lui échapper.

– D'autres personnes ont-elles été suspectées de son meurtre ?

– Eh bien, suspectées je ne sais pas, mais son petit ami a été interrogé quand elle a disparu.

– Et ?

– Aucun lien n'a été établi. Il se trouvait à Paris à ce moment-là.

Enzo avait laissé sa 2 CV sur le parking de la gare de Libourne d'où il avait pris le train pour Bordeaux. Un trajet d'une demi-heure. Plus facile que de circuler en voiture dans la ville. Le voyage de retour ne lui prit même pas trente minutes. Il reprit sa voiture et engagea la vieille Citroën dans les rues étroites, puis sur la D670. À l'aide du GPS de son téléphone, il mit le cap sur Duras, la ville natale de Lucie, où elle avait connu à l'école le garçon devenu son petit ami.

Richard Tavel habitait avec sa femme et ses deux jeunes enfants une maison héritée de ses parents. Une solide bâtisse carrée du XIXe siècle sur trois niveaux, juste à l'extérieur de Duras, près de la route de Savignac, à cinq kilomètres à peine du château Gandolfo où Lucie avait vécu avec ses parents. Enzo y arriva en fin d'après-midi. La lumière du jour commençait à pâlir, des lampes brillaient déjà derrière les fenêtres du rez-de-chaussée.

Il gara la 2 CV dans la rue et grimpa les quelques marches du perron. Il entendit une sonnerie dans les profondeurs de la maison quand il appuya sur le bouton. Au bout d'un moment, une ombre apparut derrière la vitre de la porte d'entrée et une femme, entre trente-cinq et quarante ans, lui ouvrit. Une femme banale, pas vilaine, avec d'épais cheveux bruns attachés en queue-de-cheval. Elle portait un jean, un T-shirt, aucune trace de maquillage.

– Oui ? Je peux vous aider ? demanda-t-elle en écarquillant ses yeux marron.

– Je cherche Richard Tavel. Il habite bien ici ?

Du fond du vestibule arriva derrière elle un homme à l'allure débraillée.

– Qui le demande ?

– Je m'appelle Enzo Macleod, dit-il en prononçant son nom à la française – *Mac-lé-od*.

L'homme avança en pleine lumière. Pâle, grand, élancé, vêtu d'un pull en laine trop large. Il ne remplissait pas non plus son pantalon cargo qui retombait en plis sur ses pieds nus.

– Oh, oui…, fit-il comme s'il aurait dû le savoir. Entrez.

Sa femme le regarda d'un air surpris. Mais Tavel ne prit pas la peine de s'expliquer. Enzo, qui entendait au loin un bruit de télévision et de voix d'enfants, remarqua qu'il évitait de la regarder. Il remarqua aussi qu'elle ne semblait pas désireuse de laisser un étranger pénétrer chez elle. Il résolut le problème en se faufilant entre eux deux.

– Mais… ?

Tavel se força à sourire :

– Je t'expliquerai plus tard, Magalie. Nous pourrons parler dans mon bureau, monsieur.

Enzo le suivit dans l'escalier, conscient du regard de la femme dans son dos, jusqu'à ce qu'un cri de douleur poussé par un enfant la chasse à toute vitesse vers l'arrière de la maison. Le palier du premier étage était sombre. Tavel poussa la porte d'une grande pièce carrée et alluma la lumière. Elle était à peine meublée. Un bureau ancien, une chaise pivotante, une paire de vieux fauteuils club en cuir sur un parquet ciré. Un grand miroir accroché au-dessus de la cheminée, des photos de famille sur les murs. Il referma derrière lui et dit d'une voix tendue :

– Je savais bien que vous alliez venir frapper chez moi un de ces jours.

– Vous avez eu le temps de vous y préparer, alors.

Tavel respira à fond.

– Ma femme n'est pas au courant et je ne tiens pas à ce qu'elle le soit.

Enzo fronça les sourcils.

– Pardon, mais elle n'est pas au courant de quoi exactement ?

– De mon lien avec la disparition de Lucie Martin.

– Oh ? Et quel est votre lien avec sa disparition ?

– Il n'y en a pas ! Absolument aucun. Et si vous compreniez quelque chose à ce qui s'est passé, vous le sauriez.

Il s'éloigna vers la fenêtre en se tordant les mains. Il était dans un état d'agitation extrême quand il se retourna vers Enzo.

– Aujourd'hui, je suis heureux en ménage, monsieur. J'ai de jeunes enfants. Magalie vient de l'Aubrac et ignore tout du meurtre de Lucie, de ma relation avec elle. J'aimerais que ça ne change pas.

– Je ne lui dirai rien, dit Enzo en souriant. En supposant, bien sûr, que vous soyez prêt à répondre à mes questions.

– Quelles questions ? Elle est morte depuis plus de vingt ans, tout le monde sait que je n'ai rien à voir avec ça.

– Vraiment ?

– La police m'a interrogé une seule fois, ça n'a même pas duré une heure. Ils m'ont relâché dès qu'ils ont réussi à confirmer que j'étais bien à Paris le week-end où elle a disparu.

Enzo hocha la tête.

– C'est incroyable comme les ragots ont la vie dure, pourtant. Je me souviens d'un directeur de cinéma interrogé par la police sur le meurtre d'une jeune fille à Glasgow. Ils l'ont cuisiné pendant quarante-huit heures avant de le laisser partir. Tout le monde pensait que c'était lui, le coupable et que la police n'arrivait pas à le prouver. Le véritable assassin a été arrêté trois mois plus tard mais malgré cela l'homme a perdu son travail, sa femme l'a quitté, et il a fini par se suicider.

Tavel poussa un gros soupir.

– Qu'est-ce que vous voulez savoir ?

– Parlez-moi de vous et Lucie.

Tavel s'assit au bord de l'un des fauteuils, buste en avant, chevilles croisées, sans cesser de se tordre les mains. Il fixait le vide, l'abîme du temps et de la tragédie.

– On s'est connus à l'école primaire. Au lycée, je l'ai emmenée au bal de fin d'année. Elle m'avait toujours plu. Elle était si jolie avec ses yeux bleus et ses cheveux soyeux, dorés. Dieu sait de qui elle les tenait parce que son père parlait sans arrêt de leurs ancêtres italiens.

Il leva les yeux vers Enzo, puis les détourna aussitôt.

– On a commencé à sortir ensemble régulièrement. Pendant toute notre adolescence. Un amour d'enfance, en somme.

– Et après l'école ?

– Je suis entré à l'université de Bordeaux, Lucie, non. Pas parce qu'elle n'était pas assez douée. Ça ne l'intéressait tout simplement pas de poursuivre ses études.

– Mais elle est quand même allée à Bordeaux.

– Oui. Un boulot à l'association de réinsertion des prisonniers, La Rentrée. Elle l'a pris pour être près de moi. C'est ce qu'elle a dit. Mes parents n'étaient pas riches... Ils ont hérité cette maison de la famille de ma mère. Avec une demi-douzaine d'autres étudiants, je vivais dans un immeuble assez minable pas trop loin de la fac. Le père de Lucie lui a acheté un studio.

Quand il prononça ces mots, Enzo crut voir apparaître sur son épaule le monstre vert de la jalousie.

– Il y avait de l'argent chez les Martin, son père était toujours prêt à céder aux caprices de Lucie. Pour tout, sauf pour moi. Il ne m'aimait pas beaucoup. Je n'étais pas assez bien pour sa fille. Il ne l'a jamais dit dans ces termes, mais il me l'a bien fait comprendre.

– Vous n'habitiez pas dans son studio ?

– Oh si. Tout le temps. Sauf quand j'avais cours très tôt le matin. Elle habitait loin de la fac. C'était incroyable, les premiers mois. Libérés des contraintes familiales. Libres de faire exactement ce qu'on voulait, quand on le voulait.

Enzo l'observait attentivement.

– Il me semble sentir un « mais » quelque part dans un futur proche.

Tavel haussa les épaules et un petit rire dépourvu d'humour s'échappa de ses lèvres.

– Elle m'a viré.

Ses doigts semblaient soudés et ses mains ne former qu'un seul poing, comme s'il se livrait à quelque prière désespérée.

– Pas tout de suite. Je veux dire qu'il n'y a pas eu de « c'est fini entre nous ». C'est juste devenu « gênant » que je reste. On se voyait de moins en moins, je la sentais m'échapper.

– Vous compreniez pourquoi ?

– Elle en avait trouvé un autre.

– Elle vous l'a dit ?

– Non.

– Comment le saviez-vous, alors ?

Tavel évita de nouveau les yeux d'Enzo.

– Déduction logique.

Enzo lâcha un petit soupir d'exaspération :

– Parce qu'il était inimaginable qu'elle ne s'intéresse plus à vous, tout simplement ?

Cette fois, Tavel jeta un regard vif à Enzo. Le sous-entendu ne lui avait pas échappé et une poussée d'orgueil coléreux perça à la surface de son agitation.

– Je l'ai vue avec lui, dit-il en haussant le ton.

– Où ?

L'embarras, peut-être la honte, atténua sa colère.

– Un soir, j'ai attendu dehors, près des bureaux de La Rentrée, et je l'ai suivie. Elle a retrouvé ce type, plus vieux qu'elle, dans un café. Vous ne pouvez pas savoir comme j'ai été choqué en la voyant l'embrasser. Juste un effleurement des lèvres. Mais c'était si détendu, si intime qu'on devinait tout de suite qu'ils se connaissaient bien.

Enzo l'observa tandis que Tavel revoyait la scène dans sa tête.

– Ils se sont glissés dans un box, au fond du café. Il faisait sombre, je ne voyais pas très bien. Et je ne pouvais pas entrer sans me faire repérer. Mais je les ai vus se tenir les mains sur la table.

– Quel effet ça vous a fait ?

Tavel serra les poings si fort que ses jointures blanchirent.

– J'avais mal. J'étais en colère.

– Vous aviez déjà vu cet homme ?

L'hésitation imperceptible de Tavel n'échappa pas à Enzo.

– Non.

– Donc, vous ne saviez pas qui c'était ?

– Non.

Debout, Enzo le regarda en silence pendant si longtemps que Tavel fut obligé de lever les yeux et de le regarder. Presque aussitôt, ils entendirent Magalie appeler d'en bas.

– Richard ! Les garçons attendent que tu les aides à faire leurs devoirs !

– Vous savez, c'est une preuve matérielle dans une affaire criminelle. Une preuve que vous avez cachée à la police.

La peur agrandit les yeux de Tavel.

– Je ne pensais pas que c'était important.

– Je suis sûr que vous pourrez leur expliquer quand ils vous interrogeront de nouveau.

– Richard ! cria sa femme sur un ton irrité.

– J'arrive !

– Alors, vous ne saviez vraiment pas qui était cet homme ?

Tavel aspira sa lèvre inférieure et la mordit. Puis il se tourna vers la fenêtre.

– Non, je ne le savais pas. À l'époque.

– Et plus tard ?

Tavel hocha la tête et finit par dire :

– Quand on a arrêté Blanc pour le meurtre des prostituées, sa photo a paru dans tous les journaux.

Enzo sentit qu'il était à deux doigts de découvrir quelque chose de nouveau dans l'affaire Lucie Martin.

– C'est Blanc qu'elle a retrouvé au café ?

Tavel se retourna et le regarda avec des yeux suppliants :

– Je ne voulais pas être mêlé à ça. Il était inutile de raconter à la police que je l'avais vue avec Blanc.

– Parce que cela revenait à admettre que vous l'aviez suivie. Et la presse en aurait fait ses choux gras, n'est-ce pas ? L'amour d'enfance largué pour un tueur en série.

– Si c'était Blanc qui l'avait tuée, de toute façon on l'avait jeté en prison pour les autres meurtres, alors quelle différence ?

– La différence, monsieur Tavel, articula lentement Enzo, c'est que vous aviez un mobile pour la tuer.

– Sauf que ça ne pouvait pas être moi. J'étais à Paris ! s'écria Tavel sur un ton qui frisait l'hystérie.

Enzo se rappela alors les paroles de Guillaume Martin : *Je n'ai pas passé toutes ces années au tribunal sans avoir appris que les alibis se forgent.*

– Vous aviez peut-être un alibi pour le week-end où elle a disparu. Mais qui sait quand elle a été tuée ? Et où vous étiez à ce moment-là ?

Tout le sang se retira du visage de Tavel, jusqu'à la dernière goutte.

Lorsque la porte se referma, Enzo savait qu'il laissait derrière lui une maison sous tension. Il resta un instant sur le perron en se demandant comment Tavel expliquerait sa visite à sa femme. Quels nouveaux mensonges inventerait-il pour cacher un passé rempli de honte. Et – qui sait ? – peut-être de culpabilité.

La lune montait déjà dans un ciel clair. Le jour s'attardait, cédant à contrecœur le pas à la nuit. Enzo regagna sa voiture, sortit les clés de sa poche et vit le mot glissé sur le pare-brise. Une feuille de papier blanc pliée en deux. Il souleva l'essuie-glace pour la dégager, et l'ouvrit. Quatre mots : *Retrouvez-moi au château.*

Il se demanda un instant de quel château il s'agissait. Le château Gandolfo ? Ou celui de la ville ? Levant la tête, il aperçut la silhouette du château Duras, avec sa tour ronde qui se détachait sur l'horizon, à l'ouest, et comprit que c'était là qu'il devait rencontrer l'auteur du message. Mais il n'arrivait pas à deviner qui voulait le voir, et pourquoi. Puis il se souvint de ce que Michel Bétaille lui avait dit à Bordeaux : *Vous avez dû agacer un ou deux meurtriers. À votre place, je surveillerais mes arrières.*

Chapitre 11

Il ne lui fallut pas plus de deux minutes pour traverser la vieille ville par ses rues étroites jusqu'à la place Jean-Bousquet. Celle-ci s'inclinait en pente douce vers le château Duras, qui dominait la vallée. Les lumières de deux cafés étaient allumées, mais personne n'occupait les tables en terrasse. Il faisait trop froid maintenant, même pour les fumeurs.

Enzo gara sa voiture sous les arbres puis continua à pied en direction du château et d'une boutique de souvenirs dont la vitrine éclairée projetait un rectangle clair sur les pavés.

Sous un passage voûté, une barrière en bois fermait l'entrée du monument. Au-delà, l'imposante bâtisse semblait plongée dans le noir. Pour la visiter, il fallait passer par la boutique où l'on vendait les billets. Mais le mot laissé sur son pare-brise disant *au* château et non pas *dans* le château, Enzo attendit dehors en tapant des pieds pour se réchauffer, guettant quiconque approcherait, piéton ou voiture.

Tendu à l'extrême, il se demanda une fois de plus qui avait laissé ce message, et pourquoi. Malgré l'affreux pressentiment qu'il s'agissait d'un piège, il ne voyait pas très bien ce qu'on pourrait lui faire en pleine rue. Cependant, il n'y avait pas un chat en vue. Il commençait à regretter d'être venu. D'un autre côté, si cette rencontre lui permettait d'y voir un peu plus clair dans l'affaire Lucie Martin...

Il décida d'entrer dans la boutique pour demander si on avait laissé quelque chose pour lui.

Une clochette tinta lorsqu'il poussa la porte. Livres, brochures, cartes et guides touristiques s'alignaient sur des étagères. Immédiatement sur sa gauche, il y avait une caisse enregistreuse posée sur un comptoir. Mais la boutique était vide.

– Il y a quelqu'un ? cria-t-il.

Après avoir attendu un instant, il appela de nouveau. Pas de réponse. Il longea le comptoir et vit une porte donnant sous le passage voûté, de l'autre côté de la barrière. De toute évidence, c'était par là que les touristes entraient après avoir acheté leurs billets. Espérant que quelqu'un allait se montrer, il hésita d'abord quelques secondes avant de s'engager sous le vaste passage qui débouchait dans la cour du château. Un battant de l'énorme grille en métal gardant l'entrée était ouvert. Il pénétra dans la cour pavée éclairée par la lune, qui se levait dans un ciel parsemé d'étoiles.

– Hello !

Sa voix résonna autour de la cour. De chaque côté de celle-ci, les murs plongeaient six mètres plus bas dans ce qui avait sans doute été des douves, mais n'était plus qu'un talus d'herbe fraîchement tondue. Au fond de la cour, un escalier menait à une terrasse et aux portes du corps de logis. Aucune lumière nulle part, à l'exception de celles qui scintillaient au loin en contrebas, dans la campagne.

Une des portes, à moitié ouverte, l'attira sans qu'il puisse expliquer pourquoi. Les semelles de ses boots en cuir raclèrent la pierre des marches quand il monta sur la terrasse. Avançant ensuite avec plus de précaution, il poussa le battant entrebâillé et s'avança dans un grand salon vide au sol carrelé de tomettes sur lesquelles la lune, qui pénétrait en biais par les fenêtres, dessinait de longs rectangles blancs. Il y avait trois cheminées, une à chaque extrémité, la troisième face aux fenêtres. Au-dessus de chacune était accroché un portrait ; Enzo imagina aussitôt une immense table au milieu de cette salle, des bûches flambant dans les trois âtres, un banquet et de nombreux convives parmi lesquels les modèles des portraits. Mais en un clin d'œil l'image disparut, ne laissant la place qu'aux échafaudages installés au fond de la pièce, et aux rubans de soie rouge drapés entre des poteaux chromés devant les portes donnant accès aux autres parties de la demeure. Et le silence. Un silence si profond qu'Enzo se surprit à retenir sa respiration pour ne pas le troubler.

Puis un bruit, dehors, le remplit brusquement de peur et d'appréhension. Qu'est-ce qui lui avait pris d'entrer ici ? Il ouvrit la porte toute grande et s'avança hardiment sur la terrasse, prêt à affronter quiconque serait là. Mais la terrasse était vide, tout comme la cour.

Il remarqua alors que les lumières de la boutique de souvenirs n'étaient plus allumées et que la grille par laquelle il était entré avait été fermée. Brusquement pris de panique, il dévala l'escalier, courut vers elle, accompagné par son ombre que la lune projetait à sa droite. Agrippant le métal froid des barreaux, il les secoua de toutes ses forces ; ils bougèrent à peine. Une grosse chaîne verrouillée par un cadenas avait été enroulée autour de la vieille serrure. Bon sang ! Il était prisonnier.

De l'autre côté de la route, une voiture démarra. Ses phares balayèrent les murs lorsqu'elle tourna avant d'accélérer vers le fond de la place Jean-Bousquet d'où une rue étroite partait en direction du sud.

– Merde ! jura-t-il entre ses dents.

Il chercha son téléphone dans sa poche et crut défaillir en le revoyant sur le support du tableau de bord, là où il l'avait laissé après avoir utilisé le GPS. Quel triple idiot ! Ivre de colère et de frustration, il se remit à secouer la grille en criant :

– Au secours !

Sa voix se répercuta en écho de l'autre côté de la place, mais il n'y avait personne pour l'entendre. Les yeux fermés, il respira profondément puis hurla aussi fort qu'il le pouvait :

– Au secours ! Est-ce qu'il y a quelqu'un, pour l'amour du ciel ?

L'absence de réponse lui confirma qu'il n'y avait personne. Il se sentit alors complètement abattu, désespéré. Où étaient passés les gens ? Qu'est-ce qui leur était arrivé ? Pourquoi, dans la campagne française, tout le monde disparaissait toujours dès la tombée de la nuit ? Il se réconforta en se disant que s'il attendait assez longtemps, un fumeur finirait par sortir d'un des cafés pour griller une cigarette, et l'entendrait crier. Il attendit, attendit une éternité ; personne n'apparut. Ce n'était pas le moment que le monde entier décide subitement d'arrêter de fumer. Furieux, il lança encore une bordée d'imprécations à la nuit avant de rebrousser chemin dans la cour pavée pour se diriger d'un pas vif vers le mur de gauche. De là, il scruta l'obscurité et comprit qu'il était beaucoup trop haut pour qu'il se risque à sauter.

Il recula, en s'efforçant de garder son calme. Le personnel administratif devait bien avoir un bureau quelque part, un endroit réservé. Avec un téléphone d'où il pourrait appeler à l'aide. Quitte à défoncer la porte à coups de pied pour y pénétrer.

Il retourna vers l'escalier menant au grand salon et remarqua pour la première fois, sur le côté, des marches qui descendaient vers les caves. On ne devait probablement pas voir grand-chose là-dessous ; il hésita un instant avant de s'y aventurer. Mais que faire d'autre ?

Une main posée sur le mur pour se guider, il progressa lentement, marche par marche. Arrivé au pied de l'escalier, il vit un rayon de lumière s'échapper d'une porte ouverte. À côté de cette porte, une plaque fixée au mur indiquait : *Salle*

Emmanuel Félicité – attention aux marches. Il y avait aussi un carré jaune et des chiffres *1…9*. Le cœur lourd, Enzo comprit qu'il s'agissait d'une sorte de circuit touristique balisé à travers le château. La lumière était celle de la lune, brillant à travers une fenêtre à petits carreaux de la salle Emmanuel Félicité. Au centre de la pièce se trouvait une maquette du château. Au-delà, une porte ouvrait sur un couloir bordé d'une rampe. Il y avait une flèche sur le mur, un carré jaune et les chiffres *2…9*. Le deuxième lieu intéressant du circuit, donc. Mais ni bureau, ni téléphone, ni sortie de secours.

De plus en plus découragé, Enzo revint sur ses pas et remonta vers la cour.

Sous le clair de lune, des ombres s'approchaient en chuchotant. Deux hommes marchaient avec une précaution infinie en direction de l'escalier. S'il ne pouvait pas encore les voir à cause de la voûte sous laquelle passaient les marches, il distinguait parfaitement leurs ombres qui touchaient presque ses pieds, et derrière les murmures il entendait le frottement de leurs chaussures sur les pavés. Paniqué, il reconnut l'ombre d'un pistolet brandi à bout de bras. Aussitôt il pivota sur lui-même et courut se réfugier dans la salle Emmanuel Félicité. La seule idée qui lui vint à l'esprit fut de suivre les carrés jaunes du circuit pour s'éloigner de ces hommes qui ne pouvaient avoir qu'une seule intention : l'agresser.

La rampe noire le guida vers d'autres marches plongeant dans des profondeurs obscures. Un panneau lui apprit qu'il approchait de la *Boulangerie*. Et, l'espace d'un bref instant d'incohérence absurde, il pensa aux gens qui, jadis, confectionnaient leur propre pain dans le château.

Derrière lui, des pas résonnèrent sur la pierre. Les hommes qui s'étaient approchés avec tant de précaution de l'escalier, avaient maintenant abandonné toute velléité de discrétion. Ils savaient qu'il les avait repérés et le traquaient sans plus se cacher.

Enzo se précipita à l'intérieur de la boulangerie éclairée par la lune et faillit mourir de peur en voyant, debout à côté d'une longue table en bois, une silhouette qui brandissait une pelle à pain. Un cri bref, involontaire, jaillit de sa bouche avant qu'il ne se rende compte qu'il s'agissait d'un mannequin entouré de faux accessoires pour recréer l'ambiance d'autrefois. Et que la pièce était un cul-de-sac.

Il retourna dans le couloir, franchit une porte voûtée, tomba sur une galerie décorée de photographies. Une flèche indiquait la *Cuisine aux 100 fagots*. Il courut dans cette direction. Derrière lui, il entendait les pas, les voix, le souffle des hommes lancés à sa poursuite. En désespoir de cause, il entra dans l'ancienne cuisine et se heurta à d'autres mannequins. Au centre d'une cheminée sans feu, un cochon entier en plastique rôtissait sur un tournebroche. Encore un cul-de-sac. Il ressortit aussitôt et vit les deux hommes entrer dans la boulangerie. Filant dans la direction opposée, il dépassa la *Salle aux secrets*, monta un escalier, tourna à gauche, puis à droite et, aveuglé par la panique, renversa les femmes vêtues de grands tabliers qui peuplaient la deuxième cuisine. Une vitrine pleine de vaisselle tomba par terre, la porcelaine explosa en mille morceaux sur les dalles de pierre.

Enzo avait perdu le sens de l'orientation, il était sorti du circuit touristique. Des marches qu'il gravit deux par deux le menèrent à un palier, puis à une salle. Continuant à suivre cet escalier en spirale, il émergea soudain en plein air dans une cour rectangulaire entourée de galeries qui le dominaient de tous côtés.

Il entendait maintenant les pas et la respiration lourde de ses poursuivants dans l'escalier. Il traversa la cour en quatrième vitesse, franchit d'autres marches, enfila un couloir très sombre, se guida d'une main sur le mur lambrissé, fit tomber un panneau sur pied, trébucha sur le seuil d'une porte donnant sur un espace encore plus noir. Complètement désemparé, il chercha un mur à tâtons ; ses doigts rencontrèrent un interrupteur qui déclencha soudain une explosion de lumière au fond de la pièce où une paroi de verre s'élevait à perte de vue. Derrière la vitre, des personnages fantomatiques tout de blanc vêtus se mirent à gémir et hurler dans la nuit. Enzo sentit ses cheveux se dresser sur sa tête. Terrifié, il se sauva, se prit les pieds dans le panneau qu'il avait renversé et s'affala de tout son long par terre. En se redressant tant bien que mal, il vit, à la lueur de la pièce qu'il venait de quitter, une flèche indiquant *Salle aux fantômes*.

Il repartit en courant. À l'aveuglette. Déboucha sur un autre couloir, monta d'autres marches, franchit une porte, sortit sur une galerie qui longeait le mur extérieur du château. À l'extrémité de cette galerie, une ouverture étroite donnait sur un autre escalier en spirale. En la franchissant, il sentit quelque chose accrocher l'élastique qui retenait sa queue-de-cheval et le casser ; détachés, ses cheveux retombèrent sur ses épaules.

L'escalier à n'en plus finir se rétrécissait de plus en plus. Sur un palier minuscule, Enzo se jeta dans une pièce encore plus petite, au plafond très bas, dont les fenêtres cintrées surplombaient des toits de tuile. Aucune issue possible. Il fit demi-tour, se glissa entre les murs de cette spirale aux degrés de plus en plus hauts, de plus en plus étroits sur lesquels il parvenait à peine à poser le pied. Il pensa alors à ce qu'un vieux policier lui avait dit un jour : les gens fuient toujours vers le haut. Complètement stupide ! Il arrive forcément un moment où on ne peut pas aller plus loin.

Sa veste se déchira sur une pierre anguleuse. Les marches s'arrêtaient là, à l'air libre, sur une plateforme circulaire entourée d'une balustrade. C'était fini. Pas moyen d'aller plus haut. Il comprit qu'il était au sommet de la tour. Ou bien il passait par-dessus bord et sa mort était certaine, ou bien il rebroussait chemin et se jetait dans les bras de ses poursuivants.

Autour de lui s'étendait à perte de vue le paysage baigné par le clair de lune ; au sud scintillaient les lumières de la ville ; au nord et à l'ouest, celles des villages et des fermes ponctuaient la plaine. Son regard fut attiré non loin du château par deux terrains de rugby illuminés où les minuscules silhouettes des joueurs à l'entraînement couraient et se lançaient le ballon en criant.

Derrière lui, dans l'escalier, se rapprochaient le bruit des semelles de cuir sur la pierre et celui de la respiration rauque des deux hommes. Soudain très calme, il se retourna pour leur faire face, prêt à se battre.

– Approchez, espèces de salopards ! hurla-t-il à la nuit au moment où deux lourds gendarmes en sueur et à bout de souffle culbutaient l'un par-dessus l'autre sur la terrasse, pistolet à la main, devant cet homme hirsute au regard fou.

Il aurait été difficile de dire qui était le plus surpris – les gendarmes, ou Enzo.

Chapitre 12

Échevelé et déprimé, Enzo patientait dans la salle d'interrogatoire de la gendarmerie. Il avait rattaché tant bien que mal ses cheveux avec un élastique trouvé au fond de son sac, mais plusieurs mèches s'en échappaient. Cela faisait maintenant plus de deux heures qu'il était assis là, après avoir été interrogé sans relâche pendant près d'une heure par un gendarme rébarbatif dépourvu d'humour, exigeant de savoir comment et pourquoi il s'était introduit dans le château. Enzo avait eu beau lui répéter que c'était un malentendu, qu'il n'avait pas fait exprès de se laisser enfermer, l'autre refusait de le croire.

Finalement, il lui avait donné un papier et un crayon en lui demandant d'écrire le nom et, si possible, le numéro de téléphone de personnes susceptibles de répondre de lui. Le père de Lucie, juge à la retraite, était géographiquement le plus proche. À Paris, il pouvait citer Roger, tout en sachant que la police n'aimait pas les journalistes et s'en méfiait. Et puis, bien sûr, il y avait la commissaire Hélène Taillard, à Cahors. Qui était mieux placé qu'un haut fonctionnaire de la police pour se porter garant de sa moralité ? Il espérait seulement qu'elle ne lui tenait pas rigueur de leur relation non aboutie. C'était toujours lui qui s'était dérobé, refusant de pousser plus loin leur amitié. À la grande déception d'Hélène.

Abandonné à son triste sort depuis plus d'une heure, il se tournait les pouces sous un éclairage implacable, les fesses endolories par une chaise en plastique impitoyable. Des profondeurs du bâtiment lui parvenaient des cliquetis de claviers, des sonneries de téléphones, des bruits de voix étouffés. De l'autre côté de la fenêtre placée tout en haut du mur, et protégée par des barreaux, l'obscurité était si profonde qu'elle semblait presque palpable.

Il commençait à penser qu'on l'avait oublié lorsque la porte s'ouvrit en grand sur son interrogateur qui, depuis le seuil, le fusilla du regard. Menton en avant, il indiqua d'un signe de tête le couloir.

– Vous pouvez y aller.

Surpris, Enzo se leva. Ses précédentes entrevues avec des gendarmes s'étaient toujours soldées par des montagnes de paperasse, formulaires à remplir en triple exemplaire, plaintes à rédiger, décharges à signer. Peut-être ceux-là étaient-ils aussi embarrassés que lui par cette histoire, et tout simplement heureux de faire comme s'il ne s'était rien passé.

– La commissaire Taillard répond de vous. M. Martin est venu vous chercher.

Enzo se sentit infiniment soulagé, mais le gendarme l'arrêta au passage :

– Il reste le petit problème des dégâts occasionnés au château.

– Dites-leur de m'envoyer la facture, je réglerai par chèque, répondit Enzo.

La mine sévère, le gendarme s'écarta à contrecœur pour le laisser passer.

Guillaume Martin, qui l'attendait à la réception, le dévisagea d'un air étonné. Enzo comprit qu'il devait avoir une drôle d'allure avec sa veste déchirée et ses cheveux en bataille. Cependant, le juge ne fit aucun commentaire. Ils se serrèrent solennellement la main, et le vieil homme attendit d'être dehors pour l'observer à nouveau :

– Que vous est-il arrivé, bon sang ?

Enzo lui raconta le mot sur le pare-brise, sa balade dans le château, son enfermement accidentel.

– Je pense que quelqu'un m'a entendu crier et a appelé la police, qui m'a pris pour un cambrioleur.

Martin fronça les sourcils :

– Qui vous a laissé ce message ?

Enzo n'avait pas envie de parler des précédentes atteintes à sa vie, réelles ou imaginaires, ni de sa conviction que quelqu'un, quelque part, voulait l'empêcher de poursuivre ses enquêtes. Il se contenta donc de dire :

– Aucune idée.

– Qu'allez-vous faire maintenant ?

– Rentrer chez moi, je crois, soupira-t-il.

– Vous n'y pensez pas ! Revenez avec moi à Gandolfo. Mireille vous préparera quelque chose à manger. Il est beaucoup trop tard pour retourner chez vous. En outre, je veux savoir si vous avez appris du nouveau aujourd'hui.

Le second verre de vin faillit achever Enzo. Sa longue journée, suivie par sa course à travers le château, son interrogatoire et son attente interminable dans les locaux de la gendarmerie l'avaient épuisé physiquement et mentalement. À présent qu'il commençait à se détendre dans la chaleur de la cuisine de Mireille, et faisait descendre le délicieux bœuf bourguignon avec un excellent saint-émilion, la fatigue le submergeait, il sentait ses paupières s'alourdir.

Mais Guillaume Martin n'avait pas l'intention de le laisser se reposer. Il voulait savoir exactement ce que Michel Bétaille lui avait dit, et il l'écouta avec beaucoup d'attention donner de leur entrevue un compte rendu précis. Qui, manifestement, lui déplut car, dégoûté, il jeta sa serviette sur la table.

– On a payé cet homme pendant deux ans. Et il n'a absolument rien trouvé.

En tout cas, pas ce que les parents avaient envie d'entendre, pensa Enzo, qui préféra cependant ne rien dire et orienter plutôt la conversation dans une autre direction.

– Je suppose qu'une autopsie a été pratiquée, monsieur Martin. Sur le corps de Lucie.

Il se reprit aussitôt :

– Enfin, sur les os.

Et il lança un regard gêné à Mme Martin, conscient qu'elle avait du mal à parler du meurtre de sa fille, même après toutes ces années. La vieille dame avait les yeux baissés.

Visiblement contrarié qu'on change de sujet, Martin répondit distraitement :

– En effet.

Enzo savait qu'il ne s'agissait pas d'une véritable autopsie. Le médecin légiste ne pouvait pas faire grand-chose avec les os récupérés dans le lac. Mais son passé d'expert médico-légal lui avait appris que le moindre détail, même infime, comptait.

– Je pourrais me procurer un rapport de l'examen ?

Martin posa les mains à plat sur la table.

– Rien de plus facile. J'en possède un exemplaire, dit-il en inclinant légèrement la tête. L'un des avantages d'être juge. Cela confère une certaine influence. Ou conférait.

– Vous pourriez m'en faire une copie ?

– Bien sûr.

Tout en se levant de sa chaise, il demanda :

– Qui alliez-vous voir à Duras ?

Enzo n'avait pas vraiment envie d'en parler tout de suite, surtout en présence de la mère de Lucie, mais il ne voyait aucun moyen de l'éviter.

– Richard Tavel.

Le couple lui jeta un regard surpris.

– Pourquoi vous embêter avec ce bon à rien ? demanda Martin. Je maudis le jour où ma fille l'a rencontré. Il n'aurait jamais été assez bien pour elle. C'est le problème quand on envoie ses enfants dans les écoles publiques. Ils se mélangent à n'importe qui. Nous aurions dû inscrire Lucie au collège privé catholique de Bergerac. Mais cela impliquait qu'elle fût pensionnaire, et ni l'un ni l'autre ne le voulions.

– La police l'a interrogé à l'époque, dit Enzo.

– Oui, mais il était à Paris le week-end où elle a disparu, il n'avait donc rien à voir.

– Peut-être. Pourtant, comme vous me l'avez dit vous-même, l'expérience nous apprend qu'il faut se méfier des alibis.

Le vieux juge se redressa.

– Vous voulez dire qu'il ne se trouvait pas à Paris ?

– Non. D'après la police, son histoire est vraie. Mais il a dissimulé certaines choses.

Martin se rassit en fronçant les sourcils.

– Que voulez-vous dire ?

– La raison pour laquelle Lucie l'a laissé tomber.

Les Martin échangèrent un coup d'œil perplexe.

– Je ne comprends pas, dit Mme Martin. Elle l'a laissé tomber ?

Pour la première fois, Enzo comprit que personne, en dehors de Lucie et Tavel, ne savait que leur liaison était terminée.

– Lucie avait rencontré un autre homme. Tavel l'a vue avec lui un soir qu'il l'avait suivie.

Les joues soudain empourprées, la mère de Lucie demanda :

– Qui ?

– Il n'a pas su tout de suite qui c'était. Pas avant qu'il soit arrêté... C'était Régis Blanc.

La violence avec laquelle le vieil homme abattit les poings sur la table, faisant tressauter assiettes et couverts, sidéra Enzo.

– Foutaises !

Ses lèvres se couvrirent de salive, son visage devint écarlate. Il se leva brusquement, et sa chaise tomba avec fracas derrière lui, sur le carrelage.

– Il est absolument impensable que ma fille ait pu avoir une relation avec cet individu ! Pas la moindre chance, monsieur !

– Guillaume...

Mme Martin tendit la main vers son mari pour le calmer, mais si ce dernier la vit, il l'ignora.

– Ce garçon, ce Tavel, est un fainéant, un bon à rien et un menteur, ajouta-t-il en pointant l'index sur Enzo. Si jamais vous répandez une rumeur aussi ignoble pour souiller la mémoire de ma pauvre petite fille défunte, je peux vous assurer, monsieur, que vous n'obtiendrez plus une once de coopération de ma part !

Toute la fatigue d'Enzo s'envola en un clin d'œil. Déconcerté par l'explosion de colère de Martin, il se leva :

– Je vous rapporte juste ce que Tavel m'a dit.

– Pourquoi n'en a-t-il pas parlé à l'époque ? C'est un mensonge. Un pur mensonge !

Mme Martin avait fait le tour de la table et, les deux mains crispées sur le bras du vieil homme, lui tenait le coude en examinant avec inquiétude son visage.

– Calme-toi, Guillaume. Monsieur Macleod ne fait que son travail. Je suis sûre que rien de ce qui a été prononcé ici ne sortira de cette pièce.

Elle chercha du regard l'approbation d'Enzo, qui haussa les épaules d'un air évasif, en espérant que Martin prendrait cela pour une réponse affirmative. Il ne pouvait en aucun cas promettre de garder pour lui ses découvertes.

– Maintenant, va faire une photocopie du rapport d'autopsie pour monsieur Macleod, et je te servirai un petit cognac.

Martin mit quelques secondes à retrouver son sang-froid, en respirant très fort par le nez. Puis il sortit de la cuisine.

Mireille Martin se tourna vers Enzo :

– Je suis vraiment désolée, monsieur. Guillaume a toujours eu un caractère emporté. Quand il s'agit de Lucie, il ne supporte pas d'entendre une seule critique.

Elle redressa la chaise tombée à terre et s'y installa, le regard dans le vide.

– Personnellement, j'ai toujours trouvé que Richard était un assez gentil garçon.

Puis, tournant vers Enzo un visage inquiet, elle demanda :

– Il a vraiment dit qu'il avait vu Lucie avec cet homme ?

Enzo hocha la tête.

– Oh, mon Dieu, se contenta-t-elle de souffler en baissant la tête.

Enzo se rassit, attrapa la bouteille de saint-émilion et remplit son verre d'une main légèrement tremblante. La réaction de Martin, après cette journée pénible, l'avait déstabilisé ; un peu d'alcool lui semblait tout indiqué pour se remettre d'aplomb.

– Je vais chercher le cognac, dit Mme Martin en se levant.

Elle revint avec une bouteille et trois verres, puis versa une dose généreuse dans chacun. Un silence embarrassé s'installa entre eux.

Au bout d'une quinzaine de minutes, Martin réapparut dans la cuisine avec une copie de l'autopsie de sa fille – un document si maigre qu'Enzo se demanda pourquoi il avait mis aussi longtemps à le photocopier. Toute trace de son accès de fureur avait disparu ; il tendit le papier à Enzo comme si de rien n'était.

– C'est assez bref, dit-il. Le médecin légiste avait très peu de choses à sa disposition. Je ne suis pas certain que cela vous éclaire beaucoup. Je l'ai lu à maintes reprises. En m'imaginant chaque fois découvrir un détail qui m'aurait échappé. Mais cela ne s'est jamais produit.

– Je nous ai servi du cognac, dit Mme Martin en lui tendant un verre.

Il l'écarta d'un geste.

– J'ai assez bu pour ce soir, Mireille. Il est temps de monter se coucher, je pense. Vous ne croyez pas, monsieur Macleod ?

Enzo aurait apprécié de déguster un ou deux verres de cognac, mais son hôte venait de lui faire clairement comprendre que la soirée s'achevait là.

*

Pour la seconde nuit d'affilée, Enzo se retrouva assis dans son lit, au château Gandolfo, sans pouvoir dormir. Une heure plus tôt il aurait sombré à la seconde même où ses yeux se seraient fermés, mais l'éclat de colère de Martin avait ravivé les évènements de la journée, et il n'arrêtait pas de les tourner et retourner dans sa tête. La froide conviction de Bétaille qu'aucune des Six de Bordeaux, y compris Lucie, ne pouvait être associée à la folie meurtrière absolument incompréhensible de Régis Blanc. La révélation de Richard Tavel, que Lucie l'avait laissé tomber pour Blanc – élément en adéquation avec le caractère intime qui avait frappé Enzo à la lecture de la lettre adressée à Lucie. Son aventure, ou mésaventure, au château Duras. Qui lui avait laissé ce message, pourquoi vouloir le rencontrer ? Enfin l'extraordinaire colère de Martin à la simple évocation d'une idylle entre Lucie et Régis Blanc. Mais, finalement, ce qui tracassait le plus Enzo, c'était de ne pas y voir plus clair après tout ça. En fin de compte, il n'avait fait que troubler l'eau en remuant la boue.

Il reporta son attention sur le rapport d'autopsie posé à côté de lui sur la couette – si maigre qu'il ne pesait presque rien entre ses mains. Une vie résumée en quelques pages d'observations glanées sur une poignée d'os. Il ne mit pas longtemps à le lire. L'identité avait été confirmée grâce à la comparaison dentaire. L'ADN n'avait pas été demandé. Les trois parties de l'os hyoïde avaient été récupérées séparément ; il était impossible de dire si elles avaient été séparées de force par la strangulation, ou si elles l'avaient été après que les tissus mous avaient pourri ou été mangés par les poissons. Mais il ne faisait aucun doute que la corne gauche, la plus grande, avait été fracturée, comme chez les victimes de Blanc. La cause de la mort, cependant, était impossible à déterminer.

Enzo savait qu'un bébé naît avec 270 os, dont certains fusionnent par la suite, pour n'en laisser que 206 chez l'adulte. Le squelette de Lucie n'avait pas atteint sa maturité à l'âge de vingt ans ; elle aurait donc dû avoir plus de 206 os. 178 seulement avaient été découverts.

Mais ce qui intéressait le plus Enzo, c'était une fracture au côté gauche du crâne que le médecin légiste attribuait à un dommage provoqué pendant qu'on l'avait extrait de la boue. Selon son rapport, les os avaient dû être déterrés du limon desséché, et celui qui s'en était chargé n'avait pas manié sa pelle avec beaucoup de précaution.

Malheureusement, les copies des photos accompagnant le rapport n'étaient pas assez nettes pour permettre à Enzo d'examiner la fracture. Quelle négligence impardonnable d'avoir abîmé le crâne de cette façon, alors que les os auraient dû être traités comme ceux d'une victime de meurtre. Selon toute vraisemblance, on avait confié cette tâche à un sous-fifre de la gendarmerie sans la moindre notion de préservation d'une scène de crime. Était-ce tellement surprenant ? Pourtant, cela perturbait Enzo ; il fallait qu'il en sache plus.

Finalement, il posa le rapport sur la table de nuit et éteignit la lumière. Il se tourna sur le côté droit, la jambe gauche relevée en position semi-fœtale, la droite tendue vers le pied du lit, et il ferma les yeux. Quelques minutes plus tard, il les rouvrit. Le sommeil le fuyait. Il se rassit, ralluma la lampe, sortit un livre de son sac. Rien de tel qu'un bon roman policier pour meubler les heures interminables d'une nuit d'insomnie, et celui de l'Écossaise Val McDermid lui paraissait tout indiqué.

Il ne savait pas exactement à quel moment le sommeil avait fini par s'emparer de lui quand il se réveilla à 4 heures du matin, son livre ouvert par terre, le cou tordu dans une mauvaise position. La lampe de chevet était toujours allumée. Il se dit qu'il n'avait pas dû dormir très longtemps. Il éteignit, se roula en boule. Au bout de quelques minutes, il comprit qu'il n'avait aucun espoir de réintégrer le pays des rêves.

Avec un soupir de frustration, il se rassit une fois de plus, balança les jambes hors du lit et s'avança sur le parquet baigné par le clair de lune, jusqu'à la fenêtre. La nuit était incroyablement claire. Sans la moindre pollution lumineuse à des kilomètres à la ronde, le ciel d'un noir profond paraissait incrusté de plus d'étoiles qu'Enzo n'en avait jamais vues. La Voie lactée ressemblait à un nuage tracé à coups de pinceau. Soudain, il éprouva le besoin de prendre l'air. Il fallait qu'il sorte, sous ce ciel, qu'il s'éloigne de cette chambre, de ce château, de ces gens. Libre de penser en toute lucidité.

Il s'habilla rapidement et s'appliqua à descendre sans bruit. Les Martin, il le savait, dormaient dans une autre partie de la maison, mais il ne voulait surtout pas risquer de les réveiller.

Au pied de l'escalier, la porte donnant sur l'extérieur était verrouillée. Il tourna doucement la clé restée dans la serrure et sortit. Il sentit aussitôt le froid vif sur son visage et remonta le col de sa veste.

Empruntant le sentier qui suivait l'ancienne voie romaine, il longea la façade de la maison puis foula l'herbe argentée par la rosée. Si la température baissait encore, elle gèlerait et le jour se lèverait quelques heures plus tard sur un paysage blanc de givre.

Il suivit ensuite le chemin qu'il avait pris avec Martin en remontant du lac et s'enfonça dans l'obscurité des bois. Les rayons de la lune fragmentés par les innombrables branches projetaient autour de lui des ombres denses. Mais il était assez facile de se guider sur les traces des animaux qui se dirigeaient vers l'eau.

Un bruit soudain l'arrêta net. Il tendit l'oreille. Rien. Pendant un instant, il se demanda s'il avait vraiment entendu quelque chose. Le bruit se fit de nouveau entendre. Un animal ou un humain se déplaçait entre les arbres, à vingt mètres de lui, à peine. Des pas lents, prudents. Enzo sentit les battements de son cœur s'accélérer et son front se couvrir de sueur malgré le froid. Quand, brusquement, ces pas prudents se transformèrent en galopade bruyante, il faillit pousser un cri. Puis il le vit, sur le sentier, éclairé par la lune, presque à portée de main.

Un cerf blanc. Enzo le contempla avec un mélange d'étonnement, de soulagement et de crainte. L'animal était énorme, son souffle se condensait en nuages devant ses narines, sa robe luisait comme de l'argent. C'était la première fois qu'il voyait un cerf blanc, mais il connaissait bien la légende écossaise – une vieille croyance selon laquelle la rencontre avec un cerf blanc annonce qu'un proche va mourir. Subjugué, il regardait la créature dont les grands yeux ronds et noirs le fixaient. Ses bois bougèrent dans la lumière quand il inclina la tête, sans cligner des yeux ; Enzo se demanda ce qu'il pensait. Était-il effrayé ? Déconcerté ? En colère contre cette intrusion nocturne sur son territoire ? L'animal toussa, racla le sol avec son sabot – Enzo demeura immobile. Enfin, il fit demi-tour et disparut entre les arbres, vers le lac dont Enzo apercevait des éclats d'eau noire où se reflétait la lune.

Il resta sur place un moment, le souffle court, sa propre haleine s'élevant devant en petits nuages devant son visage. Il avait beau ne pas être superstitieux, ne pas croire au surnaturel, cette rencontre avec le cerf blanc dans la pénombre des bois, en pleine campagne, lui laissait un profond sentiment de malaise. Un frisson, étranger au froid, le parcourut de la tête aux pieds.

Finalement, se ressaisissant, il se libéra de cette espèce d'envoûtement et poursuivit son chemin. Lorsqu'il émergea des arbres face à l'étendue tranquille du lac qui emplissait la vallée, il vit la brume s'élever doucement de sa surface, comme une fumée, une gaze fantomatique filtrant la lumière de la lune.

La dernière demeure de Lucie. Son assassin avait jeté son corps dans la partie la plus profonde du lac, loin de s'imaginer qu'un jour l'eau s'évaporerait dans la chaleur de l'été et révélerait son crime. Était-ce par hasard qu'il avait choisi cet endroit ? Ou savait-il que c'était le plus profond ?

Cette avant-dernière affaire du livre de Raffin regorgeait décidément de relations infiniment complexes. Il y avait les Six de Bordeaux, dont Lucie faisait partie ; leurs liens avec Blanc, le tueur en série qui était peut-être responsable, ou pas, de leur mort ou disparition. Tavel, l'amant largué, bizarrement angoissé à l'idée que son épouse découvre son histoire avec Lucie, même si elle remontait à plus de vingt ans. La lettre d'amour de Blanc, qui ressemblait tellement peu à son auteur. La révélation de Tavel sur une liaison secrète entre Blanc et Lucie dont personne, apparemment, n'était au courant. Et, bien sûr, le père de Lucie, déterminé à défendre l'honneur de sa fille en niant farouchement qu'une telle liaison ait pu exister alors qu'elle accréditait sa propre thèse selon laquelle Blanc l'avait tuée.

Enzo enfonça ses mains dans ses poches et longea d'un pas lourd le bord du lac jusqu'au barrage artificiel, où il le traversa. De là, il gravit un sentier crayeux et rejoignit un chemin de terre qui contournait un vignoble ; sur les pieds de vigne s'accrochaient encore quelques feuilles d'un rouge flamboyant perceptible sous la lumière blanche de la lune.

En suivant le chemin de terre, il croisa l'étroite voie empierrée qui montait de la route de Duras, et vit les lumières de la ville scintiller au loin.

Richard Tavel avait fréquenté Lucie pendant des années. Le coin devait lui être familier. S'il était déjà venu plusieurs fois, il savait probablement à quel endroit le lac était le plus profond, non ? Et ne lui était-il pas très facile d'arriver en voiture sans être vu de la route principale située en contrebas, à quelques kilomètres seulement de la maison où il vivait ? Sauf qu'il se trouvait à Paris le samedi de la disparition de Lucie. À ce qu'on disait. Impossible de prouver le contraire maintenant, au bout de tant d'années.

Le temps qu'Enzo redescende, les premières lueurs de l'aube apparaissaient dans le ciel et la brume qui montait de la surface de l'eau remplissait la vallée. Lorsqu'il retraversa le lac, en voyant les arbres se dresser comme des spectres au-dessus de la colline, il imagina que le paysage devait avoir exactement le même aspect à l'aube des temps.

Tout en grimpant au milieu des bois, il guetta d'un œil vigilant le cerf qui lui avait fait si peur dans le noir, et sentit renaître son mauvais pressentiment.

Puis il émergea à découvert et constata que tout était givré comme il l'avait prévu. Il fut alors soudain frappé par un éclair de lucidité semblant à la fois le fruit du froid et du manque de sommeil.

Une seule personne vivante connaissait la vérité sur la relation entre Lucie et Blanc alléguée par Tavel. C'était Régis Blanc lui-même. Et il n'y avait qu'un moyen de découvrir ce qu'il savait : le lui demander. Or Blanc était incarcéré à la maison centrale de Lannemezan et Enzo savait qu'il lui serait quasiment impossible de pénétrer dans ce centre pénitentiaire de haute sécurité.

Arrivé au château, il vit les lumières de la cuisine allumées. Une bonne odeur de pain chaud et de pâtisserie l'accueillit.

Martin leva des yeux surpris à l'entrée d'Enzo. Il était en train de moudre du café sur un plan de travail voisin du frigo.

– Vous vous êtes levé de bonne heure. Bien dormi ?

– Non. À peine. Je suis allé marcher.

Martin haussa les sourcils.

– Il fait froid dehors. Un café vous fera du bien. Je fais chauffer des croissants dans le four.

– Fantastique, dit Enzo en s'asseyant au bout de la table et en se frottant les mains pour rétablir la circulation du sang.

Le juge posa une corbeille de croissants et une tasse fumante devant Enzo, qui avala d'abord une gorgée de café brûlant avant d'y plonger le bout d'un croissant. La douceur beurrée de la viennoiserie envahit sa bouche.

– On voit que vous êtes en France depuis longtemps ! plaisanta Martin en souriant avant de s'asseoir à son tour et de tremper lui aussi un croissant dans sa tasse. Mireille ne descendra pas avant un moment. Ce n'est pas une lève-tôt.

Quelques gouttes tombèrent sur la table quand il porta le croissant humide à sa bouche.

Enzo le dévisagea d'un œil prudent. Il redoutait de réveiller sa colère de la veille, mais il avait encore quelques questions à lui poser. Après avoir avalé une autre bouchée de croissant, il demanda :

– Que sont devenus les os de Lucie ?

Martin haussa les épaules.

– Enterrés dans le jardin. Nous avons un cimetière familial. Vieux d'environ trois siècles. La plupart de mes ancêtres y sont enterrés.

Il se leva en ajoutant :

– Venez. Je vais vous le montrer.

Enzo se leva à regret. Il aurait préféré que Martin se contente de lui en parler pour pouvoir rester au chaud avec son café et son croissant. Mais le vieil homme traversait déjà la pièce et ouvrait la porte qui laissa entrer un courant d'air froid – il était obligé de le suivre.

Au-delà d'une terrasse en pierre et d'un épais bosquet de bambous, un petit cimetière se nichait dans l'ombre de trois grandes haies et du mur couvert de lierre d'un chai. Des feuilles mortes, gelées et craquantes, jonchaient le sol sur lequel plusieurs tombes verdies par la mousse semblaient disposées au hasard.

Martin s'agenouilla pour gratter la végétation qui masquait les inscriptions, et il se lança dans la litanie de ses ancêtres en remontant jusqu'aux plus anciens des descendants de Gandolfo.

Sur certaines tombes, des trous circulaires avaient été creusés dans la pierre.

– Le jour anniversaire de chaque mort, expliqua Martin en se relevant, les héritiers du défunt venaient sur sa tombe avec une bouteille de vin qu'ils partageaient en son honneur. Puis ils versaient ce qu'il en restait dans le trou afin que le disparu puisse trinquer avec ses amis eux aussi disparus.

Il sourit et ajouta :

– Ils trouvaient toujours une bonne excuse pour boire un verre.

Son sourire s'effaça lorsqu'il se tourna vers la plus neuve des tombes, ni ternie ni couverte de mousse, dont l'inscription gravée sur une plaque était nettement lisible : *Lucie Martin, fille bien-aimée de Guillaume et Mireille (1969-1989).*

– Juste une poignée d'os. Voilà ce que nous avons eu à enterrer.

Puis, avec une certaine amertume, il précisa :

– Ils ont pris le crâne pour la comparaison dentaire et ne nous l'ont jamais rendu. J'ai écrit plusieurs fois, sans obtenir la moindre réponse. Je les soupçonne de l'avoir égaré. Mais nous l'avons quand même inhumée. Le crâne est perdu ; de toute façon, en admettant que nous le récupérions, je ne rouvrirai pas la tombe pour l'enterrer avec les autres os. Ce serait un sacrilège. Qu'elle repose en paix, ma foi.

Chapitre 13

Il faisait froid. Bertrand et Sophie venaient de passer leur deuxième nuit de captivité blottis l'un contre l'autre sur un matelas humide plein de bosses, sous les couvertures que leur avaient données leurs geôliers. La lumière du jour commençait à tomber en biais derrière eux, à travers les barreaux de la fenêtre, tout en haut du mur. Mais elle ne les réchauffait pas encore.

Bertrand sentait Sophie frissonner dans ses bras. De temps en temps, elle fondait en larmes. La veille, ils avaient échangé pendant des heures des chuchotements désespérés. Spéculant sur la raison de leur présence ici, sur l'identité de leurs ravisseurs, sur ce qu'ils voulaient. Mais leurs spéculations une fois épuisées et sans qu'elles aient abouti à quoi que ce soit, ils s'étaient tus, glissant chacun dans un abattement profond dont il devenait de plus en plus difficile de sortir. Un sentiment d'impuissance absolue les accablait. Un sentiment si étranger à Bertrand que celui-ci se consumait de colère et de frustration, en grande partie dirigées contre lui-même.

Une sorte de routine s'était installée dès la première journée. Deux hommes leur apportaient de la nourriture sur un plateau et leur criaient de reculer jusqu'au mur du fond avant d'ouvrir la porte. Bertrand était quasiment certain que leurs ravisseurs pouvaient les voir car tant qu'ils n'avaient pas obéi aux ordres, personne n'entrait.

Une fois la porte ouverte, un seul homme avançait et s'accroupissait pour poser le plateau par terre. L'autre les surveillait depuis le seuil. Tous deux portaient des cagoules.

La nourriture était médiocre. Pain rassis, pots de yaourt, mugs de café amer bouilli, quelques morceaux de sucre. Mais ils engloutissaient tout, et la faim revenait les tenailler bien avant l'arrivée du plateau suivant.

S'ils avaient besoin d'aller aux toilettes, ils devaient cogner à la porte et appeler. On leur ordonnait de nouveau de reculer jusqu'au mur du fond. Puis la porte s'ouvrait, on faisait signe à l'un ou l'autre de sortir dans le couloir et les deux hommes l'emmenaient tout au bout, dans des toilettes dégoûtantes. Il n'y avait pas de serrure à la porte, et peu d'intimité ; on leur accordait à peine le temps de faire ce qu'ils devaient faire. Il n'y avait pas de papier. Juste un robinet d'eau froide au-dessus d'un évier sale fêlé, et pas de serviette.

Sophie tourna la tête vers Bertrand allongé à côté d'elle sur le matelas. Le visage pâle, presque gris, avec de grands cernes sombres sous les yeux, elle paraissait se recroqueviller de plus en plus sous les couvertures. Le désespoir qu'il lisait dans son regard le remplissait d'amour et de colère. Ils n'avaient pas le droit de traiter ainsi sa belle et innocente petite Sophie. Il la serra encore plus fort contre lui en regrettant d'être aussi impuissant.

– Contre le mur ! brailla la voix devenue familière.

Bertrand et Sophie se levèrent péniblement, muscles et articulations raidis, endoloris par le froid, pour aller s'adosser au mur du fond, sous la fenêtre. Obéissance signifiait nourriture, et ils étaient tous les deux affamés.

La clé tourna dans la serrure. La porte s'ouvrit violemment, claqua contre le mur. Il n'y avait qu'un homme cette fois. Pas de second pour les surveiller, personne dans le couloir.

Quand l'homme au plateau s'accroupit comme d'habitude pour poser le plateau, Bertrand en profita : il lui sauta dessus, peu sûr d'avoir assez de force et d'énergie en réserve, mais animé par la colère qui bouillait en lui. Avec l'épaule, il le frappa au ventre juste au moment où il se relevait, et le projeta dans le couloir où ils s'écrasèrent ensemble contre le mur. Une bouffée d'haleine pourrie lui explosa au visage quand l'homme lâcha un grognement involontaire à travers sa cagoule. Bertrand serra le poing, chercha à frapper de nouveau au ventre, mais une douleur lui déchira soudain la tête. Un coup violent à la tempe le renversa. Il s'affala lourdement sur le sol en ciment avant que des mains l'empoignent et le balancent contre le mur. Un front aussi dur qu'une brique s'écrasa sur son visage ; à travers le sang et les larmes, il aperçut des yeux verts au regard mauvais derrière les fentes d'une cagoule et entendit une voix siffler :

– Petit connard !

Il ne savait pas d'où avait surgi le deuxième homme. Il devina qu'il avait simplement tardé à rejoindre son acolyte. Attaquer sans préparation celui qui apportait le plateau avait été une très mauvaise idée ; maintenant, il le payait.

Le premier homme le releva en hurlant des insultes et lui enfonça son poing dans l'estomac. Une fois. Deux fois. Jusqu'à ce que Bertrand, pris de nausée, tombe à genoux. Le deuxième lui balança alors un coup de pied dans les côtes, puis, ensemble, ils l'attrapèrent pour le jeter à l'intérieur de la cellule.

Sophie se précipita en sanglotant de manière incontrôlable, bouleversée par le sang qui lui coulait du nez et de la bouche. D'un coup de pied, le premier homme retourna le plateau, renversa le café et le yaourt par terre, et dit en crachant sur la poussière :

– Voilà le petit déjeuner. Si vous voulez manger, vous n'avez qu'à lécher le sol.

Sur ce, il sortit et tira la porte derrière lui si brutalement que le claquement résonna avec violence tout autour de la pièce.

Chapitre 14

L'institut médico-légal – la morgue, comme on l'appelle plutôt dans les romans policiers – faisait partie du groupe hospitalier Pellegrin, situé sur le campus de l'université de Bordeaux. Des bâtiments en béton sans âme et dépourvus de cinquante nuances de gris regroupés autour d'un réseau de routes et de ponts taillés au cœur de ce qui avait été le vieux Bordeaux. L'élégance du passé remplacée par la fonctionnalité du présent.

Enzo patienta un long moment sur une chaise dure en plastique, dans une zone de réception stérile qui sentait le désinfectant, sous le regard attentif d'une infirmière assise derrière un bureau. Il regardait les gens aller et venir. L'endroit ne manquait pas d'animation. La mort était une affaire qui marchait. Enfin, un jeune médecin légiste vêtu d'une blouse blanche immaculée poussa les portes battantes et se dirigea vers lui. Enzo se leva, les deux hommes échangèrent une brève poignée de main.

– On m'a dit que vous cherchiez le Dr Bonnaric.

– Exact. C'est vous ?

Enzo fronça les sourcils. Il paraissait un peu jeune pour avoir effectué une autopsie en 2003.

– Non, désolé. Le Dr Bonnaric est décédé il y a quelques années. Avant mon arrivée.

– Ah.

Encore une impasse. Découragé, il chercha dans sa sacoche la photocopie du rapport d'autopsie, maintenant très écornée.

– Il a pratiqué cette autopsie il y a huit ans.

Le médecin légiste prit le document avec réticence sans quitter Enzo des yeux.

– Et vous êtes ?

– Enzo Macleod. Directeur du département des sciences médico-légales de l'université Paul-Sabatier de Toulouse.

Le jeune homme haussa les sourcils. Conscient que son allure ne correspondait pas à celle qu'on pouvait attendre de quelqu'un occupant un tel poste, il sortit une carte de visite de sa poche et la lui tendit.

– J'enquête sur une série d'affaires classées, ici, en France. En ce moment, je m'occupe du meurtre de Lucie Martin, la fille du juge Guillaume Martin, aujourd'hui à la retraite. Elle a disparu en 1989. On a retrouvé sa dépouille en 2003, dans un lac.

Désignant de la tête le rapport que tenait son interlocuteur, il ajouta :

– Le Dr Bonnaric a réalisé cette autopsie. Il a gardé le crâne afin de procéder à l'identification de la victime à partir des dossiers dentaires, et ne l'a jamais rendu.

– Rendu quoi ?

– Le crâne.

– Ah.

– Le juge voudrait le récupérer. Apparemment, il a écrit plusieurs lettres, sans jamais obtenir de réponse.

– Ah, répéta le jeune homme, l'air un peu gêné cette fois. Eh bien, c'est regrettable. Nous avons au moins un numéro de dossier. Je vais voir si je peux retrouver sa trace. Vous voulez bien revenir dans... (il regarda sa montre) disons deux heures ?

Enzo prit le tram, où il n'y avait pas de places assises, et, agrippé à une barre verticale, regarda défiler les rues derrière les vitres. Après le béton du campus, la vieille ville reprenait ses droits dans toute sa splendeur des XVIIIe et XIXe siècles. Il apercevait un peu plus loin la haute flèche de la cathédrale Saint-André, mais descendit avant, cours Maréchal-Juin, pour se rendre au palais de justice, une curiosité architecturale. Le tribunal de grande instance était installé dans un affreux bâtiment entouré d'une ossature verticale grise sous des avant-toits en saillie au-dessus de plusieurs rangées de lamelles bleues – des faux volets protégeant les hectares de vitres dont le palais semblait être presque entièrement constitué.

Accolée à ce qui paraissait être la prison originale, sa façade reposait sur un soubassement en pierre. Derrière un panneau indiquant Tribunal de Grande Instance, un escalier enjambait un plan d'eau et montait vers une immense cage de verre dans laquelle se dressaient les sept salles d'audience en forme de tours bizarres et fuselées. Sans doute pour symboliser la transparence de la justice, imagina Enzo.

Il attendit sur les marches, le dos tourné au bâtiment, préférant contempler les pierres dorées et les ferrures noires de la rue, et se demanda où était passé le sens de l'esthétique. Désormais, le concept semblait plus important que le caractère, et le résultat paraissait des moins édifiants. Sophie, il le savait, lui reprocherait d'être tout simplement vieux et prisonnier du passé. Peut-être avait-elle raison après tout. Peut-être était-il temps de se reposer sur la génération suivante, de la laisser faire. La sienne avait déjà sévi.

– Monsieur Macleod ?

Enzo se retourna sur un visage lugubre aux épais sourcils noirs en bataille sous une masse de cheveux blancs. Un visage large, charnu, avec des poils gris qui s'échappaient des narines et des oreilles. Celui d'un homme qui, debout une marche au-dessus de lui, le dominait de sa haute taille dans sa longue robe noire d'avocat à col et rabat blancs.

– Maître Imbert ?

– Oui, fit l'homme en reniflant. Je n'ai pas beaucoup de temps.

– Comment diable m'avez-vous reconnu ?

– Cher monsieur, parmi tous les gens qui travaillent pour la justice française, je doute qu'il y en ait encore beaucoup qui ne connaissent pas votre visage.

– Eh bien, je vous remercie d'avoir accepté de me rencontrer, dit Enzo en souriant.

Il n'y eut ni sourire ni poignée de main en retour.

– Comme je vous l'ai dit, je dispose de très peu de temps. Que puis-je pour vous ?

Puisqu'il ne se voyait pas autorisé à gaspiller le temps précieux de l'avocat, ce qui lui aurait permis d'adoucir sa requête, Enzo alla droit au but :

– J'aimerais que vous m'arrangiez une entrevue avec Régis Blanc.

Pour la première fois, l'ombre d'un sourire modifia les traits brutaux.

– Ce n'est pas parce que vous avez réussi à résoudre quatre des affaires classées de Roger Raffin que vous allez pouvoir coller le meurtre de Lucie Martin sur le dos de mon client.

– Ce n'est pas pour cette raison que je veux le voir.

Les sourcils de l'avocat se rejoignirent en touffe au-dessus de son nez.

– Pourquoi voulez-vous le voir, alors ? Un rapport avec les Six de Bordeaux ?

– Non. Bien que j'aie rencontré les parents et étudié leurs dossiers.

– Des affabulateurs. Pure perte de temps.

Enzo sentit la colère monter en lui.

– Comme leurs filles, ces parents sont des victimes.

– Pas les victimes de Blanc.

– Je suis d'accord.

– Vraiment ? s'étonna Me Imbert, surpris.

– Si Michel Bétaille n'a pas réussi à trouver de connexion entre Blanc et les meurtres ou les disparitions de ces filles en deux ans d'enquête, je suis porté à croire que c'est parce qu'il n'y en a aucune.

– Qu'espérez-vous de Blanc, alors ?

– J'ai trouvé sa lettre à Lucie étrangement émouvante, maître. Je sais qu'il prétend l'avoir écrite un soir qu'il était ivre, mais j'en doute. Un homme ivre, libéré de ses inhibitions naturelles, se serait exprimé autrement, plus crûment je pense. Or on sent que Blanc éprouvait des difficultés à dire ce qu'il voulait.

Les lèvres pâles et épaisses de l'avocat se retroussèrent en une sorte de rictus.

– Blanc n'est pas exactement ce que j'appellerais un lettré, monsieur Macleod.

Manifestement, il n'estimait pas trop son client.

– Je ne parle pas des mots qu'il a utilisés. Mais des émotions qu'il a exprimées.

Imbert soupira :

– Où voulez-vous en venir au juste ?

– Une nouvelle preuve pourrait faire penser que Lucie et Blanc avaient une liaison amoureuse.

Maître Imbert éclata de rire :

– N'importe quoi !

– J'ai un témoin.

– Qui ?

Enzo sourit.

– On les a vus dans un café en train de s'embrasser et de se tenir les mains.

Un nouveau froncement réunit les sourcils en touffe.

– Et vous voulez demander à Blanc si c'est vrai ?

Enzo hocha la tête.

– Il ne vous le dira pas.

– Mais vous me permettrez de le voir ?

– Non. Je suis bien trop occupé pour me soucier d'une affaire qui a plus de vingt ans. Blanc a tué ces filles, maintenant il purge une peine à perpétuité, point final.

Il pivota, commença à remonter les marches, puis s'arrêta et se retourna :

– Pourquoi ne demandez-vous pas à votre amie Charlotte Roux ?

Ce fut au tour d'Enzo de froncer les sourcils.

– Charlotte ?

– Raffin et vous la connaissez assez intimement, non ? À en croire les journaux.

– Comment Charlotte pourrait-elle me faire approcher Régis Blanc ?

Un sourire suffisant étira les lèvres épaisses de l'avocat.

– Elle lui rend régulièrement visite. J'ai dû arranger ça moi-même avec Blanc. Elle appartient à un groupe de psychologues criminologues qui étudient les effets à long terme de la prison sur les condamnés à perpétuité.

Son sourire s'élargit quand il ajouta :

– Elle ne vous l'a pas dit ?

Abasourdi, Enzo reprit le chemin de l'institut médico-légal. Il boutonna sa veste jusqu'au cou contre le froid et enfonça les mains dans ses poches, inconscient des piétons qui l'entouraient. Par deux fois il traversa la rue alors que le feu était vert, déclenchant un concert de klaxons.

Pourquoi Charlotte ne lui avait-elle pas dit qu'elle rendait visite à Blanc au centre pénitentiaire de Lannemezan ? De toute façon, il aurait beau se le demander une centaine de fois, il n'obtiendrait jamais de réponse satisfaisante. Elle devait se douter qu'il finirait par l'apprendre tôt ou tard – et certainement dès qu'il attaquerait l'affaire Martin. En plus de sa formation de psychologue, Charlotte avait passé deux ans aux États-Unis pour étudier la psychologie légale. La police sollicitait son aide à l'occasion, lorsqu'elle avait besoin de ses talents particuliers ; il n'y avait donc rien d'anormal à ce qu'elle participe à cette étude. Ce qui était anormal, c'est qu'elle ne lui en ait rien dit.

Tout en marchant, il respirait profondément pour maîtriser sa colère. Qu'elle l'ait fait exprès n'était pas exclu. Ces derniers temps, elle paraissait prendre beaucoup de plaisir à le tourmenter. Il imaginait aisément sa réaction dédaigneuse s'il lui posait la question. Qu'il était bien décidé à lui poser de toute façon. D'autant plus que cela lui semblait maintenant la seule solution pour rencontrer Blanc.

Sa colère était presque entièrement calmée lorsqu'il arriva à l'hôpital Pellegrin. Le jeune médecin légiste vint le rejoindre à la réception. Il portait sous le bras une boîte en carton beige qu'il posa sur la chaise voisine de celle d'Enzo.

– C'est elle, dit-il. La boîte avait été mal étiquetée et par conséquent mal classée au greffe. C'est un pur hasard si je l'ai retrouvée.

– Je peux regarder ?

– Bien sûr.

Enzo retira le couvercle et glissa délicatement les doigts sous le crâne pour le soulever – rafistolé avec du fil de fer, il sortit en un seul morceau. Tenu ainsi, il paraissait incroyablement petit et délicat. Dernière trace sur terre de ce qui avait été une jeune fille séduisante, vivante qui, si Tavel disait vrai, était tombée amoureuse d'un tueur en série. Mais plus Enzo avançait, moins il croyait que Blanc l'avait tuée.

Il fixa les larges orbites sombres d'où des yeux bleus avaient autrefois regardé un monde plein de promesses, contemplé avec amour un homme qui avait déjà tué à trois reprises au moins. Des yeux qui avaient vu son assassin, des yeux peut-être remplis de terreur juste avant le meurtre. En le prenant dans ses mains, il espérait presque que son crâne pourrait lui communiquer quelque chose. Mais il ne percevait que le contact de l'os froid sur sa peau tiède, et la sensation légèrement sinistre de tenir la tête d'une morte.

Il le tourna pour examiner la fracture, juste au-dessus de la tempe gauche. Une partie de l'os manquait. Il comprenait parfaitement à quel point il était facile d'endommager une chose aussi fragile.

– J'ai lu le rapport d'autopsie, dit le médecin. Juste par curiosité. Il avait tort, vous savez.

Surpris, Enzo releva la tête :

– Qui avait tort ?

– Bonnaric. Je n'aime pas dire du mal des morts, mais il n'était pas anthropologue.

– Excusez-moi, je ne comprends pas.

Le jeune homme sourit.

– L'anthropologie judiciaire est la discipline dans laquelle je me suis spécialisé. Dans son rapport, Bonnaric a écrit que le crâne avait sans doute été abîmé au cours de son extraction du lac. Ce n'est pas le cas.

Enzo regarda avec étonnement le crâne de Lucie puis le médecin.

– Comment le savez-vous ?

– Vous permettez ?

Enzo remit le crâne au jeune anthropologue qui indiqua du doigt le bord de la fracture.

– Là, vous voyez ?

– Oui. L'os est taché.

– Exactement. Que les bords de la fracture se soient salis pendant l'extraction, d'accord. Mais si Bonnaric les avait correctement nettoyés, il aurait vu que la saleté n'était pas seulement superficielle. La coloration est profondément incrustée dans le tissu osseux.

– La fracture est donc antérieure à la découverte du corps.

– En effet. Et la victime était probablement vivante lorsqu'elle a été blessée. Si le dommage avait été causé – par une pelle, disons – au moment où le crâne a été extrait de la boue, les bords de la fracture seraient propres, ils n'auraient pas cette coloration.

Mesurant les implications, Enzo regardait fixement le crâne.

– En fait, poursuivit le jeune homme en souriant, c'est comme une barre de crème glacée : si vous la cassez en deux avant de la tremper dans du chocolat, le chocolat recouvrira la cassure ; si vous la cassez en deux alors qu'elle a déjà été enrobée de chocolat, la cassure ne sera pas couverte de chocolat. Et voilà. Ce n'est pas sorcier.

Dans sa tête, Enzo envisageait les nouvelles possibilités qui se présentaient soudain.

– Le coup à l'origine de cette fracture pourrait donc être la cause du décès ?

– Sans problème. Étant donné sa nature.

Il rendit le crâne à Enzo, qui contempla un long moment Lucie avant de la ranger dans la boîte en carton.

– Je me demande si vous pourriez me rendre un très grand service.

– Lequel ? demanda le jeune médecin en inclinant la tête, l'air de dire, *J'en ai déjà fait beaucoup pour vous.*

– Une théorie sur la mort de Lucie veut qu'elle ait été assassinée par un tueur en série, Régis Blanc, qui étranglait ses victimes en leur brisant l'os hyoïde.

– C'est la théorie du Dr Bonnaric.

– Exactement. Or, avant de les tuer, Blanc les endormait avec la drogue du viol, le Rohypnol, ou Flunitrazépam, un médicament de la famille des benzodiazépines. J'ai lu qu'il était possible de détecter ces substances dans les os, et pas seulement dans la moelle.

Le médecin hocha la tête.

– Oui. C'est plus facile dans la moelle d'un os frais. Mais il est effectivement possible de détecter certaines drogues dans l'os cortical.

Il jeta un coup d'œil au crâne, et ajouta :

– On prélève un peu d'os et on le réduit en poudre. S'il y a des traces de Rohypnol, on doit pouvoir les trouver. C'est ce que vous voudriez que je fasse, n'est-ce pas ?

Enzo hocha la tête.

– Je ne peux pas vous garantir que j'en trouverai le temps ni même le moyen, soupira le médecin.

– Non, bien sûr, je comprends. Mais si jamais... Vous avez ma carte... Je vous laisse Lucie.

Chapitre 15

Parti de Bordeaux vers midi, Enzo arriva à Paris aux alentours de sept heures. Après ce long trajet en voiture au cours duquel il ne s'était arrêté qu'une fois, il se sentait raide et fatigué en descendant de sa 2 CV. Du parking de la rue Soufflot, il se rendit à pied chez Raffin, rue de Tournon.

Pour une fois personne ne jouait du piano quand il traversa la cour aux pavés luisants d'humidité et grimpa avec lassitude au premier étage. Il semblait toujours pleuvoir en automne à Paris. À sa grande déception, ni Kirsty ni Alexis n'étaient là.

– Ils passent l'après-midi chez une amie de Kirsty dans le 8ᵉ, lui apprit le journaliste, qui resta un moment devant la porte ouverte avant de s'écarter à contrecœur pour le laisser entrer.

S'il y avait jamais eu un peu de chaleur entre les deux hommes, elle s'était depuis longtemps dissipée.

Enzo aperçut une bouteille de pouilly fumé presque vide sur la table du séjour, et un verre au fond duquel restait un doigt de vin blanc couleur miel. Il remarqua alors que le regard d'habitude vert clair du compagnon de Kirsty était un peu vitreux. Le journaliste parlait lentement, avec l'application étudiée d'un homme qui essaye de convaincre son interlocuteur qu'il n'a pas trop bu. Or depuis qu'il s'était fait tirer dessus, ici dans son propre appartement, il buvait trop ; Enzo, qui en éprouvait encore un sentiment de culpabilité, s'inquiétait pour l'avenir de sa fille et de son petit-fils.

– J'arrive de Bordeaux, en voiture.

Raffin haussa les sourcils.

– Ce n'est pas la porte à côté. Flatté que vous ayez fait autant de route juste pour me voir.

– En fait, je suis venu voir Charlotte.

Enzo le vit se raidir. Le journaliste était toujours inexplicablement jaloux de sa relation avec Charlotte, même si elle avait mal tourné depuis longtemps. Il chercha dans son sac les dossiers remis par les Six de Bordeaux et sa copie du rapport d'autopsie de Lucie.

– Mais je voulais aussi vous donner ceci. Enfin, que vous en fassiez des photocopies. Pour vos dossiers.

Raffin y jeta un coup d'œil.

– Ah, oui. Les Six de Bordeaux.

– Je suis surpris que vous n'ayez pas été tenté d'intégrer d'autres cas au livre.

– Lucie était la seule qui m'intéressait réellement, dit-il en haussant les épaules. D'ailleurs quatre d'entre elles ont simplement disparu ; elles sont toujours supposées vivantes. Bien que j'en doute fort.

– Et la fille poignardée à mort dans cette chambre d'hôtel ?

– Pareil. Très peu d'intérêt. Une prostituée tuée par un voyou pris de frénésie sexuelle. Pas vraiment le genre de mystère à intéresser mes lecteurs. Mais j'en ferai des copies. Je peux tomber sur un truc intéressant, on ne sait jamais.

Il emmena Enzo dans son bureau, où il dupliqua les six dossiers sur sa photocopieuse ultrarapide avant de consulter le rapport d'autopsie de Lucie.

– Je ne l'avais jamais vu. J'imagine qu'il ne contient rien d'intéressant.

– Eh bien, justement, vous vous trompez.

Pour la première fois, Enzo vit qu'il avait réussi à piquer sa curiosité.

Les deux hommes retournèrent dans le salon ; pendant que Raffin étalait le contenu des six dossiers sur la table pour les examiner plus en détail, Enzo lui parla de la fracture du crâne, considérée comme un dommage collatéral par le premier médecin légiste, puis réévaluée en cause possible du décès.

Le journaliste leva sur lui des yeux soudain clairs et brillants.

– Eh bien, voilà qui change tout, n'est-ce pas ? Si le coup sur la tête était mortel, cela signifie que l'assassin l'a étranglée post-mortem pour faire croire que c'était l'œuvre de Blanc.

Enzo secoua la tête.

– Elle a disparu la veille de l'arrestation de Blanc.

– D'accord, mais on parlait déjà beaucoup de ces prostituées étranglées et de l'os hyoïde brisé.

– Exact. Mais avant l'arrestation de Blanc, personne ne savait que c'était lui, le coupable.

– Alors, l'assassin voulait simplement que son crime passe pour avoir été commis par celui qui avait tué les prostituées, sans savoir qu'il s'agissait de Blanc.

Manifestement, les contradictions répétées d'Enzo l'agaçaient.

– Ce qui aurait été une coïncidence extraordinaire, vu que Blanc avait écrit à Lucie et que, d'après son ex-petit ami, ils avaient une liaison.

– Quoi ? Depuis quand le savez-vous ?

– Deux jours.

– Il vous l'a dit ?

– Je l'ai un peu forcé, admit Enzo.

Raffin lui jeta un regard curieux mais, de toute évidence, cette révélation l'excitait.

– Voilà du nouveau. De quoi faire une super histoire. Vous pensez que Blanc aurait pu la tuer en fin de compte ?

Enzo se caressa la joue d'un air songeur et, sentant les poils de sa barbe sous ses doigts, se souvint qu'il ne s'était pas rasé depuis deux jours.

– On n'a aucun moyen de savoir si ce coup sur la tête a été mortel ou non. Il a simplement pu lui faire perdre connaissance – et elle aurait été étranglée ensuite. Après tout, Blanc droguait ses prostituées au Rohypnol avant de les étrangler. Si on étrangle quelqu'un, j'imagine qu'on est obligé de le regarder dans les yeux. Et de voir qu'il vous regarde. Blanc n'aimait peut-être pas ça.

– Donc, vous pensez que c'est Blanc ?

Enzo poussa un long soupir et parcourut des yeux la pièce sans la voir, comme s'il recherchait dans les faits de quoi étayer son instinct. Ne trouvant rien, il finit par dire :

– En fait, non.

Le bruit de la porte d'entrée qui s'ouvrait les interrompit et le dispensa de justifier ce que son instinct lui soufflait. Une bouffée d'air froid venue du palier s'engouffra avec Kirsty qui, Alexis dans un bras, tirait de l'autre une poussette.

– Oh, bonjour papa ! s'écria-t-elle en tendant Alexis à Raffin avant de se jeter au cou de son père.

Enzo remarqua que le journaliste ne semblait toujours pas savoir comment tenir son fils maintenant âgé de six mois. Apercevant par-dessus l'épaule de son père les dossiers étalés sur la table, Kirsty se recula et, avec une lueur amusée dans ses yeux marron foncé, lança :

– Ah, je vois qu'une fois de plus, c'est pour Alexis et moi que tu viens à Paris !

Enzo sourit :

– Comme toujours.

Et il s'avança pour délivrer Raffin de son fardeau. Alexis gloussa de rire quand il l'attrapa et le fit sauter dans ses bras avec le savoir-faire d'un grand-père expérimenté. En frottant son nez contre le sien, il sentit le froid sur le visage du bébé.

Tout en se débarrassant de son écharpe et de son manteau, Kirsty s'approcha de la table pour regarder les photos et les documents qui la recouvraient.

– Oh, pendant que j'y pense, dit-elle, ça y est, j'ai la date et l'heure de notre rendez-vous avec le spécialiste de Biarritz. Deux jours après ton anniversaire. Tu peux toujours nous accompagner ?

– Je prendrai le temps, quoi qu'il arrive.

Et il jeta un coup d'œil au journaliste qui, contrairement à lui, estimait avoir des choses plus importantes à faire. La voix de Kirsty le fit se retourner :

– Qui sont ces filles ?

Elle alignait les photos les unes à côté des autres.

– Des prostituées pour la plupart, mortes ou disparues, répondit-il. Leurs parents pensent qu'elles ont été victimes de Régis Blanc.

– C'est vrai ?

– Probablement pas.

– Quels visages tristes, dit-elle en effleurant du bout des doigts les portraits légèrement flous. Elles doivent avoir un certain âge maintenant.

– Si elles sont encore en vie, lâcha Raffin.

– On sait que deux d'entre elles au moins sont mortes, précisa Enzo pour Kirsty, qui secoua la tête, sans pouvoir détourner les yeux de ces visages.

– Quel gâchis.

– Au fait..., dit Enzo en se tournant vers le journaliste. Vous saviez que Charlotte rendait visite à Régis Blanc en prison, à Lannemezan ?

Raffin eut l'air stupéfait.

– Non, je l'ignorais. Pourquoi ? Je veux dire, pourquoi allait-elle le voir ?

– Une espèce d'étude sur les détenus de longue durée.

– Mais pourquoi n'a-t-elle rien dit, alors ? Elle savait bien que vous travailleriez sur l'affaire Martin.

– C'est exactement ce que je m'apprête à aller lui demander, répliqua Enzo en pinçant les lèvres.

– Parce que ma vie m'appartient, que mon travail est confidentiel et que tu n'as de droit ni sur l'une ni sur l'autre.

Les paroles de Charlotte étaient hostiles mais le ton de sa voix indifférent, comme si elle s'en moquait.

Ils se tenaient, en contrebas du salon, dans la petite cuisine de sa maison tentaculaire du 13e arrondissement. Charlotte se rassit devant un verre de vin et les restes d'un repas léger.

– Tu ne veux pas voir Laurent ?

– Arrête d'essayer de détourner la conversation.

– Ahhh, fit-elle en secouant la tête. Tu vois ? C'est seulement quand ça t'arrange.

Mais Enzo refusait de se laisser manipuler.

– Tu savais que j'avais commencé à me pencher sur l'affaire Lucie Martin, et il ne t'est pas venu à l'idée de me dire que tu rendais visite à l'homme soupçonné de l'avoir tuée. Que tu le connaissais personnellement. En outre, compte tenu du nombre de fois où tu l'as vu, tu le connais sans doute mieux que n'importe qui d'autre.

Furieuse, elle se pencha en avant :

– Depuis que je te connais, Enzo Macleod, c'est-à-dire un certain nombre d'années, tu n'as jamais manifesté le moindre intérêt pour mon travail. Sauf, bien sûr, quand ça pouvait te servir. Tu es égoïste, tu n'as aucune considération pour les autres et tu agis toujours avec une arrière-pensée.

Elle avala une gorgée de vin avant de poursuivre :

– Pourquoi penserais-je à te fournir spontanément une information sur mon travail ? De toute façon quand tu as besoin de quelque chose, tu viens la chercher tôt ou tard.

Piqué au vif, le visage empourpré, Enzo se leva. Il n'était pas égocentrique au point de ne pas se rendre compte qu'il y avait du vrai dans ses paroles.

– J'ai toujours été totalement honnête et franc avec toi, Charlotte. C'est toi qui as des secrets. C'est toi qui contrôles tes pensées et tes émotions, c'est toi qui me caches des choses.

Elle le contempla d'un air songeur.

– Et toi, qu'est-ce que tu me caches, Enzo ? La véritable raison de ta visite ? Ton arrière-pensée ? Avoue, tu n'es pas venu en voiture de Bordeaux uniquement pour m'accuser de retenir une information. Hein ?

Enzo rougit encore davantage. Charlotte semblait toujours lire en lui, aussi facilement que sur un plan de métro mural. Était-il si transparent que ça ?

Elle sourit.

– C'est bien ce que je pensais. Alors, qu'est-ce que tu veux, cette fois ?

Il mit un petit moment à tenter de sauver, du moins dans sa tête, ce qui lui restait de fierté.

– Parler à Blanc.

Avec un sourire entendu, elle s'adossa à sa chaise.

– Évidemment. J'aurais dû m'en douter.

Les yeux baissés vers son verre, comme si elle y cherchait de l'inspiration, elle fit tournoyer le reste de vin et demanda :

– Dans quel but ? Pour essayer d'établir une connexion avec Lucie Martin ?

– Je n'ai rien à établir. Il existe déjà des liens.

– Ah oui ? La fameuse lettre prétendument écrite par Blanc à Lucie ?

– Elle est bien de lui. C'est son écriture. Confirmée par un graphologue.

L'information était manifestement nouvelle pour Charlotte dont les yeux quittèrent aussitôt le verre pour rencontrer ceux d'Enzo.

– Vraiment ?

Elle réfléchit un instant avant d'ajouter :

– Tu as dit « des » liens.

– Quand Lucie l'a laissé tomber, son amour d'enfance a soupçonné l'existence d'un autre homme et il l'a suivie un soir pour voir qui l'avait remplacé.

– Blanc ?

Charlotte ouvrit de grands yeux. Enzo comprit que, cette fois, il avait capté toute son attention. Il la devinait, derrière son air circonspect, en train de réfléchir à toute vitesse. Et elle parut arriver très vite à une décision. Vidant son verre, elle déclara :

– D'accord. J'amène Laurent à Cahors pour ton anniversaire. Et si tu trouves quelqu'un pour le garder, on ira à Lannemezan dès le lendemain.

– Je pourrai entrer et le voir ?

– Sans garantie, mais j'essaierai.

Sur ce, elle se leva :

– Tu restes pour la nuit ?

– Quoi ? Ici ?

Elle haussa les épaules :

– Oui. Dans la chambre d'ami, évidemment.

Enzo se sentit aussi blessé que si elle l'avait giflé, et il pensa aussitôt à la chanson de John Lennon « Girl », et à la facilité avec laquelle Charlotte pouvait le manipuler.

– Je rentre au studio.

Elle eut un sourire las et résigné.

– Et le voilà qui laisse passer l'occasion de voir son fils rien que pour le plaisir de moucher Charlotte.

– Moucher Charlotte ?

– Tu croyais vraiment que je supporterais de t'avoir sous mon toit pendant une nuit entière sans te mettre dans mon lit ?

Chapitre 16

À Cahors, les arbres du boulevard Léon-Gambetta commençaient à perdre leurs feuilles. En quelques jours seulement, elles étaient passées de vert et jaune à rouge et orange ; poussées par une légère brise qui agitait les branches, elles se rassemblaient en petits tas le long des trottoirs.

La brise apportait une certaine fraîcheur. Peut-être le premier souffle de l'hiver à traverser le Sud-Ouest. Enzo la ressentit dès qu'il descendit de voiture, après le second de ses longs voyages effectués en deux jours seulement. Mais à la différence du froid désagréable d'un Paris gris et humide, celui-ci était vif comme un vin frappé savouré par une belle journée d'été. Il aimait le Sud-Ouest en toutes saisons, ou presque. Car lorsque l'hiver finissait par s'installer, il dérobait la douceur de la lumière, donnant au paysage un air morne, sévère. Et les mois semblaient longs en attendant le retour du printemps.

Les feuilles s'amoncelaient aussi sur le parking, devant la halle où Enzo achetait tous les produits frais nécessaires pour cuisiner – à deux pas de chez lui. En traversant la rue jusqu'à son immeuble, il les entendait craquer sous ses pieds.

– Hello ? appela-t-il dès qu'il eut ouvert la porte de son appartement.

Aucune réponse. Il jeta un coup d'œil dans la chambre d'ami et vit que Nicole y avait pris ses aises. Une énorme valise gisait ouverte par terre et des vêtements étaient éparpillés sur le lit. Enzo se demanda à qui elle avait fait appel pour la monter au premier étage. Heureusement qu'il ne se trouvait pas dans les parages le jour où elle avait emménagé.

Il jeta son sac dans sa propre chambre et retourna dans le séjour. Nicole n'avait pas perdu son temps. Presque toutes les chaises de l'appartement semblaient y avoir été entassées. Avec tables d'appoint, tables pliantes et tabourets – où poser boissons et amuse-gueule. Des sous-bocks protégeaient chaque surface susceptible d'être abîmée par des fonds de verre humides. Nicole était une vraie maniaque.

Enzo avait presque oublié son anniversaire, arrivé trop vite comme chacun de ses anniversaires depuis quelques années. En outre, pendant ce long trajet vers le sud, d'autres sujets avaient occupé son esprit et il tenait à jeter tout de suite par écrit les idées emprisonnées dans l'espace surencombré de sa tête. Il déplaça plusieurs chaises et tables afin de pouvoir accéder au tableau blanc placé depuis longtemps sur le mur du fond du salon. Sophie avait protesté, se plaignant que ça défigurait toute la pièce. Mais c'était pour Enzo la meilleure façon de visualiser ses pensées. Une représentation graphique qu'il avait la possibilité d'englober d'un seul coup d'œil.

Il prit un feutre bleu et, au centre, écrivit *Régis Blanc*. Lucie étant l'une des Six de Bordeaux, il ajouta chacun des six noms sur les bords du tableau. Au-dessus de Blanc, il entoura d'un cercle les noms des trois prostituées assassinées puis, au-dessous, celui de Richard Tavel, l'amour d'enfance de Lucie. Ainsi, il avait sous les yeux les principaux protagonistes de l'histoire, et il voulait voir les liens qui les unissaient.

Entre Blanc et Lucie, il dessina deux flèches inversées. À côté de la première, il écrivit LETTRE D'AMOUR. À côté de la seconde, RENCONTRE À LA RENTRÉE. Ensuite, il relia Blanc et

Lucie à Tavel par d'autres flèches, en notant d'une part qu'il avait eu une liaison avec Lucie, et d'autre part qu'il l'avait vue avec Blanc. Il y avait encore beaucoup d'autres liens – le plus évident de tous entre Blanc et les prostituées qu'il avait étranglées. La connexion avec la fille poignardée à mort dans la chambre d'hôtel existait à coup sûr – Blanc avait été son souteneur à une époque – mais c'était de l'histoire ancienne, donc floue. Enzo traça une flèche ondulée.

Ce qui le frappait le plus, c'était le lien avec la dénommée Sally Linol, celle à la plume tatouée sur le cou. Non seulement elle était connectée à Blanc, mais aussi aux trois prostituées étranglées. Le fait qu'elle ait nettoyé son appartement et disparu avant l'assassinat des trois autres incitait Michel Bétaille à penser que Blanc ne l'avait pas tuée. Car pourquoi, alors qu'il s'était débarrassé de ses victimes presque au nez et à la barbe de tout le monde en laissant des indices l'impliquant directement, se serait-il donné la peine de nettoyer cet appartement à fond et de cacher le corps avec un tel soin que, vingt ans plus tard, on ne l'avait pas encore découvert ?

Mais, surtout, pourquoi s'était-elle enfuie ? Savait-elle ou avait-elle deviné qu'il allait arriver quelque chose à ses amies ? Avait-elle eu peur que Blanc la tue elle aussi ? Était-elle partie se terrer quelque part avec l'intention ne plus jamais refaire surface ?

Si Enzo pouvait retrouver Sally Linol, beaucoup de questions trouveraient une réponse. Cependant, après si longtemps, il était difficile de savoir par où commencer les recherches. Et rien ne garantissait, bien sûr, qu'elle fût encore en vie.

Puis, soudain, une autre question s'imposa à lui. Pourquoi Blanc n'avait-il fait aucun effort pour brouiller les pistes ? Après avoir assassiné les trois filles, il les avait abandonnées dans un terrain vague où il était certain qu'on les trouverait. Ses empreintes digitales avaient été prélevées sur le cou de deux d'entre elles et sur le sac de la troisième. Tout le monde savait qu'il était leur souteneur. Il n'avait pas d'alibi. La police avait en outre découvert du Rohypnol dans son appartement, la drogue avec laquelle on les avait endormies.

Enzo avait toujours supposé que c'était par ignorance ou par stupidité crasse que Blanc avait conduit les enquêteurs jusqu'à lui. Or Blanc ne pouvait pas être aussi bête. Il dirigeait un réseau de prostitution prospère face à une rude concurrence. Il était peut-être inculte, mais certainement pas stupide. Alors pourquoi aurait-il aidé la police à lui coller les meurtres sur le dos ?

Un autre *pourquoi* avait obsédé Michel Bétaille : *pourquoi* les avait-il tuées alors que, de toute évidence c'était contraire à sa nature ? Le policier affirmait que Blanc *aimait* les femmes, et pourtant il ne s'était jamais interrogé sur la facilité avec laquelle les indices avaient permis de remonter jusqu'à Blanc, ni sur le fait que ce dernier n'avait jamais nié ces crimes pendant son procès.

Enzo contempla pensivement son tableau et, à côté du nom de Blanc, écrivit dans un cercle, VOULAIT-IL ÊTRE ARRÊTÉ ?

– Coucou !

La voix de Nicole percuta le cours de ses pensées qui se dispersèrent en chaos aux quatre coins de son esprit. L'emmerdeuse ! Juste au moment où il sentait venir l'illumination.

– Je suis occupé, Nicole, cria-t-il en espérant que son ton irrité ne lui échapperait pas.

Mais, ou il échappa à Nicole ou celle-ci choisit de l'ignorer car elle se précipita joyeusement dans le salon.

– Vous êtes de retour ! J'ai vu votre voiture en bas. Avec une prune sur le pare-brise.

Enzo ferma les yeux, respira à fond et résista à la tentation de jurer tout haut.

– Oh, non ! protesta-t-elle. Vous avez tout chamboulé. Ça m'avait pris un temps fou.

Et elle entreprit de remettre en place les tables et les chaises, enfermant Enzo devant son tableau blanc.

– Nicole ! J'essaye de travailler, articula-t-il lentement entre ses dents.

– Moi aussi. C'est pour votre anniversaire, si vous l'avez oublié. J'ai organisé le buffet. Le traiteur viendra demain matin.

– Nicole ! On n'a pas besoin de traiteur pour fêter un anniversaire aussi ordinaire. On pouvait se contenter de descendre acheter des pizzas.

– Oh, ne faites pas l'idiot, monsieur Macleod. On n'a cinquante-sept ans qu'une seule fois.

– Cinquante-six.

– Peu importe. Il y aura beaucoup de monde.

Avisant alors les notes gribouillées sur le tableau, elle s'interrompit net.

– Vous avez commencé.

– Oui, dit-il, sautant aussitôt sur l'occasion pour lui faire oublier la fête. Et j'aurais besoin de votre aide.

Les yeux brillants, elle s'écria :

– Comment ? Tout ce que vous voudrez.

– Il me faudrait un dossier complet sur Régis Blanc. Ses antécédents personnels. Son casier judiciaire. Ses amis, sa famille, ses associés connus. Absolument tout ce que vous pourrez trouver sur lui, Nicole.

– Pour quand ?

– Le plus tôt possible.

– C'est parti !

Il vit qu'elle était déjà impatiente de s'asseoir devant son ordinateur.

– Quand doit rentrer Sophie ? demanda-t-il.

– Demain matin, répondit-elle distraitement. Je crois. Juste à temps pour la fête.

Enzo poussa un profond soupir.

– Ou-i – juste à temps pour laisser tout le boulot aux autres.

Chapitre 17

Sophie avait le visage barbouillé de traces de larmes. Le soir commençait à tomber sur leur troisième jour d'incarcération. Bertrand et elle ne maîtrisaient plus rien. Les jours tendaient déjà à se mélanger, informes, inconsistants.

Bertrand faisait peur à voir. Elle avait fait de son mieux pour essayer de nettoyer le sang, mais il avait séché en croûtes brunes sur le chaume de ses joues et autour de sa bouche ; sa chemise en était maculée ; ses narines obstruées le gênaient pour parler. Il était convaincu d'avoir le nez cassé. D'abord aiguë, la douleur s'était muée en mal sourd puis en engourdissement. Il avait passé la majeure partie de la journée à dormir.

La tête sur les genoux de Sophie, il respirait par la bouche, lentement, régulièrement.

Leurs geôliers avaient fini par se calmer et leur apporter un nouveau plateau. Yaourt, pain, café. Sophie jurait que si jamais elle sortait de là vivante, plus jamais elle n'avalerait une seule de ces trois substances.

Pendant que Bertrand somnolait, et entre deux accès de larmes et d'apitoiement sur elle-même, elle avait beaucoup réfléchi à la situation. La veille, mû par la colère et la frustration, Bertrand avait agi impulsivement et seul en attaquant l'homme qui apportait le plateau-repas. Elle avait été aussi surprise que leur geôlier. Si seulement ils en avaient discuté avant, s'ils avaient préparé un plan, l'issue aurait pu être différente.

À présent, elle estimait qu'ils ne pouvaient plus se contenter de rester assis en attendant la suite des évènements, apparemment de moins en moins susceptibles de se terminer bien. Il était temps de prendre des initiatives. D'entreprendre quelque chose avant qu'ils ne perdent tous les deux la volonté de résister.

Elle baissa les yeux et vit que Bertrand la regardait.

– Il est quelle heure ? demanda-t-il.

Elle haussa les épaules. Comment le saurait-elle ? On leur avait pris leurs montres.

– Tard. Il va bientôt faire nuit.

Puis, baissant la voix, elle ajouta :

– Il faut essayer de sortir d'ici.

Il hocha la tête.

– Je sais, dit-il en se redressant tant bien que mal. Je suis désolé.

– De quoi ?

– De ne pas t'avoir mieux protégée.

Elle résista à une nouvelle envie de pleurer et le serra très fort dans ses bras.

– On agira ensemble cette fois, murmura-t-elle. Je meurs d'envie de leur casser la gueule à ces connards.

– Moi aussi.

Il s'écarta de Sophie, se leva, étira ses muscles et ses articulations endoloris. Il fallait qu'il soit à la fois physiquement et mentalement alerte.

– Je peux m'occuper d'un type à la fois, pas des deux en même temps.

– Et ton visage ?

– Ils ne pourront pas l'abîmer davantage, dit-il en esquissant un semblant de sourire qui ressemblait davantage à une grimace de douleur.

– Non, je veux dire… ça ira ?

Bertrand plia les doigts et serra les poings.

– Oh, oui.

– Qu'est-ce qu'on fera une fois dehors ? On ne sait même pas où on est.

– Jetons un coup d'œil à la configuration du terrain.

– Comment ?

– Je vais te faire la courte échelle et te soulever jusqu'à la fenêtre. Mais on a intérêt à se dépêcher avant qu'il fasse nuit.

Il s'accroupit, entrelaça ses doigts et tourna ses paumes vers le haut pour que Sophie puisse y poser un pied et se tenir dessus en équilibre ; ensuite, il se redressa en la propulsant à la hauteur du rebord auquel elle s'agrippa.

La vitre était opaque de saleté et d'éclaboussures de boue, mais elle put voir, à travers les barreaux, que la fenêtre était au ras du sol. Elle apercevait un espace couvert de graviers, puis un talus herbeux qui s'élevait vers des bois disparaissant dans l'obscurité. Elle voyait aussi un très grand pin en lisière de ces bois, plus haut que tous les autres arbres, presque en face d'elle.

Lorsque Bertrand la fit redescendre, elle lui décrivit ce qu'elle avait repéré ; en fait, cela ne les renseignait pas beaucoup sur l'endroit où ils se trouvaient, ni sur la distance qu'ils auraient à parcourir avant d'être en sécurité. *Si* jamais ils s'échappaient.

– On est dans une grande maison, dit Bertrand. Tu as remarqué comme il faisait froid quand on est arrivés ? À croire que personne n'y habite.

– Et on est enfermés dans la cave.

Sophie baissa la tête, la secoua, sentit les larmes lui monter aux yeux.

– Et alors ? On le sait déjà. On en a parlé des centaines de fois. Ça ne nous sert à rien si ces deux mecs nous empêchent de passer la porte.

– On y arrivera, insista Bertrand. Si on agit ensemble. Mais il faudra être rapide. Je peux attraper le premier et l'immobiliser un instant. Toi, tu dois le neutraliser pour que je puisse m'occuper du deuxième. Ils ne s'y attendront pas, la surprise devrait jouer en notre faveur.

Sophie respira à fond et releva la tête.

– Tu as raison. Papa dit toujours qu'on n'obtient jamais ce qu'on ne peut pas visualiser, dit-elle avec un rire forcé.

Puis, imitant l'accent écossais d'Enzo, elle ajouta :

– Si tu n'arrives pas à te voir assis au bout de la table du conseil d'administration, tu ne deviendras jamais P.-D.G. de la boîte.

– En admettant qu'on rêve de ça.

– OK, mais il a raison. Comment pourra-t-on se libérer si on n'arrive pas à se représenter ce qui va se passer ? Comment je fais pour le neutraliser ?

Bertrand haussa les épaules :

– Tu lui plantes les doigts dans les yeux.

Sophie secoua la tête.

– Il sera en train de se battre avec toi. Je ne peux pas être certaine d'atteindre les yeux. Plutôt un bon coup dans les couilles. Il paraît que les hommes n'apprécient pas des masses.

Bertrand sourit franchement. Il retrouvait sa vieille Sophie.

– D'accord. Je frappe à la porte, je demande à aller aux toilettes. Dès qu'ils ouvrent, j'attrape le premier mec, je le colle contre le mur du couloir, je le tourne face à toi. Tu te dépêches de frapper avant que l'autre nous tombe dessus.

L'énormité de leur plan la frappa soudain ; elle fut prise d'une peur panique. C'était de la folie. Jamais ils n'y arriveraient. Mais elle s'obligea à fermer les yeux et à envisager l'alternative. Ne rien faire, accepter docilement le destin que ces gens leur réservaient, quel qu'il soit. Non, impossible. Elle rouvrit les yeux et hocha la tête.

– Et si un seul de nous deux réussit à s'échapper ?

– Si c'est toi qui réussis à t'échapper, cours sans t'arrêter, sans regarder en arrière. Je me débrouillerai tout seul. N'oublie pas que ces types travaillent en équipe. Ils sont au moins quatre, il y en aura probablement d'autres quelque part dans la maison.

Sophie ne pouvait pas imaginer un scénario où elle abandonnerait Bertrand.

– Et si c'est toi ?

– Je reviens te chercher.

– Non, certainement pas, dit-elle en élevant la voix. Tu vas d'abord demander de l'aide. Ensuite, tu reviens me chercher.

Bien que la simple idée d'être laissée seule dans cette cave fût presque inconcevable. En fait, c'était encore un scénario qu'elle refusait de visualiser. Le désespoir s'abattit de nouveau sur elle comme une brume noire.

– On devrait attendre qu'il fasse nuit, suggéra Bertrand. Comme ça, si on arrive à se sauver, on a de meilleures chances de s'en tirer.

Elle hocha la tête, s'assit par terre, sous la fenêtre, et regarda le reflet des dernières lueurs du jour s'estomper lentement sur le mur opposé.

Après un long silence, Bertrand dit :

– Tu sais que c'est la seule chose à faire, hein, Sophie ? On doit essayer. Même si on échoue.

– Je sais.

Pourtant, elle ne pouvait s'empêcher de souhaiter qu'il y eût une autre solution. Elle se tourna vers lui, regarda son visage couvert de sang séché, son nez cassé, lut la détermination dans ses yeux.

– Je t'aime, Bertrand.

Les yeux sombres du garçon se remplirent de larmes. Elle savait qu'en dehors de son père, Bertrand était la seule personne au monde en qui elle pouvait avoir une confiance totale.

En détournant son regard, il vit que l'ombre de la fenêtre projetée sur le mur opposé avait disparu. Seule l'ampoule suspendue au plafond répandait son triste éclat. Une idée lui traversa alors l'esprit : l'obscurité pourrait jouer en leur faveur. Il se remit péniblement debout :

– Approche. Je vais te soulever, tu vas dévisser l'ampoule en te protégeant la main avec ta manche. S'il fait noir, ils ne pourront pas nous voir.

– Ils vont se méfier, dit-elle en se levant.

– Peut-être, mais s'ils ne nous voient pas, ça nous donne un avantage.

Bertrand s'accroupit de nouveau, entrelaça ses doigts pour lui faire la courte échelle. Tout en se retenant à ses cheveux pour garder l'équilibre, elle réussit à attraper l'ampoule. Il entendit le grincement de la douille qui se dévissait, puis la lumière s'éteignit. Sophie sauta à terre et brisa le bulbe contre le mur. Dans la pénombre, il la vit brandir le verre déchiqueté, comme une arme.

– J'espère que je pourrai les frapper en pleine gueule avec ça, siffla-t-elle, l'adrénaline se répandant déjà dans son organisme.

Il la guida vers le côté droit de la porte, la plaça dos au mur, et respira à fond avant de cogner sur la porte en criant :

– Toilettes !

Il était inutile d'attendre plus longtemps.

Une minute s'écoula sans la moindre réponse. Bertrand recommença à frapper et à crier jusqu'à ce qu'ils entendent une porte claquer au loin, puis des pas dans le couloir. Sophie ferma les yeux, en essayant de contrôler sa respiration.

Les pas s'arrêtèrent derrière la porte. Il y eut plusieurs longues secondes de silence avant qu'une voix demande :

– Pourquoi y a pas de lumière ?

– L'ampoule a grillé, dit Bertrand. Dépêchez-vous, s'il vous plaît. C'est pressé.

– Debout contre le mur du fond ! cria la voix.

Ils entendirent le raclement de la clé dans la serrure. Puis de nouveau le silence avant que la porte s'ouvre violemment, dans une explosion de poussière. Prêt à bondir, muscles bandés, Bertrand vit la silhouette se découper sur le seuil, une batte de baseball à la main. L'ombre du deuxième geôlier s'allongeait, déformée sur le sol du couloir éclairé.

Bertrand sauta sur le premier homme avant que celui-ci ait eu le temps d'ajuster sa vision à l'obscurité de la pièce ; il lui coinça le cou dans l'étau de son avant-bras aussi dur qu'une barre d'acier et se jeta avec lui dans le couloir. La batte de baseball racla le sol en ciment. Sophie sortit de l'ombre et balança, comme prévu, un coup de pied entre les jambes de l'homme dont le corps vibra ; un cri jaillit de sa bouche, il s'affala par terre, en boule, les genoux remontés sur la poitrine, et se mit à gémir.

Mais le deuxième se jetait déjà sur Bertrand sans lui permettre d'esquisser un geste pour écraser d'un violent coup de poing son visage déjà contusionné et enflé. Tous deux roulèrent à terre. Presque aveuglé par la douleur, Bertrand eut le souffle coupé par un second coup au ventre.

Brusquement, le corps de son agresseur s'agita d'un soubresaut et devint flasque. Le bruit de la batte de baseball qui s'abattait sur sa tête avait produit un son étrangement caverneux, comme du bois sur une balle en cuir. Bertrand leva les yeux et vit Sophie debout au-dessus d'eux, mais une ombre grandit derrière elle, l'enveloppa presque comme un gant, la renversa. Le premier homme avait suffisamment récupéré pour revenir dans la bagarre.

Bertrand s'efforça de se libérer du poids mort qui l'étouffait ; juste comme il se dégageait, l'autre se releva sur les genoux – le coup de batte n'avait pas été assez fort pour le mettre K. O. La porte était devant lui, au bout du couloir. Sophie était à terre et les deux geôliers de nouveau d'attaque.

– Cours ! lui cria-t-elle.

Comme il hésitait, elle hurla de toutes ses forces :

– Va-t'en ! Sauve-toi, bon sang !

Sans réfléchir davantage, il fila comme une flèche.

Les bruits qui suivirent lui glacèrent le sang. Vociférations des geôliers blessés crachant leur haine et leur venin. Cris de Sophie résonnant sur le plâtre froid des murs, sur le ciment du sol. Il faillit faire demi-tour. Mais il savait qu'elle lui en voudrait. Tout cela n'aurait servi à rien. N'aurait été qu'une entreprise douloureuse et vaine.

Au bout du couloir, la porte s'ouvrit sur une pièce d'où s'échappa une bouffée de chaleur et d'odeurs de tabac. Au centre, deux chaises avaient été écartées d'une table couverte de cartes à jouer et de marques de brûlures. Les deux hommes avaient été interrompus au milieu d'une partie, une cigarette fumait encore dans un cendrier. Une bouilloire était posée sur un bloc-évier, contre le mur du fond, à côté d'un plateau prêt à être apporté aux prisonniers.

De l'autre côté de la pièce, une ouverture donnait sur un étroit escalier qui s'élevait dans le noir. Bertrand escalada les marches deux par deux en essayant de ne pas écouter le chaos qu'il laissait derrière lui. Arrivé en haut, il tâtonna dans l'obscurité pour chercher la sortie et se retrouva enfin dans le vestibule dallé de cette maison, un ancien manoir sans doute. Des appliques Art déco diffusaient un éclairage tamisé. Les lambris et la peinture crème des murs avaient visiblement souffert du passage du temps.

La lune montante projetait déjà sa lumière blanche à travers les vitraux de la porte d'entrée. Au fond, un large escalier menait à un demi-palier puis se divisait en deux jusqu'à une galerie faisant tout le tour du premier étage.

Sans prendre le temps de réfléchir, Bertrand courut vers la sortie, ses semelles claquaient sur le carrelage. Par une double porte entrouverte, il aperçut la lueur vacillante d'un feu de bois dans un âtre. Très vite, des éclats de voix se firent entendre, suivis de bruits de pas qui se rapprochaient.

À son grand soulagement, la porte d'entrée n'était pas verrouillée ; il réussit à s'échapper dans la nuit, dévalant d'abord une courte volée de marches, puis un espace couvert de graviers. L'air froid lui donna l'impression d'être caressé par la mort ; il frissonna en dépassant les véhicules garés dans l'allée, l'un d'entre eux étant certainement le fourgon dans lequel on les avait amenés.

Ses poursuivants n'étaient pas loin ; il les entendait derrière lui, mais il ne pouvait pas se permettre de se retourner pour regarder. Sur sa droite, des arbres offraient une ombre dense, il s'y réfugia et se retrouva aussitôt avalé à la fois par les ténèbres et une végétation sauvage.

Ronces et taillis s'accrochèrent à son pantalon, le déchirèrent quand il plongea dans le sous-bois. Ses poumons le brûlaient, mais la peur et la détermination farouche de s'enfuir le poussaient à courir le plus vite possible, forçaient ses jambes à le propulser en avant malgré la douleur engendrée par chaque foulée.

La distance entre lui et les hommes augmentait. À la faveur d'un rayon de lune, il aperçut une piste étroite tracée par un animal au bord d'une déclivité abrupte recouverte de fougères. D'en bas montait le bruit d'un cours d'eau, il voyait scintiller le reflet de la lune sur sa surface agitée.

Il se laissa glisser sur le dos jusqu'au bas de la pente où l'eau froide engloutit soudain ses pieds et ses jambes ; il bascula si brutalement en avant qu'il s'affala de tout son long dans le ruisseau. Le choc lui coupa la respiration. L'eau était peu profonde et le lit tapissé de pierres lisses usées par les siècles. Complètement trempé, Bertrand se remit debout, avança cahin-caha jusqu'à un gros rocher en surplomb au-dessus de la berge, et se plia en deux pour se glisser sous la protection de son ombre. Haletant, il se colla à la pierre froide et mouillée en essayant de retenir son souffle et de tendre l'oreille par-dessus le bruit du courant.

Les voix de ses poursuivants lui parvenaient dans la nuit. Furieuses, frustrées. Ils l'avaient perdu et ne se doutaient pas qu'il était dans le ruisseau. Tremblant de tous ses membres, il attendit plusieurs minutes, les écouta s'éloigner, puis rampa hors de sa cachette pour remonter prudemment jusqu'à la piste. Les vociférations des hommes s'affaiblissaient tandis qu'ils s'enfonçaient dans les bois. Alors, il rebroussa chemin, boitillant comme un animal blessé, frigorifié, mouillé, effrayé, rongé par la culpabilité d'avoir abandonné Sophie à son triste sort.

Couchée sur le ciment froid et les éclats de l'ampoule brisée, Sophie sanglotait dans le noir. Les deux hommes l'avaient immédiatement rejetée dans la cave avant de poursuivre Bertrand ; elle avait entendu la clé tourner dans la serrure, les pas s'éloigner dans le couloir.

En son for intérieur, elle avait toujours craint que, si un seul des deux devait s'évader, ce soit Bertrand. Ça aurait été trop beau qu'ils parviennent à se sauver ensemble. Elle entendait encore dans sa tête sa propre voix lui hurler de s'en aller. Elle avait remarqué son hésitation. Elle savait à quel point cela avait dû être douloureux pour lui de la laisser, mais elle ne lui reprochait rien. Il avait plus de chances qu'elle de s'en sortir. Il était plus fort, plus résistant. Il constituait leur meilleur espoir.

Néanmoins, ça n'allégeait pas le désespoir qui la dévorait. Elle était toute seule désormais, et si Bertrand réussissait à leur échapper, ces hommes risquaient de retourner leur colère contre elle.

Elle entendait leurs cris, dehors, au loin. Puis le silence retomba. Un silence si dense, si pénétrant, qu'elle avait l'impression de pouvoir le toucher. Elle se redressa en position assise et s'adossa au mur. En regardant la fenêtre, elle devinait que la lune avait dû se lever du côté opposé de la maison et éclairait les bois car aucun rayon ne pénétrait dans la cave. Très lentement, ses yeux s'accoutumèrent à la pénombre, jusqu'à ce qu'elle voie ses mains trembler devant elle.

Elle priait pour que Bertrand s'en sorte. S'ils le rattrapaient, Dieu sait ce qu'ils lui feraient. Elle ferma les yeux, pensa à son père. Il devait fêter son anniversaire le lendemain. En ne la voyant pas venir, il comprendrait qu'elle avait des ennuis. Si Bertrand s'échappait, il pourrait le conduire jusqu'ici. Elle souhaitait plus que tout au monde sentir les bras de son père autour d'elle, entendre son père lui dire avec son doux accent écossais, calme et rassurant, que tout allait bien.

Des pas rapides résonnèrent dans le couloir. Elle se releva, le cœur battant à tout rompre, la gorge nouée. La clé tourna dans la serrure, l'éclat soudain de la lumière électrique du couloir la fit cligner des yeux quand la porte s'ouvrit en grand. Un seul homme se tenait sur le seuil. Cagoulé. Sans Bertrand, elle ne présentait pas la même menace.

Il s'avança dans la pièce et referma des doigts d'acier autour de son cou, la souleva presque du sol, lui bloquant la respiration. Son visage s'approcha si près du sien qu'elle sentit son haleine aigre à travers le tissu.

– Pas mal ton petit ami, hein ? Qui te laisse ici toute seule. Un putain de héros.

Il desserra un peu ses doigts.

– Cause toujours, cracha-t-elle. Facile de jouer les durs avec quelqu'un qui ne peut pas se défendre.

– Ta gueule, connasse ! cria-t-il en lui assénant du plat de la main une gifle qui la déséquilibra et l'envoya mordre la poussière.

Elle roula sur le dos, les larmes jaillirent de ses yeux ; elle vit la silhouette floue se rapprocher.

– Ça vous fait bien chier qu'il se soit sauvé ! Il ne m'a pas abandonnée ! Il va revenir. Avec de l'aide.

Mais elle se sentait beaucoup moins bravache que ne le laissaient supposer son ton et ses paroles.

L'homme se pencha, l'attrapa par les cheveux pour la remettre brutalement sur ses pieds et répliqua en la tenant contre lui :

– Ouais, probable. Mais tu sais quoi ? On sera partis depuis longtemps. Et ton vieux recevra peut-être le message plus tôt que prévu. Connasse !

Sur ce, il la jeta dans le couloir.

Depuis le couvert des arbres, Bertrand observait la maison, conscient que ses geôliers ne tarderaient pas à abandonner la poursuite et à revenir. Un coup d'œil à la profondeur du ciel lui suffit pour comprendre qu'il n'y avait pas un village ou une agglomération à des kilomètres à la ronde. Aucune pollution lumineuse, juste la lune dont les rayons d'argent givraient le paysage.

La maison paraissait gigantesque. En pierre de taille, sur trois étages, elle devait dater du XIXe ou du début du XXe siècle. Elle avait connu de meilleurs jours. Les volets de la plupart des fenêtres étaient fermés. Des plantes grimpantes envahissaient les murs et les avant-toits. Des petits balcons en fer forgé ornaient le premier étage de la façade tachée aux endroits où les gouttières bouchées par les feuilles débordaient et laissaient l'eau de pluie ruisseler sur la pierre.

De l'autre côté de l'allée, il distinguait une pelouse en friche et, au-delà, un garage dissimulé dans l'ombre d'un grand noyer en train de perdre toutes ses feuilles.

Des bois, s'élevèrent soudain les bruits et les voix des hommes qui revenaient en se faufilant entre les broussailles. Bertrand savait qu'il devait changer de place et qu'en se déplaçant il s'exposerait à la vue de quiconque surveillait l'extérieur de la maison. Mais, de là où il se trouvait, il ne voyait qu'une fenêtre éclairée et personne derrière. Il traversa à toute vitesse l'espace couvert de graviers où étaient garés les véhicules, puis la pelouse en friche, déjà humide de rosée.

À sa grande surprise, la porte du garage n'était pas verrouillée. Il se glissa à l'intérieur. Le clair de lune pénétrant par les fenêtres du fond lui révéla les formes de trois voitures protégées par des housses. L'endroit sentait l'humidité et le moisi, comme si on ne l'avait pas utilisé depuis longtemps. En s'approchant d'un grand établi installé contre le mur le plus proche, Bertrand souleva un nuage de poussière avec ses pieds.

Une boîte à outils y était ouverte, son contenu éparpillé sur le plateau de bois. Au mur étaient accrochés des scies et des marteaux. Il saisit un court pied-de-biche incurvé, fourchu à une extrémité, et le soupesa. Lourd, solide, il ferait non seulement une bonne arme mais un outil idéal pour écarter les barreaux de la cave où on les avait enfermés.

Caché dans l'ombre du garage, il jeta un coup d'œil à la pelouse : ses poursuivants, au nombre de trois, émergeaient des bois et se hâtaient vers la maison.

Pendant qu'il était resté accroupi dans le ruisseau à l'abri du rocher, il avait réfléchi : il ne pouvait pas laisser Sophie entre les mains des ravisseurs. Le temps qu'il trouve du secours et revienne, ils auraient certainement levé le camp en l'emmenant avec eux. Il fallait qu'il la sorte de là le plus vite possible.

Dès que les trois hommes disparurent à l'intérieur, il se courba en deux et courut jusqu'au mur le plus proche. Un parterre de mauvaises herbes entourait la maison. Il le suivit vers l'arrière, où s'élevaient quelques dépendances. Toujours aucun signe de vie. Il dépassa des poubelles, une entrée de service, gagna l'ombre profonde, à l'extrémité de la bâtisse. Au-delà s'étendaient les bois que Sophie avait aperçus depuis la fenêtre.

Elle avait décrit un grand pin qui dépassait tous les autres arbres ; il le voyait maintenant, repère utile pour identifier la cave dans laquelle on les avait enfermés. Plusieurs fenêtres s'alignaient au ras de la bande d'herbes folles sur ce côté de la maison. Toutes avaient des barreaux, aucune n'était éclairée. Un simple coup d'œil suffit à Bertrand pour se rendre compte que, partout, le fer était rouillé et les scellements rongés. Ce serait un jeu d'enfant de les faire sauter avec le pied-de-biche.

Il longea le mur à pas de loup jusqu'à ce qu'il distingue, sur l'herbe, une faible lueur provenant d'une cave. Presque en face du grand pin. Ça devait être la bonne. Il s'approcha, se laissa tomber à genoux, scruta l'intérieur à demi plongé dans la pénombre. La porte était grande ouverte. La lumière provenait du couloir et dessinait un long rectangle jaune sur le sol. Il reconnut le matelas où ils avaient dormi pendant trois nuits, les couvertures jetées en tas. Sophie n'était plus là.

Presque au même instant, il entendit une voiture démarrer ; comprenant qu'il était déjà trop tard, il jura à haute voix, se releva, resserra sa prise autour du pied-de-biche, déterminé à se battre quel que soit le nombre de ses adversaires, et s'élança vers le devant de la maison. Juste à temps pour voir les trois véhicules accélérer l'un derrière l'autre dans l'allée, leurs phares balayer les ténèbres. De frustration, il lança le pied-de-biche vers eux en poussant un hurlement.

Ils étaient partis. Avec Sophie.

Dans leur hâte de quitter les lieux, les hommes avaient presque tout abandonné sur place ; ils ne voulaient pas courir le risque de voir Bertrand revenir avec du renfort. Le salon du rez-de-chaussée où ils avaient manifestement passé le plus clair de leur temps était jonché d'emballages variés et de canettes de bière ; les cendriers débordaient de mégots. Dans la cuisine, le congélateur contenait des plats surgelés et du pain à moitié cuit destiné à leurs prisonniers. Le réfrigérateur renfermait assez de yaourts pour une semaine. Ils avaient donc eu l'intention de rester quelques jours encore.

En apercevant un téléphone dans une pièce du fond, Bertrand sentit renaître son espoir, mais la ligne était coupée bien sûr, et rien dans la maison ne pouvait lui livrer le moindre indice sur l'endroit où il se trouvait.

Il descendit au sous-sol, traversa la pièce où les hommes jouaient aux cartes, longea le couloir jusqu'à la cave dans laquelle ils les avaient retenus prisonniers. Il vit du sang par terre. Du sang frais – ce n'était donc pas le sien. Submergé par la rage, la frustration et la culpabilité, à peine capable de respirer, il sentit les larmes jaillir de ses yeux. Aussitôt, il fit demi-tour et remonta l'escalier à toute vitesse, au milieu d'une sorte de brouillard.

L'écho de ses pas se répercuta sur les murs et le froid le saisit de nouveau lorsqu'il traversa le vestibule en courant pour sortir au plus vite. Il dévala les marches du perron. Ses vêtements étaient toujours mouillés et il se rendit compte qu'il n'avait mal nulle part parce que son corps était engourdi. Une seule chose l'obsédait désormais : trouver de l'aide. Prévenir Enzo. S'il y avait une personne capable d'agir au mieux dans cette situation, c'était le père de Sophie.

Il descendit l'allée à longues foulées, passa entre des arbres, franchit une grille ouverte et se retrouva sur une route étroite. Quelle direction prendre ? Il essaya de se remémorer leur arrivée, se souvint du brusque virage du fourgon pour pénétrer dans la propriété, et choisit la droite.

La chaussée en piteux état, fissurée, criblée de nids-de-poule, contournait la masse menaçante des bois enfermés derrière une haute clôture. À gauche, un paysage sans relief s'étendait à perte de vue. La lune paraissait se refléter sur de grandes flaques d'eau.

Au bout d'une quinzaine de minutes, environ, ses réserves d'énergie s'épuisant, Bertrand cessa de courir pour marcher d'un bon pas. Des arbres l'entouraient des deux côtés maintenant, leurs ombres projetées par la lune transformant le ruban d'asphalte en une rivière noire, traîtresse pour les pieds. Brusquement il émergea en rase campagne et aperçut au loin, sur sa gauche, des phares de voitures. D'après la vitesse de leur déplacement et la rectitude de leur trajectoire, il devina qu'elles roulaient sur une autoroute. Très éloignée. À trois ou quatre kilomètres de là, peut-être, et rien ne garantissait que la route qu'il suivait l'y conduirait. Le moyen le plus sûr de l'atteindre serait de couper tout droit.

Le sol accidenté, autrefois couvert d'arbres mais à présent déboisé, envahi de repousses, de racines et d'un enchevêtrement de plantes grimpantes ou rampantes rendait la marche difficile. Il ne lui fallut pas longtemps pour se rendre compte qu'il mettrait plusieurs heures à rejoindre l'autoroute.

En outre, le terrain se révélait beaucoup moins plat qu'il ne l'avait cru, l'obligeant à escalader des rochers et des troncs d'arbres couchés. Dans sa précipitation, Bertrand bascula soudain en avant quand le sol se déroba sous ses pieds. L'espace d'un instant, il eut l'impression de voler en toute liberté dans les airs, jusqu'à ce que sa tête heurte un obstacle très dur. Il percuta le sol avec une telle violence qu'il se retrouva incapable de respirer – juste avant de perdre connaissance.

Chapitre 18

Il sentait à travers la couette la chaleur du rayon de soleil qui tombait en travers de son lit. Malgré la chute de la température extérieure, la nuit avait été chaude et agitée. Soudain, Enzo s'aperçut qu'il était plus de neuf heures du matin.

Il se redressa, cligna des yeux dans la lumière vive de ce soleil du sud-ouest qui se reflétait sur les tuiles romanes des toits, de l'autre côté de la fenêtre. Il avait la bouche sèche et les yeux irrités à cause de la trop grande quantité de vin avalée la veille. Il se glissa hors du lit puis, d'une démarche raide, se rendit dans la salle de bains pour vider sa vessie et s'asperger le visage d'eau froide. Tout en enfilant des sous-vêtements propres et un pantalon, il se demanda pourquoi l'âge semblait toujours devoir s'accompagner de douleurs – dans les muscles, les articulations, les os qui bougeaient autrefois avec la plus grande aisance, sans la moindre gêne. Comme si ce n'était pas déjà assez pénible comme ça de vieillir.

Pieds nus, il traversa lentement le couloir jusqu'au séjour. De la cuisine, au-delà de la partie salle à manger de la pièce, s'échappait une odeur de café et de croissants chauds. Avoir Nicole à domicile offrait peut-être certains avantages, après tout.

Mais il s'arrêta net à la vue d'un jeune homme occupé à sortir du four des viennoiseries derrière le comptoir du petit déjeuner. Grand, une carrure de rugbyman, des cheveux noirs qui retombaient en boucles sur son front, il se retourna et sourit :

– Bonjour !

Enzo mit un petit moment à reconnaître Fabien, le jeune vigneron de Gaillac qui l'avait autrefois tellement détesté qu'ils avaient failli se battre[1]. En fin de compte le jeune homme lui avait sauvé la vie, une trêve avait été déclarée et, depuis, chacun respectait l'autre.

Malgré tout, le découvrir dans la cuisine de son appartement, en train de préparer le petit déjeuner, le mit de très mauvaise humeur :

– Qu'est-ce que vous faites là ?

– Moi aussi, je suis content de vous revoir, monsieur Macleod.

Il déposa des croissants et des pains au chocolat dans une corbeille et remplit deux grandes tasses de café noir.

– Nicole m'a demandé de l'aider pour la fête.

Enzo avait complètement oublié que Fabien et Nicole avaient noué la plus improbable des relations au cours de leur enquête à Gaillac ; il se surprit à penser qu'il n'avait jamais demandé à Nicole s'ils étaient toujours ensemble. Maintenant il avait la réponse à sa question avant de l'avoir posée.

– Ah bon.

Fabien poussa la corbeille vers Enzo.

– Ça fait toujours plaisir d'être accueilli aussi chaleureusement.

– Désolé, dit Enzo en se ressaisissant. J'étais juste surpris de vous voir.

Fabien avala une gorgée de café.

---

1 Voir *Terreur dans les vignes*.

– Au fait, Nicole a une surprise pour vous. Qu'elle attend de vous annoncer pour votre anniversaire.

Enzo avait oublié une fois de plus que c'était aujourd'hui son anniversaire.

– Quoi ?

– Oh, ce n'est pas à moi de le dire, monsieur Macleod. Nicole me tuerait si je vendais la mèche.

Enzo l'imaginait sans problème. Mais il n'eut pas le temps d'y réfléchir davantage car Nicole fit irruption dans la cuisine.

– Ah, vous êtes enfin debout, dit-elle. Vous croyez que c'est une heure pour se lever ?

Fabien lança à Enzo un sourire de sympathie.

– Je viens d'avoir quelques journées chargées, Nicole.

– Oui, eh bien moi aussi. Les traiteurs seront là d'une minute à l'autre et je ne veux pas de vous deux dans mes jambes quand ils arriveront.

– Quelle est cette surprise dont Fabien m'a parlé ?

Nicole jeta un regard noir au jeune homme, qui haussa les épaules et sourit.

– Il n'était pas censé en parler tout de suite. Mais, puisqu'il n'a pas pu tenir sa langue… Il m'a demandée en mariage. Et j'ai accepté.

Tout à coup bien réveillé, sa faim oubliée, Enzo ouvrit de grands yeux :

– C'est pas vrai ?

Il n'imaginait même pas que Nicole fût assez âgée pour se marier. Encore un symptôme de son lent glissement vers la vieillesse. Parce que, s'il comptait bien, elle devait avoir vingt-deux ou vingt-trois ans.

– Eh ben, ce n'est pas la réaction que j'espérais, dit-elle, vexée, en croisant les bras.

– Pardon, Nicole, je ne voulais pas dire ça. Je voulais dire… Félicitations !

Il la serra contre lui pour l'embrasser sur les deux joues. Puis, se tourna vers Fabien pour lui serrer la main :

– ... à tous les deux !

Un peu amadouée, elle annonça :

– Je vais m'installer dans la famille de Fabien et travailler au vignoble. Mon père vend sa ferme, il viendra nous rejoindre.

Elle regarda Enzo avec une légère appréhension, puis se dépêcha d'ajouter :

– Ce qui signifie que je ne terminerai pas mes études à l'université.

Comme il ouvrait la bouche, elle le coupa tout de suite :

– Maintenant, si ça ne vous fait rien, je vous demanderai à tous les deux de finir de boire et de manger et de vous rendre utile. J'ai une tonne de travail qui m'attend... Oh, au fait... Bon anniversaire, monsieur Macleod.

Le marché avait ouvert ses portes mais, à cette heure-ci, les bons citoyens de Cahors n'étaient pas encore prêts à affronter la nouvelle journée. Quelques voitures étaient déjà stationnées sur le parking ; les boutiques ouvraient, elles aussi. À l'extrémité de la place Jean-Jacques-Chapou, au-delà des arbres qui perdaient leurs feuilles, Enzo vit les fidèles sortir de la cathédrale après la messe du matin.

À l'angle de la rue Saint-James, le café Le Forum avait installé sa terrasse à l'intention des fumeurs qui, équipés de bonnets, écharpes et gants, préféraient s'asseoir dans le froid et y déguster leur grand crème ou leur noisette en lisant les pages sportives de *La Dépêche*.

Suivi de Fabien, Enzo poussa la porte et pénétra dans la chaleur de la salle. D'un accord tacite, les deux hommes se juchèrent sur les tabourets du bar. Enzo salua d'un signe de tête le patron, Bruno, qui actionnait à grand bruit son percolateur pour servir un grand crème et un chocolat chaud à des clients installés au fond. Ils le regardèrent faire en silence.

L'air maussade, Enzo lança à son compagnon :

– Je suppose que je devrais commander du champagne pour porter un toast à vos futures noces et vous féliciter.

– Ce serait très aimable de votre part. Mais ce serait peut-être plutôt à moi de payer puisque c'est votre anniversaire.

Enzo lui jeta un rapide coup d'œil, sans repérer aucune trace de sarcasme sur le visage du jeune homme.

– Une bouteille de votre meilleur champagne et deux verres, demanda Fabien à Bruno.

Surpris, ce dernier répliqua :

– Vous savez quelle heure il est ?

– C'est mon anniversaire, Bruno, expliqua Enzo.

– Raison de plus, à votre âge, pour savoir que c'est un peu tôt pour boire du champagne, vous ne croyez pas ?

Fabien secoua la tête.

– Il n'est jamais trop tôt pour le champagne.

Bruno haussa les épaules :

– C'est votre problème.

Et il se retourna pour sortir une bouteille de la cave réfrigérée et prendre deux flûtes sur une étagère.

– Pourquoi ai-je le sentiment que vous n'approuvez pas ?

– Votre mariage ? fit Enzo en haussant un sourcil.

– Oui.

– Vous vous trompez. Enfin, je veux dire, la décision vous appartient. Je n'ai rien à voir là-dedans.

– Nicole a énormément d'estime pour vous, vous savez. À cause de ce que vous avez fait pour elle. Grâce à la bourse que vous l'avez aidée à obtenir, elle a pu rester à l'université alors que son père n'avait pas les moyens de l'entretenir.

Un peu embarrassé, Enzo baissa les yeux vers ses mains posées devant lui sur le comptoir.

– Nicole est l'étudiante la plus intelligente que j'ai eue en vingt ans, Fabien.

Puis il regarda le jeune homme et ajouta :

– Ce n'est pas que je désapprouve son mariage. C'est juste que... à un an près elle terminait son cursus. Avec une brillante carrière en perspective dans le domaine de la criminalistique.

– J'ai essayé de la persuader de continuer. Mais elle refuse. Son père n'est plus capable de s'occuper de la ferme. Voilà pourquoi elle veut qu'il vienne vivre avec nous. Pour pouvoir veiller sur lui.

La conversation fut interrompue par le bruit du bouchon de champagne qui sautait et le pétillement du Mumm dans les verres.

Les deux hommes trinquèrent solennellement :

– Tous mes vœux de bonheur pour vous deux.

– Et joyeux anniversaire à vous.

Ils sirotèrent le champagne qui explosait en bulles fines autour de leurs lèvres.

– Vous avez sacrément intérêt à prendre soin d'elle, ou vous aurez affaire à moi, lança Enzo.

– J'en tremble d'avance, monsieur Macleod, répliqua Fabien avec un petit air narquois.

Enzo lui adressa un grand sourire.

Chapitre 19

Il fallut un certain temps à Bertrand pour prendre conscience de toutes les choses qui agressaient ses sens. D'abord la lumière oblique du soleil tombant directement dans ses yeux ; elle provoqua sur-le-champ un élancement aigu à l'intérieur de son crâne qui semblait déjà serré dans un étau.

Ensuite le froid glacial, pénétrant jusqu'à la moelle de ses os ; il se rendit compte qu'il était trempé et tremblait. La rosée avait presque gelé après la chute brutale de la température pendant la nuit.

Enfin, la douleur atroce, dévastatrice montant de sa jambe droite quand il essaya de la bouger.

Il avait l'impression de ne plus avoir aucun contrôle sur elle ; le moindre mouvement déclenchait aussitôt une souffrance insoutenable qui irradiait dans tout le dos. Son cerveau tournant au ralenti sous l'effet du traumatisme l'empêcha de saisir tout de suite qu'il avait la jambe cassée.

Couché sur le ventre, le visage contre terre, il se rendit compte qu'il respirait à peine. Puis, peu à peu, il se rappela pourquoi il était là, ce qui s'était passé la nuit précédente. Sophie. Ils avaient emmené Sophie. Ce souvenir lui causa un tel choc que son cœur s'emballa. Une décharge d'adrénaline envahit son organisme ; elle lui permit de surmonter suffisamment la douleur pour se redresser en position à moitié assise tout en exprimant librement son désespoir par un long hurlement.

Il s'entendit crier d'une voix désincarnée, épuisée dont l'écho se répercuta le long de ce qu'il devina être le lit asséché d'une rivière. Lorsque son cri mourut, aucun autre son ne le remplaça. Apparemment, il était le seul être vivant dans cet endroit mort. Puis il entendit, venant de très loin, un faible bruit de circulation, à peine perceptible. Il se souvint alors de l'autoroute aperçue la veille et comprit qu'elle était désormais hors d'atteinte.

Il observa la pente qu'il avait dévalée dans le noir, Dieu seul savait combien d'heures plus tôt ; elle paraissait presque insignifiante à la lumière du jour. Un simple talus rocailleux, couvert d'herbes sauvages et de buissons, d'environ un mètre cinquante de haut. S'il pouvait se mettre debout, il verrait ce qui s'étendait au-delà.

Refaire le même chemin en sens inverse lui parut la seule option envisageable. L'étroite route asphaltée ne pouvait pas se trouver à plus de cinquante ou soixante mètres. Il fallait qu'il se débrouille d'une manière ou d'une autre pour remonter la pente et parcourir cette distance. Parce que personne ne le trouverait dans ce fossé.

Bertrand n'avait jamais bien supporté la douleur, mais cette fois il allait devoir la dompter. Sa jambe brisée était allongée devant lui. La fracture se situait au milieu, entre le genou et la cheville ; les deux morceaux du tibia formaient un angle bizarre dont la vue lui donnait envie de vomir. Il avait du mal à la regarder.

Au bout de cinq longues minutes d'effort, il réussit à adopter une position qui lui permettait de s'appuyer sur son genou gauche, en laissant traîner derrière lui sa jambe blessée. Personne n'était là pour le voir, il pouvait sans honte évacuer sa souffrance en criant ; des larmes involontaires sillonnèrent ses joues à travers le sang et la poussière.

Grâce à la puissance de ses bras et de ses pectoraux, il commença à remonter en se servant de sa bonne jambe comme d'une ancre plantée dans le sol. Sur son visage, la sueur se mélangea vite à ses larmes.

Finalement, il réussit à voir, par-dessus le sommet du talus, la route et les arbres qui projetaient leurs ombres dans les profondeurs des bois. Ça lui demanderait un effort considérable – et beaucoup de temps – pour la rejoindre, mais cette simple vision lui redonna espoir et courage.

Agrippant un rocher à moitié enterré, il se hissa entièrement hors du lit de la rivière. Et fut complètement pris par surprise lorsque la terre sèche libéra le rocher qui roula vers lui et le frappa en pleine face. Puis son autre main glissa elle aussi, et il dégringola la pente en tournoyant tandis qu'une douleur indescriptible lui arrachait un hurlement. Il s'évanouit avant de toucher le lit de la rivière.

Chapitre 20

Lorsque Fabien et Enzo revinrent à l'appartement, le regard un peu flou après avoir vidé la bouteille de champagne et passé toute la matinée au Forum, ils se rendirent compte que la plupart des invités étaient déjà arrivés.

Nicole les accueillit dans l'entrée, le visage crispé de colère.

– Où étiez-vous passés ?

– Vous nous avez demandé de débarrasser le plancher, non ? répliqua Enzo.

Elle leur jeta un regard soupçonneux :

– Vous avez bu ?

Ils échangèrent un regard innocent.

– Nous ? fit Fabien.

Enzo secoua vigoureusement la tête :

– Nooon, non, non, non. Juste un petit verre pour célébrer votre mariage.

– Presque tous les invités sont là, siffla-t-elle. Et ils se demandent où vous êtes.

– Inutile qu'ils se le demandent plus longtemps, lança Enzo en pénétrant à grandes enjambées dans le séjour.

La première à le féliciter fut la commissaire Hélène Taillard, chef de la police de la ville, une femme sculpturale.

Ses cheveux bruns striés de mèches blondes, généralement relevés en chignon sous sa casquette, retombaient en boucles sur ses épaules.

– Bon anniversaire, Enzo !

Elle l'embrassa en laissant ses lèvres pleines et rouges s'attarder un peu sur chaque joue. Enzo respira l'odeur familière de son parfum, en se rappelant avec soulagement qu'il avait autrefois évité de justesse de coucher avec elle. Il avait été sauvé de sa propre libido par l'arrivée, opportune, ou prématurée, de Sophie. Comment auraient évolué les choses si sa fille n'était pas entrée à ce moment-là dans l'appartement ?

Kirsty aussi était là, avec son bébé Alexis sur qui se concentraient toutes les attentions féminines. Elle sauta au cou de son père :

– Joyeux anniversaire, papa !

– Où est Sophie ? demanda Enzo à Nicole, qui haussa les épaules.

– Je ne sais pas.

– Bon anniversaire, le vieux ! s'exclama le préfet Jean-Luc Verne en lui serrant la main, ravi de sa petite blague alors qu'il était plus âgé de quelques années.

Enzo se força à sourire. Les deux hommes étaient des amis de longue date, habitués à se livrer à des joutes intellectuelles et à jouer aux échecs. Diplômé de l'ENA, le préfet du Lot était d'une intelligence remarquable. C'était lui qui l'avait défié d'y parvenir, au cours d'un dîner en compagnie de la commissaire Taillard devant laquelle Enzo se vantait de pouvoir, grâce à son expérience professionnelle alliée aux dernières techniques de la science médico-légale, résoudre facilement les sept affaires non résolues du livre que venait de publier un journaliste parisien, Roger Raffin. Les paris avaient été placés pour un montant de 2 000 euros. Le lendemain matin, à la froide lumière du jour, Enzo avait maudit son penchant pour le vin de Cahors et sa bêtise d'avoir relevé le défi.

Il continua à faire le tour des invités, voisins, amis, collègues de l'université, et s'étonna de tomber sur le père de Nicole. Le vieux fermier avait voulu se faire beau en plaquant ses cheveux avec une huile fortement parfumée. Il portait une veste trop petite d'une taille sur un estomac proéminent qui lissait tous les plis de sa chemise blanche. Le nœud de sa cravate bleue était tellement serré qu'Enzo se demanda comment il l'enlèverait. Il se rappela la fois où tous les deux avaient roulé par terre en se rouant de coups de poing parce que le père de Nicole le soupçonnait de profiter de sa fille.

– Elle vous a annoncé la nouvelle ? demanda ce dernier en lui secouant la main avec chaleur.

– Oui.

– J'ai essayé de la persuader de rester à l'université, mais elle ne veut rien entendre.

– Il va falloir unir nos pouvoirs de persuasion pour réussir à la convaincre.

– Oui, oui, il le faut.

Voyant que le verre du fermier était vide, Enzo attrapa une bouteille et le remplit.

– Ah, les filles, hein ?

– Enzo ? Ce sont vos notes sur l'affaire Lucie Martin ?

La voix d'Hélène le fit se retourner ; il vit qu'elle et Verne examinaient son tableau blanc. Il les rejoignit.

– J'admire votre esprit de déduction, Hélène – surtout avec son nom écrit en grosses lettres bleues à côté de celui de Régis Blanc.

Elle lui jeta un regard noir.

– Un jour, je suis sûre que vous me direz tout sur cet étrange coup de fil de la gendarmerie de Duras, l'autre soir, me demandant si, selon moi, un certain Enzo Macleod était capable de s'introduire par effraction dans un château.

Gêné, Enzo répondit :

– Simple malentendu.

– Sans aucun doute, répliqua-t-elle en haussant les sourcils d'un air sceptique.

Le préfet montra de la tête le tableau :

– Vous avancez dans cette affaire ?

– Un peu.

– Vous avez bon espoir ? demanda Hélène.

– Autant qu'avec les autres.

– Même si vous résolvez ce cas, dit le préfet, il vous restera encore le dernier – celui de l'épouse de Raffin – qui me semble le plus épineux de tous.

Enzo le savait. Il n'existait presque aucune piste. Un soir d'hiver, Marie était revenue seule dans leur appartement vide de la rue de Tournon. Bien qu'il n'y ait eu aucun signe d'effraction, quelqu'un l'attendait dans le noir et lui avait fracassé le crâne avec un lourd objet en bronze. Aucune empreinte digitale ; en absence de toute preuve scientifique – fibres, ADN – la police n'avait abouti à rien. Aucun mobile apparent. Raffin assistait à une conférence de rédaction dans les bureaux de *Libération*. C'était lui qui avait découvert le corps en rentrant chez lui.

Un cas épineux, certes, mais pour d'autres raisons – car c'était maintenant une affaire personnelle. Marie avait été l'épouse de Roger Raffin, devenu aujourd'hui le père du petit-fils d'Enzo. Même sans jamais avoir discuté de ce meurtre avec le journaliste, Enzo sentait que le sujet était toujours sensible, douloureux. C'était ce drame survenu dans sa vie, ce crime non résolu qui l'avait incité à entreprendre des recherches sur six autres affaires classées et à écrire un livre.

– Je suis bien d'accord, se contenta-t-il de répondre au préfet.

– Mais vous n'avez pas eu besoin d'utiliser vos précieuses techniques scientifiques modernes pour résoudre certaines de ces énigmes, dit Hélène. Je ne suis pas certaine que cela soit conforme aux termes de notre pari.

– Parfois, une nouvelle approche est aussi importante, lui fit remarquer Enzo.

– En dehors des schémas établis ? demanda le préfet.

– En ne suivant aucun schéma. Mais en faisant travailler son imagination.

– Vous avez raison, approuva le préfet, qui jeta un coup d'œil autour de lui. Tiens, je ne vois pas votre ami Simon. J'espère qu'il a gardé l'argent du pari sur son compte, qu'il ne l'a pas dépensé pour partir en croisière autour du monde.

– Il l'aurait plutôt dépensé pour une femme, rétorqua Enzo d'un air sombre avant de se forcer à sourire. J'ai bien peur qu'il ne puisse se joindre à nous aujourd'hui.

– Ha ! Le grand homme en personne est sûrement engagé dans un débat sur la résolution des assassinats Raffin, lança soudain la voix sarcastique de Charlotte.

Enzo la vit apparaître, toujours en manteau, avec Laurent. À la vue de son fils, son cœur se gonfla.

Il le lui enleva immédiatement pour l'embrasser et le faire sauter avec douceur dans ses bras.

– Je ne savais pas que tu étais là, dit-il à Charlotte.

– J'arrive à l'instant.

Elle se tourna en souriant vers le préfet et la commissaire.

– Tu ne me présentes pas ?

Légèrement embarrassé, Enzo fit les présentations, tout en essayant d'éviter le regard d'Hélène.

– Ah oui, les deux autres parties du fameux pari. Vous devez commencer à vous inquiéter !

– Il lui reste deux affaires très compliquées à élucider, dit Hélène.

– Peut-être. Mais qui parierait contre lui maintenant ?

Et, se tournant vers Enzo, elle ajouta :

– J'ai deux mots à te dire. En privé.

Enzo chercha des yeux Nicole qui, comme par magie, se matérialisa à côté de lui, les bras tendus pour prendre le petit Laurent :

– Allez-y, je m'occupe de lui.

Il se sépara à contrecœur de son fils, s'excusa auprès de la commissaire et du préfet et se dirigea vers l'entrée avec Charlotte.

– Sortons, dit-elle.

Il la suivit dans l'escalier, puis dehors, où ils louvoyèrent entre les tables de la pizzeria avant de s'arrêter au bord du trottoir.

– C'est pour demain.

Enzo ouvrit de grands yeux.

– Blanc ? Comment as-tu fait ?

– Ça n'a pas été facile, tu peux me croire. En général, la direction de la prison exige un délai de plusieurs semaines et une habilitation de sécurité préalable. Il faudra te munir de ton passeport. Tu te présenteras comme mon assistant.

– Un peu vieux pour être ton assistant, non ? dit-il avec un petit sourire ironique.

Charlotte esquissa un sourire froid.

– Tu es un peu vieux pour tout, Enzo.

La pique le blessa, il se rembrunit.

– Je demanderai à Nicole de s'occuper de Laurent jusqu'à ton retour.

– Jusqu'à *mon* retour ? Tu ne reviendras pas avec moi, si je comprends bien ?

– Non. Kirsty nous suivra à Lannemezan avec sa voiture. Nous devons nous rendre ensemble à Biarritz, après. Elle a rendez-vous chez un spécialiste pour le problème d'audition d'Alexis.

– Alexis a un problème d'audition ? s'étonna Charlotte.

– Apparemment. Il a été vu par plusieurs médecins. Il semble être atteint de surdité partielle, mais aucun n'a pu expliquer pourquoi, ni comment ça pouvait se soigner.

– Aïe, fit-elle sans la moindre trace de sympathie. J'imagine que vous habiterez chez Roger ? Dans l'appartement ?

– Oui.

– C'est vraiment une très belle maison.

Il comprit aussitôt qu'elle tenait à lui faire savoir qu'elle y avait séjourné avec Raffin.

– Elle appartenait à la famille de sa femme, continua-t-elle. Dommage qu'ils l'aient transformée en chambres d'hôtes. Cet endroit est vraiment exceptionnel.

Satisfaite de lui avoir infligé une punition supplémentaire, elle lui adressa un grand sourire. Enzo la regarda, sidéré par sa facilité à le faire souffrir.

– Je dois dire que la mort de sa femme a été opportune, ajouta-t-elle.

Enzo fronça les sourcils :

– Opportune ?

– Pour Roger, précisa Charlotte en lui prenant le bras et en avançant à pas lents. Marie hérite de ses parents après leur accident de bateau en Afrique. Et voilà que cinq ans plus tard, elle meurt à son tour, et tout revient à Roger. Belle opportunité, non ?

– Sauf si on perd en même temps la personne qu'on aime. Je n'appellerais pas ça une opportunité.

– Peut-être. Mais il n'y avait plus d'amour entre eux, tu sais. Ils étaient toujours mariés, d'accord. Mais seulement en apparence. Si Marie n'était pas morte, il y aurait eu du divorce dans l'air.

Elle se tut et soupira avant de reprendre :

– Je me suis souvent demandé si la police avait sérieusement étudié son alibi.

Consterné, Enzo répliqua :

– Il participait à une conférence de rédaction de *Libération*.

– Apparemment. Cependant, comme tu le sais parfaitement, Enzo, tout est une affaire de timing.

Il le savait, bien sûr. Pourtant, il répugnait à croire que le père de son petit-fils pouvait avoir assassiné sa femme. Il scruta les yeux de Charlotte à la recherche d'une motivation qui avait pu la pousser à lui mettre cette idée dans la tête. Après tout, elle avait aussi été la maîtresse du journaliste. Mais lâchant un petit rire, elle changea de sujet :

– Alors, les choses avancent dans l'affaire Lucie Martin ?

Il haussa les épaules. Ils firent demi-tour sur le trottoir, projetant leurs ombres parmi les tables de la pizzeria qui se remplissaient rapidement pour le déjeuner.

– Il y a du nouveau.

Elle tourna vers lui un regard plein de curiosité.

– Ah bon ?

Il lui raconta la fracture observée sur le crâne et l'hypothèse de l'anthropologue légiste selon laquelle celle-ci avait pu entraîner la mort.

– Dans ce cas, dit-il, la strangulation aurait été commise post-mortem, de toute évidence pour faire croire que Lucie avait été tuée par Blanc.

Le visage de Charlotte se durcit.

– Tu le savais déjà quand tu es venu à Paris, l'autre jour.

– Oui.

– Mais tu n'as pas jugé bon de me le dire.

– Tu ne m'as rien demandé. De toute façon, on devait parler d'autres choses.

Il vit sa mâchoire se contracter.

– En effet.

Elle s'arrêta et se posta face à lui, presque agressive :

– Pourquoi veux-tu voir Blanc, alors ?

– Parce qu'il y a, entre Lucie et lui, une connexion autre que la lettre.

– Ce qu'a vu le petit ami ?

– Pas seulement. Le ton et le contenu de sa lettre m'ont toujours suggéré qu'il y avait autre chose.

– Ah, oui ! Le fameux instinct Macleod, s'exclama-t-elle avec une moue. Donc tu crois toujours Blanc susceptible de l'avoir tuée ?

– Je n'écarte aucune option.

– Tu as un autre suspect en vue ?

Enzo hocha la tête.

– Le petit ami, évidemment. Largué par son amour d'enfance pour un voyou qui a fait de la taule, il la tue dans un accès de jalousie.

Elle fronça les sourcils.

– D'après mes souvenirs, il était à Paris le week-end où elle a disparu.

– Comme tu le sais parfaitement, Charlotte, tout est une affaire de timing, dit-il en haussant les épaules avec désinvolture.

Elle lui lança un regard furieux, puis son visage s'éclaira d'un sourire, et elle se mit à rire.

– Un point pour toi, Enzo. Bien joué.

– Monsieur Macleod !

La voix de Nicole s'éleva au-dessus du brouhaha des clients attablés. Enzo et Charlotte levèrent les yeux vers le balcon où elle se tenait, avec Laurent dans les bras :

– Je viens de recevoir un texto de Sophie. Apparemment, leur fourgon est tombé en panne sur l'autoroute. Ils ne pourront pas venir.

Enzo poussa un soupir excédé.

– Sacrée Sophie ! Ça ne m'étonne pas d'elle.

Chapitre 21

Sophie prit soudain conscience du rythme des roues sous le plancher et, stupéfaite, comprit qu'elle s'était endormie. Couchée sur le côté, sur une surface dure, froide, métallique, elle avait les mains liées dans le dos et la tête enfermée dans un capuchon serré autour du cou.

Ils devaient rouler depuis des heures ; bien qu'elle ne pût rien voir, elle percevait un peu de clarté à travers le tissu.

À un moment, au cours de la nuit, elle les avait suppliés de la laisser descendre faire pipi, et avait été humiliée de savoir qu'ils la regardaient se soulager, accroupie au bord de la route. Mais, par un gros effort de volonté, elle s'était convaincue qu'il y avait pire.

En gigotant, elle réussit à s'asseoir, adossée à la paroi du fourgon, les genoux remontés sous le menton. Au début du voyage, durant plus d'une heure peut-être, elle avait lutté contre l'envie de pleurer. Pas question de leur offrir cette satisfaction. Maintenant, après tout ce temps passé dans l'inconfort du véhicule, elle se sentait anesthésiée. Ils avaient dû parcourir un long trajet depuis la veille. Dans quelle direction, elle n'en avait pas la moindre idée.

Pendant un moment, elle entendit un bruit de circulation autour d'elle, des voitures les doublaient à toute vitesse ;

ils roulaient peut-être sur une autoroute. Ensuite, elle eut l'impression que le bruit s'éloignait derrière eux ; la chaussée devint inégale, cahoteuse. Le fourgon tourna, à gauche, à droite, ralentit plusieurs fois ; finalement, il s'immobilisa et le conducteur coupa le moteur.

D'autres véhicules avancèrent à leur hauteur sur ce qui semblait une surface couverte de graviers. Puis il y eut des claquements de portières, des voix. L'homme qui était monté avec elle à l'arrière du fourgon ouvrit la porte et sauta à terre. Une bouffée d'air froid s'engouffra dans l'habitacle. Sophie sentit une odeur de soufre et de fer. Des polluants. L'atmosphère en était saturée. Sans doute un site industriel.

Tirée à l'extérieur par des mains brutales, elle trébucha et tomba. Le sol était mouillé, l'air beaucoup plus froid que dans l'endroit où on l'avait d'abord retenue. Elle se rendit compte qu'elle n'avait pas peur. Si ces hommes avaient eu l'intention de lui faire du mal, pourquoi l'auraient-ils emmenée aussi loin ?

Pour l'obliger à se relever, des doigts serrèrent son bras avec une telle force qu'ils bloquèrent presque la circulation de son sang. On l'entraîna sur un terrain plat plein d'ornières et de flaques d'eau. La petite pluie qui tombait du ciel ne tarda pas à détremper le tissu assez fin du capuchon. Ils s'arrêtèrent. Elle entendit le raclement d'une porte métallique coulissant sur des rails rouillés. Le bruit se répercuta au-delà, dans un vaste espace. On la poussa à l'intérieur. Soudain, elle sentit du ciment sous ses pieds, et de l'eau, des flaques qu'ils traversaient en s'éclaboussant.

Aucune conversation entre les ravisseurs, juste un étrange silence forcé tandis qu'ils la conduisaient à travers ce hangar vide. Finalement, ils atteignirent un escalier en fer. Sophie le sentit trembler quand ils l'obligèrent à monter les marches ; l'écho de leurs pas semblait résonner sur un toit, loin au-dessus de sa tête. Elle s'étonna des images qui se formaient dans son cerveau à partir de ce qu'elle percevait. Elle imaginait une verrière à deux pans, comme dans les gares, soutenue par un réseau de poutres rouillées ; une étendue de ciment vide sur laquelle tournaient autrefois des machines ; le vieil escalier branlant menait à une zone où s'étaient peut-être trouvés des bureaux ou des ateliers.

On la poussa sur un sol grillagé, on lui fit franchir une ouverture et elle se retrouva de nouveau sur du ciment. Un étroit couloir. Un seul homme semblait l'accompagner à présent ; elle l'entendait respirer et sentait son haleine chargée de tabac. Ils s'arrêtèrent. Une clé tourna dans une serrure, une porte s'ouvrit en grand. Une bouffée d'air froid et une odeur de renfermé la saisirent. Puis l'homme la poussa si violemment en avant qu'elle perdit l'équilibre et s'affala par terre, les poignets toujours attachés dans le dos. Elle roula sur le côté ; son ravisseur s'accroupit et dit :

– Si tu es sage, on te libérera peut-être la tête et les mains.

Lorsque la main de l'homme se posa sur ses seins, elle s'écarta vivement.

Il se releva en riant :

– Il faudra que je t'apprenne ce que ça veut dire *être sage*.

Sophie se contracta, mais il fit demi-tour et sortit de la pièce en claquant la porte derrière lui. La clé tourna dans la serrure.

Toutes ses bonnes résolutions de la nuit s'évanouirent aussitôt ; les larmes jaillirent de ses yeux et lui brûlèrent les joues.

Bertrand resta un long moment allongé dans un état semi-comateux avant que le monde ne retrouve une certaine cohérence autour de lui. Il lui paraissait impossible que la douleur demeure aussi intense. Pourtant, c'était le cas. Sans interruption. Il se demanda s'il pourrait la supporter davantage.

Au lieu d'anesthésier ses autres sensations, elle semblait les avoir décuplées. Froid, faim, peur, dépression. Il savait maintenant qu'il souffrait d'hypothermie et que même les hommes les plus résistants pouvaient en mourir.

De gros nuages masquaient le soleil et l'empêchaient de voir son emplacement dans le ciel. La température avait chuté. Il ignorait combien de temps il avait passé dans le lit asséché de la rivière depuis qu'il y était retombé.

Il faillit succomber à la tentation de fermer les yeux, de se laisser simplement dériver vers l'inconscience. Ça le soulagerait au moins de sa souffrance et de sa détresse. Seule la pensée de Sophie et la nécessité de joindre Enzo lui donnèrent l'énergie de rester éveillé.

Soudain, le vrombissement d'un moteur retentit, très proche. Il comprit qu'un véhicule approchait sur la petite route. Il devait absolument réussir à remonter le talus, et vite !

Serrant les dents, il se força à rouler sur le ventre, puis utilisa ses bras et sa jambe valide pour se propulser de nouveau vers le sommet du talus. Quand ses mains réussirent enfin à se poser sur le terrain plat, ses doigts cherchèrent désespérément une prise et trouvèrent des racines auxquelles s'accrocher. Rassemblant alors tout ce qui lui restait de force, concentrée dans ses muscles forgés par des années d'entraînement au gymnase, il finit par s'extirper du lit de la rivière et rouler sur la terre sèche au milieu des fougères. Juste à temps pour voir une Citroën noire passer sur la route.

Il cria à pleins poumons, la voix rauque à force d'avoir hurlé de douleur, et sentit l'espoir et la vie le quitter lorsque la voiture disparut à sa vue et que le bruit du moteur se fondit dans le silence.

Allongé sur le dos, succombant aux larmes et à la souffrance, Bertrand sentit les premières gouttes de pluie tomber du ciel qui s'obscurcissait et sut qu'il était perdu.

Chapitre 22

La fête touchait à sa fin. Les traiteurs avaient prévu une grande variété de tapas allant des pruneaux fourrés et des olives au jambon ibérique, en passant par les crevettes enrobées de bacon et les cuisses de grenouilles en beignet. Nicole et Fabien n'avaient eu qu'à faire réchauffer le plat principal composé de délicieux choux farcis et de cubes de pommes de terre sautées. Il y avait des bouteilles de vin vides sur toutes les tables – l'ambiance était détendue, tout le monde un peu éméché.

Certains invités commençaient à partir. Assis près de la fenêtre dans son fauteuil préféré, Enzo faisait sauter Laurent sur ses genoux sans oser même penser qu'il pouvait ne pas être son fils. Du coin de l'œil, il voyait Charlotte en grande conversation avec Jean-Luc Verne.

En apercevant sa vieille guitare acoustique qui ramassait la poussière dans un angle de la pièce, il regretta de jouer si rarement depuis quelque temps. À présent, il avait peut-être bu assez de vin pour envisager l'idée de donner une petite sérénade à ses amis.

Heureusement, la honte qu'il n'aurait pas manqué d'éprouver plus tard lui fut épargnée par Nicole qui revenait du vestibule ; elle avait été la seule à entendre frapper à la porte d'entrée. Elle se racla d'abord la gorge avant d'annoncer en élevant la voix pour attirer l'attention générale :

– Le cadeau surprise de Sophie pour son père vient d'arriver.

Enzo se retourna et la vit s'écarter afin de laisser apparaître une jeune femme aux cheveux châtain, au chaleureux regard marron, et à l'air visiblement embarrassé. Très mince, à peine plus grande que Nicole, elle était simplement vêtue d'un jean, d'un T-shirt blanc sous un court blouson en denim et d'une paire de tennis.

Dès qu'il la reconnut, Enzo sursauta et se leva d'un bond, sans lâcher Laurent.

Nicole se dépêcha de venir le décharger du bébé.

Incapable de détacher les yeux de la nouvelle venue, il sentit le trac lui serrer le ventre.

Personne ne dit rien jusqu'à ce que la voix doucement moqueuse de Charlotte brise le silence :

– Encore une petite amie d'Enzo ?

Ce qui le sortit aussitôt de sa transe. Son regard toujours rivé au sien, il s'avança vers la jeune femme et la présenta :

– Voici Dominique Chazal, la gendarme de Thiers sans laquelle je n'aurais jamais réussi à élucider le meurtre de Marc Fraysse[1].

Puis il ajouta à son intention :

– Je ne savais pas que tu devais venir.

– C'est Sophie qui y a pensé, dit Nicole. Elles sont restées en contact après tout ce qui s'est passé là-bas.

Dominique hocha la tête, l'air toujours aussi gênée d'être le point de mire, et regarda autour d'elle :

– Oui. Elle n'est pas là ?

– Bloquée sur l'autoroute, expliqua Enzo, en continuant à la dévisager.

---

1 Voir *Trois étoiles et un meurtre.*

Enfin, il lui prit les mains et l'embrassa sur les joues.

– Viens, viens.

Suivi par des regards curieux, évitant ceux d'Hélène et de Charlotte, il l'entraîna dans le séjour.

– On n'avait pas d'aussi jolies gendarmes à mon époque, remarqua le préfet.

Dominique rougit.

En réalité, ce n'était pas une beauté conventionnelle. Enzo l'avait toujours trouvée banale, mais d'une banalité magnifique par son naturel, exactement comme les choses les plus simples peuvent parfois être les plus belles. Un soupçon de fard à paupières et de rouge à lèvres suffisait à la faire sortir de l'ordinaire. Le marron profond et lumineux de ses yeux révélait sa beauté intérieure en même temps qu'une certaine vulnérabilité qui avait touché l'instinct protecteur d'Enzo. Sur-le-champ lui revint le souvenir de la douceur de ses lèvres, de chaque courbe de son corps épousant le sien.

– Tu dois avoir faim ?

Sans attendre sa réponse, il l'emmena dans la cuisine et, seul avec elle, dut résister à la tentation de la prendre dans ses bras. À la place, il dit :

– Je ne m'attendais pas du tout à te voir.

– C'est Sophie qui en a eu l'idée.

– Et tu es venue.

– Si Mahomet ne va pas à la montagne...

Embarrassé, Enzo détourna les yeux vers le séjour.

– Ce n'est pas un anniversaire important, dit-il en esquissant un sourire. Juste un pas de plus vers la tombe.

Puis, devant sa mine sérieuse, il ajouta :

– Tu as dû prendre du temps sur tes précieux congés.

Elle haussa les épaules.

– Depuis un an, je n'ai pas trop pensé aux congés. De toute façon, ce n'est plus un problème. J'arrête.

– La gendarmerie ?

– J'ai fait mon temps. Il fallait que je prenne une décision. J'avais le choix, ou me rengager ou me lancer dans la vie réelle. J'ai pris la deuxième option, dit-elle avec un petit sourire crispé. Alors, me voici, avec mon nouveau moi, sans attaches, libre comme l'air, essayant de trouver ce que je vais faire d'une vie qui ne m'a pas appartenu pendant dix-huit ans.

Elle inclina la tête sur le côté, consciente de l'ironie de la situation et ajouta :

– Ça fait un drôle d'effet quand on vous la rend – un peu défraîchie, usée, absolument pas familière. Comme si on avait été quelqu'un d'autre et qu'on prenne soudain conscience qu'on ne sait même pas qui on est.

Enzo pensa que la plupart des gens qui retournaient à la vie civile après une carrière militaire devaient ressentir la même chose.

– Ah, ah... voici donc la fameuse Dominique Chazal, lança Charlotte en traversant le séjour à grandes enjambées, les bras croisés sur la poitrine, un sourire condescendant sur les lèvres. C'est gentil à vous d'avoir fait tout ce chemin depuis... Thiers, c'est ça ?

Enzo ne l'avait jamais vue autant sur la défensive. Gauchement, il dit :

– C'est Charlotte.

Dominique jeta un regard froid à cette dernière :

– Je m'en serais doutée.

– Oh ! Ça ne présage rien de bon. Qu'est-ce qu'il a pu vous raconter sur moi ?

Enzo se souvenait trop bien d'avoir confié à Dominique que Charlotte l'avait menacé d'avorter s'il n'acceptait pas de rester à l'écart de l'enfant. Mais avant qu'il ait le temps d'ouvrir la bouche, Dominique répondit :

– Suffisamment de choses.

Il eut aussitôt l'impression que la température de la pièce chutait de trente degrés. Le sourire de Charlotte se gela, lui aussi.

– Je suppose que vous êtes restés en contact, tous les deux.

– Je n'avais pas revu Enzo depuis son départ de Thiers.

Touché par l'accusation sous-jacente, Enzo se dandina sur place.

– Eh bien, c'est sympa de votre part de venir, dit Charlotte. J'imagine que vous avez beaucoup de choses à rattraper.

Et elle ajouta en se tournant vers Enzo :

– On doit partir de bonne heure demain matin. On a deux heures et demie de route jusqu'à Lannemezan. Je passerai te prendre à huit heures.

Puis avec un sourire doucereux à Dominique :

– Profitez au maximum de son temps, parce qu'il ne lui en reste pas beaucoup.

– Raison de plus pour l'apprécier, répondit Dominique en fixant sur Charlotte un regard hostile.

Visiblement incapable d'affronter plus longtemps une telle animosité, cette dernière détourna les yeux. C'était la première fois qu'Enzo la voyait à ce point déstabilisée.

*

Il faisait nuit. Sur la place, les pavés couverts de feuilles reflétaient les lumières des cafés et des restaurants. La fête était finie, tout le monde était parti. Un vrai chaos régnait dans l'appartement, mais Nicole avait promis de s'y attaquer dès le lendemain matin. Pour le moment, elle s'occupait de Laurent qu'elle avait déjà couché dans son couffin et emmené dans sa chambre. Son père avait repris la route depuis plusieurs heures ; Fabien, lui, rentrait à Gaillac.

Charlotte avait pris Enzo à part avant de regagner son hôtel : elle avait espéré qu'ils dîneraient ensemble ; elle voulait parler de certaines choses. Quand il lui avait rappelé qu'ils auraient près de trois heures de tête à tête entre Cahors et Lannemezan, elle s'en était allée de mauvaise grâce après avait jeté à Dominique un regard hargneux.

Un nouveau texto de Sophie annonçant qu'ils avaient trouvé un hôtel où passer la nuit, Kirsty avait décidé de prendre sa chambre. Elle s'était retirée de bonne heure avec Alexis. Enzo trouvait réconfortant de savoir sa fille, son fils et son petit-fils avec lui, sous le même toit. Seule Sophie manquait.

Enzo et Dominique s'étaient maintenant installés dans le grand et vieux canapé en cuir, face aux portes-fenêtres ouvrant sur la place. Une légère brise agitait les dernières feuilles des arbres et faisait danser la lumière des réverbères qui pénétrait en éclats tremblotants dans la pénombre du séjour. Après quelques minutes de gêne, ils avaient rapidement renoué cette relation amicale née à Thiers. Dominique avait laissé tomber sa tête sur l'épaule d'Enzo, qui avait glissé un bras autour de ses épaules pour l'attirer contre lui.

Il était plus facile de se taire que d'essayer de répondre aux questions en suspens planant entre eux. Ni l'un ni l'autre n'avait envie de briser le silence.

Dominique finit par parler la première ; sa voix douce résonna dans la pièce :

– Tu avais promis de rester en contact.

– Je sais.

– Tu ne l'as pas fait.

– Non.

Silence. Puis :

– Pourquoi ?

Enzo soupira.

– Je pense que tu le sais, Dominique.

– Je vais te dire ce que je sais. Je sais que j'ai envie d'être avec toi. Voilà tout ce que je désire depuis ton départ. Je n'ai jamais rencontré un homme comme toi, Enzo. Tu es sensible, intelligent, et tu as été à moi. Même si ça n'a duré que quelques jours. J'ai perdu le compte du nombre de nuits où je suis restée éveillée en pensant que je ne te reverrais jamais. Mourant un peu plus chaque jour sans nouvelles de toi. Craignant de t'appeler ou de t'écrire de peur que tu ne ressentes pas pour moi ce que je ressentais pour toi.

Enzo ferma les yeux et regretta douloureusement de l'avoir blessée sans réfléchir.

– Et puis je me suis dit, merde, arrête de t'apitoyer sur ton sort, ma petite. Si tu le veux, va le chercher... Et me voici.

Elle se tourna prestement, posa un doigt sur les lèvres afin de l'empêcher de parler.

– Et ne prétends pas que tu es trop vieux pour moi. Tu me l'as déjà dit.

Il ne put s'empêcher d'embrasser son doigt avant de la regarder avec un sourire triste.

– Le problème, c'est que c'est vrai.

Elle poussa un grand soupir et se détourna.

– Je suis assez vieux pour être ton père, Dominique. Tu as... quoi ? Trente-cinq ? Trente-six ans ? Assez jeune pour trouver quelqu'un de ton âge, avoir une vie entière devant vous.

– Je ne veux pas quelqu'un de mon âge. C'est toi, que je veux.

– J'ai cinquante-six ans aujourd'hui, bon sang ! Dans quatre ans, j'en aurai soixante. Tu ne sais pas ce que ça fait, Dominique. D'atteindre un stade de la vie où la distance qui reste à couvrir est moins longue que celle qu'on a déjà parcourue. Quand on passe plus de temps à regarder en arrière qu'en avant, parce que les souvenirs ont un côté réconfortant et l'avenir un côté effrayant. Quand j'aurai soixante-dix ans, tu en auras à peine cinquante ; tu n'auras pas envie de t'occuper d'un vieillard.

Elle se souleva brusquement du canapé, sauta sur les genoux d'Enzo, s'assit face à lui, prit son visage entre ses mains et l'approcha à quelques centimètres du sien :

– Tu te trompes, Enzo. J'ai beaucoup réfléchi. Le passé est... bref, c'est ton histoire. Une partie de toi. Des souvenirs qui te constituent. Bons ou mauvais, tu ne peux pas les changer. Mais ton avenir dépend de toi. Peu importe sa durée. Un jour, tu m'as parlé de Pascale, de sa mort en mettant Sophie au monde. Elle n'aurait jamais pu l'imaginer. Elle pensait qu'elle avait toute la vie devant elle. Vous le pensiez tous les deux. Tu ne comprends pas ? Tu ne peux pas regarder devant toi et calculer combien de temps il te reste en te disant que le jeu n'en vaut plus la chandelle. Tu dois vivre au présent parce que demain tu seras peut-être mort. Alors profites-en, merde !

Sur ce, elle l'embrassa avec passion et il sentit la chaleur de ses larmes sur sa peau. Il la serra contre lui.

– J'ai envie de toi, dit-elle.

– Moi aussi, j'ai envie de toi. C'est juste...

Elle l'embrassa de nouveau pour le faire taire.

– Sache simplement que je suis à toi, Enzo, que je te désire plus que je n'ai jamais désiré personne. Et que je chérirai tous les instants passés avec toi, sans les compter. On ne vit pas un an en pensant constamment à quelqu'un qui vous manque sans finir par comprendre qu'on est forcément amoureux.

Ses paroles pénétrèrent dans le cœur d'Enzo comme du métal en fusion dans de l'eau et se solidifièrent en minuscules projectiles qui transpercèrent l'armure dont il s'était si soigneusement protégé. Il glissa vers le bord du canapé et se releva en la portant dans ses bras, émerveillé par sa légèreté.

– Pas mal pour un vieux, hein ? dit-il avec un grand sourire.

Sans la lâcher, il traversa le vestibule dans l'obscurité et l'emmena dans sa chambre.

Ils ne firent pas l'amour comme deux amants frénétiques assoiffés de désir après un an d'absence. Leurs ébats furent lents, tendres, pleins d'une émotion qui les laissa exsangues et alanguis. Ils avaient l'impression de flotter sur le lit, sans que la moindre ride vienne briser la surface de leur mer de tranquillité après l'amour. Enzo se demanda si, finalement, après toutes ces années, il n'avait pas trouvé la femme qui le rendrait heureux pour le restant de ses jours.

La lumière de la lune projetait des ombres sur les toits et s'engouffrait par la fenêtre comme un flot éclaboussant leurs corps nus.

Ensuite, ils somnolèrent, émergeant du sommeil, replongeant, se tournant de temps en temps, toujours lovés l'un dans l'autre. À un moment, Dominique émergea de son état second pour regarder Enzo qui, allongé sur le dos, les mains croisées derrière la tête, fixait le plafond. Elle sentait une ombre planer sur lui.

– Qu'y a-t-il ?

– Rien.

– Mentir n'est pas la meilleure façon de commencer notre relation, Enzo.

Il tourna la tête et lui sourit :

– Tu as raison.

– C'est moi ? Nous ?

– Non. Tu es tout ce qui ne va pas mal dans ma vie... C'est Charlotte.

Un petit soupir trahit l'irritation de Dominique.

– Je ne vois pas pourquoi tu te soucies encore d'elle.

– Parce qu'elle est la mère de mon fils.

Il ferma les yeux et répéta plusieurs fois les mots suivants dans sa tête avant de les dire :

– Enfin, c'est ce que je croyais.

Elle se releva sur un coude et lui jeta un regard surpris :

– Comment ça ?

Il lui était pénible de le formuler :

– Elle m'a dit qu'il y avait eu quelqu'un d'autre.

– Quand ?

– Je ne sais pas. Mais...

Il redoutait presque de le dire, de peur que le fait de prononcer ces mots à voix haute ne les rende vrais.

– … elle a laissé entendre qu'il y avait une chance pour que Laurent ne soit pas de moi.

Il sentit Dominique se relâcher.

– Quelle garce !

– Elle ne sait pas vraiment se faire aimer.

Un silence s'installa entre eux, comme le fantôme de Charlotte.

– Tu vas où demain, avec elle ? finit-elle par demander.

– À la prison de haute sécurité de Lannemezan. Pour interroger Régis Blanc, le tueur en série.

Il lui expliqua alors l'affaire Lucie Martin et le rôle de Charlotte auprès de Blanc.

Dominique l'écouta en silence. Forte de son rôle important dans la découverte de l'assassin du célèbre chef, Marc Fraysse, elle proposa :

– Laisse-moi t'aider.

– Comment ?

– Je suis un officier de police expérimenté, Enzo. Je peux t'être utile dans ton enquête. Tu sais que parfois on réussit mieux à éclaircir un problème en réunissant deux cerveaux ayant des approches différentes.

– Je ne peux pas t'emmener voir Blanc avec moi.

– Non, mais tu peux me raconter ton entrevue, en rentrant. On peut mener ça ensemble.

Pour une raison inexplicable, Enzo se sentit infiniment soulagé. C'était la première fois, depuis la mort de Pascale, qu'il n'avait plus l'impression d'être seul. Seul à supporter les fardeaux de la vie, sa famille et même parfois, lui semblait-il, le monde entier. Débordant d'affection, il se tourna vers elle, glissa une main sous sa tête et l'attira pour l'embrasser. Il voulait lui dire qu'il l'aimait. Mais il avait peur des mots. Ces trois mots simples, trop faciles à prononcer, chargés d'un poids bien plus grand que n'importe quels trois autres mots de l'histoire de l'humanité. Il savait qu'elle voulait les entendre, mais ils ne sortirent pas.

Brusquement, Dominique se glissa hors du lit. Elle se pencha en avant, plongea vers son sac de voyage et en retira un peignoir en satin. Il entendit la douceur de l'étoffe sur sa peau quand elle s'en enveloppa. Puis elle tendit la main vers Enzo :

– Viens.

Il roula sur le lit pour se lever près d'elle, si petite à côté de lui.

– On va où ?

– Enterrer tes démons. Le seul moyen d'écarter l'incertitude, c'est de connaître la vérité.

Elle l'entraîna à travers la chambre. Il attrapa sa robe de chambre en soie noire brodée de dragons suspendue à la porte et l'enfila. Dans le couloir, aucun son ne provenait des autres pièces. La lumière de la rue, divisée et subdivisée par les petits carreaux vitrés de la porte du séjour, dessinait des carrés sur le parquet. Ils les franchirent en enjambant les lignes, presque comme s'ils jouaient à la marelle, se dit Enzo en se souvenant de ses jeux d'enfant dans la cour de l'école.

Nicole avait laissé sur la table un sac contenant les affaires de Laurent. Dominique fouilla l'intérieur jusqu'à ce qu'elle trouve ce qu'elle cherchait : une brosse aux poils très doux emprisonnant de fins cheveux noirs. Avec le pouce et l'index, elle en libéra quelques-uns et les tendit à Enzo.

– Tu es le mieux placé pour faire pratiquer un test ADN de paternité, mon amour.

Enzo vit alors une ombre voiler son visage, comme si un nuage passait devant la lune tandis qu'elle ajoutait, d'une voix un peu étranglée :

– Mais il faut que tu saches une chose. Je ne pourrai pas te donner un fils. Ni une fille. On a essayé, avec mon ex. On a fait des examens qui l'ont déclaré fertile. Je ne pourrai jamais avoir d'enfant.

Chapitre 23

Bertrand reprit connaissance dans une obscurité totale. Il avait beau cligner des yeux, il ne voyait rien. Il ne sentait que le tambourinement constant de la pluie sur son visage et sa poitrine. Aux endroits où les gouttes touchaient sa peau, elles le piquaient autant que des aiguilles. Ses vêtements détrempés pesaient un poids énorme. Presque plus lourd que ses membres qu'il n'arrivait pas à remuer.

Sa jambe brisée ne l'élançait plus, comme si on la lui avait coupée pendant qu'il dormait. Ses pieds étaient insensibles ; ses mains semblaient énormes, enflées, gauches.

À force de scruter les ténèbres, il vit le monde réapparaître peu à peu autour de lui. Des ombres définissant des formes. La silhouette d'un arbre déraciné. Les feuilles courbées et détrempées d'une fougère. Un rocher noir sillonné, semblait-il, de veines de calcaire marbré. Mais un rocher qui bougeait. Qui traversait lentement son champ de vision. Puis, il perçut le bruit d'un moteur. Et, à travers le brouillard de sa tête, il fit le lien : un véhicule approchait, les faisceaux jumeaux de ses phares balayaient le paysage nu, le désert qui l'avait piégé entre ses bras morts pendant toute une journée et une nuit.

Au prix d'un effort le vidant presque entièrement du peu de forces qui lui restaient, il roula sur le côté et agrippa de la main droite une branche cassée provenant de l'arbre déraciné. Assez solide pour le supporter, elle lui permit de se redresser sur les genoux, de transférer tout le poids de son corps sur sa jambe valide et de se relever. Une fois debout, tremblant et chancelant sous la pluie, il réussit à se maintenir en équilibre grâce à cette canne improvisée.

Ce qui avait commencé comme un vague bruit de moteur se transforma en un rugissement emplissant la nuit. Les phares haut placés d'un tracteur tirant une énorme remorque blanchirent le paysage à la façon d'une photo surexposée. Presque aveuglé par la lumière, Bertrand bascula le buste en avant, répartit le poids de son corps entre sa jambe valide et la branche cassée, et traîna son autre jambe, inutile, derrière lui.

Une lampe allumée dans la cabine lui permit d'apercevoir le visage du conducteur, pâle, concentré non sur la route mais sur un objet qu'il tenait à la main. Il comprit qu'il était en train d'envoyer ou de recevoir un texto sur son téléphone. Il agita le bras en vain tout en hurlant vers l'énorme engin et en essayant désespérément d'avancer jusqu'au bord de la route. Mais c'était trop tard. L'homme ne l'avait pas vu et, au passage des roues, un énorme souffle d'air le repoussa dans le sous-bois où il tomba, inconscient, au milieu des ronces et des branches cassées.

Et la pluie continuait à tomber.

Chapitre 24

Les couleurs automnales des arbustes embrasaient le terre-plein central de l'autoroute. Il faisait encore nuit lorsqu'ils avaient quitté Cahors ; à présent, le soleil pénétrait en biais par la lunette arrière. Depuis Toulouse, ils roulaient en direction du sud-ouest ; sur leur gauche, la chaîne des Pyrénées découpait sa silhouette violette sur un ciel bleu d'une pâleur extrême. Les sommets les plus lointains étaient déjà couverts de neige.

En jetant un coup d'œil dans le rétroviseur, Enzo vit Kirsty à une distance raisonnable derrière eux ; ses cheveux bruns paraissaient presque rouges à contre-jour.

Pour quelqu'un qui avait tellement de choses à lui dire la veille, Charlotte se montrait étrangement silencieuse depuis une heure, perdue dans son propre monde, le regard fixé droit devant elle comme si elle comptait les lignes blanches de la chaussée. Avant de monter en voiture, elle avait tendu les clés à Enzo et insisté pour qu'il conduise.

Soudain, elle demanda à brûle-pourpoint :

– Pourquoi Kirsty et Roger ne se sont pas mariés ?

À la fois surpris par le son de sa voix et sa question, Enzo répondit :

– Je ne sais pas. Quand je lui en ai parlé, elle est restée évasive. Ils avaient projeté de se marier avant la naissance du bébé, mais ça ne s'est pas fait.

– Tant mieux. Espérons que ça en reste là. Pour le bien de Kirsty.

Enzo lui jeta un coup d'œil en coin, mais elle regardait toujours droit devant elle.

– Pourquoi ? Tu es jalouse ?

Elle se mit à rire, l'air sincèrement amusée.

– Mon Dieu, non. Ça fait longtemps que c'est fini entre Roger et moi.

– Pourtant, vous êtes toujours en contact.

Elle haussa les épaules.

– Qu'est-ce qu'on dit déjà ? Garde tes amis près de toi et tes ennemis encore plus près ?

– Tu considères Roger comme un ennemi ?

Cette fois, elle se tourna à moitié vers Enzo :

– Pas exactement. Mais comme je te l'ai déjà dit, je le connais trop bien. Je ne l'aime pas et je ne lui fais pas confiance. Je préfère le garder sous les yeux plutôt que de me faire planter un couteau dans le dos.

Enzo se souvint alors de cette soirée sur la terrasse de Gaillac, où elle lui avait confié des pensées assez sombres sur le journaliste. Il regarda de nouveau Kirsty dans le rétroviseur et les doutes qu'il nourrissait envers Raffin refirent surface. Il s'inquiétait pour sa fille. Charlotte ne fit que les renforcer en disant :

– Dommage qu'ils aient un bébé. Les enfants ont tendance à lier les gens plus étroitement que le mariage.

L'ironie n'échappa pas à Enzo. Il tourna les yeux et rencontra les siens dans un bref instant de communion inattendue. Puis tout en se concentrant de nouveau sur la route, il lança :

– Tu savais que le maire de Paris lui avait offert un job ?

Il la sentit se tourner vers lui.

– Devez ?

Il hocha la tête.

– Quel genre de job ?

– Attaché de presse. Si Devez est candidat à la présidentielle.

Il entendit un petit souffle d'air s'échapper des lèvres de Charlotte.

– Ça ne m'étonne pas. Il est de gauche et travaille pour *Libération*. De quoi déstabiliser les socialistes et donner un peu de crédit à l'UMP.

Elle marqua une pause avant d'ajouter :

– Tu savais que Roger et Marie étaient des grands amis de Devez et de sa femme dans les années 1990 ?

– Oui. Mais je ne connais pas grand-chose sur Devez. Sinon que c'est le candidat favori de l'UMP.

– Oh, c'est un malin. Il sait s'y prendre. Il s'est fait les dents en politique à Bordeaux ; il y a été maire-adjoint pendant des années, responsable des finances, des ressources humaines et de l'administration. Un des plus jeunes à s'être jamais vu confier un poste pareil. Je crois même que les gens voyaient en lui une future star. Brillant, intelligent, aimable. Mais il possède autre chose. Cette chose magique indispensable pour atteindre le sommet. Le charisme. Le genre de charisme qui faisait de Bill Clinton un personnage si unique. Et qui transparaît partout, à la télévision comme sur les photos de presse.

Enzo lâcha avec un petit sourire :

– Tu es amoureuse de lui, ma parole.

– Oh, c'est un homme séduisant. Je ne pense pas qu'il existe une femme en France qui ne serait pas tentée de se glisser dans son lit. Bien qu'il soit heureux en ménage, à ce qu'on dit. Avec de grands enfants.

– C'est un sacré bond en avant de passer de maire-adjoint de province à maire de Paris.

– Exact. Mais personne n'a jamais eu le moindre doute sur ses intentions quand il est venu dans la capitale. Même s'il n'était alors qu'un bébé, politiquement parlant.

– Et maintenant, il vise la présidence. Il a des chances de gagner ?

– Si le parti le choisit comme candidat, je le pense. Ce qui fera de Roger un homme puissant.

Enzo hocha la tête.

– Tu le connais ? Je parle de Devez, bien sûr.

Sans desserrer les lèvres, Charlotte émit par le nez un petit grognement amusé.

– Je l'ai rencontré, oui. Mais si je le connais ? Est-ce qu'on connaît vraiment un homme comme ça ? Le charisme est un atout merveilleux et séduisant, Enzo, mais qui sait ce qu'il cache ?

Chapitre 25

La brume recouvrait la plaine, ses tourbillons comblaient les reliefs du paysage. Du haut de la route, on aurait dit un lac.

L'autoroute était invisible, mais l'homme distinguait à l'horizon la faible lueur des phares antibrouillard qui délimitait son tracé, et le bruit de la circulation du matin lui parvenait avec une netteté étonnante, de la même façon que le son se propage dans l'eau.

Au-dessus de lui, le ciel était clair ; le soleil du sud répandait déjà sa chaleur sur la cime des arbres et dissipait le froid qui s'était installé pendant la nuit avec la brume.

Sur la route encore mouillée par la pluie de la veille, sa chienne, une border collie pleine d'entrain, prenait le plus grand plaisir à gambader de flaque en flaque. En se retournant à de fréquents intervalles pour voir si son maître la suivait toujours, et pour quêter son approbation.

Lorsque la route s'incurva légèrement vers l'ouest, elle quitta la chaussée asphaltée et bondit au milieu des plantes sauvages échouées à la limite du brouillard comme des détritus abandonnés sur la plage après une tempête. Elle s'accrochait aux ronces et aboyait d'excitation ; l'homme pensa qu'elle avait flairé l'odeur d'un lapin, d'un rongeur, peut-être même d'un renard. Puis, brusquement, elle s'arrêta et se mit à gratter le sol.

– Fanny ! appela-t-il.

Sans obéir, ce qui était inhabituel, la chienne continua à renifler et à aboyer tout en décrivant des cercles autour de ce qu'elle avait trouvé.

– Fanny !

Cette fois, le ton autoritaire de la voix lui fit lever la tête et regarder son maître. Mais une seconde seulement, avant de retourner à sa nouvelle obsession.

Il soupira. Elle était encore jeune. Il cria plus fort, en vain. Alors, il s'enfonça dans les taillis où il la rejoignit en quelques enjambées. Quand il vit ce qu'elle avait découvert, il se figea sur place.

Un jeune homme était allongé sur le ventre au milieu des fougères, la jambe droite bizarrement tordue ; il ne bougeait pas, ne réagissait pas aux aboiements de Fanny. Redoutant de se trouver en présence d'un mort, l'homme s'accroupit et vit du sang séché sur son front. Il retira ses gants, effleura du bout des doigts son visage ; la peau était froide au toucher, sa pâleur pouvait faire penser que la vie l'avait déjà quitté depuis un moment.

Descendant sa main vers le cou, il chercha le pouls de la jugulaire. Quand il finit par trouver la veine, il ne sentit aucun battement. Agacé par les aboiements incessants de Fanny, il poussa un coup de gueule pour la faire taire. Médusée, la chienne se tut et recula en le regardant fixement. Ce fut presque comme si le silence avait trouvé la vie dans le corps prostré de Bertrand car l'homme sentit soudain une infime pulsation sous ses doigts.

Il se releva aussitôt et, d'une main tremblante, chercha son téléphone dans sa poche.

Chapitre 26

Lannemezan est située dans la grande plaine du Sud-Ouest, au pied des Pyrénées. Le centre pénitentiaire de haute sécurité, comprenant une maison centrale et un centre de détention, est un complexe carcéral moderne entouré d'un quadrilatère de murs en béton ; implanté à l'extérieur de la ville, il date des années 1980. Une voie ferrée passe non loin ; la nuit, en entendant les trains, les 170 prisonniers enfermés dans les cellules doivent rêver à leur liberté perdue.

Au moment où ils quittaient la route pour gagner l'entrée de la prison, Enzo pensa à quel point ce devait être frustrant de voir, à travers les barreaux, ces montagnes qui avaient autrefois offert une voie d'évasion aux soldats alliés et aux résistants fuyant les nazis. Les Pyrénées avaient longtemps été un symbole de liberté ; il se demanda si une ironie délibérée avait joué dans le choix de Lannemezan pour en priver les criminels.

Postés derrière les vitres des miradors dressés aux quatre coins, des gardiens impassibles regardaient les deux voitures avancer sur le parking. Kirsty les attendrait là ; elle baissa sa vitre et sortit détacher Alexis de son siège bébé pour l'installer avec elle à l'avant.

Suivie d'Enzo, Charlotte dépassa un énorme portail en acier inséré dans un passage voûté réservé aux véhicules qui, pour entrer et sortir, devaient franchir un énorme ralentisseur jaune et noir. L'accès piéton, situé plus loin, menait à une zone d'accueil dont les lumières électriques reflétées par un sol brillant bourdonnaient dans le silence.

Enzo avait visité des prisons à maintes reprises ; chaque fois, ça le déprimait. Le fait de se trouver dans un lieu d'incarcération le remplissait toujours d'un sentiment d'appréhension, puis de soulagement au moment d'en sortir, et de gratitude pour cette liberté qui, d'habitude, lui paraissait si naturelle.

Il s'approcha d'un long comptoir. Derrière la vitre, un surveillant au visage fermé prit son passeport, le photocopia et le mit de côté en l'informant qu'il lui serait restitué à la sortie. On lui fit ensuite remplir et signer plusieurs formulaires avant de lui remettre le numéro six imprimé en noir sur un carton blanc qu'il devait accrocher à sa veste. Puis il se vit échanger son sac et le contenu de ses poches contre un reçu à produire pour les récupérer.

C'était une procédure à laquelle Charlotte s'était visiblement soumise de nombreuses fois ; elle attendait patiemment qu'Enzo ait terminé.

Lorsque la porte de la prison elle-même se déverrouilla, deux gardiens en uniforme noir barré d'une bande blanche sur la poitrine les emmenèrent vers le quartier de haute sécurité. L'endroit sentait l'hôpital. Antiseptique et odeurs corporelles. Les sols brillaient, les murs vert pâle étaient jalonnés à intervalles réguliers de barreaux vert foncé divisant les couloirs en sections, comme des sas – les grilles se bloquaient derrière eux avant que les suivantes ne s'ouvrent. Le reflet des rampes lumineuses des plafonds sous leurs pieds était aveuglant, chaque son semblait se répercuter sur toutes les surfaces dures.

Finalement, on leur fit descendre quelques marches et franchir une porte donnant sur une pièce dont trois des quatre murs étaient en verre trempé. Régis Blanc était avachi derrière une table, face à deux chaises vides. La porte claqua derrière Charlotte et Enzo, une clé tourna dans la serrure, et ils virent à travers l'un des murs transparents les deux gardiens s'adosser contre un mur, croiser les bras, et les observer avec un manque d'intérêt apparent.

– Salut, Régis. Comment ça va ?

Charlotte le salua comme si elle le connaissait depuis toujours et qu'ils étaient de vieux amis se retrouvant pour déjeuner. Mais elle ne l'embrassa pas sur les joues ni ne lui serra la main. Elle s'assit directement et croisa les doigts devant elle, sur la table.

Blanc portait un T-shirt blanc tendu sur des pectoraux peut-être développés au gymnase de la prison, ou par des exercices isométriques effectués dans sa cellule. Son jean moulant révélait des cuisses très musclées. Il donnait l'impression d'un homme extrêmement tendu, prêt à bondir. Comme un chat sur ses gardes. Enzo savait que Blanc avait deux ans de moins que lui, mais il était probablement beaucoup plus en forme qu'un homme ayant la moitié de son âge. Malgré cela, il faisait plus vieux. Il avait perdu beaucoup de cheveux ; ceux qui lui restaient, coupés ras, avaient la couleur de la limaille. Des traces d'acné criblaient son visage maigre, ridé, d'une pâleur mortelle. Le plus remarquable chez lui, c'était ses yeux. Du bleu le plus pâle qu'Enzo ait jamais vu. Au point qu'ils paraissaient presque translucides. Avec leur pupille en tête d'épingle et leur iris cerné de noir, on aurait dit les yeux d'un chat sauvage. D'un léopard des neiges ou d'un tigre. Méfiants, hostiles, ils fixaient Enzo depuis la seconde où ce dernier avait mis un pied dans la salle d'interrogatoire. Ignorant Charlotte, il se redressa aussitôt :

– Qui c'est ?

– Nous avons dû recourir à un petit subterfuge pour le faire entrer, Régis. Aux yeux de l'administration pénitentiaire, Enzo est mon assistant.

– Et en réalité ?

– Enzo Macleod, se présenta Enzo en tendant la main.

Blanc ne fit pas mine de la voir et continua à le fixer.

– Enzo était expert médico-légal en Écosse. Il enquête sur le meurtre de Lucie Martin.

Le prisonnier se leva si vite qu'Enzo recula instinctivement d'un pas ; sa chaise tomba par terre et les deux gardiens, derrière la vitre, se redressèrent aussitôt, prêts à intervenir.

L'espace d'un instant, tout sembla possible ; Enzo calcula que Blanc pourrait le tuer sans aucun mal avant que les gardiens aient le temps d'ouvrir la porte.

– Vous croyez que je vais rester là à me laisser accuser du meurtre de Lucie Martin ? gronda Blanc.

– Doucement, Régis, dit Charlotte d'une voix paisible, mais dont la menace sous-jacente le força à tourner les yeux vers elle brièvement avant de les reposer sur Enzo.

Avec un calme apparent qui ne reflétait en aucune façon ce qu'il ressentait, Enzo se justifia :

– Je n'essaierai même pas, Régis. Car je ne pense pas que vous l'ayez tuée. Je crois que vous aimiez Lucie. Et que, très probablement, elle vous aimait aussi. Ou, du moins, se croyait amoureuse de vous.

Il vit la consternation creuser les rides autour des yeux du prisonnier.

Charlotte se leva et fit le tour de la table pour relever sa chaise.

– Asseyez-vous, Régis.

Comme un élève grondé par son professeur, il obéit et, l'air renfrogné, se posa au bord du siège sans quitter Enzo des yeux.

– Qu'est-ce qui vous fait croire ça ? lança-t-il sur la défensive.

– Votre lettre.

Enzo s'assit à son tour afin que leurs visages soient au même niveau ; dans son champ de vision périphérique, il vit les gardiens se détendre.

– Et alors ?

– Moi aussi, j'ai écrit des lettres d'amour dans le temps, Régis. La première, pleine de déclarations. D'amour et d'intentions. Et la dernière... eh bien... (il sourit). Tout dépend de qui vient la rupture.

Posant les coudes sur la table, il se pencha en avant :

– Mais voilà. La vôtre n'entre dans aucune de ces deux catégories. Je ne crois pas que ce soit la première, ni la seule. Et elle ne donne pas l'impression de vouloir être la dernière. Je présume donc qu'il y en a eu d'autres. Avant, et peut-être après.

Blanc se recula sur sa chaise et croisa les bras. Enzo remarqua alors les tatouages grossiers sur son avant-bras gauche.

– En voilà une supposition, monsieur... je ne sais pas quoi.

– Macleod. Certaines personnes ont du mal à le prononcer ; appelez-moi Enzo si vous voulez.

Enzo savait qu'il ne pouvait pas laisser ses yeux dériver à droite ou à gauche. Il devait fixer Blanc avec la même intensité inflexible que celle avec laquelle le prisonnier le regardait.

– Bref, je triche peut-être un peu. Parce que je sais aussi que Lucie et vous sortiez ensemble.

L'expression de Blanc changea du tout au tout. L'incompréhension assombrit la clarté de ses yeux.

– Comment vous pouvez savoir ça ? Personne le savait.

– C'est donc vrai ?

La voix de Charlotte s'immisça comme une intruse dans leur conversation, mais ni l'un ni l'autre n'y prêta la moindre attention.

– Pendant toute sa scolarité, elle a eu un petit ami.

– Tavel ! cracha Blanc.

Surpris qu'il connaisse son nom et s'en souvienne, Enzo hocha la tête :

– Quand elle l'a laissé tomber, ça l'a rendu jaloux. Il a compris qu'il y avait quelqu'un d'autre. Alors, un soir, il l'a suivie. Et devinez qui elle allait retrouver ?

Blanc eut l'air de tomber des nues ; il lui fallut un moment pour digérer la nouvelle. Enzo pouvait presque voir les rouages de son cerveau s'activer derrière son regard tourné vers le passé, faire des calculs, tirer des conclusions. Pour une fois, Enzo n'était pas son point de mire. Puis, comme s'il revenait de très loin, Blanc concentra de nouveau son regard sur lui. Un regard fou.

– C'est *lui* qui l'a tuée. C'est forcément lui ! s'exclama-t-il, en balayant la pièce des yeux comme s'il cherchait une issue. Je vais lui faire la peau, putain. Même si je dois m'évader d'ici pour ça.

Sur ce, il abattit violemment les paumes de ses mains sur la table.

– Il n'existe aucune preuve impliquant Tavel, précisa Enzo. Il était à Paris le week-end de la disparition de Lucie. Mais, encore une fois, qu'est-ce qu'un alibi, sinon la parole de quelqu'un qui ment pour vous protéger ? Vous devriez le savoir, Régis. Vous semblez avoir eu un alibi chaque fois que la police est venue vous chercher. Sauf pour les meurtres de ces trois filles.

Et il repensa à ce qu'il avait écrit sur son tableau blanc : *Voulait-il être arrêté ?*

– Parlez-moi de votre relation avec Lucie, Régis.

Blanc se cala dans sa chaise, croisa les bras sur la poitrine, évita délibérément de croiser son regard, lança un coup d'œil timide à Charlotte. Enzo aurait juré le voir rougir ; un peu de sang afflua sur ses pommettes et colora son teint pâle. Puis il baissa les paupières et dit en fixant ses pieds, sous la table :

– Difficile à expliquer, ce qu'il y avait chez elle.

Même le ton de sa voix avait changé maintenant, feutré, comme s'il parlait dans une église.

– Quand je l'ai rencontrée la première fois dans les bureaux de La Rentrée… (il rit) je crois bien que j'étais juste venu pour les faire chier. Jouer les durs. Les malotrus. Ces putains de bonnes âmes cathos ! Et puis elle est entrée dans la pièce, elle s'est assise en face de moi, et tout d'un coup je me suis senti comme un petit garçon. Muet, paralysé. Je savais plus où regarder. J'avais beau tourner les yeux à droite ou à gauche, je rencontrais les siens. Impossible de les éviter. J'avais jamais été en présence d'une pareille... (il chercha ses mots) innocence. De toute ma vie. Si pure, si vraie. Comme la première fois qu'on se shoote à l'héroïne. Ça déchire tellement qu'on a pas envie de sortir de cet état. J'ai jamais été accro à l'héro, mais je suis devenu accro à Lucie. J'en avais jamais assez d'elle.

Penché en avant, les coudes sur ses cuisses, il se tordait les mains en fixant toujours le sol. Mais il ne le voyait pas. Il était transporté ailleurs, à une autre époque, dans un endroit où le rayonnement d'une jeune femme, réel ou imaginé, avait changé sa vie.

– Y a toujours eu que le mal et la crasse autour de moi. Les mensonges, les tromperies. Quelque chose chez Lucie a fait entrer la lumière dans ma vie de merde et m'a fait comprendre que j'étais pas obligé d'être ce que j'étais. Que je pouvais changer.

Il releva un instant la tête comme s'il espérait qu'ils le comprenaient.

– Elle aussi l'a vu. Elle me l'a dit. Elle a vu qu'il y avait une meilleure personne au fond de moi. Quelqu'un qui était là sans que je le sache. Quelqu'un que je refusais de voir. Elle a dit qu'elle pouvait m'aider à libérer cette personne. Le vrai moi. Celui qui était enfermé à l'intérieur. Voilà ce qu'elle a dit.

Horriblement gêné, il baissa de nouveau les yeux vers le sol.

– J'ai souvent réfléchi. Le truc en prison, c'est qu'on a pas grand-chose d'autre à faire. Je me suis demandé, en y repensant, si elle m'avait juste vu comme un genre de défi à relever. Le triomphe du bien sur le mal. Mais c'est pas ce qu'elle disait dans ses lettres.

Enzo ressentit une petite onde de choc le traverser, à la manière d'un courant électrique.

– Lucie vous écrivait ?

– On a échangé une demi-douzaine de lettres ou plus pendant quelques semaines. Je la sentais dans tous ses mots. Des mots magnifiques. Des mots qui me faisaient comprendre à quel point j'étais stupide et inculte. Des mots qui me donnaient envie de changer. D'être cette autre personne qu'elle voyait en moi. Elle disait...

Il s'interrompit, les larmes aux yeux, et baissa la tête pour les cacher, mais sa voix tremblait d'émotion quand il ajouta :

– Elle disait qu'à travers l'enveloppe extérieure, elle avait vu la personne douce et sensible qui était à l'intérieur. Qu'elle aimait cette personne et qu'elle voulait la libérer.

Des mots, Enzo en était sûr, que Blanc avait retenus à force de lire et relire les lettres de Lucie. Il se mit à la place de ce tueur en série assis devant lui. Un homme à qui la mort avait volé ce qui aurait pu transformer sa vie mais, au lieu de ça, ne l'avait laissé qu'avec des souvenirs, des regrets et le sentiment d'une vie inaccomplie.

– Vous savez, quand je regarde en arrière, j'ai du mal à y croire. En sachant qui je suis, ce que je suis devenu. Mais je croyais vraiment que Lucie pouvait me sauver. Comme ce putain de Jésus-Christ. J'aurais tout fait pour elle. Tout. Seulement...

Il se redressa, croisa de nouveau le bras et se mordit l'intérieur de la lèvre inférieure.

– Seulement quoi ? demanda Enzo.

– Il y avait des trucs que je devais faire. Vous comprenez. En priorité, dit-il sur un ton de défi, comme s'il se cherchait une excuse pour ne pas avoir été à la hauteur de la vision que Lucie avait eue de lui.

– Quels trucs ?

La couleur avait quitté son visage. Une ombre le voila.

– Des trucs. Des obligations. Des dettes.

– Quelles obligations ? Quelles dettes ?

Blanc ne desserra pas les lèvres, les yeux baissés. Enzo le vit imperceptiblement secouer la tête. Il ne dirait rien, c'était évident. Alors, Enzo le fit à sa place :

– Tuer ces filles, c'est ça ?

Blanc lui lança un regard à la fois dangereux et chargé de douleur. Puis ses yeux s'égarèrent un instant vers Charlotte avant de revenir sur Enzo.

– Putains de psychiatres, lança-t-il avec mépris. Ils vous diront que je les ai tuées parce que ma mère était une putain. Que chaque fois que j'en tuais une, je tuais ma mère. Quelles conneries ! Tous autant qu'ils sont, ils veulent pas comprendre que je m'en foutais de ce que ma mère faisait. C'était ma mère. Je l'aimais, point. Et elle m'aimait.

– Pourquoi les avez-vous tuées ?

Un sourire triste et malsain retroussa ses lèvres et il secoua la tête :

– Si je vous le disais, je me ferais tuer.

Enzo fronça les sourcils.

– Quoi ? Qui vous tuerait ?

Blanc eut alors le sourire suffisant d'un homme détenteur d'un secret qu'il ne dira pas, mais qui prend plaisir à glisser des allusions pour agacer les autres et les faire saliver :

– Croyez-moi, il y a des choses pires que la mort.

Le silence qui suivit sembla s'étirer de secondes en minutes sans que Blanc en paraisse conscient. Il contemplait ses mains, croisant et décroisant les doigts comme s'il priait, puis il parut changer d'avis. Sentant que d'autres révélations allaient peut-être suivre, Enzo se garda de briser le silence et espéra de tout son cœur que Charlotte ne parlerait pas – bien qu'elle n'ait rien dit pendant toute l'entrevue, captivée par les élucubrations d'un tueur qu'elle écoutait dans une fascination muette.

Enfin, Blanc releva la tête. Regarda Enzo, Charlotte, puis de nouveau Enzo. Son sourire avait disparu.

– Le truc, c'est que... parfois les obligations ne sont pas éternelles. Peut-être qu'un jour prochain je m'exprimerai.

– Sur quoi ?

Il secoua la tête :

– Pourquoi je vous le dirais ?

Enzo décida de prendre un risque :

– Vous aviez envie d'être pris, Régis, n'est-ce pas ?

Blanc haussa les épaules :

– On paye tous pour ce qu'on fait. Dans cette vie ou la suivante. J'ai beau avoir fait des choses horribles, je sais que Lucie m'aurait pardonné.

– D'avoir tué ces filles ? s'étonna Enzo.

– Oui. Enfin, non. Pas de les avoir tuées. Je suis content qu'elle l'ait jamais su. Je veux dire pourquoi je l'ai fait. Elle aurait compris. Ça, oui.

Il devina dans les yeux d'Enzo la question qui se formait et l'anticipa :

– Mais, je le répète, je vous dirai rien.

Enzo hocha la tête, sans insister :

– Et les Six de Bordeaux ?

– Peuh ! cracha Blanc avec dérision. Ces putains d'incapables de flics ont juste essayé de me coller ça sur le dos pour cacher leur fiasco. Pratique comme bouc émissaire, un mec déjà condamné à perpète. Je ne sais pas ce qui est arrivé à ces filles. C'est la vie, vous savez. Des gens meurent, des gens se font assassiner, des gens fuguent. Qui sait qui, pourquoi ou quand ? Ils entrent dans votre vie et ils en sortent. C'est pas pour ça que vous êtes responsable d'eux.

– À votre avis, où sont passées les autres lettres que vous avez envoyées à Lucie ? Vous savez qu'on en a trouvé une seule.

– Aucune idée.

– Mais, à l'époque, vous avez nié toute liaison avec elle. Vous avez prétendu avoir écrit une seule lettre, et uniquement parce que vous étiez ivre.

Blanc devint nerveux.

– Lucie était morte. Personne n'aurait cru ce qui s'était passé entre nous. Et je voulais pas traîner son nom dans la boue avec le mien.

– Et les lettres qu'elle vous a écrites ?

– Eh ben quoi ? fit Blanc en regardant Enzo avec circonspection.

– Où sont-elles passées ?

– Oh, vous inquiétez pas. Je les ai cachées en lieu sûr. Là où personne les trouvera jamais.

– Vous rendez-vous compte que si vous pouviez produire ces lettres, elles suffiraient probablement à lever les soupçons qui pèsent sur vous en ce qui concerne son meurtre ?

– Ça m'est égal, rétorqua Blanc avec une certaine hostilité. Les gens peuvent croire ce qu'ils veulent. Je sais que je l'ai pas tuée. Et où qu'elle soit maintenant, Lucie le sait aussi.

Il baissa les yeux vers le numéro six accroché à la veste d'Enzo et un petit sourire ironique étira ses lèvres :

– *Je ne suis pas un numéro, je suis un homme libre.*

Enzo fronça les sourcils. Puis, très vite, il comprit que Blanc et lui étant de la même génération, ils avaient, chacun de leur côté de la Manche, regardé Patrick McGoohan à la télévision dans la série culte des années 1960, *Le Prisonnier*.

Enzo poussa un profond soupir lorsque la porte de la prison se referma derrière eux. C'était formidable d'être dehors, de respirer la douceur divine de l'air pur, rafraîchi par la proximité des Pyrénées, ni contaminé par la pollution des grandes villes ni infecté par la vie carcérale.

Il eut l'impression d'émerger d'un affreux laboratoire humain où, pendant cette heure qu'ils venaient de passer enfermés dans une pièce avec un assassin, ils avaient plongé le regard dans l'abîme de Nietzsche.

Ils demeurèrent assez longtemps silencieux, à contempler le paysage bucolique vibrant au loin dans une brume bleutée qui se confondait avec la forme sombre et imposante des montagnes.

Charlotte rompit le silence la première :

– Je ne l'avais jamais entendu parler ainsi. Aucune exhortation n'a jamais pu le pousser à me parler des meurtres. Ni de Lucie.

Enzo remarqua qu'elle était très pâle.

– De quoi parliez-vous, alors ?

– Surtout de son enfance. Sa mère. Dieu. La religion. Je crois qu'il était tout simplement content d'avoir quelqu'un à qui parler. Aujourd'hui, c'était différent. Ce n'était plus le même homme… À ton avis, que voulait-il dire par « je me ferais tuer » ?

Lui aussi déconcerté, Enzo secoua la tête :

– Aucune idée. Il était… euh, plutôt énigmatique.

– Sauf au sujet de Lucie.

– Oui.

– Tu penses qu'il ne l'a pas tuée ?

– Je suis prêt à parier tout ce que tu veux.

Avec un petit sourire ironique, Charlotte lança :

– Tu ne crois pas que tu t'es déjà attiré assez d'ennuis comme ça en pariant, Enzo ?

Résigné, il inclina la tête.

– Sans doute.

Mais il ne pouvait se débarrasser de l'impression qui l'avait envahi au cours de son entretien avec Blanc ; il ne pouvait s'empêcher de ressentir quelque chose d'infiniment triste chez cet homme. Il embrassa Charlotte sur les deux joues et lui rendit les clés de sa voiture.

– Merci de m'avoir permis de le voir. Je te tiens au courant s'il y a du nouveau.

– Oui, s'il te plaît.

Avant de regagner sa voiture, Charlotte regarda Enzo monter dans celle de Kirsty et la suivit des yeux tandis qu'elle s'éloignait vers la route principale, en direction de l'autoroute qui les conduirait sur la côte.

Chapitre 27

Enzo était content d'occuper la place du passager, de pouvoir laisser Kirsty conduire. Bercé par le roulement de la voiture, son petit-fils dormait dans son siège bébé. Depuis une bonne demi-heure, il avait le loisir de repenser tranquillement à son entretien avec Blanc. Michel Bétaille semblait avoir eu raison de s'interroger sur la motivation qui l'avait poussé à tuer ces prostituées. Le proxénète avait traité par le mépris les raisons avancées par les psychologues pour expliquer sa subite folie meurtrière. Mais il avait presque admis qu'il ne s'agissait pas simplement d'une envie fortuite. C'était une décision claire et réfléchie.

Ce qui n'était pas clair, en revanche, et ce qu'il ne disait pas, c'était pourquoi il avait pris cette décision.

Il n'avait pas non plus démenti la suggestion d'Enzo selon laquelle il avait voulu se faire prendre, l'attribuant à une vague notion chrétienne de pénitence. Enzo ne croyait pas que Blanc fût un homme très chrétien, même s'il avait probablement été élevé dans la religion catholique. Sa mère elle-même aurait été un modèle vivant de mensonge capable de saper un semblant de foi.

– Je ne te poserai pas de questions, dit Kirsty en souriant. J'aimerais bien savoir, mais tu pourras me raconter quand tu le jugeras bon. On a deux jours devant nous.

Enzo lui rendit son sourire.

– Effectivement. Et c'est formidable. Voilà longtemps que je n'ai pas pu profiter de toi toute seule aussi longtemps.

– Pas exactement toute seule, dit-elle en inclinant la tête vers la banquette arrière.

– Ah, mais Alexis est de la famille.

Une ombre voila fugitivement le visage de Kirsty. Ils avaient beau faire comme si la révélation qu'Enzo n'était pas son père biologique ne changeait rien entre eux, cela avait sensiblement modifié leurs rapports. Pas d'une manière concrète, mais par une sensation de perte étrangement indéfinie que ni l'un ni l'autre ne voulait avouer.

– J'ai remarqué que Dominique avait passé la nuit à l'appartement.

– Exact.

– Et j'ai remarqué qu'elle n'avait pas dormi sur le canapé.

– Je pouvais difficilement obliger cette fille à roupiller sur cet horrible machin.

Kirsty haussa les sourcils.

– Tu sais que tu es vraiment incorrigible, papa ?

– Mais pas irrécupérable, Kirsty.

– Elle est... ?

– Très sérieuse.

– Et toi ?

– J'ai fait le maximum pour ne pas l'être.

– Pourquoi ?

– Parce qu'elle n'est pas beaucoup plus âgée que toi, Kirsty. C'est sans avenir pour elle.

– Tu le lui as dit ?

– Oui.

– Et qu'est-ce qu'elle a répondu ?

– Oh, j'ai eu droit à un grand discours. Je ne t'assommerai pas avec. Mais je te le répète, elle est très sérieuse.

Kirsty détourna la tête un bref instant pour regarder son père droit dans les yeux.

– Et s'il n'y avait pas la différence d'âge ?

– Regarde la route... C'est la première femme que je rencontre depuis la mort de Pascale...

Il hésita. Il se sentait toujours coupable de mentionner le nom de Pascale devant Kirsty. S'il ne l'avait pas rencontrée, il n'aurait peut-être jamais quitté sa première femme et, par conséquent, sa fille. Bien qu'au fond de son cœur il sût depuis toujours que, même s'il aimait Kirsty de tout son être, se marier avec sa mère avait été une erreur.

– Oui ? le relança-t-elle.

– C'est la première femme que je rencontre avec laquelle j'aurais été heureux de passer le restant de mes jours. Même si je deviens un vieux schnock quand elle sera encore une jeunette.

– Personne ne t'a prévenu, papa ? Tu es déjà un vieux schnock.

– Merci, Kirsty, répondit-il avec un grand sourire.

– Et Charlotte ?

Il poussa un lent soupir chargé de tristesse.

– Elle aurait pu l'être. Mais pour elle, je n'étais pas le bon. Manifestement.

– À part toi, personne ne semble beaucoup apprécier Charlotte.

– Il ne faut pas juger d'après les apparences, mon chou. C'est une femme complexe et, oui, difficile qui a tendance à dissimuler sa vraie personnalité.

Kirsty haussa les épaules.

– Et quelle est sa vraie personnalité ?

– Dur à dire, répondit Enzo en souriant. Elle a eu une enfance assez perturbée. À l'adolescence, elle a appris qu'on l'avait adoptée. La recherche de ses vrais parents est devenue une obsession. Elle a fini par découvrir qu'elle était la fille illégitime d'un célèbre conseiller politique et critique de films, Jacques Gaillard – dont le meurtre, comme tu le sais, est la première affaire du livre de Raffin sur laquelle j'ai enquêté[1]. Apparemment sa mère voulait se faire avorter. Mais Gaillard lui a donné beaucoup d'argent pour garder le bébé qu'il a confié à un couple sans enfant, à Angoulême, des domestiques de sa famille. Je crois que le fait d'apprendre qu'elle n'était pas désirée a profondément affecté Charlotte, même si ses parents adoptifs l'aimaient beaucoup.

Très froide, Kirsty observa :

– Elle se préparait pourtant à faire exactement la même chose quand elle était enceinte de Laurent. Tu crois vraiment qu'elle se serait fait avorter ?

Enzo réfléchit.

– Oui, je crois. Charlotte est une femme très déterminée et volontaire. Elle fait toujours ce qu'elle veut, et ne fait jamais rien sans une bonne raison.

Il se reprit très vite :

– Enfin, jugée bonne pour elle.

---

1 Voir *Le Mort aux quatre tombeaux.*

Chapitre 28

Une allée de castine bordée d'arbres serpentait à travers un bois clairsemé avant de déboucher sur la pelouse soigneusement tondue qui offrait une vue dégagée sur la maison où ils allaient séjourner. Une apparition à couper le souffle.

Bâtie au XIXe siècle, elle ressemblait à un château médiéval de conte de fées en sucre et pâte d'amande. De couleur crème, avec un damier de pierres rouges et blanches autour des portes et des fenêtres, cintrées ou rectangulaires, elle était coiffée d'une tour et d'un méli-mélo de toits en tuiles rouges qui ressemblaient à des sourcils arqués de surprise au-dessus des lucarnes et des balcons.

L'ensemble était adouci par des arbres et des arbustes exotiques plantés tout autour. En arrivant devant l'entrée principale, ils aperçurent au loin d'autres pelouses et une pièce d'eau rectangulaire au milieu de laquelle un jet d'eau étincelait sous le soleil de ce début d'après-midi.

Une femme séduisante d'une trentaine d'années les accueillit dans le grand vestibule carrelé. Ses cheveux noirs sévèrement tirés en arrière dégageaient un visage sensuel et des yeux sombres trahissant une ascendance plus espagnole que française. Elle portait une stricte robe noire ajustée s'arrêtant au genou et des chaussures noires dont les talons d'une hauteur incroyable accentuaient le galbe élégant de ses mollets. Ses longs doigts aux ongles rouges impeccablement vernis et un simple rang de perles complétaient le portrait de l'hôtesse idéale, toujours disponible pour les clients des six chambres d'hôtes de ce manoir très chic.

Voici donc, pensa Enzo, ce que Raffin a reçu en se mariant et dont il a fini par hériter.

– Je m'appelle Rafaella, se présenta la jeune femme en leur serrant la main. Roger m'a prévenue de votre arrivée.

En la suivant vers le fond du hall, puis dans le large escalier en spirale, Enzo se surprit à admirer le balancement de ses hanches et la façon dont sa robe épousait sa silhouette mince bien dessinée. Un coup de coude dans les côtes le ramena sur terre.

– Papa ! souffla Kirsty en le fusillant du regard.

Il haussa les épaules et murmura :

– Je ne serais pas normal si je ne regardais pas.

Elle poussa un soupir exaspéré en secouant la tête.

Au premier étage, Rafaella les précéda dans un couloir au sol recouvert de moquette avant d'ouvrir la double porte d'un salon lumineux éclairé par deux gigantesques portes-fenêtres qui donnaient sur les pelouses situées à l'arrière de la maison.

– Les chambres se trouvent de part et d'autre, précisa-t-elle en désignant des portes à droite et à gauche. Elles ont chacune leur salle de bains.

Puis, regardant leurs sacs de voyage et le couffin d'Alexis :

– Si vous avez d'autres bagages dans la voiture, j'enverrai quelqu'un les chercher.

– Non, ce n'est pas la peine, merci, dit Kirsty. Roger a dû vous dire que nous ne restions qu'une nuit.

– Oui, bien sûr. Il y a un bar dans le salon du rez-de-chaussée. Appelez-moi, je vous servirai ce qui vous fera plaisir. Nous avons aéré l'appartement. Je vais demander à la gouvernante d'ouvrir les lits.

Après son départ, Kirsty regarda autour d'elle, impressionnée.

– Ouah ! Je ne m'attendais pas à un tel luxe.

Le mobilier ancien couleur crème et tapissé de satin se languissait dans cette grande pièce carrée haute de plafond. Canapés et fauteuils étaient garnis de coussins soyeux. Une énorme télévision haute définition trônait, comme un miroir, au-dessus d'une cheminée tarabiscotée.

Enzo ouvrit l'une des portes-fenêtres et sortit sur le balcon couvert. L'air était doux, presque chaud ; ici, l'automne avait au moins trois semaines de retard. En baissant les yeux vers la terrasse du rez-de-chaussée, il vit des tables et des chaises installées au soleil et se demanda s'il y avait des clients.

– Il n'y a personne d'autre pour le moment, l'informa Kirsty comme si elle lisait dans ses pensées. La maison ferme à la fin de la semaine. La gouvernante vit sur place. Elle la garde pendant l'hiver.

Une fois Alexis nourri et endormi dans son couffin, Kirsty et Enzo descendirent boire un verre sur la terrasse. Tous deux se sentaient un peu intimidés par l'endroit.

– Tu t'imagines vivre ici ? demanda Kirsty.

– La femme de Roger y a grandi, n'est-ce pas ?

Elle avala une gorgée de vodka-tonic et secoua la tête d'un air songeur.

– Mon Dieu, oui. Difficile de croire que c'était une maison de famille. Ça ne m'étonne pas qu'elle n'ait pas voulu la vendre. C'est splendide.

– Ça doit coûter une fortune à entretenir.

– Raison pour laquelle ils ont décidé de l'aménager en chambres d'hôtes, je suppose. Pour compenser les frais. Je ne suis pas certaine que j'aimerais habiter cet appartement. J'aurais l'impression... je ne sais pas... de pénétrer illégalement dans la vie d'autres gens.

Enzo hocha la tête.

– Je vois ce que tu veux dire.

Il but une gorgée de vin :

– Qu'est-ce que tu sais de Marie ? J'imagine que Roger a dû t'en parler ?

– Oui. Mais pas autant que tu pourrais le croire. C'est toujours un sujet douloureux pour lui, je comprends pourquoi.

Tout en faisant tournoyer les glaçons dans son verre, elle lança :

– Tu savais qu'elle était journaliste ?

Enzo acquiesça d'un signe de tête.

– Roger m'a raconté qu'elle voulait absolument se faire un nom. Se dégager de l'ombre de ses parents. Petite fille riche privilégiée. Elle avait besoin de légitimer sa propre existence, non seulement pour elle-même, mais pour un monde qui, pensait-elle, avait sans cesse les yeux braqués sur elle.

– Roger a dit ça ? s'étonna Enzo.

Kirsty sourit :

– Oui. Il manie bien la langue. N'oublie pas que lui aussi est journaliste.

Enzo se fendit d'un grand sourire qui s'estompa vite.

– Mais elle n'a jamais réussi, n'est-ce pas ? À obtenir le succès dont elle rêvait.

– Oh, je crois que c'était une journaliste respectée, mais, non, elle n'a jamais obtenu la reconnaissance qu'elle espérait. Apparemment, durant les semaines et les mois qui ont précédé sa mort, elle faisait des recherches sur un sujet qu'elle refusait obstinément de partager avec Roger, certaine que ça lui permettrait de se faire un nom. Il m'a dit qu'elle en était obsédée. Elle se rendait à des rendez-vous secrets, disparaissait parfois pendant plusieurs jours d'affilée, travaillait jusqu'à l'aube. Se méfiait de lui dès qu'il lui posait des questions. Il avait l'impression qu'elle devenait paranoïaque, comme si elle avait peur de se faire voler son sujet.

Elle soupira :

– Roger et Marie s'étaient un peu éloignés depuis quelque temps, mais ce comportement mystérieux a porté le coup de grâce à leur mariage.

– Et on n'a jamais su sur quoi elle travaillait.

– Non.

Enzo se souvint du chapitre que Raffin lui avait consacré. La police avait fouillé l'appartement, le bureau de Marie, la maison du Sud-Ouest, sans trouver la moindre trace d'une histoire qu'elle aurait pu être sur le point de révéler. Aucun document, aucune lettre et, comme c'était avant Internet, pas d'e-mails. Ni le rédacteur en chef de *Libération* ni Raffin n'avaient été capables de faire la lumière sur l'objet de son obsession.

– C'est à cette époque que Roger est devenu l'amant de Charlotte.

– Non, la corrigea Enzo. Quand ils se sont connus, il travaillait déjà à son livre, c'est-à-dire après le meurtre de Marie.

– Non, papa, tu te trompes. Marie était encore bien vivante quand Roger et Charlotte ont commencé à avoir une liaison. Dans le plus grand secret, apparemment. C'était environ six mois avant le meurtre. Et après, eh bien, d'un commun accord, ils ont préféré que ça le reste. Secret. Au cas où la police y verrait un mobile pour que Roger la tue. Donc, ils n'ont rien dit à personne.

Enzo fronça les sourcils. Rien ne concordait avec ce que Charlotte lui avait raconté quand ils s'étaient rencontrés.

– Pourquoi la police aurait-elle soupçonné Roger ? Il assistait à une conférence de rédaction de son journal le soir où Marie a été tuée.

Aussitôt que ces mots lui sortirent de la bouche il se rappela, avec un choc, les paroles du vieux juge Guillaume Martin : *Je n'ai pas passé toutes ces années au tribunal sans avoir appris que les alibis se forgent, monsieur*. Et ceux de Charlotte, pas plus tard que la veille : *Je me suis souvent demandé si la police avait sérieusement étudié son alibi.* Il jeta un coup d'œil à Kirsty, inquiet une fois de plus pour sa fille. Elle vivait avec cet homme. Elle lui avait donné un fils, et ils avaient toujours l'intention de se marier.

Ils avaient décidé d'aller à Biarritz le soir même afin de trouver un endroit où dîner et pouvoir repérer tranquillement le cabinet de consultation du spécialiste. La ville n'était qu'à quatre kilomètres. Une légère brise soufflait maintenant de l'ouest ; ils sentaient presque l'odeur de l'océan Atlantique.

En montant à l'appartement pour préparer Alexis, ils furent stupéfaits de trouver la porte ouverte.

– Il y a quelqu'un ? cria Kirsty.

Très inquiète, elle courut vers la chambre où elle avait laissé son bébé endormi.

Enzo sur les talons, elle s'arrêta net sur le seuil à la vue d'une femme d'âge mûr qui, debout près du lit, faisait sauter Alexis dans ses bras. Ses grimaces avaient l'air de beaucoup amuser le petit garçon – il gloussait de rire.

Elle sourit à Kirsty :

– Je l'ai entendu pleurer depuis l'autre chambre où j'étais venue ouvrir le lit.

Enzo remarqua son corsage et sa jupe noire sous un tablier crème. La gouvernante dont avait parlé Rafaella. Une femme banale, peut-être jolie autrefois, mais les années ne l'avaient pas épargnée et l'absence de maquillage semblait souligner son teint cireux. Ses cheveux gris et ternes étaient rassemblés en un chignon austère. Cependant, grâce à Alexis son visage s'était animé et ses yeux bleus brillaient de plaisir.

– Merci, dit Kirsty, qui se dépêcha néanmoins de lui retirer son bébé.

La femme parut gênée :

– Vous êtes... euh... la compagne de monsieur Raffin ?

– Oui, fit Kirsty, visiblement contrariée qu'Alexis ait l'air de vouloir retourner dans les bras de cette femme qui le faisait rire. Vous êtes... ?

– Madame Brusque. La gouvernante. Je suis ici depuis de nombreuses années. J'ai un appartement dans la tour. Navrée de vous avoir dérangés. Si vous avez besoin de quoi que ce soit, vous pouvez me sonner depuis le bureau de la réception. Rafaella s'en va à sept heures.

– D'accord, merci, dit Kirsty avec une certaine froideur.

Mme Brusque se glissa hors de la pièce, en détournant timidement les yeux quand elle passa devant Enzo.

– Tu as été un peu brusque avec elle, je trouve.

– Très drôle, papa. Je n'aime pas qu'on prenne mon bébé sans ma permission.

– Elle ne pensait pas à mal.

– Non, bien sûr. Mais quand même... Tu sais, c'est bizarre... Je suis certaine de l'avoir déjà vue quelque part.

Enzo haussa les épaules.

– Elle n'avait pas l'air de te connaître.

– Non... elle ne t'a pas semblé familière ?

– Je dois dire que je ne l'ai pas très bien regardée. Pas autant que Rafaella !

Kirsty lui jeta un regard noir :

– Oh, papa !

Chapitre 29

Le soleil pénétrait en biais dans la chambre de Bertrand, à travers les lames d'un store vénitien, et dessinait des lignes sur le drap blanc qui le recouvrait. Des lignes qui épousaient les contours de sa jambe surélevée. Sous sa tête, la douceur de l'oreiller lui paraissait si exquise qu'il n'avait pas vraiment envie de remonter à la surface de ce qu'il croyait être un sommeil très profond.

Pour la première fois depuis longtemps, il ne souffrait pas. Il n'éprouvait aucune sensation. Comme s'il flottait entre deux eaux.

Puis, peu à peu, il prit conscience d'un bip électronique émis à intervalles réguliers ; il comprit soudain que ce bip suivait le rythme des battements de son cœur. En faisant l'effort de tourner la tête vers la gauche, il aperçut une batterie d'appareils électroniques débordant de fils et de tuyaux reliés à son lit. Presque au-dessus de sa tête, une pochette de perfusion envoyait un liquide clair dans une veine de son bras, et des capteurs avaient été collés sur sa poitrine.

Il avait la bouche sèche, si sèche que sa langue pouvait à peine se décoller de son palais, et les lèvres crevassées, douloureuses. Il essaya d'avaler, mais c'était comme s'il avait un rocher coincé dans la gorge.

Quand il entendit la porte s'ouvrir, il souleva un peu la tête. Une infirmière âgée entrait dans la pièce, son uniforme blanc amidonné bruissant à chaque pas. Elle se pencha sur lui. Ses yeux marron étaient doux, pleins de gentillesse.

– Bonjour, jeune homme. Je suis contente de vous voir enfin réveillé.

C'est le matin ? se demanda Bertrand. On est quel jour ? Où je suis ?

– Comment vous sentez-vous ?

Il essaya de parler et finit par entendre un croassement s'élever dans le silence de la chambre :

– Pas mal.

Que dire d'autre ?

L'infirmière sourit :

– Maintenant, vous allez peut-être pouvoir nous dire qui vous êtes et comment nous pouvons joindre votre famille.

Bertrand ne comprenait pas. Pourquoi ne sauraient-ils pas qui il est ?

La mémoire lui revint alors, véritable coup de massue, et la machine installée à côté de son lit se mit à biper à un rythme inquiétant. Il se redressa brusquement. Surprise, l'infirmière recula d'un pas.

– Donnez-moi un téléphone, dit-il en retrouvant soudain sa voix. Il me faut un téléphone, tout de suite !

Chapitre 30

– L'oreille est un assemblage très complexe de composants multiples. L'oreille externe, l'oreille moyenne, l'oreille interne, l'organe de Corti dont les cellules ciliées transmettent les signaux au cerveau.

Tout en continuant à dispenser son savoir avec l'indifférence dépassionnée de l'expert qui a répété le même discours un nombre incalculable de fois, le Dr Demoulin se renfonça dans son fauteuil. Son cabinet de consultation situé dans un hôtel particulier du XVIIIe siècle sur les hauteurs de Biarritz, au-dessus du boulevard du Prince-de-Galles, avait une vue imprenable sur la baie. Assis derrière un grand bureau en acajou, le médecin tournait le dos à une double-fenêtre au-delà de laquelle, à travers des stores à lamelles verticales jaunissantes, Enzo voyait le soleil scintiller sur une mer bleue cristalline.

Le mobilier du cabinet de consultation du Dr Demoulin paraissait aussi ancien que la maison. L'endroit sentait le vieux et le désinfectant ; dès qu'on entrait, on avait l'impression de faire un saut d'un siècle en arrière.

Le Dr Demoulin lui-même semblait dater de la même époque. C'était un homme imposant aux mains gigantesques couvertes de poils. Le sommet complètement chauve de son crâne en pain de sucre était couronné d'un enchevêtrement de cheveux argentés qui ressemblaient à des fils électriques jaillis de leur gaine ; le même genre de pilosité sortait en abondance de ses oreilles et de ses narines. Il consulta les notes étalées devant lui, leva les yeux vers Enzo puis, tout en désignant sa propre tête, demanda :

– Syndrome de Waardenburg ?

Instinctivement, Enzo porta la main à sa mèche blanche :

– Oui.

Demoulin regarda Kirsty :

– En avez-vous hérité, madame ?

Le père et la fille échangèrent un regard embarrassé.

– Kirsty n'est pas ma fille biologique, répondit Enzo.

Demoulin haussa les sourcils, se gratta le menton et referma le dossier.

– Bien, bien. Le fait que le petit Alexis n'ait pas réussi le test d'audition du nouveau-né n'aurait pas signalé en soi un problème. Au moins dix pour cent des bébés échouent. Vernix dans le canal auditif, fluide dans l'oreille moyenne... C'est le test suivant qui est le plus important, le test de confirmation. Qu'il ait raté celui-là, voilà qui est ennuyeux.

Il se pencha en avant pour sourire au bébé dans son couffin et obtint en retour un joyeux gloussement.

– Aucun problème de vision, en tout cas.

Enzo sentit monter la tension de Kirsty au cours de l'heure suivante, tandis que le Dr Demoulin revêtu d'une blouse blanche procédait à une série de tests dans une salle d'examen contiguë à son bureau. Des écouteurs miniatures furent insérés dans les oreilles d'Alexis et des électrodes placées sur sa tête pour détecter les réactions du cerveau aux différents sons. Puis un microphone microscopique y fut introduit à côté d'un écouteur afin de mesurer l'écho auditif.

Un test décrit par le médecin comme une « évaluation de l'audiométrie cérébrale » établissait une détermination visuelle directe des modifications du comportement d'Alexis en réponse aux sons envoyés dans les écouteurs.

Lorsqu'il eut terminé les tests, le Dr Demoulin avança les lèvres d'un air songeur.

– Qu'il ait un problème auditif, cela ne fait aucun doute. Il n'est pas sourd, plutôt ce que je qualifierais de déficient auditif. Ce n'est pas grave, mais tout de même préoccupant.

Il les regarda tous les deux, puis se concentra sur Kirsty :

– Il n'y a pas d'antécédents de surdité dans votre famille ?

– Pas que je sache.

Le médecin hocha la tête et se leva.

– Eh bien, il va falloir que je prélève un peu de sang du petit Alexis pour le faire analyser par le labo. Ensuite, peut-être serons-nous mieux à même d'établir à la fois un diagnostic et un pronostic.

Lorsqu'ils sortirent dans la rue, au milieu du bruit de la circulation, Enzo devina la déception de sa fille et lui dit avec douceur :

– On ne pouvait pas s'attendre à ce que ce soit résolu sur-le-champ, Kirst. Ce genre de problème ne l'est jamais. Mais je crois que tu as bien fait de t'adresser à lui. Il m'a fait une bonne impression.

La jeune femme tourna vers lui un visage inquiet :

– Tu crois ? Je n'en étais pas si sûre.

– Il s'y est bien pris avec Alexis et, de toute façon, on ne devient pas le numéro un de sa spécialité par hasard.

Elle haussa les épaules.

– C'est juste que… il a dit si peu de choses.

– Je suis certain qu'il en dira beaucoup plus quand il saura exactement de quoi il retourne, affirma-t-il en passant un bras autour des épaules de sa fille, qui se laissa aller contre lui avec reconnaissance.

Il sentit alors vibrer, dans sa poche, son téléphone dont il avait coupé la sonnerie avant la consultation. En le prenant, il s'aperçut qu'il avait plusieurs messages, tous de Nicole. Il appuya sur la touche rappel. Dès la première sonnerie, elle décrocha :

– Mais, bon sang, où étiez-vous passé monsieur Macleod ?

– Peu importe où j'étais, Nicole. Je suis là, maintenant. Qu'y a-t-il ?

Kirsty vit le visage de son père devenir livide en un clin d'œil. Il vacilla. Elle crut un instant qu'il allait tomber et lui attrapa le bras :

– Papa ? Ça va ? Qu'est-ce que tu as ?

– Où ? J'arrive, l'entendit-elle dire d'une voix étrangement rauque.

Il raccrocha ; des larmes tremblaient au bord de ses paupières, ses yeux avaient une expression étrange, sauvage. Terrifiée, elle insista :

– Papa ! Pour l'amour du ciel, que se passe-t-il ?

Il tourna la tête, comme au ralenti, la regarda sans la voir, et les premières larmes roulèrent sur ses joues.

– Sophie a été enlevée.

*

Durant les cinq heures et demie de trajet entre Biarritz et Montpellier, Enzo ouvrit à peine la bouche et Kirsty se garda bien de lui demander plus de précisions. Elle savait juste que Sophie avait été enlevée par des salauds et que Bertrand les attendait à Montpellier, à l'hôpital Lapeyronie.

– Il va bien ?

Enzo avait hoché la tête sans un mot avant de déclarer :

– Il serait mort si on ne l'avait pas trouvé à temps.

Kirsty s'inquiétait pour Bertrand. Le sort de sa demi-sœur ne lui était pas indifférent, bien sûr, mais elles n'avaient jamais été vraiment amies. Bertrand, en revanche, lui avait sauvé la vie en l'empêchant de se noyer dans les catacombes de Paris ; depuis, un lien particulier les unissait. Une fois, il avait déclaré que le fait de lui avoir sauvé la vie le rendait responsable d'elle jusqu'à la fin de ses jours. Maintenant, c'était elle qui se sentait responsable de lui. Mais elle savait aussi que si quelque chose arrivait à Sophie, cela anéantirait son père. Ce serait pour lui un point de non-retour.

Le département de médecine d'urgence de l'hôpital Lapeyronie se trouvait au nord de la ville de Montpellier, avenue du Doyen-Gaston-Giraud. Le parking s'étendait sur une vaste zone ombragée à l'est de l'hôpital, en retrait de la route de Ganges.

Enzo, qui avait insisté pour conduire, abandonna la voiture et sa fille pour courir vers les urgences en suivant les panneaux rouges. Lorsqu'on le dirigea vers la chambre de Bertrand, il était hors d'haleine, à peine capable de parler. Plusieurs policiers en uniforme bavardaient, debout dans le couloir. Le plus gradé d'entre eux l'arrêta d'un geste :

– Monsieur... ?

– Macleod. C'est ma fille qui a été enlevée, souffla-t-il, penché en avant, les mains sur les genoux, essayant de reprendre sa respiration. Il faut que je voie Bertrand.

– Chaque chose en son temps, monsieur. Il a fait une déposition et décrit la maison où on les a retenus. Ce n'est pas très loin de l'endroit où le promeneur l'a découvert.

– Et ?

– Rien. Ils ont laissé des traces, bien sûr. La police scientifique est sur les lieux en ce moment même. On aura peut-être la chance de trouver des empreintes ou de l'ADN, mais d'après ce que nous a dit ce jeune homme, ce sont des professionnels. À votre place, je ne me ferais pas trop d'illusions.

– Où est ma fille ?

– Désolé, monsieur. Aucune idée. Toujours d'après ce jeune homme, ils l'ont embarquée avec eux dans un fourgon, il y a trois jours.

– Merde alors ! Qu'est-ce que Bertrand a foutu pendant tout ce temps ?

– Il s'est fait une vilaine fracture à la jambe et a souffert d'hypothermie grave. À quelques heures près, il était mort. Et nous ne serions pas plus avancés.

Entendant des pas précipités derrière lui, Enzo se retourna et vit Kirsty, essoufflée, le visage rouge, Alexis dans les bras.

– Il va s'en tirer ? demanda-t-elle.

Enzo s'adressa au policier :

– Est-ce qu'on peut le voir ? demanda Enzo.

Il leur fit signe d'entrer.

Bertrand tourna la tête quand la porte s'ouvrit. Il avait entendu les voix dans le couloir ; dès qu'il vit Enzo pénétrer dans la chambre, il crut défaillir sous le poids de la culpabilité. Il essaya de s'asseoir.

– Ne bougez pas, mon garçon, dit Enzo en tirant une chaise à côté du lit pour s'y installer.

Kirsty se tenait à côté de son père, son bébé dans les bras, le visage figé d'angoisse. Elle se pencha pour lui prendre la main et la serrer dans la sienne.

Il s'obligea alors, bien que ce lui fût le plus pénible, à regarder Enzo dans les yeux.

– Je suis vraiment désolé, monsieur Macleod. J'ai fait tout ce que j'ai pu pour la protéger.

Aussitôt les larmes brouillèrent l'iris limpide de ses yeux sombres.

Si Enzo avait été enclin à des pensées peu charitables, il aurait pu se dire que Bertrand n'en avait pas fait assez. Mais il connaissait bien le jeune homme ; il savait qu'il aimait sa fille et que s'il n'avait pas réussi à la protéger, personne d'autre n'aurait réussi. Il avait le visage enflé, contusionné, le nez cassé, couvert d'un pansement adhésif.

– Je sais, Bertrand. Personne n'est à blâmer. Je veux juste la retrouver et la ramener. Est-ce qu'ils ont dit quelque chose – n'importe quoi – susceptible de me donner un indice ?

Désespéré, Bertrand secoua la tête.

– Ils nous ont à peine parlé, monsieur Macleod. Ils nous ont enlevés à Argelès. Deux hommes nous attendaient à l'appartement. Mais je crois qu'ils étaient quatre en tout. Ils nous ont conduits directement dans cette maison où ils nous ont enfermés. Jusqu'à ce que je m'évade.

Sa lèvre inférieure tremblait.

– Je suis revenu chercher Sophie. Mais c'était trop tard. Ils l'emmenaient. Un fourgon et deux voitures. Ils s'en allaient juste. (Il ferma les yeux, des larmes s'en échappèrent.) Et puis je me suis bêtement cassé la jambe dans le noir. (Il rouvrit les yeux.) Ramenez-la, monsieur Macleod. Il faut que vous la rameniez.

Enzo comprit que Bertrand se déchargeait sur lui de cette responsabilité.

Dans le couloir, il fut interpellé par l'enquêteur de la police nationale qui lui demanda :

– Avez-vous la moindre idée de la raison pour laquelle on voudrait kidnapper votre fille, monsieur ?

– Certainement pas pour me demander une rançon, en tout cas, répondit-il d'un air sombre. Je vous l'affirme. Mais j'enquête depuis un moment sur une série d'affaires classées.

– Je sais, monsieur. Nous sommes tous au courant.

– Alors, vous savez probablement qu'on a déjà essayé de me tuer au moins trois fois. Des gens veulent m'empêcher d'enquêter. Et ils croient sans doute avoir trouvé le moyen de m'arrêter.

– Avec tout le respect que je vous dois, monsieur, je pense que c'est exactement ce que vous devriez faire.

Kirsty s'efforça de rester à la hauteur d'Enzo, qui traversait l'hôpital à grandes enjambées rapides. La respiration de son père, bruyante, chargée de colère, résonnait sur toutes les surfaces brillantes des couloirs aseptisés ; jusqu'à ce qu'ils regagnent la voiture, elle le vit serrer et desserrer les poings sans arrêt. Arrivé à la portière du conducteur, il se tourna vers une petite poubelle posée sur une bordure en ciment et lui balança un coup de pied, toute sa rage impuissante et refoulée canalisée dans la violence qui l'envoya tournoyer sur l'asphalte et répandre son contenu sur le parking.

– Salopards ! hurla-t-il au ciel.

Alexis se mit à pleurer.

– Papa… commença Kirsty.

Mai Enzo n'écoutait pas. Son téléphone émettait un signal. L'arrivée d'un texto. Les doigts tremblants, il l'arracha de sa poche. Dès que ses yeux parcoururent le message, il s'immobilisa. Kirsty le vit se mordre la lèvre inférieure.

– Qu'est-ce que c'est, papa ?

Sans un mot, il lui tendit l'appareil. Le message venait de Sophie. Enfin, de son téléphone, du moins.

Arrête d'enquêter sur les affaires Raffin ou tu ne me reverras plus.

Effrayée, Kirsty regarda son père.

– Qu'est-ce que tu vas faire ?

D'une voix à peine audible par-dessus le grondement de la circulation sur la route de Ganges, il répondit :

– Je vais me les faire, ces putains de salopards, voilà ce que je vais faire.

Et il se remémora toutes les tentatives précédentes visant à l'empêcher d'enquêter. Au château de Gaillac. Dans les monts d'Auvergne. Dans l'appartement de Raffin. L'attentat contre Kirsty à Strasbourg. Le message laissé sur son pare-brise, quelques jours plus tôt, à Duras. Encore une tentative pour l'attirer vers sa mort ? Mais qu'est-ce qui, dans le meurtre tristement banal d'une jeune femme, commis vingt-deux ans plus tôt, pouvait les avoir conduits à l'acte désespéré de kidnapper sa fille ?

– Et s'ils la tuent ?

Enzo tourna vers elle des yeux fous.

– De toute façon ils la tueront, Kirsty. Si ce n'est pas déjà fait. Je peux seulement espérer qu'ils croient que la garder en vie leur donne un avantage.

Désespérée, Kirsty le dévisagea tout en berçant Alexis dans ses bras pour essayer d'apaiser ses pleurs.

– C'est le cas ?

– Non. Si l'élucidation du meurtre de Lucie Martin ne me motivait pas beaucoup jusqu'ici, eh bien maintenant c'est différent. Parce que ce n'est qu'en découvrant son assassin, ou ses assassins, que je retrouverai Sophie.

– Et si ce n'était pas sur ce meurtre qu'ils voulaient t'empêcher d'enquêter ? Si c'était sur celui de Marie Raffin ?

Enzo ferma les yeux et secoua la tête.

– Je ne peux réfléchir que de manière linéaire, Kirsty. Si ce n'est pas Lucie, c'est Marie. L'une ou l'autre me mènera aux ravisseurs de Sophie. Ensuite, il y aura un autre meurtre. Seulement, je n'enquêterai pas sur celui-là. Car c'est moi qui le commettrai.

Il tenta de se calmer en respirant plusieurs fois à fond avant de regarder son téléphone.

– Mais chaque chose en son temps.

Il appuya sur une touche et porta le téléphone à son oreille. Il l'entendit sonner trois fois avant qu'on décroche. Son interlocuteur resta muet.

– Si vous voulez m'arrêter, dit Enzo, il faut d'abord me prouver qu'elle est toujours en vie.

Autre long silence. Il entendit des sons ambiants, un raclement, des pas, une porte qui s'ouvrait ; puis une main couvrit le téléphone pour étouffer des voix, avant que celle de Sophie ne manque de lui faire éclater le cœur.

– Papa ?

– Ma chérie, tu vas bien ?

– Papa, ils disent qu'ils me tueront si tu n'arrêtes pas d'enquêter sur les affaires classées de Roger.

Il entendit sa voix s'étrangler, un sanglot ravalé.

– Ne t'inquiète pas ma chérie, je vais te sortir de là, dit-il sans avoir la moindre idée de la manière dont il allait s'y prendre.

– Papa...

On arracha le téléphone à Sophie, la communication fut coupée.

En voyant Enzo laisser retomber sa main, Kirsty pensa que jamais il ne lui avait paru aussi vieux, aussi abattu.

Chapitre 31

Dominique le serra simplement contre elle le plus longtemps possible. Elle percevait sa douleur à travers son silence et les larmes qu'elle essuyait sur ses joues.

– On la retrouvera, dit-elle. C'est sûr.

Il hocha la tête, se félicitant pour la première fois de sa vie d'adulte, ou presque, de ne pas être seul. Ce qui ne l'empêchait pas de se sentir écrasé. Par la tension et l'émotion. Par son amour pour sa fille et sa haine pour ceux qui l'avaient enlevée.

De Montpellier à Cahors, le trajet avait duré environ quatre heures. En arrivant à l'appartement, Enzo et Kirsty étaient exténués. Vidés mentalement et physiquement.

Il était allongé tout habillé sur son lit, dans le noir, avec Dominique. Il savait qu'il devait rester concentré, qu'il ne pouvait pas laisser ses émotions prendre le pas sur ses pensées ou ses actions. S'il avait besoin de garder son calme et sa lucidité, c'était maintenant ou jamais. Néanmoins, la colère et la peur, à parts égales, bouillonnaient dans son esprit comme un geyser d'eau gazeuse, noyant toute réflexion logique. La seule chose qui le sauvait de lui-même, c'était Dominique.

Son instinct lui disait que d'une manière ou d'une autre Régis Blanc était la clé du problème. Pas le tueur, du moins pas celui de Lucie Martin – ni l'instigateur de l'enlèvement de Sophie. Mais quand même au centre de tout ça. Enzo avait emporté de lui une image précise depuis sa visite à la prison de Lannemezan, la veille. Un homme mince, en grande forme physique, refoulant en lui une telle tension qu'on le sentait capable de céder à tout moment à la pire violence. Il s'était cependant contrôlé, avec un sang-froid d'acier, gardant pour lui ces secrets auxquels il avait fait allusion et laissant entendre qu'un jour il pourrait les révéler. Mais pas encore. Pas à Enzo en tout cas. Et ce dernier savait qu'il devait trouver le moyen de pénétrer dans la tête de cet homme pour s'en emparer.

Un coup discret frappé à la porte le tira de ses pensées ; il entendit la voix de Nicole dire :

– Monsieur Macleod, c'est prêt.

Sans un mot, ils se levèrent du lit. Dominique prit le temps de lui essuyer le visage et de l'embrasser tendrement sur les lèvres.

Ils trouvèrent Nicole assise à la table du séjour devant son ordinateur portable, sous le rond de lumière de la suspension abaissée. Kirsty s'était installée en face d'elle, munie d'un stylo et d'un carnet. Enzo et Dominique les rejoignirent en silence, le visage animé d'une sombre détermination. L'appréhension qui planait dans la pièce semblait presque palpable. Il était plus de dix heures du soir. Mais personne ne pouvait envisager de passer une nuit sans rien faire.

– Je ne m'attendais pas à devoir vous briefer aussi vite sur Blanc, expliqua Nicole. Mais je crois avoir réuni tout ce qu'on peut trouver dans le domaine public. Il y a eu beaucoup d'articles au sujet de ce type.

Elle tapa sur son clavier et Enzo vit la lumière de l'écran se refléter sur son visage grave et tendu.

– Vous voulez juste les grandes lignes ou les détails ?

– Tout, répondit Enzo d'une voix qu'il avait lui-même du mal à reconnaître.

Ses yeux le brûlaient, il cligna plusieurs fois des paupières pour les soulager.

– Régis Blanc est né en 1957. Mère, Paulette Blanc, fille d'un poissonnier et d'une couturière. Père inconnu. Un demi-frère, Jean-Paul, né trois ans plus tard, de père inconnu lui aussi, mort dans sa petite enfance. Paulette vivait dans l'un des bidonvilles de Bordeaux détruits au cours des années 1960. Prostituée, alcoolique. Ramenait ses clients chez elle quand Régis était encore enfant. D'après Blanc, elle lui demandait « d'ouvrir l'œil » quand elle se retirait avec eux dans la chambre du fond. Apparemment il n'a jamais compris ce qu'il devait surveiller.

Nicole ouvrit un autre dossier.

– Bref, Régis avait une douzaine d'années quand Paulette s'est trouvé un régulier qui est venu habiter avec eux et a joué le rôle de père. Pas exactement le modèle du père idéal. C'était un maquereau, mais il a insisté pour que Paulette arrête de travailler la nuit et reste à la maison. Toujours selon Régis, c'est cet homme, Arnaud, qui l'a initié aux drogues. Cocaïne et, plus tard, héroïne, bien qu'il semble que Régis ait eu un penchant plus prononcé pour l'alcool que pour les drogues. Arnaud dirigeait son business depuis un café proche de la gare ; quand Régis est devenu adolescent, il l'a emmené avec lui. Régis a ainsi fait la connaissance de toutes les filles qui travaillaient pour Arnaud, et de tous ses partenaires. Ivrognes, dealers, délinquants.

Nicole leva la tête et haussa les épaules avec tristesse :

– On pourrait dire qu'il était destiné à plonger. Au début, il admirait Arnaud. Il le respectait. Il le craignait. Le considérait certainement comme le père qu'il n'avait jamais eu. Jusqu'au jour où ce type a commencé à battre sa mère.

– Leur relation n'avait pas été violente, auparavant ? intervint Kirsty.

Nicole secoua la tête :

– Non. Apparemment. Mais Paulette devenait de plus en plus accro au gin. La maison était dégoûtante. Il n'y avait jamais rien à manger. Il semble qu'Arnaud ait perdu patience. La bourrer de coups de poing a signé la fin de sa relation avec Régis. Blanc avait dix-huit ans à l'époque, et déjà la réputation d'être un dur. Il a prévenu Arnaud que s'il n'arrêtait pas de cogner sa mère il aurait affaire à lui. Arnaud ne l'a pas trop pris au sérieux, mais d'après certains témoins il y aurait eu plusieurs affrontements au cours desquels Arnaud l'aurait ridiculisé en public, humilié devant ses copains.

Nicole respira à fond et, anticipant ce qui allait suivre, serra les lèvres de dégoût.

– Un jour, en rentrant à la maison, Régis a trouvé Paulette très amochée, inconsciente – elle avait perdu un œil. Il l'a aussitôt emmenée à l'hôpital, où elle est restée pendant deux mois dans le coma avant de finalement mourir. Arnaud n'a jamais été inculpé. Pas de témoins, pas de preuves. Deux semaines après le décès de Paulette, on a trouvé le cadavre d'Arnaud sur une voie de garage, au sud de Bordeaux. Presque tous ses os étaient brisés et il lui manquait un œil. Tout le monde savait que c'était l'œuvre de Régis, mais aucun indice ne le reliait au meurtre, et il avait un alibi en béton.

Nicole releva la tête : tous les yeux étaient braqués sur elle.

– Arnaud avait toujours préparé Régis à reprendre son « affaire ». C'est exactement ce qu'il a fait, seulement un peu plus tôt que prévu. Il avait tout juste dix-huit ans.

Exemple classique de l'influence du milieu sur l'individu, pensa Enzo. Régis Blanc n'avait pas la moindre chance, même s'il avait un bon fond – il est devenu la copie conforme de ceux qui l'ont corrompu. Et il se demanda ce que Lucie Martin avait vu en lui. Ce qui avait pu l'attirer, ou lui laisser entrevoir la possibilité d'une rédemption.

– En 1985, continua Nicole, Blanc a épousé une jeune femme nommée Anne-Laure Couderc. C'était une de ses filles.

Comme Arnaud avant lui, il lui a fait quitter le trottoir. Deux ans plus tard, elle a eu un bébé, Alice. Il paraît que Blanc était absolument fou de son enfant, mais Anne-Laure et lui ne s'entendaient plus ; quand il a été envoyé à Murat pour neuf mois, à la fin des années 1980, elle a quitté le domicile conjugal et s'est trouvé un autre appartement.

– Pourquoi l'a-t-on envoyé à Murat ? demanda Dominique.

– Pour coups et blessures aggravés. Blanc s'était tiré du meurtre d'Arnaud en toute impunité, mais il a été arrêté pour s'être fourré dans une bagarre d'ivrognes. L'autre type était salement déglingué. Sa seule condamnation. Avant le meurtre de ces filles, bien sûr.

Ses doigts galopèrent sur le clavier et Enzo la vit parcourir des yeux le texte qu'elle venait de faire apparaître à l'écran, d'un air très sérieux et concentré.

– Il a pu obtenir sa libération anticipée à condition d'assister aux séances de réinsertion des prisonniers organisées par La Rentrée. Où il a rencontré Lucie. En sortant de Murat, il a découvert qu'Anne-Laure l'avait quitté ; peut-être cela a-t-il contribué au fait qu'il se soit entiché de Lucie Martin. Et, bon... la suite, on la connaît.

Elle jeta un coup d'œil à Enzo et demanda :

– Vous voulez que je revienne sur les meurtres des prostituées ?

Enzo secoua la tête. C'était de notoriété publique et il avait lu plusieurs fois tout ce qui concernait ces crimes. L'histoire de Blanc était typique de la vie des petits délinquants peuplant le monde interlope ténébreux et dangereux que la société dissimule sous un mince vernis de civilisation. Un monde de criminels et de flics, de créatures grouillant sous des pierres qu'on n'a jamais envie de soulever. Mais elle ne lui apprenait rien de nouveau, ne lui fournissait même pas une piste à partir de laquelle il pourrait avancer dans son enquête. Il sentit le désespoir refermer ses doigts autour de lui.

– On devrait aller parler à sa femme, suggéra Dominique. Ou ex-femme ?

Nicole haussa les épaules.

– Il n'est dit nulle part qu'ils ont divorcé.

– Vous pouvez nous trouver son adresse ? On ira dès demain matin.

– Je vais essayer.

Enzo sortit de sa sacoche un paquet de dossiers qu'il posa sur la table et poussa vers Nicole :

– Ce sont les dossiers des Six de Bordeaux. Je les ai lus et relus. Peut-être qu'un regard neuf...

– Je les passerai au peigne fin, monsieur Macleod.

– Il faut que je ramène Alexis à Paris demain, dit Kirsty avec une grimace expressive. Ça m'ennuie vraiment de te laisser, papa, mais je vais mettre Roger au courant de tout ce qui s'est passé.

Enzo hocha la tête. Soudain, la sonnerie de son téléphone fit sursauter tout le monde autour de la table. Il jeta un coup d'œil à l'écran et, voyant que l'appel venait de la commissaire Hélène Taillard, il eut presque peur de répondre.

– Hélène ?

Tout le monde le dévisagea tandis qu'il écoutait, hochait la tête et regardait sa montre.

– Qu'est-ce que vous faites là-bas à une heure pareille ?

Ses yeux se remplirent de larmes en entendant sa réponse. Il cligna des paupières pour les refouler.

– J'arrive.

Il raccrocha et dit en regardant les visages anxieux qui l'entouraient :

– Elle a passé la soirée à la caserne. Elle prend personnellement en charge la coordination de l'enquête sur l'enlèvement de Sophie. Le rapport de la police scientifique sur la maison où elle a été retenue est arrivé. Je reviens le plus vite possible.

Dominique se leva immédiatement :

– Je t'accompagne.

Le quartier général de la police, situé au nord du méandre du Lot qui encercle la ville de Cahors, était presque entièrement plongé dans le noir. Seule une équipe réduite assurait la permanence de nuit. L'agent affecté à la réception les conduisit dans un couloir à moitié éclairé jusqu'à une nappe de lumière jaune qui, provenant d'une porte entrouverte, s'étalait en travers du sol et se repliait sur le mur d'en face. Ils entendaient la voix d'Hélène. Rapide, insistante. En conversation au téléphone.

Elle raccrocha et se leva de son bureau au moment où le policier les faisait entrer. Elle prit Enzo dans ses bras et le retint un long moment contre elle avant de se reculer. Enzo fut ému de voir ses yeux s'embuer de larmes.

– On la retrouvera, assura-t-elle.

Hélène portait encore son uniforme, mais s'était débarrassée du chapeau, révélant ses cheveux soigneusement tenus par des pinces sur le sommet de sa tête. Presque aucune trace de maquillage ne subsistait sur son visage au bout d'une longue journée de travail. Elle paraissait fatiguée. Après avoir serré la main de Dominique, elle se détourna pour prendre un dossier sur son bureau.

– J'ai reçu par mail un rapport préliminaire, dit-elle en se forçant à sourire. Je sais que nous sommes tous censés être du même côté mais vous n'avez pas idée à quel point il est difficile de partager des informations avec les flics d'un autre département. Vous pouvez remercier le préfet d'avoir joué de son influence.

Enzo sentit sa gorge se serrer à l'idée que des amis de tous bords montaient au créneau pour l'aider. Du dossier que lui tendait Hélène, il sortit trois feuilles imprimées.

– Ça ne nous avance pas beaucoup, j'en ai peur. La maison est à vendre, inoccupée depuis près d'un an. Les propriétaires payent un homme pour s'en occuper un peu – l'aérer, tondre l'herbe, ce genre de choses ; la dernière fois qu'il y est allé, c'était il y a deux semaines, environ.

– Il est le seul à avoir la clé ? demanda Dominique.

Hélène secoua la tête.

– Non. Plusieurs agents immobiliers en possèdent un jeu. Ces derniers mois, la propriété a dû être visitée une dizaine de fois. La dernière, il y a tout juste dix jours. Et apparemment le jeu de clés de cette agence a disparu.

– Qui étaient ces derniers visiteurs ?

– Ne vous faites pas d'illusions, Enzo. Si ce sont eux les responsables de l'enlèvement, ils n'auront pas donné leurs vrais noms. Mais on les recherche. Vous verrez dans le dossier que la police scientifique n'a pas découvert grand-chose. La maison est remplie d'empreintes digitales, bien sûr. Mais probablement aucune appartenant aux gens qui nous intéressent. Il nous reste l'ADN.

Enzo fronça les sourcils :

– Comment ça ?

– Des traces de salive sur les mégots de cigarettes. Les cendriers en débordent. Tout dépend s'ils sont fichés ou non, bien sûr.

Elle marqua une pause et dévisagea le grand Écossais d'un air inquiet :

– Comment tenez-vous le coup ?

– Pas bien.

– Si nous devions parier de nouveau, Enzo, je miserais gros sur le fait que la personne responsable de l'enlèvement de Sophie est celle qui essaye de vous tuer depuis trois ans.

– Moi aussi. À mon avis, la cote sera peu élevée.

Il la mit alors au courant du texto envoyé du téléphone de Sophie et de l'appel qu'il avait passé.

– On a les moyens de localiser les téléphones portables, aujourd'hui, Enzo.

– J'ai essayé de rappeler plusieurs fois depuis, dit-il en secouant la tête. Mais il est hors service. Ces gens-là ne sont pas idiots.

– Qu'est-ce que vous comptez faire alors ?

Il plissa les lèvres pour contenir sa colère et sa frustration.

– Mettre la main sur eux.

– Laissez tomber, Enzo, dit-elle en lui touchant le bras. C'est notre boulot.

– Sûr, et on peut dire que vous avez été vachement efficaces jusqu'ici.

Ça lui avait échappé. Il vit Hélène reculer comme si elle avait reçu une décharge électrique. Aussitôt, il regretta ses paroles et lui prit la main.

– Je suis désolé, Hélène. C'est très injuste de ma part.

Mais une fois que le mal est fait, il est difficile de l'effacer.

Ressentant la tension qui s'était installée entre eux, Dominique essaya de rattraper les choses.

– À propos d'ADN, dit-elle en plongeant la main dans son sac pour en retirer le petit sachet en plastique contenant les cheveux de Laurent prélevés sur sa brosse.

Enzo y jeta un coup d'œil et détourna la tête :

– Ce n'est pas le moment.

– Le moment pour quoi ? demanda Hélène, soudain curieuse.

– Aucune importance, répliqua Enzo en se dirigeant vers la porte.

– Il existe un doute sur l'identité du père de Laurent, le fils d'Enzo. On pensait que, peut-être...

Évitant le regard interrogateur d'Hélène, Enzo répéta :

– Je te dis que ce n'est pas le moment.

Sans quitter Enzo des yeux, Hélène prit le sachet des mains de Dominique :

– Eh bien, puisque votre ADN est toujours dans notre base de données... Je vais faire jouer mes relations.

Elle marqua une pause avant d'ajouter :

– Je vous tiens au courant dès qu'il y a du nouveau au sujet de Sophie.

Puis après une nouvelle pause, la tête penchée sur le côté et les sourcils relevés, elle demanda :

– Vous ferez de même ?

Paralysé par le regret et la gêne, Enzo ne put répondre que par un hochement de tête.

Chapitre 32

Anne-Laure Blanc habitait au deuxième étage d'un immeuble des années 1970, à Pessac, banlieue de Bordeaux célèbre à cause de la Cité Frugès, que Le Corbusier avait conçue pour les ouvriers. Son petit deux-pièces donnait sur un de ces cubes en béton expérimentés au XXe siècle par l'architecte d'origine suisse en réponse à une crise du logement. Tous peints de couleurs vives, orange, bleu, vert, rouge, ils s'alignaient en rangs serrés au milieu des arbres dont les feuilles aux couleurs automnales parsemaient les rues vides.

Enzo avait profité de ce trajet de deux heures et demie en voiture entre Cahors et Bordeaux pour mettre Dominique au courant des évènements de la semaine précédente et de tous les détails de son enquête sur le meurtre de Lucie Martin. Il avait les yeux qui le piquaient à cause du manque de sommeil, même s'il avait probablement réussi à s'assoupir un peu avant que le réveil ne le ramène brusquement à la réalité et au souvenir douloureux de l'enlèvement de Sophie. En plus, le café lui avait donné des aigreurs d'estomac et laissé un mauvais goût dans la bouche.

Anne-Laure parut assez contente de les faire entrer dans son petit appartement. Bien qu'elle l'ait rempli de tableaux éclatants, de photographies, de chiots et de lutins en porcelaine, elle donnait malgré tout l'impression d'être accablée de solitude. Même s'ils avaient été porteurs de mauvaises nouvelles, pensa Enzo, elle les aurait accueillis avec le sourire et invités à s'installer dans ses meilleurs fauteuils pour boire un café.

Elle avait sûrement grossi depuis l'époque de son mariage avec Régis et ses cheveux teints en roux semblaient se clairsemer, peut-être à cause d'une ménopause précoce. Elle portait, sur un pantalon de jogging bleu moulant, un sweat rose qu'elle avait dû acheter avant que les kilos ne commencent à s'accumuler.

L'appartement était propre mais encombré de meubles bon marché beaucoup trop grands qui réduisaient l'espace. Il y faisait froid. Enzo se demanda si c'était par souci d'économie qu'elle n'allumait pas le radiateur électrique. Une femme qui se trouvait chez elle en milieu de matinée ne devait pas travailler – elle vivait probablement d'allocations.

– Je continue à lui rendre visite de temps en temps, dit-elle. Sans rancune. On a eu des bons moments. Ça n'a pas duré longtemps. Mais Régis est toujours un homme adorable.

Enzo et Dominique échangèrent un rapide coup d'œil. « Adorable » semblait un qualificatif étrange pour un homme qui avait tué trois fois. Anne-Laure sortit un album de photos d'un horrible buffet, et se coinça entre eux sur le canapé pour le leur montrer.

– Je devrais les regarder plus souvent. Tout est numérique maintenant. Plus personne n'a d'album de photos. C'est dommage parce qu'elles sont tellement adorables.

Apparemment, tout dans la vie d'Anne-Laure était « adorable ».

On voyait le couple dans un bar quelconque, levant leur verre en direction de l'objectif. Incroyablement jeunes, débordant de vie, riant aux éclats – des instants figés dans le temps sur des pellicules bon marché des années 1980 aux couleurs violentes. Comme les blocs en béton peint de l'autre côté de la fenêtre.

Elle feuilleta les pages plus vite qu'ils ne pouvaient les regarder. Filles au glamour artificiel de putain, cheveux teints en blond, jupe au ras des fesses. Hommes au visage couperosé, au regard vitreux et lubrique. Puis elle s'arrêta sur un cliché pris dans un jardin où le soleil mouchetait une pelouse à travers un feuillage d'été. Anne-Laure et Régis installés sur un plaid étalé par terre, un panier de pique-nique entre eux, un bébé sur les jambes croisées de Régis. Tous les deux étaient en partie surexposés à cause des éclats de soleil, mais on devinait qu'ils rayonnaient de bonheur. Il y avait une telle fierté dans le sourire de Régis qu'Enzo lui trouva un côté presque humain.

– Les plus beaux jours de ma vie, déclara Anne-Laure.

En la regardant, Enzo la vit transportée à cette époque, ses yeux et son sourire illuminés par le souvenir d'une vie depuis longtemps évanouie.

– Je ne me suis jamais sentie mieux que quand j'étais enceinte. Comme si j'étais faite pour ça.

Puis son visage s'assombrit :

– Mais j'ai eu que ce bébé-là.

– Pourquoi avez-vous quitté Régis ? demanda Dominique.

Anne-Laure se mit à rire comme si la question avait quelque chose d'amusant.

– Oh, il était pas du genre à se contenter d'une seule femme. Je l'ai toujours su, je crois. Mais c'est seulement quand il est parti en prison que j'ai compris qu'on avait pas d'avenir ensemble. Si je voulais une vie à moi, une vraie vie, ça pouvait pas être avec Régis.

Elle eut un sourire triste et ironique :

– Vous voyez où ça m'a menée.

– Que savez-vous de Lucie Martin ? demanda Enzo.

– Lucie... ? fit-elle en fronçant les sourcils. Oh, cette fille qui a été assassinée à Duras ?

Elle secoua la tête.

– C'est pas lui. Sûr qu'il avait un faible pour elle. Pas étonnant de Régis. Mais jamais il aurait fait du mal à cette fille.

Elle tourna vers eux un regard franc et honnête, d'une innocence surprenante ; Enzo se demanda si c'était, chez Anne-Laure, cette innocence qui avait attiré Régis, comme chez Lucie.

– J'ai jamais arrêté de l'aimer, je crois. Il y a de la violence en lui, mais jamais il ne l'a dirigée contre moi. Ni contre aucune femme pour ce que j'en sais. Il a toujours bien traité ses filles. Et elles l'aimaient bien. C'est rare pour un homme qui fait ce genre de boulot.

– Il a pourtant tué trois femmes, dit Dominique.

Le sourire d'Anne-Laure s'effaça, son regard devint fixe.

– À ce qu'on dit, oui.

– Il ne l'a jamais nié.

– Non. Mais ça ne fait pas de lui une mauvaise personne.

L'air un peu vexée, elle se leva, referma l'album photo et le rangea dans le buffet où personne ne l'ouvrirait plus pendant qui sait combien d'années.

– Mais vous n'êtes pas obligés de me croire. Demandez à n'importe laquelle de ses filles. Elles l'adoraient, vous savez. Allez voir Lulu. Elle vous parlera de Régis en long et en travers. Après toutes ces années, elle tapine encore. On pourrait dire qu'elle a dépassé la date limite. Mais, bon, y a des hommes qui aiment ça.

– Où peut-on trouver Lulu ?

– Je ne sais pas où elle habite. En tout cas, elle bosse toujours sur le quai Deschamps. Tous les soirs, dès qu'il fait noir. Demandez à une des filles. Vous voulez un autre café ?

– Non, non merci, répondit Enzo en se levant.

Inutile de perdre de temps. Elle ne dirait rien sur les meurtres. Ni sur Lucie Martin.

Dominique, qui était restée assise, demanda :

– Qu'est-il arrivé à votre fille ?

Anne-Laure leva le menton, le regard perdu au loin.

– Alice a de la chance. Elle s'en est sortie.

– Elle doit avoir environ vingt-cinq ans maintenant. Elle a quitté Bordeaux ?

– Non. Non, non.

– Il lui arrive d'aller voir son père ? voulut savoir Enzo.

Une expression presque douloureuse voltigea sur le visage d'Anne-Laure.

– Elle n'a jamais revu son père depuis... depuis qu'il a été envoyé en prison. Et elle ne le reverra jamais.

Autour de la gare Saint-Jean, la prostitution était devenue un fléau ; les filles de joie racolaient les clients depuis les porches des églises et les entrées des pharmacies, se rassemblaient dans les passages souterrains. Si on savait où regarder, on trouvait facilement clubs de strip-tease, d'échangistes, salons de massage, bordels, sex-shops.

Le quai Deschamps se trouvait de l'autre côté du fleuve. Des friches industrielles et des maisons abandonnées comme des dents pourries dans un sourire lugubre. Dès la tombée de la nuit, les voitures maraudaient le long du quai, les filles sortaient de l'ombre, accrochant la lumière des phares. Visages maquillés, pâles, parfois foncés ou asiatiques, jambes dénudées sous des jupes si courtes qu'elles frisaient l'obscénité. Seins débordant de décolletés vertigineux ou de corsages déboutonnés quand elles se penchaient vers les fenêtres des voitures pour exposer leur marchandise aux clients potentiels.

Enzo et Dominique descendirent du tram à Stalingrad et marchèrent en direction du sud dans l'obscurité, le long de murs de brique croulants barbouillés de graffitis criards. L'eau noire reflétait, en face, les lumières de la ville, d'un autre monde que ne contaminaient pas le crime et le marché du sexe, source de misère et de maladie. Mais sur cette rive-ci, les jeunes femmes vendaient leur avenir pour une poignée d'euros et les hommes profitaient d'elles pour satisfaire leurs tristes fantasmes.

Sur un terrain vague, ils aperçurent, garées au milieu des gravats, trois fourgonnettes blanches aux suspensions malmenées par les clients de ces femmes qui exerçaient le plus vieux métier du monde. Des voitures passaient au ralenti ; dissimulés dans l'ombre, les conducteurs jetaient des regards suspicieux au spectacle incongru d'un homme et d'une femme marchant ensemble sur ce quai.

Pendant leurs longues heures d'attente dans leur chambre d'hôtel, près de la gare, Enzo avait eu beaucoup de mal à contenir sa frustration. Le temps passait et, avec lui, tout espoir de retrouver Sophie. Mais il ne savait pas quoi faire d'autre. Pour la première fois de sa vie, ou presque, il se sentait perdu. Il ignorait dans quelle direction se tourner. Il se faisait l'effet d'un homme en train de se noyer qui lutte pour garder la tête hors de l'eau, mais sait qu'il ne gagnera pas. Il avait l'impression d'être aspiré vers le fond.

Estimant que c'était trop dangereux pour Dominique, il voulait se rendre seul quai Deschamps. Il ne pouvait pas garantir qu'il la protégerait. Elle l'avait alors fait asseoir sur le lit pour lui faire comprendre qu'elle était jeune et bien entraînée, et que sa seule raison de tenir à l'accompagner, c'était justement pour le protéger. Malgré le désespoir qui lui serrait le cœur, il avait souri.

– Coquins !

Une jeune Noire très maigre sortit de l'ombre d'un portail à moitié défoncé ouvrant sur un jardin en friche. Au-delà des ténèbres, la silhouette d'une vieille maison se dressait contre le ciel éclairé par les lueurs de la ville.

– Ça fait longtemps que j'ai pas eu de couple. C'est votre première fois ?

– Nous cherchons Lulu, dit Enzo.

Un rire de dérision explosa de ses lèvres.

– Oh ! Vraiment ? Qu'est-ce qu'elle a de plus que moi ? gloussa la fille. À part cinquante kilos de graisse.

– Vous savez où on peut la trouver ? demanda Dominique.

La fille la détailla de la tête aux pieds d'un air lascif.

– Pas mal. T'es sûre que je peux pas te faire changer d'avis ? Juste toi et moi. On n'a pas besoin du vieux, hein ?

Dominique plongea la main dans sa poche et en sortit un porte-cartes qu'elle lui ouvrit sous le nez.

– Ou vous nous dites où on peut trouver Lulu ou vous passez la nuit en cellule, au choix, rétorqua-t-elle en faisant claquer le porte-cartes avant de le ranger dans sa poche.

– Oh, merde ! Des putains de flics.

– Eh bien ? insista Dominique.

La fille hocha la tête en direction de l'extrémité sud du quai :

– À une centaine de mètres. La vieille usine de pneus. Elle se gare derrière le portail.

Puis, elle ajouta en avançant les lèvres :

– Embrasse-la pour moi, chérie, tu veux ?

Enzo attendit qu'ils se soient éloignés d'une vingtaine de mètres avant de demander à voix basse :

– Qu'est-ce que tu lui as montré ?

– Ma carte de la gendarmerie. J'aurais dû la rendre, mais comme personne ne me l'a demandée... (Elle haussa les épaules.) J'ai pensé que ça pourrait me servir.

– Ce n'est pas illégal de se faire passer pour un représentant de l'ordre ?

Dominique sourit.

– J'ai bien trop d'expérience pour qu'on puisse se douter de quoi que ce soit.

Enzo savait qu'une des victimes de Blanc avait été retrouvée dans les parages. Lorsqu'ils s'approchèrent de la fourgonnette de Lulu stationnée sur une surface de béton fissurée, jonchée de déchets variés, un client sortit furtivement de l'arrière, un homme petit, d'âge mûr. En les voyant venir vers lui, il paniqua et se dépêcha de filer dans les ténèbres, comme un rat.

Puis Lulu apparut et les regarda d'un air circonspect. Pour Enzo, son attitude, mains plantées sur les hanches, était une pure bravade, une manière de faire savoir qu'elle n'était ni intimidée ni effrayée. Mais même si elle tapinait depuis très longtemps, le métier n'en était pas moins dangereux, et elle ne devait certainement pas se sentir tranquille.

– Je fais pas les couples, prévint-elle.

– Nous non plus, rétorqua Enzo. Nous voulons juste parler.

Lulu le dévisagea comme si elle avait affaire à un pervers.

– Parler ? Je parle pas.

Elle pesait au moins cent kilos, dont la plupart tenaient encore bien en place, et ce qu'elle n'exposait pas à la vue était contenu dans une robe imprimée de couleurs vives, dont le devant croisé remontait ses seins à une hauteur peu naturelle. Elle avait des mollets et des épaules de rugbyman, et vacillait sur des sandales à talons hauts qui semblaient à la fois trop petites et trop serrées. Ses cheveux blonds s'empilaient au-dessus d'un visage si outrageusement maquillé qu'il n'aurait pas détonné dans un cirque. Elle devait avoir au moins cinquante ans. Épave éreintée d'une femme qui avait pu être séduisante autrefois.

– C'est Anne-Laure Blanc qui m'a suggéré de venir vous voir, dit Enzo.

L'expression de Lulu changea aussitôt.

– Anne-Laure ? Elle a des ennuis ?

– Non. Nous voulons juste prendre quelques minutes de votre temps pour parler de Régis, dit Enzo en sortant cinquante euros de son portefeuille. Est-ce que ça suffit ?

Elle lui arracha les billets si vite qu'il les sentit à peine s'échapper de ses doigts, et les fourra à l'intérieur de son décolleté.

– Vous n'êtes pas un peu âgée pour ça, Lulu ?

– Pas autant que toi, papa, répliqua-t-elle en le détaillant de haut en bas. Qu'est-ce que tu veux savoir ?

Ils se retournèrent lorsqu'une voiture passa au ralenti dans la rue, puis accéléra brusquement.

– Tu viens de me faire perdre un client.

Enzo sortit un billet de vingt qui partit aussitôt rejoindre les autres dans les profondeurs généreuses de sa poitrine.

– Dites-moi tout ce que vous pouvez sur Régis Blanc.

Elle leur jeta un regard suspicieux, l'air de se demander pourquoi on voulait l'interroger sur lui au bout de tant d'années. Mais elle se garda de poser la question.

– Avec Régis, on avait ce qu'on voyait. Si on était réglo avec lui, il était réglo avec nous. C'était pas un crâneur. Il touchait jamais les filles, il levait jamais la main sur nous. Et laissez-moi vous dire que c'est plutôt unique dans ce boulot.

Enzo supposa qu'elle avait probablement déjà goûté quelques coups de poing au cours de sa vie.

– La vérité, c'est qu'on l'aimait toutes. On pouvait pas s'en empêcher. Il était marrant, Régis. Toujours en train de balancer des vannes, et jamais il nous arnaquait. Il prenait ce qui lui revenait, pas plus. Si on se faisait emmerder par un client ou un autre mac, il allait rendre une petite visite au gonze. Et finis les problèmes.

Elle secoua la tête en souriant à ces bons souvenirs.

– La rumeur court vite, vous savez. On déconne pas avec les filles de Régis. Ou alors faut payer. On se sentait en sécurité. Vous voyez ? (Elle cracha par terre.) Pas comme maintenant.

– Les trois filles qu'il a assassinées devaient se sentir en sécurité elles aussi, dit Dominique. Jusqu'à ce qu'il les étrangle.

Lulu croisa les bras sous ses seins et secoua vigoureusement la tête.

– Je comprends toujours pas. Personne comprend. On a d'abord pensé que c'était un coup monté. Régis aurait jamais fait un truc pareil. Et puis, comme il a pas nié...

Elle tourna vers eux des yeux assombris par la consternation :

– Mais j'ai toujours du mal à y croire.

– Vous les connaissiez, ces filles ? demanda Enzo.

Elle haussa les épaules.

– On se connaissait toutes, à l'époque. Enfin, je les *connaissais* pas vraiment. Je veux dire que c'étaient pas des copines, quoi.

– Vous avez entendu parler des Six de Bordeaux ?

– Comme tout le monde.

– Vous les connaissiez aussi ?

– Pas plus que les trois filles étranglées. À part Sal. On avait l'habitude de traîner ensemble. De temps en temps on faisait une passe à deux.

– Sally Linol ?

– J'ai jamais su son nom de famille. Elle avait une plume tatouée dans le cou. La garce, elle s'est tirée et m'a laissée en plan. Sans un mot. Un jour elle était là. Le lendemain elle était plus là. Je me souviens que Régis a demandé après elle. Il avait l'air de tenir à la retrouver. Quelqu'un a dit qu'elle était partie à Paris, mais personne n'en savait rien, en fait.

Elle regarda d'abord Enzo, puis Dominique avant d'ajouter :

– Je vois pas à quoi ça peut vous servir, mes radotages. Bon, vous avez épuisé votre crédit. À moins que vous vouliez remettre des sous dans la machine.

Dépité, Enzo secoua la tête. Encore une impasse. Juste la confirmation que Régis Blanc était une énigme. Un homme plein de contradictions impossibles qui avait tué trois prostituées et était tombé amoureux d'un ange de Duras. Mais il ne l'avait pas tuée, Enzo en était pratiquement certain ; il commençait à penser que Blanc n'était qu'une fausse piste qui lui avait fait perdre son temps.

– Merci quand même, dit-il, en sentant le désespoir fondre sur lui.

– C'est pour cette pauvre Anne-Laure que j'ai le plus de peine, dit soudain Lulu. Toute seule sans argent pour s'occuper de sa petite. De temps en temps, je vais boire un café chez elle. Pauvre âme en peine. Quel terrible fardeau ça a dû être pour elle.

Dominique fronça les sourcils :

– Quoi donc ?

– De s'occuper de cette gamine. Comment ils appellent ça déjà ? La maladie de Ponte, ou Pompe. Un truc dans le genre. Ils avaient dit qu'elle vivrait pas plus de deux ans. Je me rappelle, Régis était dévasté. Vraiment dévasté. Il adorait cette petite fille. Et puis, il a été condamné pour les meurtres et la pauvre Anne-Laure s'est retrouvée toute seule avec elle.

Chapitre 33

La fenêtre de leur chambre d'hôtel donnait sur un bouquet d'arbres squelettiques plantés au milieu d'un carré d'herbes broussailleuses et d'un carrefour. En face, il y avait un café, un peu plus loin, un restaurant chinois. De l'autre côté des rails du tram, la gare Saint-Jean illuminée se dressait dans toute sa gloire contre le ciel sombre ; les bars et restaurants des alentours étaient remplis de gens indifférents à la détresse d'Enzo. Leurs éclats de rire et leur joie de vivre semblaient se moquer de lui qui, enfermé dans son malheur, les regardait à travers la vitre.

Pourquoi Anne-Laure n'avait-elle pas évoqué la maladie de son enfant, alors qu'elle avait dû lourdement planer sur leur vie à l'époque ? Seulement deux ans à vivre, avait dit Lulu. Pourtant, elle avait parlé d'Alice comme si elle était toujours en vie. Enzo se souvenait maintenant qu'elle s'était montrée évasive quand Dominique l'avait interrogée sur sa fille. *Alice a de la chance. Elle s'en est sortie*. Elle n'avait pas quitté Bordeaux, avait-elle dit. Avant d'ajouter de manière assez énigmatique : *Elle n'a jamais revu son père depuis... depuis qu'il a été envoyé en prison. Et elle ne le reverra jamais.*

– Trouvé.

Le son de la voix de Dominique le fit se retourner. Cela faisait dix minutes qu'elle cherchait quelque chose sur l'ordinateur posé en face au lit, sur la commode.

Enzo traversa la pièce et se pencha par-dessus son épaule pour regarder l'écran. Elle consultait le site américain de NORD, la *National Organisation for Rare Disorders*, où la maladie de Pompe était mentionnée en haut de page.

Elle lut à haute voix :

– La maladie de Pompe est une maladie génétique rare caractérisée par l'absence de l'enzyme lysosomiale GAA. Cette enzyme est indispensable au métabolisme du glycogène en sucre brut, le glucose. Un déficit du métabolisme du glycogène entraîne une accumulation massive de cette substance dans les cellules des muscles, dont le cœur. La forme infantile de la maladie se manifeste au cours des premiers mois de la vie ; elle se caractérise par une importante faiblesse, une diminution de la tonicité musculaire. Des anomalies associées peuvent inclure une hypertrophie du cœur, du foie et de la langue. Sans traitement, une insuffisance cardiaque progressive risque de provoquer des complications mortelles sur les enfants entre un an et un an et demi.

Enzo se redressa.

– C'est horrible. Pas étonnant que ses parents aient été dévastés.

Dominique fit défiler toute la page, s'arrêta et siffla doucement avant de lire :

– Le traitement exige les efforts coordonnés d'une équipe d'experts spécialisés dans les troubles neuromusculaires. Pédiatres, neurologues, orthopédistes, cardiologues, diététiciens... (Elle se recula sur sa chaise.) Bon sang, toute une armée de spécialistes.

Puis elle continua :

– Récemment, des chercheurs semblent avoir mis au point un traitement de substitution de cette enzyme qui doit être administré tous les quinze jours.

Pivotant sur son siège, elle leva la tête vers Enzo :

– Régis n'aurait jamais pu payer un tel traitement. Et Anne-Laure ? Comment cette enfant pourrait-elle être encore en vie ?

Incapable de dormir, Enzo ne cessait d'y penser. Cela lui paraissait important, mais il ne savait pas trop pourquoi. Ils avaient décidé de retourner voir Anne-Laure dès le lendemain matin, ce qui signifiait encore des heures d'attente passive, de surplace pendant que Sophie se trouvait prisonnière quelque part, menacée de mort. *Si* elle était encore en vie. Mais il ne pouvait se résoudre à envisager cette éventualité.

Il sentait Dominique pelotonnée contre lui, sa peau sur la sienne, son bras en travers de sa poitrine, s'accrochant à lui comme une enfant à son père. Sa chaleur et son contact le réconfortaient. Il essaya d'imaginer dans quel état il serait sans elle, mais c'était tout bonnement impossible. Il aurait pourtant bien été obligé de faire face. En un rien de temps ils avaient restauré la relation qu'ils avaient nouée un an plus tôt. Très vite, Dominique était devenue son roc, son ancre. Il avait confiance en elle, il avait besoin d'elle, il ne pouvait plus se figurer la vie sans elle. S'il avait cru en Dieu, il aurait pensé que c'était Lui qui l'avait envoyée au moment où il en avait le plus besoin.

Fermant les yeux, il essaya de se concentrer sur sa respiration, lente, profonde, désespérant de pouvoir jamais s'évader de nouveau dans le sommeil.

Puis la sonnerie de son téléphone le réveilla.

Tous les deux se redressèrent, le cœur battant. Enzo vit qu'il n'était même pas minuit. Un coup d'œil à l'écran de son mobile lui apprit que c'était Nicole qui appelait.

– Que se passe-t-il ?

– Rien de grave, monsieur Macleod. Mais allumez votre ordinateur. Je veux vous parler par FaceTime.

Enzo et Dominique enfilèrent un peignoir et tirèrent deux chaises devant l'ordinateur. Enzo tapota le trackpad puis entra son mot de passe. Presque immédiatement son logiciel de vidéoconférence FaceTime sonna. Il cliqua sur l'icône et Nicole apparut, en plein écran, un écran miniature dans l'angle inférieur affichant leurs visages pâles, fatigués, seulement éclairés par la lumière de l'ordinateur. Nicole paraissait rouge d'excitation, les cheveux en bataille autour de la tête.

– J'ai étudié les dossiers, monsieur Macleod.

– Quels dossiers ?

– Les Six de Bordeaux. Et j'ai trouvé quelque chose.

– Quoi ? demanda Enzo en retenant son souffle.

– Quelque chose qui renvoie au meurtre de Pierre Lambert à Paris.

Enzo fronça les sourcils.

– Jamais entendu parler, s'étonna Dominique.

– C'est la troisième affaire du livre de Raffin[1], expliqua Enzo, qui ne voyait pas du tout le rapport. Lambert était un prostitué, un homosexuel qu'on a découvert assassiné dans son appartement, à Paris. J'ai retrouvé l'assassin, un tueur à gages, mais pas celui qui l'a payé. Qu'on charge un professionnel de supprimer un type du genre de Lambert m'a toujours paru très mystérieux. D'ailleurs je n'ai jamais tiré l'affaire au clair. Comme il mettait beaucoup d'argent de côté à l'étranger, sur des comptes offshore, on a soupçonné qu'il faisait chanter quelqu'un. Mais qui... ?

Il haussa les épaules.

– Oui, oui, s'impatienta Nicole. Vous pourrez lui raconter ça plus tard. Le truc, c'est que j'ai trouvé un lien entre Lambert et une des Six de Bordeaux.

Piqué au vif, Enzo lança :

– Quel genre de lien ?

– C'était là, dans le livre, mais on n'y a pas vraiment fait attention à l'époque. Vous vous souvenez que vous m'avez

1 Voir *La Trace du sang*.

donné les notes de monsieur Raffin à relire. Un petit détail m'était resté en tête.

Frustré, Enzo s'impatienta à son tour :

– Nicole...

– J'y arrive, j'y arrive. La police a interrogé les amis et les relations de Lambert de l'époque. Mais il y avait une fille. Tout le monde disait qu'elle était sa meilleure amie. Elle avait disparu. Évanouie dans la nature. Une prostituée. Une fille qui aimait les homos. Elle passait plus de temps chez lui que chez elle. Comme s'ils étaient amants. Ils dormaient même ensemble. Personne ne l'a jamais recherchée.

– Et alors ?

– Et alors, elle s'appelait Sally et elle avait une plume tatouée sur le cou.

Enzo sentit les poils de sa nuque se hérisser.

Lorsque Dominique se réveilla, elle vit Enzo debout devant la fenêtre ; tout habillé, il contemplait d'un air sombre les premières lueurs de l'aube qui coloraient la ville en gris. Son dos voûté et ses mains profondément enfoncées dans ses poches trahissaient sa souffrance. Éprouvant pour lui un élan à la fois d'amour et de pitié, elle sortit rapidement du lit pour traverser la pièce et le serrer contre elle.

Sans détourner les yeux, il replia ses bras sur les siens.

– Tu as réussi à dormir un peu ? demanda-t-elle.

– Possible. Mais je ne m'en suis pas aperçu. Tu sais comment c'est.

Elle hocha la tête.

– Quel est ton plan ?

Car elle savait qu'il en aurait un. Il n'aurait pas passé toutes ces heures éveillé sans prévoir un programme pour la journée.

Il se détacha d'elle et s'assit devant l'ordinateur. La première image qui apparut sur l'écran quand il le réactiva fut le visage de la fille à la plume tatouée. Nicole l'avait scannée pour la lui envoyer par mail. Il la fixa un moment, aussi perplexe que la veille en apprenant l'existence d'un lien entre elle et Lambert. Il lui semblait inconcevable que ce soit une simple coïncidence. Mais il n'avait pas d'autre explication.

Effleurant d'un doigt le trackpad, il effaça l'image et procéda à l'achat d'un billet de TGV pour Paris.

– Il faudra que tu retournes voir Anne-Laure toute seule. Je vais à Paris.

Dominique était déçue. Elle n'avait pas envie de se séparer d'Enzo.

– Qu'est-ce que tu vas faire là-bas ?

– J'ai besoin d'avoir la confirmation que cette amie de Lambert, cette fille qui aimait les homos ou peu importe... était bien Sally Linol.

– Et même si c'était elle, Enzo. Qu'est-ce que ça signifie ?

Il rabattit brusquement le couvercle de l'ordinateur.

– Je ne sais pas.

Frustré, en colère contre lui-même, il se leva et se retourna :

– Je n'en sais rien du tout. Mais ça a forcément un sens. Il le faut. C'est la seule lueur au milieu des ténèbres. Qu'est-ce que je peux faire d'autre ?

Elle glissa ses bras autour de lui et pressa sa joue contre sa poitrine :

– Une lueur est un signe d'espoir. Quand part ton train ?

– Dans une heure.

– Ça te laisse assez de temps pour un petit déjeuner. Il faut que tu prennes des forces.

Le Café du Levant, en face de la gare Saint-Jean, avait une façade somptueuse en mosaïque très colorée surmontée d'un soleil inscrit dans un fronton arrondi. C'était une brasserie où l'on pouvait déguster, entre autres, des huîtres et de la choucroute. À cette heure matinale, Enzo et Dominique étaient les seuls clients.

Le personnel faisait encore le ménage, et une fille aux yeux à moitié fermés leur apporta du café et des croissants. L'endroit était peu éclairé – miroirs, cuivres et velours rouge absorbaient la lumière des globes lumineux. L'ambiance reflétait en quelque sorte l'humeur d'Enzo, qui jouait avec son croissant au lieu de le manger, le trempant par intermittence dans son café.

Dominique l'observait en silence, sans savoir comment soulager sa souffrance.

Il finit par lever les yeux vers elle :

– Je ne sais absolument pas si je prends la bonne décision, Dominique. Or la vie de Sophie dépend de mes décisions.

– Quoi qu'on fasse, à raison ou tort, c'est toujours mieux que de ne rien faire. Pense à quel point ce serait pire.

Elle tendit la main pour la poser sur celle d'Enzo et ajouta :

– Ce que ces gens craignent, c'est que tu trouves quelque chose qui les mette en danger, quoi que ce soit. Si tu peux trouver cette chose qu'ils redoutent, tu auras au moins un pouvoir de négociation. Et la seule façon de la trouver, c'est de la chercher.

Elle se recula et finit son café.

– Je t'accompagne au train. Dès que j'aurai parlé à Anne-Laure, je te rejoindrai à Paris avec la voiture. Tu n'es pas seul, Enzo. Nous agirons ensemble.

Refoulant ses larmes, il se leva, la prit par les épaules pour la faire mettre debout et l'enveloppa dans ses bras. Ils se tinrent un moment ainsi enlacés, se balançant légèrement d'un côté et de l'autre.

– Je t'aime, Dominique, murmura-t-il.

Il la sentit se raidir puis se détendre à nouveau et le serrer encore plus fort. Il pensait sincèrement ce qu'il venait de lui dire. Il le ressentait profondément. Les mots étaient sortis spontanément de son cœur, de son âme parce qu'il avait besoin de les lui dire. Il aurait voulu que tout s'efface autour d'eux et ne lui laisse que cet instant avec elle. Un instant qu'il n'aurait jamais pu imaginer, des années plus tôt, lorsque Pascale lui avait été enlevée.

Il l'entendit murmurer à son tour :

– Moi aussi, je t'aime, mon amour.

Chapitre 34

Sophie avait traversé de multiples phases. Son émotion dominante avait d'abord été une peur insurmontable. Suivie d'un profond apitoiement sur elle-même. Mais comme il était impossible de supporter très longtemps des émotions aussi extrêmes, elle avait peu à peu sombré, de détresse en désespoir, dans un état d'anéantissement quasi catatonique. Elle était complètement amorphe.

Elle ne savait même plus depuis combien de temps ils la gardaient captive. Elle avait perdu le compte des jours et des nuits. Les heures étaient interminables. Lumière et obscurité se succédaient, mais seulement dehors. Dans ce qu'elle appelait sa cellule, il n'y avait que la lumière électrique. Seule constante dans sa vie.

Le soleil n'éclairait pas la pièce. De l'autre côté d'une étroite allée se dressait un grand bâtiment en brique qui cachait le ciel. La fenêtre, à hauteur de sa tête, était protégée à l'intérieur par des barreaux encastrés dans un cadre métallique articulé d'un côté sur des charnières et cadenassé de l'autre. La saleté de la vitre brouillait le peu de choses qu'on pouvait distinguer à travers. En se haussant sur la pointe des pieds, Sophie avait réussi à jeter un coup d'œil, six mètres plus bas, à l'étroit passage asphalté et défoncé qui séparait les immeubles. Seuls les reflets du ciel dans les flaques d'eau lui laissaient entrevoir la liberté.

Au début, elle avait été avide d'en savoir le plus possible sur l'endroit où elle se trouvait, enregistrant chaque détail dès qu'on la faisait descendre aux toilettes – un trou crasseux dans le sol, des repose-pieds surélevés, une faïence fendue d'où montait une odeur d'égouts bouchés ; mais il y avait quand même du papier et du savon.

Sa première impression aveugle de l'endroit, lorsqu'elle y était arrivée cagoulée, s'était révélée incroyablement juste. Le toit à deux pans de verre et d'amiante, soutenu par une structure d'acier rouillée, trouée en une douzaine d'endroits, laissait passer la pluie qui s'accumulait en flaques sur une vaste étendue de ciment vide. D'énormes portes métalliques coulissantes se refermaient sur le monde extérieur, et on la retenait dans ce qui avait autrefois été des bureaux, auxquels on accédait par un escalier et une passerelle métallique.

Ses geôliers semblaient se relayer par équipes de deux. Ils passaient leurs journées et leurs nuits dans un bureau dont la fenêtre donnait sur l'usine désaffectée. Ils jouaient aux cartes, fumaient, buvaient de la bière, regardaient la télévision. De sa cellule, elle les entendait parfois rire. Ils étaient toujours cagoulés quand ils lui apportaient à manger ou la conduisaient aux toilettes. Ce qui la réconfortait un peu. S'ils avaient eu l'intention de la tuer, à quoi bon dissimuler leurs visages ?

La pièce où elle était enfermée avait dû servir à ranger des objets de valeur. Elle était équipée d'une porte blindée en acier avec des verrous qui s'enfonçaient dans le sol et le plafond.

Le premier soir, on lui avait apporté un lit de camp et un duvet. Quand elle n'était pas couchée, elle s'asseyait par terre, sous la fenêtre, dos au mur, ou bien faisait les cent pas dans la cellule, consciente de l'importance de bouger, d'oxygéner son cerveau.

La porte s'ouvrit. Sophie se leva. La faim qui lui tordait le ventre lui indiquait que c'était l'heure du repas. Le plus grand de ses ravisseurs – elle les reconnaissait maintenant à leur taille et à leur voix – glissa du bout du pied un plateau vers elle. C'était celui qui l'avait menacée le jour de son arrivée. Celui qu'elle craignait le plus. Pas seulement parce qu'il pouvait lui faire mal, mais à cause des choses, peut-être pires, dont il l'avait menacée si elle ne se tenait pas tranquille.

Elle le fixa, attendant qu'il s'en aille. Mais il continuait à la regarder ; bien qu'elle ne pût voir ses yeux, elle aurait juré qu'il souriait. Le plateau était posé par terre, entre eux. Elle refusait d'y toucher tant qu'il n'était pas sorti. Ils restèrent face à face sans parler, de part et d'autre de la pièce, jusqu'à ce qu'elle sente remonter à la surface une vieille émotion familière. La peur. Car ça ne s'était jamais produit. Et ce n'était pas bon signe.

– Quoi ? finit-elle par lancer, presque en criant.

L'homme resta silencieux. Jouissant, elle en était sûre, de la voir paniquer. Puis il dit :

– Ton père ne prend pas notre avertissement au sérieux, hein ?

Elle perçut la violence dans sa voix. La colère, et autre chose qui lui fit encore plus peur.

– Il n'a pas l'air de croire qu'on te tuera s'il n'abandonne pas.

– Ou il sait peut-être que si vous me tuez vous perdez tout pouvoir sur lui.

Cette attitude de défi n'était due qu'à sa panique.

– Ah ouais, et comment il le saurait ?

Elle entendait maintenant l'ironie dans sa voix, et le vit avec horreur enlever sa cagoule pour révéler le visage mal rasé d'un homme d'une trentaine d'années dont le sourire creusait des fossettes sur les joues. Des yeux sombres, brillants. Dans d'autres circonstances, elle aurait pu le trouver beau. Mais là, elle ne voyait en lui que son bourreau. Pourquoi se serait-il démasqué sinon ? Et il savait qu'elle le savait.

– Profite bien de ton repas. Parce que celui-là, le prochain... aujourd'hui, demain, qui sait ? Il y en a un qui sera le dernier. Et je prendrai le plus grand plaisir à voir ça.

Il sortit dans le couloir en claquant la porte derrière lui. Elle entendit les verrous se remettre en place ; les jambes tremblantes, elle se laissa glisser sur le sol. Elle avait besoin de sa peur, maintenant, pour se motiver, pour réactiver son cerveau. Elle ne pouvait plus accepter sa détention en prisonnière passive attendant la mort. Ils allaient la tuer. Elle ne se laisserait pas faire. Elle n'allait pas *entrer docilement dans cette douce nuit*.

La gorge toujours serrée par la panique, elle regarda autour d'elle. Il fallait qu'elle s'échappe. Il le *fallait*. Mais comment ? Elle observa son plateau. Un yaourt, une pomme, un bout de fromage. Du pain. Un mug de café, avec une cuillère plongée dans le liquide chaud, deux morceaux de sucre enveloppés. Née du désespoir, une idée commença à prendre forme au milieu de toutes les pensées qui tournoyaient follement dans sa tête. Elle prit la cuillère, sans se soucier de se brûler la peau quand elle referma les doigts sur le métal chaud et la cacha contre son sein. Restait à savoir s'ils remarqueraient sa disparition.

Chapitre 35

Cette fois, Anne-Laure ne se montra pas aussi accueillante. Elle entrouvrit la porte de l'appartement et jeta à Dominique un regard méfiant.

– Je vous ai dit tout ce que je savais, lança-t-elle en essayant de la refermer.

Mais Dominique la bloqua avec son pied et la poussa, obligeant la femme à reculer.

– Non, vous n'avez pas tout dit.

– Vous n'avez pas le droit d'entrer chez moi comme ça !

Dominique sortit sa carte de la gendarmerie et la lui fourra sous le nez.

– J'ai le droit de faire tout ce que je veux. Alors, à vous de choisir : la douceur ou la force.

Le visage pâle d'Anne-Laure devint livide.

– Vous n'avez pas dit que vous étiez des flics !

– Vous n'avez pas demandé.

Dominique remarqua alors qu'Anne-Laure s'était un peu maquillée ce matin. Une jupe noire et un chemisier blanc avaient remplacé le pantalon de jogging et le sweat rose. Un manteau était posé sur le dossier du canapé.

– Vous vous prépariez à sortir ?

– Ça ne vous regarde pas !

– Pour aller voir Alice, peut-être ?

La femme abandonna aussitôt son attitude de défi et parut se flétrir d'un coup.

– Où est Alice ? Vous savez que vous devrez me le dire tôt ou tard. D'une manière ou d'une autre. Le plus tôt serait le mieux, et ce serait encore mieux tout de suite.

Anne-Laure tourna vers Dominique des yeux pleins de ressentiment.

– Salauds, vous nous laisserez donc jamais tranquilles.

Elle regarda le mur, le sol et, dehors, les vilains blocs de ciment peint. Puis finalement Dominique, qui vit le ressentiment se muer en résignation.

– Elle est dans une clinique spécialisée. À Gradignan, au sud de Bordeaux. Ils s'occupent d'elle. Sans eux, elle serait morte depuis longtemps.

– Il lui faut des soins continus, vingt-quatre heures sur vingt-quatre. Comment pouvez-vous les payer ?

– Je ne peux pas.

– Qui paye, alors ?

Anne-Laure haussa les épaules. Maussade, revêche.

– J'en sais rien.

– Comment ça, vous n'en savez rien ? Ça doit coûter une fortune.

– Sûrement.

Elle luttait contre une résistance interne qui lui commandait de ne pas en dire davantage. Mais elle savait que ça ne servait à rien de le cacher.

– Une semaine après que Régis a été arrêté, le chef de la clinique de Gradignan est venu nous voir, Alice et moi. Un homme sympathique. Très gentil avec Alice. Il a dit qu'il pouvait lui offrir des soins spécialisés, mais qu'il faudrait qu'elle aille vivre là-bas. Ça n'avait rien de drôle, pourtant je me suis mise à rire. Je lui ai répondu que j'aurais jamais les moyens de payer. Il a dit que j'aurais rien à payer. Que tout serait pris en charge.

– Par qui ?

– J'en sais rien.

Dominique ne la crut pas.

– Vous n'avez pas demandé ?

Anne-Laure retrouva un peu de son arrogance.

– Non, je n'ai pas demandé. Je ne voulais pas savoir. J'avais peur de poser la question au cas où ce serait une erreur et qu'ils la renvoient à la maison. Pour mourir.

Dominique fut émue de voir ses yeux se remplir de larmes.

– Je lui rends visite tous les deux jours depuis vingt-trois ans. Vingt-trois années qu'elle n'aurait jamais eues autrement. J'allais pas risquer de tout perdre. Et pas plus maintenant qu'à l'époque.

Discrète, la clinique des Cèdres se trouvait à l'écart du cours du Général-de-Gaulle, derrière des arbres, en face d'une maison de retraite et d'un immeuble d'appartements tout neuf. À l'origine, la clinique avait été installée dans une vieille maison de maître. Au fil des ans elle s'était agrandie sur le côté et à l'arrière, et trois étages s'élevaient maintenant dans le ciel automnal gris et lourd.

Dominique se gara dans la cour. Anne-Laure et elles marchèrent au milieu des feuilles mortes qui tourbillonnaient doucement dans le vent, gravirent quelques marches en pierre et pénétrèrent dans un hall où Anne-Laure fut accueillie comme une vieille amie par des infirmières en uniforme.

– Il fait chaud aujourd'hui, mais je crois bien qu'il va pleuvoir, dit la plus jeune.

– J'ai amené une visite pour Alice, annonça Anne-Laure avec un sourire crispé.

– Pas de problème.

Elles montèrent en ascenseur jusqu'au premier étage et se retrouvèrent dans un couloir brillamment éclairé aux murs jaunes et au sol couvert de linoléum vert. La chambre d'Alice se trouvait au milieu. Une fenêtre d'observation à droite de la porte permettait d'observer l'intérieur sans entrer. Dominique fut stupéfaite par ce qu'elle vit.

Une jeune femme à la chevelure dorée étalée sur un oreiller était couchée dans un lit d'hôpital, reliée par des fils et des tubes à divers appareils. Des lumières rouges et jaunes clignotaient. Sur un écran vert fluorescent un graphique suivait les battements de son cœur. Devant la fenêtre, un bureau disparaissait sous les papiers et les livres. Un chevalet d'artiste était posé contre le mur du fond, les murs paraissaient tapissés de peintures et de dessins. Certains, magnifiquement enfantins. D'autres montrant d'extraordinaires paysages et portraits, à l'aquarelle ou au pastel. Un fauteuil confortable installé sous une télévision fixée au mur était entouré de piles de livres.

La malade serrait entre ses doigts un panda en peluche élimé. Ses yeux étaient fermés et sa respiration paraissait superficielle. Elle avait une peau d'un blanc d'ivoire, des mains et des bras d'une maigreur incroyable.

– Bienvenue dans le monde d'Alice, souffla Anne-Laure. À part quelques petites sorties avec moi au cinéma ou dans le parc, elle a passé presque toute sa vie dans cette chambre. Ils disent que dans quelques semaines, ce sera fini.

Jetant un coup d'œil à Anne-Laure, Dominique vit sur son visage une dignité stoïque tandis qu'elle observait sa fille mourante.

– Les premières années, ils ont réussi à la garder à peu près en bonne santé. Puis en 2006, ils ont commencé un traitement qui venait d'Amérique. Une thérapie enzymatique substitutive qui a prolongé sa vie de quelques années. On savait que ça ne durerait pas toujours. Mais ça en valait la peine, c'est certain. Alice en a bien profité ; elle a vécu sa vie pleinement, d'une manière que ni son père ni moi n'avons jamais connue. Sa maladie a été à la fois une bénédiction et une malédiction. Malédiction d'être confinée dans cette chambre. Bénédiction d'apporter le bonheur à tous ceux qui la connaissaient. Je n'ai jamais rencontré quelqu'un d'aussi heureux que ma petite Alice.

Des larmes silencieuses roulèrent lentement sur ses joues.

– Ils ont fait venir des professeurs pour l'instruire. Elle adorait lire et regarder des films. Très tôt, elle a découvert qu'elle était douée pour la peinture. Vous verrez ses tableaux dans toute la clinique. Elle a fait les portraits de tous les membres du personnel ; chacun voulait le sien. Il y en a maintenant dans toute la ville. On ne lui a jamais caché que sa vie serait courte. Elle l'a toujours compris. Elle savait qu'elle aurait moins de temps que les autres à passer sur cette terre.

Anne-Laure chercha un mouchoir en papier dans son sac pour essuyer ses larmes.

– Personne ne sait combien de temps il a à vivre, hein ? C'est peut-être pour ça qu'on peut vivre sans avoir peur. Alice, elle, n'a jamais eu peur de mourir, elle était juste reconnaissante pour chaque jour qui lui était donné.

Puis, regardant Dominique droit dans les yeux, elle ajouta :

– Alors, vous voyez, pourquoi j'aurais posé des questions sur l'argent qui rendait ça possible ? Elle a eu une vie extraordinaire. Elle a ému tous ceux qui l'ont connue.

Dominique tourna de nouveau les yeux vers la jeune femme en train de s'éteindre, le visage serein ; sa vie se reflétait dans ses peintures exposées sur les murs. Soudain, elle se sentit coupable de s'immiscer dans la douleur de cette mère. Posant une main sur son bras, elle dit :

– Je suis désolée.

Anne-Laure tourna vers elle des yeux sceptiques :

– Vraiment ?

– Je vous laisse, dit Dominique en retirant sa main.

Arrivée devant l'ascenseur, elle jeta un coup d'œil par-dessus son épaule. Anne-Laure n'avait pas bougé. Les yeux fixés sur sa fille mourante, elle essuya de nouveau ses larmes avant de se ressaisir et d'ouvrir la porte.

Au rez-de-chaussée, Dominique s'arrêta à la réception et sourit à la jeune infirmière qui avait prévu de la pluie :

– Est-ce que je pourrais dire deux mots au directeur ?

*

Le directeur était en fait une femme d'une bonne quarantaine d'années, de forte carrure, vêtue d'une jupe gris anthracite et d'un chemisier blanc. Ses cheveux poivre et sel étaient tirés en arrière en un chignon serré. De toute évidence, ce n'était pas le chef de clinique qu'Anne-Laure avait vu chez elle vingt-trois ans plus tôt. Quand elle se leva pour serrer la main de Dominique, son visage agréable s'éclaira d'un sourire chaleureux.

– Vous êtes une amie d'Anne-Laure.

C'était plus une constatation qu'une question. Dominique ne la contredit pas. Derrière le bureau, elle remarqua au mur un portrait encadré peint par Alice. Un bon portrait.

– En quoi puis-je vous aider ? demanda la directrice en l'invitant à prendre place en face d'elle.

Dominique s'assit et alla droit au but :

– La famille d'Alice aimerait savoir qui a payé les frais du traitement pendant toutes ces années.

– Je ne suis pas sûre de bien vous comprendre, s'étonna la directrice en fronçant les sourcils. Vous voulez dire qu'ils ne le savent pas ?

– Non, ils ne le savent pas.

Manifestement surprise, elle s'adossa à son siège et réfléchit avant de répondre :

– Eh bien, j'ai peur de ne pas être autorisée à le révéler, même si je le voulais. C'est une clinique privée. Notre source de financement est confidentielle.

Elle haussa les épaules et ajouta, l'air désolé :

– De toute façon, quelle différence cela ferait-il au bout de tout ce temps ? La vie de cette petite fille a eu plus d'éclat qu'aucun de nous n'aurait osé l'espérer. Mais l'éclat s'est terni ; dans un mois, elle ne sera plus là.

*

Le vent avait forci quand Dominique regagna sa voiture. Les feuilles tombaient comme de la neige des grands marronniers plantés le long du mur d'enceinte ; on ne voyait aucune trace des cèdres qui avaient donné leur nom à la clinique. Elle se glissa au volant de sa voiture et resta quelques minutes immobile. Puis sortant son téléphone de sa veste, elle appuya sur l'icône des contacts et entra le nom « Bouthet ». En regardant les détails du contact se matérialiser sur l'écran, elle eut un pincement de regret à l'évocation de certains souvenirs, avant d'appeler le numéro.

– Tracfin. Que puis-je pour vous ?

– Je voudrais parler à Franck Bouthet.

– Ne quittez pas.

Plusieurs secondes s'écoulèrent avant que la sonnerie du téléphone n'oblige Franck à décrocher :

– Allô ?

Comme avant, Dominique sentit son estomac se nouer en entendant sa voix.

– Franck, c'est Dominique.

Il y eut un moment de silence, chargé de toute une histoire. Puis la voix familière :

– Mon Dieu ! Dominique. Tu sais t'y prendre pour réveiller un homme.

– Tu es au bureau, Franck. Tu n'es pas censé dormir.

– Ma vie n'est plus qu'une longue hibernation depuis que nos chemins se sont séparés.

Elle se mit à rire.

– Ce sont les ours et les hérissons qui hibernent, Franck. Pas les policiers.

– Émotionnellement, j'entends. Je ne suis plus qu'un automate au travail.

– Tu es un sacré génie. Et c'est pour ça qu'on t'a retiré de la gendarmerie.

Elle devina qu'il souriait.

– La flatterie te mènera toujours où tu veux.

– Tant mieux. Parce que j'ai justement un service à te demander.

Chapitre 36

Paris était gris, humide, plus froid que Bordeaux d'au moins plusieurs degrés. Ici, l'hiver semblait déjà avoir refermé la main sur la ville.

Jean-Marie Martinot habitait, dans le quatorzième arrondissement, un endroit baptisé Villa Adrienne ; derrière une arche fermée par une grille, s'étendait un superbe jardin invisible depuis l'avenue du Général-Leclerc.

Deux des trois pièces qu'il avait autrefois partagées avec sa femme au deuxième étage de son immeuble étaient en grande partie inutilisées et accumulaient poussière et souvenirs ; l'ancien policier passait la plupart de son temps dans son salon dont les grandes fenêtres donnaient sur le jardin. Un véritable capharnaüm – vêtements abandonnés sur le canapé et les fauteuils, assiettes sales éparpillées sur les tables et les rayonnages de la bibliothèque, journaux et emballages divers laissés en tas sur le sol.

– Excusez le désordre, dit-il en faisant entrer Enzo.

Mais cette pagaille ne semblait pas le gêner le moins du monde. Comme s'il avait depuis longtemps cessé d'y voir le symptôme de sa solitude. L'air était tellement saturé de fumée de tabac qu'Enzo eut immédiatement envie d'ouvrir une fenêtre. Martinot ne s'en rendait pas compte. Une cigarette roulée à la main et brunie par la nicotine se consumait entre ses lèvres. Partout les cendriers débordaient de mégots. Il retira un vieux manteau jeté sur le dossier d'un fauteuil, près d'une fenêtre où la pluie ruisselait comme des larmes sur les vitres, et fit signe à Enzo de s'y installer. Puis il jeta le manteau sur le canapé et s'assit en face de son visiteur, de l'autre côté d'une table basse encombrée.

Il portait un large pantalon foncé serré à la taille par une ceinture et un cardigan gris taché ouvert sur une chemise blanche au col élimé. Un chaume gris couvrait ses joues charnues, sous un grand front et d'épais cheveux blancs. C'était un homme à la carrure autrefois imposante, que l'âge avait diminué sous bien des aspects. Pourtant, il y avait toujours la même étincelle dans ses yeux bleu clair. Enzo remarqua ses chaussettes de couleurs différentes.

– Alors comme ça, vous êtes toujours sur l'affaire Lambert. Je croyais que vous aviez trouvé son assassin ?

– C'est vrai, oui. Celui qui lui a brisé la nuque. Mais pas celui qui l'a payé pour le faire.

Le vieux policier secoua la tête.

– Il y a des affaires dont on n'arrive jamais à se débarrasser. Le meurtre de Lambert m'a hanté pendant près de vingt ans, même après ma retraite. Mais je n'aurais jamais pu retrouver la trace de cet assassin comme vous l'avez fait. Toute cette nouvelle technologie me dépasse. De mon temps, on allait frapper aux portes, on faisait le pied de grue dans la rue et on suivait son instinct.

– C'est encore d'actualité.

Enzo ne faisait pas autre chose. Toute la science et les nouvelles technologies du monde ne réussiraient pas à sauver Sophie. Il ne pouvait se fier qu'à son instinct et son intuition de père.

– Comment va ce journaliste ? Quel est son nom déjà... ? Raffin ?

– Il s'est presque complètement rétabli, dit Enzo, en revoyant avec une netteté incroyable le moment où il s'était baissé pour ramasser le mot glissé sous la porte de l'appartement de Raffin, laissant la balle qui lui était destinée frapper le journaliste.

– Une sale histoire.

– Oui.

– En tout cas, je suis heureux de pouvoir vous aider à nouveau. La retraite est une chose très surfaite. Elle conduit à l'atrophie du cerveau autant qu'à celle du corps. Je préférerais retourner à mon ancien bureau du quai des Orfèvres plutôt que de perdre mon temps à attendre la mort. Rien de tel que d'avoir un but dans la vie.

Il se pencha en avant pour écraser sa cigarette ; de la cendre déborda du cendrier sur la table.

– Votre coup de téléphone m'a donné une bonne excuse pour aller revoir mes anciens collègues et retirer mes carnets du greffe. (Il rit.) Ha ! Les carnets. Est-ce que les flics en trimballent encore aujourd'hui ?

Il ouvrit une boîte à tabac et commença à se rouler soigneusement une nouvelle cigarette.

– Ça fait drôle de revoir son ancienne écriture, de se rappeler certaines choses auxquelles on attachait de l'importance. J'ai quand même été étonné du nombre de trucs dont je me souvenais vraiment. Lambert avait peu d'amis. Les gens ne l'aimaient pas beaucoup. En dehors, bien sûr, de cette fille, Sally.

– Vous connaissiez les noms des autres ?

Enzo savait que les chances que cela le mène quelque part étaient extrêmement minces.

– Bien sûr, dit le vieil homme en haussant les sourcils. Mais, à mon avis, un seul vous intéressera. Au début, quand on a cherché Sally, on a appris qu'elle avait une amie. Une certaine Mathilde Salgues. Prostituée, elle aussi. Sa seule véritable amie, apparemment, en dehors de Lambert. (Il secoua la tête.) Drôle de relation quand même.

– Vous savez où on peut la trouver ? Mathilde, je veux dire.

– Eh bien, elle n'est plus à la même adresse qu'avant.

Martinot alluma sa cigarette, la fumée s'échappa des coins de sa bouche quand il sourit.

– Mais la vieille bête a encore de la ressource. J'ai effectué quelques recherches. Elle ne s'appelle plus Salgues. Elle semble avoir fait un mariage d'argent et gravi quelques échelons dans la société.

Plongeant la main dans la poche de son cardigan, il en sortit une feuille pliée arrachée à un carnet et la tendit à Enzo par-dessus la table.

– Maintenant, elle habite en banlieue, à Orsay, et s'appelle Mathilde de Vernal.

Enzo déplia le papier pour lire l'adresse rédigée par le vieil homme d'une écriture nette et serrée.

– Si ce n'est pas trop vous demander, monsieur Macleod, j'aimerais beaucoup vous accompagner quand vous irez la voir. Juste un petit rappel de ce que c'était. Quand j'étais encore quelqu'un.

Avec un nom comme « de Vernal », Enzo avait imaginé Mathilde dans un hôtel particulier du XIXe siècle au milieu d'un jardin protégé par des arbres. Au lieu de ça, le taxi qu'ils avaient pris à la gare les laissa devant le parking d'un immeuble moderne haut de gamme donnant sur des espaces verts et des lacs, en bordure de la ville d'Orsay. Frênes, sycomores, tilleuls et chênes projetaient leurs ombres et leurs feuilles sur des routes mouillées. Une rangée de sapins poussait tout près, presque aussi haute que l'immeuble.

Il ne leur avait fallu que vingt minutes en train pour arriver à Orsay, et dix de plus en taxi pour rejoindre la rue de Valois. Le vieux Martinot paraissait dans son élément. Pendant le trajet, il avait écouté attentivement Enzo lui expliquer pourquoi il voulait parler à Mathilde, puis, dans le plus profond silence, l'histoire de l'enlèvement de Sophie. Ils prirent l'ascenseur jusqu'au troisième étage. L'appartement des Vernal se trouvait au bout du couloir.

– Je sais que c'est un cliché épouvantable, monsieur Macleod, mais il n'y a jamais de fumée sans feu. Si nous pouvons confirmer un lien entre Lambert et les meurtres de Bordeaux, même infime, c'est qu'il y a une raison. Et elle nous mènera quelque part. Croyez-moi.

Enzo remarqua l'emploi du *nous*, et se trouva réconforté de se sentir épaulé.

Tout en frappant à la porte, Martinot lui souffla :

– Laissez-moi faire.

Une ombre assombrit l'autre face de l'œilleton, puis une voix de femme demanda :

– Qui est-ce ?

– Police, madame. Ouvrez.

Le vieil homme adressa un petit clin d'œil à Enzo. Il s'était rasé, avait mis ses plus belles chaussures, les mieux cirées, et enfilé un long manteau sombre. Avant de partir, Enzo avait réussi à le persuader de prendre le temps de nettoyer les taches qui maculaient son revers.

Mathilde était une belle femme, proche de la cinquantaine, estima Enzo. Ses cheveux d'un noir bleuté récemment confiés aux mains d'un coiffeur étaient impeccablement coupés ; séparés au milieu par une raie, ils retombaient de chaque côté, presque à hauteur de son col. Les années avaient été clémentes avec elle ; sa mâchoire carrée définissait un visage bien structuré au-dessus d'un cou élégant qui commençait juste à montrer les signes de l'âge. Elle portait un chemisier crème à jabot et une jupe droite bleu pâle qui s'arrêtait sous le genou. Il aurait été impossible de deviner qu'elle avait autrefois vendu son corps dans la rue.

Elle les dévisagea d'un air inquiet, jetant d'abord un regard appréciateur à Enzo avant de se tourner vers Martinot, qu'elle ne sembla pas reconnaître.

– Commissaire Jean-Marie Martinot, se présenta-t-il, bien qu'il fût à la retraite depuis plus de dix ans. Mon collègue, monsieur Macleod.

Elle observa de nouveau Enzo et fronça les sourcils. Il ressemblait à tout sauf à un policier. Mais Martinot ne lui laissa pas le loisir d'y réfléchir davantage.

– Nous nous sommes rencontrés en février 1992, peut-être vous en souvenez-vous, pendant que j'enquêtais sur le meurtre de Pierre Lambert, un prostitué qui travaillait en appartement dans le treizième arrondissement.

Les joues de Mathilde se colorèrent aussitôt et elle lança un rapide coup d'œil dans le couloir.

– Entrez, je vous en prie, dit-elle en ouvrant la porte en grand, visiblement pressée de les soustraire à la curiosité de voisins qui auraient pu les entendre.

Ils la suivirent dans un somptueux salon où de superbes sièges en cuir étaient disposés autour d'un épais tapis blanc à longs poils. De grandes portes-fenêtres donnaient, au-delà du balcon et des arbres du jardin, sur les eaux calmes des lacs où se reflétait le gris d'étain du ciel d'hiver. Sans lumière, la pièce paraissait assez lugubre.

– J'ai deux enfants adolescents qui ne vont pas tarder à rentrer du collège, d'ici une dizaine de minutes, dit-elle en proie à une certaine agitation. Je vous serais reconnaissante de partir avant leur retour.

– Tout dépendra de votre coopération, madame, répliqua Martinot en regardant ostensiblement autour de lui. On dirait que vous avez fait un beau mariage. Quelle est la profession de votre mari ?

– Écoutez… commença-t-elle en se tordant presque les mains. Mon mari ne sait rien de… de ma vie antérieure. Et j'aimerais beaucoup que cela ne change pas.

Elle s'interrompit un instant avant d'ajouter :

– Je ne vois pas de quoi vous pourriez vouloir me parler après tout ce temps ?

– De votre amie Sally, dit Enzo.

Mathilde fronça les sourcils :

– Sally ? Oh ! Vous voulez parler de Sal ?

Enzo se souvint que c'était ainsi que Lulu avait appelé Sally Linol.

– Celle qui a disparu juste après le meurtre de Lambert, précisa Martinot.

Elle parut un instant perdue dans ses souvenirs.

– Oui… Quel couple bizarre, ces deux-là.

– Mais, vous et Sal étiez amies, insista Enzo.

– On travaillait dans le même secteur. Pour le même souteneur, répondit-elle avec un dégoût évident. On a partagé un studio pendant quelque temps. Puis elle a eu de l'argent et a déménagé. Pour avoir un endroit à elle. Mais elle vivait quand même la plupart du temps chez Pierre.

– D'où lui venait cet argent ? demanda Martinot.

Mathilde haussa les épaules et, sur la défensive, croisa les bras sous ses seins.

– Qui sait ? Elle ne me l'a jamais dit, ça c'est sûr. Certaines filles racontaient qu'elle s'était trouvé un gentil client riche qui prenait soin d'elle. Si c'était le cas, je n'étais pas au courant. Ce n'était qu'un ragot.

Elle regarda sa montre et poussa un soupir théâtral :

– Écoutez, à quoi ça rime tout ça ? Elle a réapparu, ou quoi ?

Puis, brusquement, elle crut comprendre :

– Elle est morte ?

– J'espère que non, dit Enzo. Vous a-t-elle dit un jour d'où elle venait ?

– Les filles ne parlent pas de ce genre de choses, répondit-elle en lui jetant un regard noir. On ne dit rien et on ne demande rien.

Comprenant que ce n'était pas la réponse qu'ils attendaient, elle réfléchit un instant.

– Je ne sais pas pourquoi, probablement à cause d'une allusion, une fois, mais peut-être Bordeaux. Il est possible que je me trompe. Écoutez, j'aimerais vraiment que vous partiez maintenant.

– Elle ne vous a jamais recontactée après le meurtre de Lambert ?

– Jamais, affirma-t-elle en secouant vigoureusement la tête. Jamais. Bon débarras. Elle ne m'a même pas dit au revoir.

Enzo sortit alors son ordinateur de sa sacoche et s'agenouilla pour l'ouvrir sur une table basse proche d'une fenêtre et le réactiver. Il fit apparaître, plein écran, la photo de Sally Linol envoyée par Sophie. La plume tatouée sur son cou était nettement visible.

La main de Mathilde vola aussitôt vers sa bouche.

– Oh, mon Dieu ! Où avez-vous trouvé ça ?

– C'est elle ? demanda Enzo.

Mathilde se pencha en avant et suivit du bout des doigts le contour de la plume.

– Oh oui. Même sans ce tatouage, je l'aurais reconnue entre mille.

Chapitre 37

Sophie avait passé près d'une heure à frotter le manche de la cuillère sur le sol pour l'amincir de façon à pouvoir le glisser sous la tête arrondie du boulon. Cela n'avait pas été facile car il était tout rouillé ; qui savait depuis combien d'années ces barreaux n'avaient pas été décadenassés et ouverts ?

D'abord, elle avait eu peur que le raclement du métal sur le ciment ne les alerte, mais la porte était épaisse et elle entendait au loin la télévision allumée. Impossible qu'ils le remarquent.

Ensuite, elle avait observé avec appréhension l'homme qui venait rechercher le plateau. L'absence de la cuillère ne suscita aucun commentaire de sa part. Quand, plusieurs heures plus tard, il était revenu avec le repas suivant, il y avait une autre cuillère dans le mug de café. Elle imagina qu'il y en avait beaucoup et que personne ne s'était aperçu qu'il en manquait une.

À présent, debout sur la pointe des pieds, elle s'acharnait sur la tête du boulon, grattant la rouille qui l'avait presque soudé au sommet du gond. Par intermittence, elle utilisait le bord de la cuillère pour essayer de le soulever, et ne réussissait qu'à la tordre. Plusieurs fois elle fut sur le point d'abandonner. Cependant, l'idée de rester assise, inactive, en attendant docilement son sort était pire que la frustration de ne pas faire de progrès apparent sur le boulon. Cela lui donnait au moins un objectif, et la concentration atténuait sa peur.

Soudain, il lui était venu à l'esprit, mais pas immédiatement, que la petite portion de beurre préemballé qu'ils posaient sur chaque plateau pourrait lui servir de lubrifiant.

Les doigts tremblants, elle l'avait dépiautée pour en enduire à la fois les gonds et les boulons. Ensuite, elle avait vigoureusement passé et repassé la cuillère dans chaque interstice avant d'y enfoncer davantage de beurre.

Le plateau suivant lui en avait fourni une nouvelle portion. Tout en frottant les charnières, elle commençait à craindre que ses geôliers ne s'aperçoivent à quel point leur couleur avait foncé. Elles paraissaient hurler depuis le mur *Regardez, regardez, regardez-nous ! Regardez ce qu'elle fait !* Mais lorsque le plus petit des deux, celui à la voix rocailleuse, était venu un peu plus tard pour la faire descendre aux toilettes, il n'avait même pas jeté un coup d'œil dans leur direction.

Sophie ne savait plus depuis combien de temps elle s'acharnait sur la charnière supérieure quand le boulon bougea légèrement. Avec le manche de la cuillère glissé sous la tête arrondie, elle réussit à le faire tourner légèrement. Ce minuscule mouvement suffit à déclencher chez elle un regain d'activité frénétique et la tête du boulon se mit à tourner un peu plus à chaque mouvement de va-et-vient de la cuillère.

Ce boulon mesurait environ sept centimètres de long ; il était aussi épais que son petit doigt et désespérément résistant. Elle tordit la cuillère, la déforma complètement, jusqu'à ce que soudain la tête se soulève d'un demi-centimètre. Elle faillit lâcher un cri de surprise et recula, sans y croire. Avant de se jeter de nouveau dessus pour la saisir entre son pouce et son index recourbés. Tournant, tirant jusqu'à en saigner, en avoir mal au poignet et au bras.

Et puis, tout à coup, le boulon se libéra. En trois tours. Sophie se retrouva, le souffle court, avec le cylindre de métal dans la main. Elle le badigeonna de beurre avant de le faire entrer et sortir de la charnière jusqu'à ce qu'elle réussisse à le visser et le dévisser facilement. Dieu seul savait combien de temps elle avait mis à le débloquer, mais elle comprenait que si elle pouvait obtenir le même résultat avec la charnière inférieure, elle pourrait ouvrir le cadre et le laisser pendre par le cadenas. Ce qui lui permettrait d'accéder à la fenêtre. Casser la vitre serait assez simple, mais ça ferait du bruit ; elle devrait donc se glisser très vite dehors.

Ensuite ? Six mètres la séparaient du sol. Elle secoua la tête. Elle ne pouvait pas se permettre d'y penser. Une étape à la fois. Si déjà elle réussissait à sortir par la fenêtre, il serait temps de commencer à s'inquiéter de la manière dont elle sauterait.

Elle remarqua alors un SUV blanc garé presque immédiatement sous la fenêtre, contre le mur. Elle ne l'avait pas entendu arriver, et elle était certaine de ne pas l'avoir vu avant. Soudain, des pas dans le couloir l'obligèrent à réinsérer à toute vitesse le boulon dans la charnière. Cela fait, elle se laissa glisser au sol et essaya de maîtriser sa respiration ; mais elle était sûre d'avoir les joues écarlates. D'un bras, elle essuya la sueur sur son visage.

Les pas s'arrêtèrent devant sa porte. Puis ce fut le silence. Un silence qui lui parut durer une éternité. Jusqu'à ce que la personne qui se tenait derrière fasse demi-tour et reparte dans l'autre sens. L'avait-on vue ? À cette idée, elle sentit la panique lui serrer la poitrine.

Elle retint son souffle, tendit l'oreille. Des bureaux, au bout du couloir, là où ses ravisseurs passaient leur temps, lui parvinrent des éclats de voix ; ils se disputaient. Puis une voix de femme s'éleva, sèche, autoritaire. Sophie essaya de saisir des mots, mais ils étaient incompréhensibles. Puis à nouveau le silence.

Pendant longtemps, elle n'entendit plus rien. Finalement, une portière de voiture claqua. Elle se redressa pour presser son visage contre les barreaux et regarder dans l'allée. Le SUV démarra et s'éloigna, sans qu'elle puisse entrapercevoir le conducteur.

Respirant fort, prise de frissons d'angoisse à l'idée que le temps lui échappait, elle se jeta sur la charnière inférieure avec un acharnement décuplé par la peur.

Chapitre 38

En fin d'après-midi, la fébrilité ambiante augmentait à l'approche de l'heure de pointe dans le hall bondé de la gare d'Austerlitz, où dominait la couleur noire des vêtements d'hiver. Des gens levaient les yeux avec impatience vers les tableaux électroniques affichant les horaires ; d'autres se rassemblaient autour des tables des cafés ou dans la salle d'attente étouffante aux sièges inconfortables. Des convois de wagons s'éloignaient de l'interminable alignement des quais tandis que d'autres approchaient au ralenti ; les locomotives grondaient et résonnaient sous la verrière ; çà et là des employés en uniforme vérifiaient les billets et distribuaient des bordereaux de remboursement aux voyageurs dont le train avait eu du retard.

Enzo repéra Dominique dans la foule ; ils s'enlacèrent, immobiles, au milieu du monde tourbillonnant autour d'eux, puis se séparèrent à contrecœur avec un court baiser d'une intensité désespérée. Ils se précipitèrent ensuite sur une table qui venait de se libérer à la terrasse d'un des cafés. Un serveur épuisé vint essuyer les miettes et enlever les tasses sales avant de prendre leur commande. Il faisait froid à l'intérieur de cette caverne au toit de verre ; leur respiration condensée en petits nuages s'élevait vers les hauteurs en même temps que le brouhaha.

Dominique avait laissé sa voiture à Orléans pour continuer le voyage en train. Plus rapide que l'autoroute à cette heure de pointe, lui avait conseillé Enzo au téléphone. À présent, tout en sirotant son café, elle l'écoutait parler de sa visite à Mathilde de Vernal et confirmer que la grande amie et confidente de Pierre Lambert était bien Sally Linol. La prostituée de Bordeaux à la plume tatouée sur le cou.

– Et elle n'a jamais refait surface ? demanda Dominique.

Enzo secoua la tête d'un air sombre :

– Jamais.

– Qu'est-ce que ça signifie, alors ?

– J'aimerais bien le savoir.

Cette question le préoccupait depuis qu'il avait raccompagné le vieux Jean-Marie Martinot à son appartement avec la promesse de le tenir au courant dès qu'il y aurait du nouveau. Il remarqua l'expression inquiète de Dominique.

– Comment ça s'est passé avec Anne-Laure Blanc ?

Elle lui raconta tout. Alice, la clinique, le financement secret de son traitement. La consternation d'Enzo augmentait au fur et à mesure qu'elle le mettait au courant.

– Mais qui engagerait ce genre de frais pour la fille d'un serial killer ?

Jetant un coup d'œil à sa montre, elle répondit :

– Avec un peu de chance, on le saura d'ici une heure ou deux.

Enzo fronça les sourcils :

– Comment ?

Elle sourit. Éclaircie rare dans cette après-midi sombre, pensa Enzo.

– Par un ancien collègue. Un ex-gendarme devenu un génie des chiffres. On a toujours su qu'il possédait un talent particulier. Il était capable de faire les calculs les plus extraordinaires avant qu'on ait même eu le temps de lire les chiffres. On essayait toujours de le piéger en lui soumettant des trucs impossibles, comme on envoie une balle coupée à un enfant qui ne s'y attend pas. Des additions, des soustractions, des multiplications dont on ne connaissait même pas la réponse. Il ne se trompait jamais. Le résultat jaillissait de sa bouche. Alors qu'il nous fallait dix minutes pour vérifier, avec un papier et un crayon, s'il avait raison.

– Un ex-gendarme ?

– Il a été recruté par Tracfin.

Enzo fit la moue et secoua la tête :

– Connais pas.

– C'est un organisme gouvernemental créé il y a cinq ans pour pister et prévenir le blanchiment d'argent, et bloquer le financement du terrorisme. Il a tout pouvoir d'accéder aux dossiers financiers comme aux comptes bancaires.

Enzo se cala sur sa chaise et haussa les sourcils.

– Tu as demandé à ton ami de découvrir qui a financé les soins d'Alice Blanc ?

– Il me doit une faveur, expliqua Dominique avec un petit sourire suffisant.

– Tu parles d'une faveur.

Son sourire s'estompa quand elle se pencha en avant, les coudes sur la table, et dit :

– Je ne sais pas pourquoi, Enzo, mais j'ai le sentiment que ce pourrait être la clé de tout.

Enzo remarqua la voiture garée devant chez Raffin. Une grosse berline noire officielle conduite par un chauffeur. Les policiers auraient prié tout autre automobiliste s'arrêtant ici, rue de Tournon, à deux cents mètres du Sénat, de circuler sur-le-champ. Mais à en juger par le rectangle de macadam sec qu'elle recouvrait, cette voiture semblait vomir depuis un bon moment ses gaz d'échappement dans la pluie et l'obscurité naissante.

Ce n'est qu'en arrivant sur le palier du premier étage devant la porte de l'appartement de Raffin qu'il comprit à qui appartenait le véhicule.

Le journaliste sortait de chez lui en enfilant son imperméable. Il parlait avec un homme d'une quarantaine d'années, grand, séduisant, en long manteau noir, chemise blanche impeccable et cravate rouge, dont les cheveux teints parfaitement coupés trahissaient l'homme politique typique. Enzo se rendit compte qu'il le connaissait, sans toutefois être capable de mettre un nom sur son visage.

Surpris de voir Enzo, Raffin s'écria :

– Oh ! Vous venez voir Kirsty ?

– Non, c'est vous que je viens voir. Il y a du nouveau.

L'air embarrassé, le journaliste regarda l'homme qui l'accompagnait et dit :

– Jean-Jacques, voici Enzo Macleod et...

Ses yeux voletèrent vers Dominique.

– Dominique Chazal, compléta Enzo à sa place.

Raffin hocha la tête et se tourna alors vers son compagnon pour le présenter :

– Jean-Jacques Devez.

Enzo comprit aussitôt qu'ils étaient en présence du maire de Paris. Il l'avait vu à de nombreuses reprises dans des journaux et des débats télévisés. L'aspirant président de la République. Sorti de son contexte, il ne l'avait pas reconnu. Pourtant, il lui trouvait un air plus familier qu'un simple visage aperçu à la télévision – quelque chose d'étrangement personnel qu'il n'arrivait pas à définir. Dans le sourire, peut-être. Ou la profondeur impénétrable de ses yeux sombres. Les deux hommes se serrèrent la main ; Devez salua Dominique d'un signe de tête dédaigneux. Plus intéressé par Enzo, il lança à ce dernier un regard inquisiteur et dit avec un petit sourire sardonique :

– Ah, oui. Le fameux Enzo Macleod. On parle beaucoup de vous ces temps-ci. Vous êtes une véritable célébrité.

Inclinant légèrement la tête, Enzo répondit :

– Sans le vouloir.

Le sourire de Devez s'élargit :

– Comme chacun de nous. Un homme de votre acabit serait un atout précieux pour un service gouvernemental luttant contre la criminalité. À titre consultatif, bien sûr. Si jamais je suis élu, il faudra qu'on en reparle.

Puis, se tournant vers Raffin, il ajouta :

– Je vous attends dans la voiture. Ne soyez pas trop long. Nous sommes un peu pressés.

– J'arrive tout de suite.

Tandis que le claquement des semelles de cuir de Devez s'éloignait dans l'escalier, Raffin demanda à voix basse :

– Qu'est-ce qu'il y a ? J'ai une réunion très importante.

Aucune question sur Sophie. Refoulant sa contrariété, Enzo le mit au courant :

– L'une des Six de Bordeaux, la fille à la plume tatouée sur le cou… C'était la meilleure amie de Pierre Lambert.

Toute son attention cette fois concentrée sur Enzo, Raffin lança :

– Vous plaisantez ?

Enzo secoua la tête.

– Il existe un lien, Roger. Je ne sais pas lequel, mais je sais que c'est important. En outre, durant ces vingt-trois dernières années, quelqu'un a déboursé une fortune pour faire soigner la fille de Régis Blanc dans unc clinique spécialisée.

– Qui ?

– Nous l'ignorons. Mais nous espérons le savoir très bientôt.

– Eh bien, quel est le rapport ?

– Je n'en sais rien non plus.

Raffin jeta un coup d'œil à sa montre.

– Écoutez, on parlera de tout ça à mon retour, d'ici deux heures environ. Maintenant, je dois vraiment y aller.

Il hésita un instant, comme s'il repensait à ce qu'Enzo venait juste de lui dire, puis répéta :

– Je dois y aller.

Et il descendit l'escalier à toute vitesse.

Dominique leva les yeux vers Enzo.

– Des nouvelles de Sophie ? fit-elle en imitant la voix du journaliste.

La question qu'il n'avait pas posée. Puis elle secoua la tête.

– Alors voilà donc le fameux Roger Raffin. Quel charmeur.

Mais ce fut la première chose que Kirsty demanda quand elle les fit entrer, en dévisageant Enzo d'un air anxieux. Et lorsqu'il secoua la tête, la déception du père se refléta dans les yeux de la fille. Elle le serra dans ses bras avant de se tourner vers Dominique pour l'embrasser sur les deux joues.

– Venez. Je vous fais un café ? À moins que vous n'ayez besoin de quelque chose de plus fort ?

– Du café sera parfait, répondit Enzo.

Alexis rampait sur le sol au milieu d'un fouillis coloré de jouets en plastique, à l'intérieur d'un parc de bébé. Il n'avait pas semblé les entendre arriver, mais dès qu'il vit Enzo son visage s'illumina. Enzo se pencha pour le prendre dans ses bras et frotter son nez contre le sien. Un gloussement de plaisir jaillit des lèvres de l'enfant qui empoigna de toutes ses forces les oreilles de son grand-père.

Kirsty revenait juste de la cuisine avec une cafetière remplie de café fraîchement passé, des tasses et du sucre sur un plateau lorsque le téléphone sonna.

– Je le prends dans le bureau, dit-elle, les laissant se servir eux-mêmes.

L'obscurité de la cour paraissait imprégner l'appartement, la lumière mourante du jour plongeait les angles du séjour dans la pénombre. Enzo alluma l'un des luminaires, qui éclaira la table sur laquelle Dominique servait le café. Le pianiste de l'étage supérieur recommençait ses gammes. Chromatiques. Puis diatoniques. Montantes, descendantes. Les doigts toujours aussi raides et hésitants après toutes ces années. Enzo se demanda à quoi ça lui servait. Et il sentit la dépression se déposer sur lui comme un nuage de poussière.

À cause de son enquête, Sophie était retenue en otage quelque part. Où qu'elle se trouve, la lumière déclinait aussi là-bas. Il ferma les yeux, en essayant de se mettre à sa place – et ne réussit qu'à libérer les horreurs de sa propre imagination. Il se dépêcha de les rouvrir, pris d'une envie de hurler, de lancer sauvagement les poings devant lui, de frapper tout et n'importe quoi. Dans sa tête il s'entendait crier, mais dans la pièce le silence régnait. Brisé seulement par le son éloigné du piano.

Il se retourna et vit Dominique l'observer. Elle ne posa aucune question. C'était inutile.

La porte du bureau s'ouvrit alors sur Kirsty qui en sortit comme au ralenti. Le regard perdu au loin, au-delà de la pièce. Enzo remarqua à quel point elle était pâle. Son visage semblait s'être vidé de son sang. On aurait presque dit un fantôme dans la pénombre.

– Que se passe-t-il ? demanda-t-il.

Ses mots mirent quelques secondes à traverser l'espace jusqu'au lieu où ses pensées l'avaient transportée. Réagissant en retard à la question de son père, elle parut étonnée et, l'air confus, répondit comme s'il venait juste de la poser :

– Quoi ?

– Qui téléphonait ?

– Le Dr Demoulin. De Biarritz.

Enzo se leva immédiatement. Il devait y avoir un problème.

– Qu'est-ce qu'il a dit ?

De nouveau ses mots semblèrent parcourir une longue distance avant d'atteindre Kirsty. Elle regarda son père :

– Alexis souffre d'une maladie congénitale. Il n'y a pas de traitement. On ne peut rien faire.

Elle baissa les yeux vers son fils insouciant qui, dans son parc, essayait d'insérer des formes en plastique dans les trous d'un tableau jaune, et frustré de ne pas y arriver jetait tout par terre. Sa coordination œil-main-cerveau n'étant pas encore assez développée pour répondre à son désir.

– Il devra porter des appareils auditifs toute sa vie.

– La technologie a fait des progrès surprenants, Kirsty. Ça ne se verra même pas.

– C'est ce qu'affirme le Dr Demoulin.

Enzo se força à sourire :

– Tu vois ? Je t'avais dit que c'était un type bien.

Soudain elle fit deux pas en avant, éclata en sanglots et se jeta dans ses bras comme elle aurait pu le faire quand elle était petite, pour enfouir son visage contre sa poitrine. Il lui entoura tendrement la tête d'une main et se souvint de toutes les fois où il l'avait tenue ainsi. Avant qu'un mariage sans amour et un nouvel amour ne les arrachent l'un à l'autre. Le plus grand regret de sa vie. Elle se recula un peu, leva vers lui ses yeux remplis de larmes et, avec un regard d'une étrange intensité, dit :

– Je t'aime, papa.

Il sentit aussitôt des larmes rouler sur ses propres joues, étonnamment chaudes dans l'atmosphère froide de l'appartement.

– Moi aussi, je t'aime, mon cœur.

Il la serra encore plus fort et l'entendit dire d'une voix étouffée :

– Il écrira tout ça dans une lettre. Une explication détaillée, et il joindra une ordonnance pour les appareils.

Se séparant de lui, elle essuya ses larmes du plat de la main.

– Il faut que je sorte. Que je prenne l'air, que je réfléchisse. J'emmène Alexis.

– Il pleut, Kirst.

– Pas d'importance. Il sera au sec dans sa poussette.

– Tu veux que je vienne avec toi ?

– Non, répondit-elle presque trop vite. J'ai besoin d'être seule. En plus, tu as d'autres problèmes. (Elle lui pressa la main.) Mais tu pourrais aller chercher mon imper dans l'armoire de la chambre pendant que je prépare Alexis. Le fauve, avec la ceinture.

Sur ce, elle souleva son fils de son parc.

Enzo échangea un regard avec Dominique et vit de la sympathie dans ses yeux. Gêné, il essuya ses propres larmes puis se rendit dans la chambre, séparée du séjour par une double porte vitrée à petits carreaux.

L'armoire était un meuble ancien en noyer ciré. Peut-être un héritage de la famille de Roger ou de celle de Marie. Il ouvrit les deux portes pour chercher au milieu des vestes et des manteaux l'imperméable fauve avec ceinture. Tout le monde possède une odeur personnelle, traces de parfum, de savon, d'après-rasage, sécrétions naturelles de la peau, terreuses, musquées, toutes caractéristiques. Il sentait sa fille dans ces vêtements, un parfum aussi familier que l'air frais d'un jour d'hiver en Écosse. Et il sentait Raffin, aussi. La lotion après-rasage ou l'huile pour les cheveux qu'il avait l'habitude d'utiliser. Juste derrière l'imper de Kirsty il repéra une veste en lin vert pâle à la poche de poitrine arrachée, des fils pendant encore à l'endroit où le tissu avait été violemment déchiré. Les restes d'un écusson ou insigne brodé se voyaient encore sur le bord intérieur.

Enzo se figea sur place et crut un instant que son cœur avait cessé de battre. Son esprit fit un saut dans le temps jusqu'à la nuit où, dans une galerie ouverte entourant le toit du château de Gaillac, une ombre l'avait attiré dans le noir et tenté de lui planter un couteau en plein cœur. Quelqu'un qui s'était coupé en essayant de l'assassiner et que la panique avait fait fuir lorsque Bertrand était arrivé, trouvant Enzo étourdi sur le sol, la main agrippée à la poche déchirée et tachée de sang d'une veste en lin vert pâle brodée d'un écusson.

Il retrouva péniblement sa respiration. C'était Raffin ! C'était lui qui l'avait attiré en haut d'un escalier de pierre par une nuit sans lune et avait voulu le tuer. C'était la veste qu'il portait. Nettoyée pour la débarrasser du sang, mais à la poche de poitrine toujours déchirée.

Le monde s'écroula comme un château de cartes autour d'Enzo. Si c'était Raffin, Raffin avait alors sûrement tué Marie. Et Raffin, d'une manière ou d'une autre, était impliqué dans le meurtre de Pierre Lambert. Raffin avait kidnappé Sophie et il avait l'intention d'épouser Kirsty. Raffin, le père de son petit-fils !

Le journaliste avait accepté sa proposition de résoudre, grâce aux technologies modernes, les affaires classées qu'il avait rassemblées dans son livre. Évidemment, comment aurait-il pu refuser ? Mais jamais il n'aurait pu imaginer qu'Enzo réussirait. Et, très vite, il avait dû se rendre compte que, tôt ou tard, il découvrirait que c'était lui l'assassin de sa propre femme.

Les implications explosaient dans l'esprit d'Enzo comme des pétards la nuit de Guy Fawkes, bien qu'il lui manquât encore trop d'éléments pour établir les connexions et avoir une vision précise de l'ensemble. Il se sentait faible, écœuré, furieux, mais il savait qu'il devait rester maître de lui.

– Papa ?

La voix de Kirsty interrompit le cours de ses pensées.

– Voilà.

L'esprit encore embrouillé, il attrapa le manteau et se hâta de retourner dans le séjour.

Alexis, prêt à sortir, chaudement vêtu, attendait dans les bras de sa fille ; sa poussette était sur le palier. Kirsty le lui confia pendant qu'elle-même s'habillait. Puis, lorsqu'Enzo lui rendit l'enfant, elle le regarda d'un air interrogatif :

– Qu'est-ce qui ne va pas ?

Ne sachant absolument pas comment paraître naturel dans une situation pareille, il se contenta de secouer la tête. Un sourire forcé, il en était sûr, aurait davantage eu l'air d'une grimace.

– Rien, rien. Ne prends pas froid dehors.

Elle continua à le regarder bizarrement pendant un instant avant de hausser les épaules et de sortir.

– Tu attends le retour de Roger ?

La simple mention de ce nom lui fit involontairement serrer les poings. Il mourait d'envie de défoncer à coups de poing la figure de ce salaud de fourbe de journaliste !

– Nous avons un rendez-vous dans peu de temps, répondit Dominique à sa place. Mais nous reviendrons après.

– Entendu. À plus tard, alors.

Sitôt Kirsty partie, Dominique se leva. Leur café avait refroidi dans les tasses. Son instinct lui disait qu'il se passait quelque chose de grave.

– Qu'est-ce qu'il y a ?

Enzo retourna à grandes enjambées dans la chambre et arracha la veste en lin de son cintre.

– Ça ! siffla-t-il.

Il pouvait à peine parler ; la colère et la haine assombrissaient son visage.

Complètement déroutée, Dominique le dévisagea. Il s'efforça de contrôler sa respiration afin de pouvoir tout expliquer. Lui dresser un tableau clair et vivant de cette nuit, tout en haut du château, lorsque Raffin avait essayé de le supprimer de sang-froid.

– Je vais le tuer, putain !

Ses joues s'étaient empourprées. Dominique posa une main sur son bras et le serra fortement.

– Enzo, tu ne peux pas te permettre de commettre une action aussi stupide. Nous avons l'avantage de savoir ce qu'il a tenté de faire pour t'empêcher de le démasquer. Mais il retient toujours Sophie, et nous ne savons absolument pas comment tout cela est lié. Il faut se montrer plus malins.

Tout ce qu'Enzo désirait c'était détruire l'homme qui lui avait fait ça. Mais il savait que Dominique avait raison et il était content qu'elle soit là pour modérer ses pulsions intempestives – son impulsivité héritée de sa mère italienne et son recours encore plus impulsif à la violence et aux insultes hérité d'une éducation à la dure dans les rues de Glasgow.

– Où est passée la poche tachée de sang ?

– C'est la police qui l'a. À l'époque, Hélène a demandé un test ADN, qui n'a donné aucun résultat bien sûr.

– Parfait. Il nous faut juste un échantillon de l'ADN de Raffin pour établir une comparaison et on le tient. Au moins pour tentative d'assassinat. Mais je suis quasi certaine que le reste se résoudra tout seul.

Enzo prit une profonde inspiration, hocha la tête et se dirigea vers la salle de bains. Ses yeux scrutèrent le lavabo, la baignoire, la cabine de douche.

– Voilà qui fera l'affaire.

Il prit le rasoir de Raffin, détacha du manche la tête à triple lame et la tint entre le pouce et l'index.

– On a plus qu'assez de poils et de peau, et peut-être même du sang, pour analyser l'ADN de ce salopard.

Il se sentait un peu plus maître de lui à présent. Il la posa avec précaution sur le bord du lavabo, puis choisit dans l'armoire une nouvelle tête de rasoir qu'il enclencha sur le manche en remplacement de celle qu'il avait prélevée.

– Il ne s'en apercevra pas.

Dominique le suivit ensuite dans le séjour où il retira de sa sacoche un petit sachet en plastique pour preuves dans lequel il laissa tomber la pièce à analyser.

– Si on l'envoie ce soir par FedEx à Cahors, dit Dominique, Hélène l'aura dès demain matin. On fera ça en chemin, avant d'aller retrouver Franck.

Enzo fronça les sourcils.

– Franck ?

– Le type de Tracfin. Tu peux appeler la commissaire Taillard pour la prévenir qu'elle va recevoir le sachet.

Chapitre 39

Ils retrouvèrent Franck à L'Écritoire, place de la Sorbonne. Les fumeurs, principalement des étudiants, étaient assis dehors sous l'auvent de toile rouge qui jetait une ombre sur les tables et les chaises alignées le long du trottoir ; lumière jaune et éclats de rire se déversaient dans le soir. À l'autre bout de la place plantée d'arbres, des statues perchées en hauteur encadraient une horloge encastrée dans la façade de pierre qui dominait tous les autres bâtiments. Des fontaines crachaient de l'eau dans des bassins rectangulaires éclairés par des lampes dissimulées à l'intérieur. Toute la place résonnait de bruits de voix. Des voix jeunes animées par l'ambition et un optimisme sans limite. En les entendant, Enzo se sentit à la fois très vieux et très fatigué.

Franck les attendait à une table au fond du café. C'était un bel homme d'une trentaine d'années au sourire malicieux. Ses abondants cheveux bruns retombaient en boucles épaisses sur des sourcils interrogateurs. Il affichait encore l'assurance naturelle de la jeunesse et ne semblait absolument pas déplacé au milieu de tous ces étudiants de l'université. Sous son manteau noir ouvert, une écharpe rouge pendait à son cou. Une serviette en cuir usé était posée à côté de lui sur une chaise.

Il se leva pour serrer chaleureusement Dominique dans ses bras et l'embrasser sur les deux joues.

– Qui est-ce ? Ton père ? demanda-t-il en regardant Enzo.

Dominique lui jeta un regard noir.

– C'est Enzo Macleod. Si tu étais tant soit peu en contact avec le monde réel, Franck, je n'aurais pas besoin de te le présenter.

Les yeux bruns et limpides du jeune homme s'écarquillèrent aussitôt :

– Monsieur Macleod, dit-il en lui serrant la main avec enthousiasme. Quel honneur !

Enzo ne sut pas très bien s'il se moquait de lui ou non.

– Asseyez-vous. Qu'est-ce que je peux vous offrir à boire ?

Ils commandèrent des cafés, puisqu'ils n'avaient pas bu celui que Kirsty leur avait préparé, et Franck tendit le bras pardessus la table pour attraper les mains de Dominique. Enzo se sentit contrarié d'éprouver un pincement de jalousie face à ce geste si naturel et intime. Rougissant d'embarras, Dominique évita de croiser son regard.

– Ça fait si longtemps, dit Franck.

Dominique acquiesça.

– En effet.

– Tu me manques toujours, continua-t-il en plongeant ses yeux dans les siens avec une affection sincère.

Puis il dirigea vers Enzo un sourire plein de regret et soupira :

– La vie est pleine d'imprévus. Pleine de choses qui auraient pu avoir lieu, de moments ratés qu'on laisse échapper sans s'en apercevoir. Dominique en fait partie. De ceux qui se sont enfuis.

Dominique retira ses mains.

– Oh, arrête, Franck.

Et elle ajouta pour Enzo :

– Il a toujours dit n'importe quoi.

– On a bien le droit de rêver, non ? répliqua Franck en regardant ce dernier, qui répondit aussitôt :

– Le rêve est parfois la seule chose qui nous reste.

Ôtant toute légèreté à leur échange, ses mots installèrent entre eux un silence inconfortable que Dominique s'empressa de briser :

– Alors ? Tu as trouvé quelque chose ?

– Oui.

Franck ne souriait plus, ses yeux ne pétillaient plus. Il se recula sur sa chaise et les regarda d'un air pensif.

– Je ne sais pas dans quoi vous êtes impliqués, tous les deux. Et je ne tiens pas à le savoir. Je commence même à regretter d'avoir accepté.

– Tu me dois bien ça, Franck.

Franck regarda Dominique et acquiesça d'un hochement de tête imperceptible en baissant les yeux.

– Je sais.

Il ne les releva qu'après avoir examiné ses mains pendant un moment.

– Ce n'était pas très difficile, en fait. Même sous sa forme électronique, l'argent laisse des traces indélébiles partout où il passe. Il suffit de les suivre.

– Et donc ? s'impatienta Dominique.

Il prit une profonde inspiration, comme s'il se faisait violence pour révéler un sale petit secret.

– Les soins médicaux de cette petite fille ont été payés pendant plus de vingt ans par virement automatique depuis un compte privé BNP Paribas.

Il marqua de nouveau une pause avant d'ajouter avec réticence :

– Un compte personnel appartenant à quelqu'un qui pourrait très bien devenir notre prochain président de la République. Un dénommé Jean-Jacques Devez. Le maire de Paris.

Chapitre 40

Après avoir quitté Franck, place de la Sorbonne, ils marchèrent en silence sous la pluie. Dominique attendit d'être quelques rues plus loin avant de glisser son bras sous celui d'Enzo et de poser la question que tous trois avaient soigneusement évité de poser dans le café. Franck s'était suffisamment compromis.

– Pourquoi le maire de Paris paierait-il les soins médicaux d'Alice Blanc ?

Enzo secoua la tête d'un air sombre.

– Je n'en sais rien.

Son esprit pataugeait. Il se rappelait avoir entendu Charlotte dire que Devez avait commencé sa carrière politique à Bordeaux.

– Je ne sais qu'une chose : il était maire-adjoint de la ville de Bordeaux à l'époque où Blanc assassinait les prostituées.

Puis, repensant à leur conversation dans la voiture pendant qu'ils se rendaient à Lannemezan, il ajouta :

– Raffin et Devez sont de vieux amis. Charlotte m'a raconté que Roger et Marie fréquentaient Devez et sa femme.

Dominique resserra son étreinte.

– Et maintenant que Devez est sur le point de se lancer dans la course à la présidence, il propose à Raffin de devenir son attaché de presse. Je ne comprends pas, Enzo. Plus on assemble de pièces du puzzle, plus l'image se brouille.

Enzo l'attira contre lui.

– Parce que quelque chose nous échappe, Dominique. Quelque chose d'important. D'essentiel. Un chaînon manquant qui relie toutes les pièces entre elles et rendra soudain l'ensemble on ne peut plus évident.

– Et c'est précisément ce qu'on essaye de t'empêcher de trouver.

Il hocha la tête, pensant une fois de plus avec colère et tristesse à Sophie.

– Mais quel genre de chaînon ? Qu'est-ce qui nous échappe ?

– Je n'en ai pas la moindre idée, Dominique.

Les lumières de tous les appartements entourant la cour se reflétaient sur les pavés noirs. Celui de Raffin, au premier étage, ne faisait pas exception. Il y avait donc quelqu'un.

Le pianiste avait abandonné ses gammes ; seul le bruit de leurs pas sur les marches et de leur respiration dans l'air froid de l'escalier accompagna Enzo et Dominique jusqu'au premier étage. Enzo sonna. Au bout de quelques secondes, Raffin vint lui-même leur ouvrir la porte. En bras de chemise et chaussettes, il avait les cheveux en bataille et l'air passablement énervé.

– Entrez, entrez, dit-il avant de tourner les talons, leur laissant le soin de refermer derrière eux.

Dans l'entrée, Dominique tira Enzo par la manche et lui lança un regard d'avertissement. La révélation de l'implication de Jean-Jacques Devez avait élevé le danger d'un cran. D'un commun accord, ils avaient décidé de ne pas affronter Raffin tout de suite. La tête de rasoir avait été expédiée à Cahors ; la vie de Sophie pouvait dépendre de la manière dont les choses se dérouleraient au cours des prochaines vingt-quatre heures. Mais Enzo se contenait difficilement.

Le journaliste avait étalé les dossiers des Six de Bordeaux sur la table du séjour. Manifestement très excité, il se repencha aussitôt sur eux.

– Voilà vraiment une avancée importante, Enzo, dit-il. Blanc dirige un réseau de prostitution à Bordeaux. Puis, sans crier gare, il tue trois de ses filles. Et peut-être aussi Lucie Martin, qui sait. Mais l'une de ses autres protégées disparaît juste avant les meurtres : Sally. Sally Linol. Qui réapparaît à Paris où elle devient la meilleure amie de Pierre Lambert. Ensuite, quand Lambert se fait tuer, elle disparaît à nouveau.

Il prit son épreuve du portrait de Sally Linol, sur laquelle le tatouage au cou que la photocopie avait brouillé et noirci, et l'agita en direction d'Enzo :

– C'est Sally Linol, la clé. Forcément.

Brusquement, Enzo se rendit compte que c'était effectivement elle, la clé. Le facteur commun. Le « chaînon manquant » dont il parlait avec Dominique et qui leur échappait. Et voilà que Raffin brandissait sa photo sous son nez en affirmant que Sally était la pièce manquante du puzzle. L'exhibait comme s'il savait que cela n'avait aucune importance. Et s'il osait se montrer aussi confiant, c'était parce qu'il savait qu'Enzo ne la retrouverait jamais. Car elle était morte. Enterrée depuis longtemps dans un bois quelconque, ou gisant au fond d'un lac – juste un sac d'os comme la pauvre Lucie Martin.

– Vous ne comprenez donc pas ? insistait Raffin.

Laissant tomber la photo sur la table, il ajouta :

– C'est un lien dont nous ne pouvions pas soupçonner l'existence.

– Ce qui ne nous avance pas beaucoup dans l'affaire Lucie Martin, dit Enzo.

Les yeux de Raffin brillaient toujours. Enzo ne se souvenait pas de l'avoir vu aussi animé depuis longtemps.

– Peut-être. Mais voilà qui jette un éclairage nouveau sur le meurtre de Pierre Lambert. On sait qui l'a tué, mais on n'a jamais découvert qui avait commandité le meurtre, ni pour quelle raison.

– Il ne nous reste donc qu'à retrouver Sally Linol ? dit Dominique.

– Exactement, acquiesça Raffin.

Tous les trois se retournèrent en entendant la porte d'entrée s'ouvrir. Kirsty tirait la poussette d'Alexis depuis le palier, entraînant avec elle un courant d'air froid et humide. Malgré son imperméable, elle était trempée ; ses cheveux pendaient comme des queues de rats mouillées autour de sa tête. Enzo comprit qu'elle avait dû marcher pendant tout ce temps dans les rues.

Elle se débarrassa de son manteau et souleva Alexis de sa poussette. Le bébé était profondément endormi. Plein de sollicitude, Enzo s'avança vers sa fille.

– Ça va ? Tu es complètement trempée.

– Ça va. J'avais juste besoin de réfléchir, voilà tout. C'est difficile à digérer.

– Qu'est-ce qui est difficile à digérer ? demanda Raffin en traversant la pièce pour prendre Alexis.

Kirsty lui raconta le coup de téléphone du Dr Demoulin, et Enzo vit une expression d'inquiétude voiler un instant le visage du journaliste.

– S'il n'est pas sourd, et si les appareils auditifs peuvent l'aider…

– Je sais, je sais, dit-elle. J'essayais juste de me faire à cette idée. Papa dit que la technologie a fait tellement de progrès qu'ils ne se verront même pas.

Mais elle avait beau essayer de se raisonner, pensa Enzo, elle était encore loin d'accepter la chose.

Préférant changer de sujet, elle demanda :

– Comment ça s'est passé avec Jean-Jacques ?

Raffin retrouva le sourire.

– Il a obtenu l'investiture. Mon offre de poste a été officialisée.

– Et alors ?

– J'ai accepté. Le parti va annoncer sa nomination d'ici deux semaines, c'est moi qui m'en chargerai.

– Oh, chéri, c'est merveilleux ! s'écria-t-elle en se penchant par-dessus leur bébé pour l'embrasser.

Enzo ne put s'empêcher de penser que la réaction joyeuse de sa fille manquait peut-être un peu d'enthousiasme. Mais si Raffin s'en aperçut, il n'en montra rien.

Kirsty reprit Alexis en disant :

– Donne-le-moi, je vais juste l'asseoir.

– Félicitations, lâcha Enzo d'une voix chargée de toute l'hypocrisie dont il était capable.

Une fois encore, Raffin ne parut pas s'en apercevoir. L'apparente indifférence de cet homme à l'égard de presque tout ce qui l'entourait mit Enzo en rage et le poussa à franchir la ligne rouge :

– Au fait, quand Kirsty m'a demandé d'aller lui chercher un imperméable tout à l'heure, j'ai remarqué qu'une de vos vestes avait la poche de poitrine déchirée.

Il entendit presque Dominique retenir son souffle à côté de lui.

Raffin fronça les sourcils.

– La poche de poitrine ?

Il fit la moue et haussa les épaules. Puis parut soudain se rappeler.

– Oh, la verte en lin. Une veste de costume, en fait. Elle est revenue comme ça de chez le teinturier. J'ai toujours eu l'intention de la rapporter pour me plaindre, mais je ne l'ai jamais fait.

– Oh, mon Dieu ! s'écria Kirsty.

Son exclamation surprit tout le monde ; Alexis se mit à pleurer. Elle venait de se figer à côté de la table et tenait à la main la photo de Sally Linol. Sans la lâcher, elle se tourna vers son père :

– Je t'avais bien dit que je l'avais déjà vue quelque part, dit-elle en l'agitant dans sa direction comme l'avait fait Raffin quelques minutes plus tôt. C'est la gouvernante de Biarritz. Madame Brusque. Avec vingt ans de moins, mais c'est bien elle.

– Cette femme n'avait pas de tatouage, protesta Enzo en portant instinctivement la main à son cou.

– Elle portait un col roulé. De toute façon, on peut facilement maquiller un tatouage pour le cacher, aujourd'hui. Je te le répète, papa, c'est elle.

Le visage de Raffin exprimait la confusion la plus totale.

– Madame Brusque ? Marie l'avait engagée après la mort de ses parents. Je ne voyais aucune raison de ne pas la garder. Comment est-il possible que ce soit Sally Linol ?

Chapitre 41

La pluie ; les reflets des phares sur la surface mouillée de la route noire, brillante ; les lignes blanches défilant avec une régularité monotone ; le battement rapide des essuie-glaces étalant sur le pare-brise la lumière des voitures venant en sens inverse. Tout cela finissait par devenir hypnotisant au bout d'une heure de trajet sur l'autoroute qui les éloignait d'Orléans, en direction du Sud-Ouest.

Enzo n'en pouvait plus. Chaque mouvement du volant lui faisait mal aux bras, le simple effort de sa volonté pour rester éveiller l'épuisait.

Assise à côté de lui, Dominique se sentait très tendue. Elle l'aurait volontiers soulagé du stress de la conduite, mais il n'avait rien voulu savoir. Elle broyait du noir en silence depuis un moment quand, finalement, toute son exaspération refit surface.

– Quel putain de culot, ce mec ! Il t'agite Sally Linol sous le nez en déclarant que c'est elle la clé de tout. Et la minute d'après, on découvre qu'il l'avait depuis des années devant les yeux !

– Je ne pense pas qu'il le savait. En fait, j'en suis même certain. Si elle est réellement la clé de tout, Raffin – ou Devez ou quelqu'un d'autre – n'aurait pas hésité à se débarrasser d'elle depuis longtemps. Ce que je ne comprends pas, c'est où intervient Marie Raffin là-dedans. Si c'est vraiment elle qui a engagé Sally pour travailler à Biarritz sous un faux nom, on peut imaginer qu'elle voulait la cacher dans cette maison.

– La cacher de quoi ?

– Je ne sais pas. Peut-être de Raffin.

– Il a quand même eu l'air un peu secoué.

– En effet.

– Qu'est-ce qu'il va faire maintenant, à ton avis ?

– À mon avis, il va s'arranger pour que quelqu'un l'approche avant nous.

– S'il croit que nous ne partons que demain, il pense avoir le temps d'envoyer quelqu'un là-bas en avion.

Ils lui avaient raconté qu'ils passeraient la nuit à Paris, dans le studio de la rue Guénégaud, et attendraient le matin pour descendre à Biarritz.

Enzo secoua la tête.

– Il sait qu'on est en route. Raffin a beaucoup de défauts mais il n'est pas idiot. Il est très possible qu'il ait déjà envoyé quelqu'un par la route. En tout cas, il faut absolument qu'on arrive les premiers.

Il prit une profonde inspiration et ajouta :

– Si je peux garder les yeux ouverts.

Le vrombissement des pneus sur le macadam mouillé renforçait l'effet soporifique de la conduite dans le noir et sous la pluie.

Dominique regarda le visage d'Enzo, entre ombre et lumière, pâle, décoloré par le reflet des phares des autres véhicules. Après le trajet en train jusqu'à Orléans où ils avaient repris la voiture, il leur restait encore six heures d'autoroute, mais la détermination d'Enzo était sans appel. Elle savait qu'il considérait maintenant Sally Linol comme son meilleur et seul atout pour négocier la libération de Sophie. S'il tenait Sally, même si cette dernière ne savait rien, ou ne voulait rien dire, il aurait un pouvoir de négociation. Il pourrait faire pression sur Raffin et Devez. Parce que, comme Raffin lui-même s'était empressé de le faire remarquer quelques heures plus tôt, Sally Linol était presque certainement la clé de tout.

La sonnerie du portable d'Enzo qui s'éleva dans le noir par-dessus le bruit du moteur et des vibrations de la chaussée les fit sursauter. Enzo l'extirpa de sa poche et le tendit à Dominique. À 130 km/h, de nuit et sous la pluie, il ne voulait pas quitter la route des yeux une seconde.

– Monsieur Macleod ? fit la voix de Nicole, tranchante, affûtée par les ondes et le haut-parleur du téléphone.

– Qu'y a-t-il, Nicole ?

– Vous avez vu les nouvelles ?

– Nicole, je suis en voiture sur l'autoroute, sous une pluie battante et je n'ai pas regardé la télévision depuis des jours.

Si le ton de son irascible mentor troubla la jeune fille, elle n'en laissa rien paraître. Peut-être en a-t-elle simplement l'habitude, pensa Dominique.

– On en parle aussi à la radio. Dans tous les bulletins d'info.

Soudain, Enzo eut peur pour Sophie.

– De quoi ?!

– Régis Blanc. Il est mort. Tué dans une bagarre avec un autre détenu à Lannemezan.

Chapitre 42

Tout ce que Sophie pouvait voir par la fenêtre, c'était son propre reflet. Au-delà, l'obscurité était trop profonde. La pluie continuait à tomber, larmes du ciel sillonnant la crasse de la vitre.

C'était presque effrayant de voir son visage de si près au bout de tout ce temps. Souillé, pâli jusqu'à devenir d'un blanc bleuté. Ses cheveux pleins de nœuds emmêlés sur la tête. La créature hallucinée qui la regardait était presque méconnaissable. Rien à voir avec le visage qu'elle avait l'habitude de contempler chaque matin dans le miroir de la salle de bains où elle se lavait, s'épilait les sourcils, se maquillait.

Cependant, en examinant cette étrange créature qui la fixait, elle voyait la détermination de ses propres yeux. Une étrange détermination qui alimentait sa tentative quasi obsessionnelle de libérer le deuxième pivot de charnière.

Elle s'y attelait pendant la majeure partie du jour, et continuait la nuit. Elle n'avait aucune idée de l'heure qu'il pouvait être, mais l'obscurité était tombée depuis longtemps derrière les barreaux. Le boulon refusait obstinément de bouger. Pour une raison x, il était encore plus rouillé que celui de la charnière du haut.

Entre ses mains grasses du beurre utilisé pour lubrifier le métal, la cuillère n'arrêtait pas de glisser entre ses doigts – elle était tellement tordue qu'elle ne ressemblait plus à rien. Sophie commençait à désespérer de pouvoir faire bouger le boulon.

Remarquant un vide entre le bandeau supérieur du cadre des barreaux et le pourtour de la fenêtre dans lequel il était fixé, elle poussa de toutes ses forces vers le haut avec les paumes de ses mains, dans un geste de frustration. Surprise, elle vit le cadre monter et l'espace disparaître. Elle agrippa alors fermement le cadre et le tira cette fois vers le bas. Quand il se déplaça de nouveau, elle constata que le boulon du bas était resté légèrement soulevé, offrant un espace de quelques millimètres où elle pourrait introduire ce qui restait de la cuillère.

Pour la première fois depuis des heures, elle reprit espoir. Une dépression presque paralysante s'était abattue sur elle à intervalles réguliers. Avec chaque nouveau plateau qu'on lui apportait revenait la peur que ce soit son dernier repas. Mais dès qu'elle était seule, elle se jetait sur le paquet de beurre et recommençait à lubrifier la charnière. Véritable catapulte émotionnelle qui la propulsait des profondeurs du désespoir vers d'incroyables pics d'euphorie avant de la faire replonger ensuite.

Elle était à présent en pleine phase ascensionnelle. Le boulon bougeait. Elle essuya sur son jean ses doigts pleins de beurre, saisit la tête entre le pouce et l'index et la tourna d'une main tout en secouant violemment les barreaux de l'autre.

Brusquement, il céda. Sophie le regarda dans sa main, abasourdie par ce succès aussi rapide qu'inattendu. Elle le serra étroitement, l'excitation qui montait dans sa gorge l'étouffait presque. Puis elle fit glisser celui de la charnière supérieure et fourra les deux dans sa poche. Les doigts tremblants, elle agrippa les barreaux à deux mains pour les tirer vers elle. Tout le cadre se détacha, ne restant suspendu que par le cadenas qui l'attachait. Osant à peine respirer, elle le laissa descendre contre le mur et empoigna la crémone de la fenêtre. Qui, à son grand étonnement, tourna facilement. Le battant s'ouvrit tout seul. Pas besoin de briser la vitre.

Une bouffée d'air frais, à la fois stimulante et enivrante, s'engouffra dans la chaleur confinée de la pièce. Sophie tendit la tête dehors et sentit la pluie froide sur sa peau, comme autant de petites gouttes de liberté. Tant bien que mal, elle parvint à se hisser sur le rebord de la fenêtre où elle s'accroupit. Remplissant presque tout l'espace, elle se tint en équilibre et jeta un premier coup d'œil au monde extérieur.

À une cinquantaine de centimètres à gauche de la fenêtre, une conduite rouillée descendait d'une gouttière vers une canalisation encastrée dans la chaussée, six mètres plus bas. Une série de colliers abîmés par l'âge et les intempéries la retenaient au mur. Si Sophie se sauvait par là, elle serait obligée de leur faire confiance en espérant qu'ils tiennent au moins le temps que ses pieds touchent le sol. La peur et l'espoir remplissaient son cœur à parts égales.

Essayer d'atteindre le tuyau serait déjà très risqué. Il faudrait qu'elle se retienne d'une main à l'encadrement de la fenêtre et s'étire au-dessus du vide avant de pouvoir attraper la conduite de l'autre. Ensuite, elle n'aurait plus qu'à prier le ciel que les colliers ne cèdent pas sous son poids quand elle s'y accrocherait avec les mains et les jambes.

Respirant à fond, elle imagina le pire si elle tombait de cette hauteur. En se renfonçant dans l'encadrement de la fenêtre, elle se rendit compte qu'elle pouvait voir au-delà du mur de brique. L'étroite ruelle débouchait sur une vaste friche industrielle, remplie de mares d'un vert laiteux et de ruines de bâtiments. Des rangées entrecroisées de vieux réverbères éclairaient des routes depuis longtemps tombées en désuétude. Au loin, les lumières d'une ville reflétées par des nuages bas diffusaient dans la nuit pluvieuse une inquiétante lueur orange.

Elle comprit très vite que même si elle réussissait à toucher terre saine et sauve, elle aurait encore un long chemin à parcourir avant d'être libre.

Le bruit de pas qui approchaient dans le couloir la ramena brutalement à sa situation présente. Elle n'avait plus le temps de s'échapper. En admettant qu'elle parvienne à descendre, ils la rattraperaient en un clin d'œil. Elle n'avait pas la moindre chance. Il lui fallait une longueur d'avance sur eux.

Avec précaution, elle sauta à l'intérieur de sa cellule, referma la fenêtre, souleva maladroitement le cadre métallique suspendu au cadenas et le remit en place. Mais elle n'avait pas le temps d'enfiler les boulons dans les charnières. Elle ne pouvait qu'espérer que ses geôliers ne s'en apercevraient pas.

Lorsque les pas arrivèrent devant sa porte, elle était déjà allongée sur son lit de camp et avait tiré l'unique couverture sur elle. C'est alors qu'elle vit ses empreintes mouillées sur le sol. Les semelles de ses chaussures s'étaient imprégnées de la pluie tombée sur le seuil de la fenêtre. La panique s'empara d'elle. Toutes ces heures de patiente persévérance perdues ! Ses ravisseurs remarqueraient forcément ces foutues traces stupides. Elle en aurait hurlé. À la place, elle retint sa respiration et écouta les pas continuer au-delà de sa porte.

Alors, elle bondit du lit de camp, étala la couverture par terre et s'y assit, dos au mur. Dans le silence qui suivit, elle n'entendit plus que les battements de son cœur, la pulsation du sang à ses tempes, le bruit de sa respiration qui semblait remplir la pièce.

Elle attendit et se crispa de nouveau quand les pas revinrent en sens inverse. Une fois de plus, ils dépassèrent sa porte sans s'arrêter. Soulagée, elle poussa très lentement un long soupir qu'elle retint comme si elle avait peur, en le lâchant trop vite, de faire trop de bruit et d'attirer l'attention.

Ils viendraient bientôt la chercher pour l'emmener aux toilettes ; ensuite, ils la laisseraient tranquille jusqu'au lendemain matin. Elle en profiterait pour s'échapper – pendant qu'ils dormiraient. Le temps qu'ils s'aperçoivent qu'elle n'était plus là, elle serait loin. Appuyant la tête contre le mur, elle ferma les yeux.

Soudain, elle se réveilla en sursaut et cligna des yeux sous la lumière crue de l'ampoule. Elle ignorait pendant combien de temps elle avait pu dormir. Ils n'étaient pas venus la chercher comme elle s'y attendait. Soudain, elle entendit un bruit de voix provenant de la pièce située au bout du couloir. Une dispute avait éclaté. Un homme criait. Il y avait aussi une voix de femme. La même que la dernière fois, impérieuse, autoritaire. Puis le silence.

Lorsque la conversation reprit, plus calme, Sophie tendit l'oreille. Elle se leva et plaqua la joue contre le métal froid pour essayer de comprendre leurs paroles. Mais elle ne distinguait qu'un murmure de voix, une vibration légère.

Des alarmes assourdissantes se déclenchèrent tout à coup dans sa tête. Ce n'était pas normal. Il se passait quelque chose. On ne l'avait pas emmenée aux toilettes. La routine avait été rompue. Or tout obéissait à une routine depuis ces derniers jours. Il lui sembla soudain que si elle ne se sauvait pas tout de suite, elle ne le pourrait plus jamais.

Sans cesser de réfléchir, elle passa à l'acte. Poussée par son instinct, elle traversa la pièce en trois enjambées, arracha les barreaux, les laissa pendre contre le mur, ouvrit la fenêtre et se hissa dans l'encadrement.

En baissant les yeux vers la ruelle, elle s'aperçut que le SUV blanc était de retour, presque sous sa fenêtre. Une fois de plus, elle ne l'avait pas entendu arriver. En face, sur le mur de brique, elle voyait l'ombre de sa silhouette accroupie dans le carré de lumière projeté par la lampe de sa cellule.

Non sans hésitation, elle se retint d'une main au cadre de la fenêtre et pencha tout le corps à l'extérieur afin de tenter d'attraper la conduite rouillée ; elle s'aperçut avec rage qu'elle n'avait pas le bras assez long. Un sentiment de désespoir aigu lui serra le cœur.

À l'intérieur du bâtiment, des éclats de voix retentissaient à nouveau ainsi que des bruits de pas dans le couloir. Seulement, cette fois, elle percevait dans leur rythme une détermination différente. Un flot d'adrénaline se déversa dans son organisme ; surmontant sa peur, elle se repositionna dans le renfoncement de la fenêtre, prit son élan et se lança dans le noir, sous la pluie, le bras tendu en avant, lâchant sa prise sur la fenêtre au dernier moment, en priant Dieu que sa main rencontre la conduite.

Dès qu'elle sentit sous ses doigts le métal froid et mouillé, elle les referma autour du cylindre. Mais juste au moment où son autre main l'agrippait à son tour, elle entendit les colliers de fixation sauter du mur et, à la lumière de sa cellule, vit la gouttière se désolidariser du toit. Au-dessus de sa tête, les colliers qui retenaient la conduite sautèrent les uns après les autres et, dans un fracas métallique des plus effrayants, la gouttière et la conduite se décollèrent du bâtiment.

Sophie resserra la prise de ses jambes et se prépara à la chute. Mais, presque immédiatement, toute la structure disloquée s'immobilisa en vibrant. La conduite et la gouttière, bloquées contre le mur de brique, décrivaient un arc au-dessus de l'étroite ruelle. Sophie se retrouvait suspendue dans le vide, à trois ou quatre mètres du sol. Elle commença à descendre le long du tuyau en se trémoussant, accrochée désespérément au métal qui lui écorchait et lui brûlait la peau, glissant alternativement une main par-dessus l'autre.

Soudain, un hurlement jaillit de la cellule d'où elle venait de s'échapper. Ils savaient qu'elle s'était sauvée.

Après un rapide coup d'œil vers le bas, elle lâcha le tuyau et se laissa tomber par terre où elle atterrit lourdement sur le côté, roula sur elle-même, heurta le mur et s'aplatit du mieux qu'elle put sous la fenêtre en espérant qu'on ne la verrait pas d'en haut.

En levant les yeux, elle vit dépasser la tête d'un homme qui scrutait l'obscurité et l'entendit jurer :

– Merde ! Cette garce s'est tirée.

Puis il disparut.

Paniquée, Sophie regarda autour d'elle. Si elle courait, ils la rattraperaient. Il n'y avait aucun endroit où se cacher. Toujours plaquée contre le mur, elle le longea jusqu'à l'arrière du SUV dont le moteur cliquetait en refroidissant, et tendit la main vers la poignée du hayon. Il s'ouvrit. Le véhicule n'était pas verrouillé. L'espace d'une seconde elle se demanda si le conducteur avait pu laisser les clés sur le contact, mais des cris provenant de l'autre bout de l'usine abandonnée lui ôtèrent toute illusion sur le temps dont elle disposait. Sans hésiter, elle souleva le hayon, sauta dans le coffre, le referma sur elle et se roula en boule, les bras serrés autour des jambes.

Elle s'efforça de contrôler sa respiration lorsqu'elle entendit plusieurs hommes courir dans le noir, traverser les flaques d'eau en éclaboussant l'étroite ruelle défoncée. Prête à voir le hayon s'ouvrir et des mains furieuses l'en extraire, elle se raidit. Mais ils dépassèrent le SUV et continuèrent leur course entre les bâtiments. D'autres voix s'élevèrent, d'autres cris éclatèrent. Elle trouvait sa cachette si évidente qu'elle osait à peine croire qu'ils n'aient pas pensé à l'y chercher.

De nouveau, elle entendit la voix de la femme. Juste le ton de sa voix, pas ses paroles. Odieux, coléreux, injurieux. Un coup de pied balancé sur le flanc du SUV fit trembler tout le véhicule. Ils se rassemblaient maintenant juste à côté. Sophie retint si longtemps sa respiration qu'elle sentit ses poumons près d'éclater.

Puis la portière du conducteur s'ouvrit, quelqu'un se glissa au volant. La portière claqua furieusement, le moteur démarra, s'emballa, les pneus crissèrent, Sophie fut projetée contre la tôle du coffre. Le conducteur ne se rendit compte de rien et roula encore plus vite sur la chaussée défoncée, en faisant de droite à gauche et d'avant en arrière des embardées qui la secouaient comme une poupée de chiffon.

Moins d'une minute plus tard, elle sentit sous les roues la surface plus lisse d'une vraie route. Le chauffeur accéléra à fond dans la nuit.

Chapitre 43

Dominique regarda l'horloge digitale pour la quatrième ou cinquième fois en quelques minutes. 04:56. Elle sentait ses paupières s'alourdir et un sentiment de vide réconfortant commencer à s'emparer d'elle. Puis tout son corps se convulsa comme sous l'effet d'un choc électrique quand elle prit brusquement conscience qu'elle s'endormait. Clignant furieusement des yeux, elle fixa la portion de route éclairée par ses phares et le défilement incessant des lignes blanches. Son cœur cognait contre ses côtes. Elle redressa la voiture, un peu trop, et dut corriger sa trajectoire.

Ensuite, elle jeta un coup d'œil à Enzo, assoupi sur le siège passager. Dieu savait qu'il avait besoin de sommeil ; elle ne voulait pas le réveiller. Mais elle savait aussi qu'elle ne pourrait pas tenir beaucoup plus longtemps. Elle n'avait qu'une envie, s'arrêter sur le bas-côté, fermer les yeux. Juste une minute. Rien qu'une merveilleuse minute de repos pendant laquelle elle pourrait se laisser aller.

Sa concentration faiblit de nouveau ; elle s'écarta du bord de la route. Ce n'était pas raisonnable. Il fallait qu'elle s'arrête.

Tel un don du ciel, un grand panneau bleu et blanc grossit dans la lumière de ses phares. Station-service à deux kilomètres. Deux petits kilomètres. Elle pourrait résister jusque-là.

Pour se tenir éveillée, elle allongea à fond les bras l'un après l'autre, fit bouger son cou et se frotta d'une main le visage.

Plus que trois cents mètres. Elle mit son clignotant. Au moins, il ne pleuvait plus et la circulation était quasi nulle à cette heure-ci.

Elle franchit la ligne blanche discontinue, ralentit dans le virage, suivit les panneaux indiquant *Essence*. Un parking vide brillamment éclairé l'accueillit ; elle freina, se gara sur la première place et coupa le moteur.

Enfin, poussant un long soupir, elle ferma les yeux et appuya la tête contre le dossier de son siège.

– Pourquoi on s'arrête ?

Elle se tourna vers Enzo, qui se frottait les yeux.

– Je m'endormais. J'ai besoin d'une pause.

– Je te remplace.

– Non. Toi aussi, tu as besoin d'une pause. On va boire un café et se dégourdir les jambes. Ensuite, on fermera les yeux dix minutes. On reprendra la route après.

Elle crut un instant qu'Enzo allait protester, mais il se retint et hocha la tête.

Il n'y avait presque personne dans la cafétéria ; une fille au visage blafard et au regard endormi leur servit deux cafés noirs serrés, sucrés.

Pendant une bonne partie de la nuit, la mort de Régis Blanc avait occupé leurs pensées.

Parfois les obligations ne sont pas éternelles. Peut-être qu'un jour prochain je m'exprimerai, avait-il déclaré à Enzo. Quelqu'un avait-il supprimé Blanc pour l'empêcher de parler ? Ou bien le Destin se moquait-il simplement d'eux ? Cruel, trompeur, résolu à dissimuler la vérité jusqu'au bout ? Pour toujours, peut-être.

Impossible de le savoir. Enzo comprit très vite que cela ne servait à rien de se tracasser pour ça. L'homme était mort. Un homme qui avait assassiné des gens et monnayé le corps des femmes. Le monde ne se porterait pas plus mal sans lui. Et quelle que soit la vérité, il l'avait sans doute emportée avec lui dans la tombe. Ce qui ramena Enzo à son idée de départ : peut-être l'avait-on justement tué pour cette raison.

Ils burent leur café puis marchèrent un peu autour de la voiture en respirant à pleines goulées l'air froid de la nuit. Enzo se glissa ensuite derrière le volant et regarda Dominique :

– Dix minutes. Pas plus.

Lorsqu'il releva les paupières, l'aube pointait dans le ciel plombé.

– Merde ! s'écria-t-il en se redressant.

Dominique bougea sur le siège passager et, encore à moitié endormie, cligna des yeux.

– Deux heures ! On a dormi pendant deux putains d'heures ! râla Enzo.

Il se pencha en avant, mit le contact et fit une rapide marche arrière pour sortir de sa place.

Les premiers poids lourds quittaient déjà leur parking réservé. Enzo se faufila au milieu, puis accéléra sur la voie de dégagement pour reprendre l'autoroute.

– Je suis désolée, dit Dominique.

– Ce n'est pas ta faute, répliqua-t-il sur un ton chargé de rancune.

C'était forcément la faute de quelqu'un. Peut-être celle de Dominique, mais plus probablement la sienne, il se maudissait avant tout d'avoir fermé les yeux.

– On en a encore pour trois heures. Si on avait une longueur d'avance, on l'a perdue maintenant.

Au moment où il disait cela, des trombes d'eau s'abattirent du ciel, bombardèrent le toit de la voiture et éclaboussèrent la chaussée d'où s'éleva un brouillard blanc.

Chapitre 44

La maison en pâte d'amande, avec son toit en sucre rouge et ses sourcils arqués, semblait prête à fondre sous la pluie. Du sol montait une épaisse brume tout autour d'elle. Comme un voile de gaze dissimulant ses détails et lui donnant le flou d'une peinture impressionniste.

Il était un peu moins de dix heures du matin quand Enzo franchit les grilles et s'engagea sur l'allée gravillonnée. La pluie s'égouttait des grands conifères sombres. Devant l'entrée principale, il n'y avait qu'une seule voiture. Une Clio verte. Tous les volets de la maison étaient clos pour l'hiver, à l'exception de ceux des deux fenêtres de la tour où, Enzo le savait, vivait Mme Brusque.

Ils descendirent de voiture sous une pluie battante et grimpèrent les marches du perron. La porte était fermée. Ils suivirent alors le sentier qui contournait la maison jusqu'à une entrée latérale surmontée d'un portique. De l'eau se déversait du toit pentu sur les marches à cause d'une gouttière défaillante, véritable cascade sous laquelle ils se glissèrent rapidement pour gagner l'abri du petit porche. Une porte vitrée donnait sur un couloir au sol dallé.

Enzo essaya de tourner la poignée. La porte s'ouvrit. Dégoulinant de pluie, ils pénétrèrent dans le couloir sombre ;

la maison semblait plongée dans un silence maussade. Sur leur droite s'élevait un escalier étroit ; Enzo se pencha pour jeter un coup d'œil vers les hauteurs. Une lumière froide s'y déversait par une lucarne invisible. Ils étaient dans la tour.

– Hello ? cria-t-il.

Sa voix lui parut étrangement distante. En quelque sorte déconnectée de lui.

– Il y a quelqu'un ?

Ils attendirent en silence et échangèrent un regard avant qu'Enzo n'appelle de nouveau :

– Hello ?

Le bruit d'une porte qui s'ouvrait au sommet de la tour parvint jusqu'à eux. Puis un visage d'une pâleur fantomatique se pencha par-dessus la rampe. Son apparence spectrale renforcée par les pauvres cheveux gris pendant en mèches ternes sur ses épaules. Des cheveux tirés en chignon austère la dernière fois qu'Enzo l'avait vue.

– Qu'est-ce que vous voulez ?

Ils sentirent l'appréhension dans sa voix.

– C'est moi, Enzo Macleod, madame Brusque. Je suis venu ici l'autre jour avec ma fille Kirsty, la fiancée de Roger.

– Ah. Oui.

Son appréhension s'était muée en indifférence.

– Que voulez-vous ?

– On peut monter ?

– Je ne suis pas vraiment en tenue pour recevoir des visiteurs.

– Ce ne sera pas long. Promis.

Elle hésita, visiblement tentée de dire non. Mais Macleod était le père de la fiancée de son employeur. Comment pouvait-elle refuser ?

– D'accord.

En robe de chambre rose matelassée sur une chemise de nuit diaphane et pantoufles rose et gris, elle observa Enzo et

Dominique pendant qu'ils montaient les marches jusqu'à son palier. À côté d'elle, Enzo paraissait immense. Ils l'avaient peut-être tirée du lit.

– Quelqu'un vous a contactée ? demanda-t-il.

Elle fronça les sourcils.

– Contactée ? Comment ça ?

– Manifestement non, dit-il en secouant la tête. Peu importe.

La femme regarda alors Dominique :

– Qui est-ce ?

– Ma collègue.

La femme fronça à nouveau les sourcils ; Enzo ne put s'empêcher de remarquer que ses yeux autrefois d'un vert lumineux s'étaient éteints, devenus presque aussi gris que ses cheveux.

– Collègue ? fit-elle, perplexe. Vous êtes ici pour affaires ?

– J'en ai peur.

Il vit aussitôt l'appréhension renaître dans son regard, peut-être même la peur.

– Quel genre d'affaires ?

– De celles qui consistent à attraper les assassins, Sally.

Le peu de couleur qui restait sur le visage de Sally Linol disparut, le laissant quasi transparent. Dominique s'avança pour baisser le col relevé de la robe de chambre et dévoila, nettement visible sur la peau, la petite plume tatouée.

La femme recula d'un pas, les yeux agrandis par la peur.

– Qu'est-ce que vous me voulez ?

– Vous protéger, Sally, répondit Enzo. Des gens vont venir ici dans le but de vous tuer.

Les lèvres exsangues, elle braqua un regard complètement paniqué sur la porte ouverte de son appartement puis vers l'escalier, mais ni l'une ni l'autre ne lui offraient une réelle échappatoire. Brusquement, ce fut comme si sa peur, cette chose nauséabonde et pernicieuse qui la possédait depuis près de vingt ans, la quittait. Enzo vit ses épaules s'affaisser sous l'effet de la résignation et les rides se creuser sur son visage marqué par l'angoisse et l'incertitude qui avaient plané sur toutes ces années perdues.

– Ce que nous avons besoin de savoir, Sally, c'est pourquoi.

Elle hocha la tête :

– Vous feriez mieux d'entrer.

Ils la suivirent dans son minuscule appartement du sommet de la tour. Une pièce avec une cuisine américaine. Une petite table ronde devant la fenêtre donnant sur les jardins. Deux fauteuils autour d'un poste de télévision. Par une porte ouverte, ils aperçurent un lit défait et une autre porte qui devait être celle de la salle de bains. Régis Blanc avait passé toutes ses années de réclusion à Lannemezan. Sally Linol les avait passées ici. Tous les deux prisonniers de leur propre fait.

Elle s'effondra sur une chaise, à côté de la fenêtre, et contempla sans le voir le paysage qu'elle voyait depuis les quelque sept mille jours vécus dans cet endroit. Puis, les coudes sur la table, elle laissa tomber sa tête dans ses mains en tremblant de désespoir.

– J'ai toujours su qu'ils me retrouveraient un jour.

Elle leva les yeux vers Enzo, comme pour le supplier de la comprendre.

– Ce n'était pas une vie. Juste un enfer, continua-t-elle en passant la langue sur ses lèvres sèches. Finalement, c'est un soulagement de pouvoir dire la vérité à quelqu'un.

Sentant que Dominique tirait légèrement la manche de sa veste, il se tourna à moitié. Elle désignait la porte du menton. Elle voulait qu'ils s'en aillent. Son visage, ses yeux, tout disait qu'ils n'avaient pas le temps de s'éterniser.

Mais Enzo fronça les sourcils et secoua imperceptiblement la tête pour lui signifier *Pas encore*. Le moment était décisif. Après des années de silence, Sally Linol avait envie de raconter son histoire. De la leur raconter, à eux. Il n'allait certainement pas rompre le charme. Dans d'autres circonstances, loin d'ici, lorsqu'elle se sentirait en sécurité, elle pouvait très bien décider de tout garder pour elle, après tout.

Il s'écarta de Dominique et s'assit face à cette femme qui avait autrefois vendu son corps dans les rues de Bordeaux et de Paris, et partagé le lit de Pierre Lambert, le prostitué assassiné. Il sortit son téléphone de sa poche, appuya sur l'icône *Dictaphone* et le posa entre eux sur la table. Elle n'y fit pas attention.

– J'ai rencontré vos parents, Sally. Ils sont toujours en vie, tous les deux. Et ils espèrent encore vous retrouver en vie, vous aussi.

Les yeux gris-vert voletèrent vers lui, chargés de chagrin, avant que des larmes ne les brouillent.

– Je n'ai jamais voulu les faire souffrir, vous savez. C'étaient des gens bien. Je n'aurais pas pu souhaiter une enfance plus heureuse. Seulement...

Le temps et la distance voilaient maintenant son regard. Enzo comprit qu'elle n'était plus avec lui mais transportée en arrière dans un autre lieu, à une autre époque. Parmi les souvenirs, regrets, peurs et fantasmes qu'on enferme à double tour dans des boîtes au plus profond de sa conscience.

– Ils n'avaient pas les moyens de me payer l'université à Bordeaux. Les frais de scolarité, logement, transport, les livres, la nourriture. Mon père était ouvrier agricole. Il gagnait à peine de quoi subvenir à leurs propres besoins.

Elle aspira en tremblant une bouffée d'air avant de poursuivre :

– Alors, je leur ai raconté que j'avais trouvé un travail. C'était vrai. Mais ce n'était pas celui qu'ils croyaient.

Sa première larme s'écrasa sur la surface brillante de la table.

– Au début, c'était presque amusant. Les vieux messieurs riches aiment bien les jeunes filles. Les papas gâteaux aux mains baladeuses et au portefeuille bien garni. Une amie me les a fait découvrir, et vous savez qu'on s'habitue vite à l'argent. On s'achète des choses. On s'installe dans un plus bel appartement. On rencontre des gens. Et puis un jour il n'y a plus l'argent. On est un peu plus âgée, on n'intéresse plus les papas gâteaux. Alors, on commence à désespérer. On est prête à faire n'importe quoi pour avoir de l'argent. Et c'est là qu'on commence à perdre le contrôle ; tout fout le camp, on se retrouve avec des macs et des junkies, prise au piège, obligée de faire le trottoir pour payer ses dettes.

– Comment avez-vous fait la connaissance de Régis Blanc ?

– Un soir, dans une boîte, j'étais avec un client complètement bourré qui avait l'alcool mauvais. Il s'est mis à me taper dessus. Tout d'un coup, un type s'est pointé pour lui casser la gueule, c'était Régis. Il était comme ça, Régis. Il ne supportait pas qu'on maltraite ses filles. Même si je n'étais pas une des siennes.

Un pâle sourire voleta sur son visage.

– Enfin pas encore. Parce que ça n'a pas traîné. Il était vraiment gentil avec moi, surtout après ce que j'avais dû endurer depuis six mois. De toute façon il était gentil avec nous toutes. On l'aimait, vous savez. Régis était quelqu'un d'unique. Les filles ont sincèrement eu de la peine pour lui quand son bébé est né avec... ce truc. Une sorte de malformation congénitale. Et j'imagine que, d'une façon, ça l'a changé. Il adorait ce bébé. Il l'adorait réellement.

– Pourtant, il a assassiné trois filles.

Les yeux de Sally se fixèrent brièvement sur Dominique avant de se détourner, comme si elle était embarrassée.

– Régis avait conclu une espèce de marché avec un mec plein de fric. Enfin, je ne sais pas s'il était très riche, mais il aimait mettre des prostituées dans son lit, et il avait à coup sûr les moyens de payer. Il possédait un petit appartement dans les quartiers ouest de Bordeaux. Son nid d'amour, comme il l'appelait. On était quatre à être régulièrement envoyées là-bas par Régis. Quelquefois à deux. Le type n'était pas violent, ni rien. Mais il était assez tordu. Et jeune, aussi. Il aimait bien qu'on lui fasse des trucs bizarres.

Elle se tut un instant ; les articulations de ses doigts étroitement entrelacés blanchirent sous la pression. Enzo devina que certains de ces trucs bizarres lui revenaient en mémoire.

– Bref, une des filles a découvert que notre tordu était marié depuis pas très longtemps, qu'il avait une petite famille et qu'il s'occupait de politique à la mairie. Nous, on ne lisait pas les journaux, on ne regardait pas la télé, mais apparemment, on parlait de lui partout. Le plus jeune maire-adjoint de tous les temps.

– Jean-Jacques Devez, lâcha Enzo en se reculant sur sa chaise.

Sally lui jeta un regard de lapin effrayé et hocha la tête.

– Donc, vous l'avez fait chanter.

La rancune enflamma brièvement le visage de l'ex-prostituée.

– Non, pas moi ! Mais les trois autres filles se sont figuré qu'il accepterait probablement de payer pour que nos petites séances sordides restent secrètes. (Elle secoua la tête.) Je n'ai pas voulu m'en mêler. Il était tordu, d'accord, mais il payait bien. Pourquoi courir ce risque ?

– Que s'est-il passé, alors ?

– Elles sont allées le voir, toutes les trois ensemble, et il a pété les plombs. Il a démoli les meubles, menacé de les tuer si elles en soufflaient un mot à quiconque. Elles avaient l'air plutôt secouées. Alors, je me suis dit *Merde ! Il est temps de filer*. J'ai fait ma valise et je suis partie. Sans prévenir personne. J'ai foutu le camp le plus vite que j'ai pu. On est des riens du tout, si vous voyez ce que je veux dire. On ne contrôle pas grand-chose dans la vie. Alors que les gens comme lui... eh ben, ils ont le pouvoir et l'argent. Ils contrôlent tout et ils sont dangereux. Ils peuvent tout se permettre.

– Même tuer, dit Dominique.

Sally acquiesça et contempla ses mains.

– Seulement, Devez, lui, n'a tué personne, dit Enzo. C'est Régis.

Sally balança lentement la tête d'un côté à l'autre ; de toute évidence, elle avait encore du mal à le croire.

– Quand j'ai appris la nouvelle, à Paris...

Son visage était un masque de consternation lorsqu'elle regarda Enzo.

– ... Ça me semblait tout bonnement impossible. Régis ? Jamais il n'aurait levé la main sur ses filles.

– Il a pourtant étranglé vos trois amies.

– Je suis persuadée que Devez l'a forcé à le faire. Il avait sur lui, je sais pas, une sorte de pouvoir, d'emprise.

Désormais, tout se mettait en place dans l'esprit d'Enzo.

– Ou bien, il lui a fait une offre qu'il ne pouvait pas refuser. Assez considérable pour le motiver.

Sally plissa les yeux, toutes les rides qui les entouraient se rapprochèrent.

Quelle motivation aurait pu décider Régis à faire une chose pareille ? Enzo n'avait pas besoin de poser la question. Il connaissait la réponse.

– Donc vous êtes allée à Paris.

– Où vouliez-vous que j'aille ? dit-elle en haussant les épaules.

– Et vous avez repris votre – il chercha le mot approprié – *carrière*.

Elle lui jeta un regard noir.

– Je n'avais pas l'intention de retourner sur le trottoir. Je voulais redémarrer à zéro.

Mais l'indignation de Sally retomba presque aussitôt qu'elle avait jailli. Avec un soupir très triste, elle ajouta :

– Ce n'est pas si facile. On finit par faire ce qu'on sait faire, et ce qu'on peut faire.

– C'est à ce moment-là que vous avez rencontré Pierre ?

Enzo lut dans ses yeux qu'elle acceptait maintenant qu'ils sachent tout sur elle.

– Le meilleur ami que j'aie jamais eu. J'aimais cet homme. Vous comprenez ? Je l'aimais réellement. Pas sexuellement. Ben, ça ne risquait pas d'arriver. Mais s'il n'avait pas été homo, j'aurais couché avec lui sans l'ombre d'une hésitation.

Gênée, elle détourna les yeux, le regard perdu dans le vide.

– On était très proches, vous savez. On se racontait tout.

– Y compris l'histoire de Devez et des trois prostituées mortes ? intervint Dominique.

Sally s'arracha à ses souvenirs et les dévisagea tour à tour.

– Jamais, même dans mes rêves les plus fous, je n'aurais pu imaginer qu'il ferait chanter Devez. Enfin, merde, ce type était déjà une putain de superstar. Il m'avait suivie à Paris. Enfin, non, il ne m'avait pas suivie bien sûr, mais c'était l'impression qu'il me donnait. Une figure montante à la mairie. En passe de devenir le prochain maire. On ne déconne pas avec des gens pareils. Bon sang, il avait déjà fait tuer trois filles. Pourquoi hésiterait-il à recommencer ?

– Vous n'étiez donc au courant de rien ? dit Enzo.

Elle secoua la tête.

– Subitement Pierre avait de l'argent, voilà tout ce que je savais. Beaucoup d'argent. Il était généreux. Il claquait tout. Il a beaucoup dépensé pour moi.

Dominique croisa les bras sur la poitrine :

– Vous n'avez jamais eu l'idée de lui demander d'où venait tout cet argent ?

– Il racontait qu'un client très riche, tombé follement amoureux de lui, mourait d'envie de lui faire plaisir.

– Et vous l'avez cru ?

– Ben, peut-être pas vraiment. Mais vous savez, il y a des questions qu'on ne pose pas.

Elle prit une longue inspiration qu'elle relâcha très vite, comme pour rassembler le courage nécessaire à sa révélation finale.

– Et puis, un soir, il m'a avoué. Il était ivre. Et effrayé. Quelque chose lui avait flanqué la trouille. J'étais... folle de rage. Vous n'imaginez pas à quel point. Je l'aurais tué de mes propres mains si j'avais pu. Mais, vous savez, il avait l'art de m'embobiner. De me calmer. Il m'a dit qu'il organisait un dernier paiement et que ce serait terminé. On quitterait Paris tous les deux. On s'installerait quelque part ensemble pour profiter du fric que Devez avait déjà versé.

Elle s'interrompit, fixant l'abîme qui s'ouvrait devant elle, et ajouta :

– Je ne savais pas quoi faire, ni où aller. J'étais sûre qu'ils me retrouveraient. Ça ne faisait aucun doute. Ces gens-là ne négligent aucun détail.

Dominique rapprocha une chaise de la table pour se joindre à eux, la curiosité se lisait sur son visage.

– Qu'avez-vous fait, alors ?

Un sourire triste étira les lèvres de Sally.

– Un ange m'a sauvée.

– Marie Raffin, dit Enzo.

Surprise, Sally leva les yeux.

– Comment le savez-vous ?

– Déduction logique. Que venait-elle faire dans tout ça ?

– Elle était journaliste, vous savez ? Je ne l'avais jamais rencontrée avant. J'ignorais qui c'était. Je l'ai vue apparaître sur le pas de ma porte vingt-quatre heures après le meurtre de Pierre, en disant que si j'étais prête à l'aider elle pourrait me protéger. Bon sang, j'ai failli l'envoyer paître. Elle préparait un truc sur Devez. Un reportage. Elle travaillait dessus depuis des mois, quelque chose en rapport avec les meurtres de Bordeaux. J'ignorais qui était sa source, ni comment elle était au courant, et je n'ai rien demandé. Elle était là, elle m'offrait une échappatoire. J'ai sauté sur l'occasion. Elle m'a emmenée ici et installée comme gouvernante sous un nom d'emprunt. Elle m'a appris à maquiller mon tatouage. D'après elle, je n'aurais pas besoin de me cacher très longtemps ; dès que l'article aurait paru je pourrais aller faire une déposition à la police, qui me mettrait sous protection rapprochée. Devez irait en prison, et moi je serais en sécurité.

Elle soupira d'exaspération, les coins de sa bouche s'abaissèrent en un rictus ironique.

– Puis, comme vous le savez, Marie a été assassinée. Ça m'a terrorisée. J'étais sûre qu'ils viendraient me chercher. Mais, ça ne s'est pas produit. Et me voilà, vingt ans après, devenue une vieille fille vivant seule dans la tour d'une maison d'hôtes de luxe, à changer les draps de putains de clients friqués et nettoyer leur merde après leur départ. Toute ma putain de vie foutue en l'air.

Une vie, pensa Enzo, configurée par la peur et enlisée dans les regrets.

Elle le regarda presque avec défi :

– Et maintenant ? Déposition à la police et mise sous protection rapprochée ? Comme Marie Raffin me l'avait promis ?

Enzo hocha la tête.

– Quelque chose comme ça.

– Qu'est-ce qui vous fait croire que vous réussirez mieux qu'elle ? grogna-t-elle.

Enzo glissa le téléphone dans sa poche.

– On vous emmène déjà loin d'ici, ça, je vous le garantis.

Dominique se leva.

– Dépêchez-vous de vous habiller, Sally. Mettez ce dont vous avez besoin dans un sac. On vous attendra en bas.

Un air froid imprégnait la maison, ainsi qu'une odeur d'humidité qu'Enzo n'avait pas remarquée lors de sa première visite. Ils déambulèrent dans le hall dont les doubles portes menant au grand salon étaient ouvertes. Un peu de clarté filtrait autour des volets fermés et projetait des ombres profondes dans l'obscurité. Enzo trouva l'interrupteur d'un volet roulant qui masquait l'une des portes-fenêtres et le releva à moitié pour faire pénétrer la lumière du jour. Mais c'était une lumière grise, chargée de pluie et de pessimisme. Au loin, de grosses gouttes criblaient la surface de la pièce d'eau rectangulaire encastrée dans la pelouse ; les fontaines avaient été arrêtées. Il tombait assez d'eau du ciel.

Enzo s'inquiétait pour Sophie. Il n'avait reçu aucune nouvelle depuis plusieurs jours. Dès qu'ils auraient placé Sally Linol en lieu sûr, les négociations pourraient commencer. Impatient de partir, il jeta un coup d'œil à sa montre avant d'être tiré de ses sombres ruminations par Dominique :

– Raffin a tué sa propre femme pour protéger Devez, alors.

– Je suppose. Bien que je n'arrive pas à comprendre pourquoi. Nous savons maintenant comment Devez a forcé Régis à tuer ces trois prostituées. Blanc les a sacrifiées pour sa fille, et il s'est sacrifié lui-même. Mais quelle emprise aurait eu Devez sur Raffin pour lui faire commettre une chose pareille ?

Dominique haussa les épaules.

– Qui sait ? Peut-être que l'offre de le prendre comme attaché de presse est aujourd'hui une faveur pour l'obliger à se tenir tranquille.

Enzo donna un coup de pied dans un repose-pieds qui glissa sur le sol avec fracas ; le bruit résonna dans toute la maison.

– Dire que j'ai fait confiance à ce salaud. Et que ma propre fille lui a donné un fils !

Dominique se rapprocha de la porte pour voir si Sally descendait.

– Il ne va pas venir en personne, n'est-ce pas ? Raffin, je veux dire. Il doit savoir à présent qu'on a découvert son jeu.

– La personne qui viendra n'aura pas pour mission de réduire seulement Sally Linol au silence.

Elle le regarda avec appréhension et consulta sa montre, comme si elle pouvait y lire à quelle heure arriveraient les émissaires indésirables de Raffin.

– Allez, Sally, dépêche-toi, marmonna-t-elle entre ses dents.

La sonnerie du téléphone d'Enzo les fit sursauter tous les deux. Il se dépêcha de le sortir de sa poche et regarda l'écran :

– Hélène Taillard, dit-il en mettant le haut-parleur.

Dominique traversa la pièce pour écouter.

La voix d'Hélène s'éleva, métallique et excessivement sonore dans le silence du grand salon :

– Enzo, j'ai reçu, ce matin, l'échantillon que vous avez envoyé. Le rasoir de Raffin. Je l'ai fait porter immédiatement par un motard au labo de Toulouse avec l'ordre de le traiter en priorité absolue. On vient de me faxer le résultat.

Enzo se rendit compte qu'il ne respirait plus depuis la seconde où elle avait commencé à parler.

– Et ?

– Aucune correspondance, Enzo. Le sang sur la poche déchirée n'est pas celui de Raffin.

L'espace d'un instant, il eut l'impression que, non seulement, il ne respirait plus mais que son cœur avait cessé de battre et le monde de tourner. Il se noyait dans un océan de confusion.

– Mais... c'est impossible. Si ce n'est pas celui de Raffin, de qui pourrait-il provenir ?

Pendant une seconde ou deux, un silence pesant plana à l'autre bout de la ligne. Une éternité pour Enzo.

– Disons que c'est une bonne et une mauvaise nouvelle, Enzo.

Elle marqua une nouvelle pause avant d'expliquer :

– Il y a eu une sorte de quiproquo au labo. Un malentendu à propos des échantillons à entrer dans la base de données. Je leur avais déjà envoyé les cheveux de Laurent que vous m'aviez confiés pour un test de paternité.

Enzo fronça les sourcils. À chaque mot de la commissaire Taillard véhiculé à travers l'éther, sa confusion augmentait. Il regarda Dominique dont les yeux marron écarquillés l'observaient attentivement. Elle haussa les épaules.

– Je ne comprends pas, dit-il.

Hélène poussa un léger soupir.

– Ils ont entré à la fois l'ADN de Raffin et celui de Laurent dans la base de données. La bonne nouvelle, c'est que vous êtes sans aucun doute le père de Laurent.

Enzo eut à peine le temps d'assimiler la nouvelle qu'elle ajouta :

– Mais ils ont également trouvé une correspondance familiale avec l'ADN de votre fils.

– Une correspondance avec quoi ?

– Le sang sur la poche de la veste.

La confusion d'Enzo vira de l'incrédulité au surréel. Comment était-ce possible ?

– Je ne comprends pas, répéta-t-il.

Quatre mots totalement inadéquats pour exprimer sa stupéfaction.

La voix d'Hélène se durcit lorsqu'elle annonça :

– C'est le sang de sa mère qui est sur la poche, Enzo. C'est Charlotte Roux qui a tenté de vous tuer dans le château cette nuit-là.

L'univers entier se figea, comme si Dieu avait appuyé sur le bouton pause – tout ce qui lui était familier venait de sombrer dans un état d'animation suspendue.

– Enzo… ?

La voix d'Hélène lui parvenait d'une planète lointaine. Il voyait l'expression des yeux de Dominique. Il voyait la poussière suspendue dans la lumière qui pénétrait par la fenêtre au volet à moitié remonté. Il savait qu'il venait de mourir et qu'il se réveillait dans un endroit qu'on appelle l'Enfer.

Le claquement d'une portière de voiture fit brusquement irruption dans sa conscience et tout se remit en mouvement avec le vrombissement d'un moteur et le crissement des pneus sur le gravier.

Dominique avait réagi avant lui ; il se précipita à sa suite, toujours en plein désarroi, à travers la pénombre du vestibule puis dans le couloir conduisant à l'entrée latérale de la maison. La porte était ouverte.

Ils se ruèrent sous la pluie et la brume juste à temps pour voir la Clio verte de Sally déraper sur le gravier au bout de l'allée et percuter un SUV blanc qui venait de franchir la grille entre les arbres.

Un nuage de vapeur s'éleva d'un radiateur fissuré. Dominique descendit l'allée en courant ; toujours abasourdi, anesthésié, Enzo se lança derrière elle en priant que quelque chose vienne le réveiller le plus vite possible de ce cauchemar.

La portière de la Clio, côté conducteur, s'ouvrit à toute volée et Sally, en jean, baskets et manteau poil de chameau, tomba sur le sol, le visage en sang. Elle rampa sur un mètre, à peine, avant de se relever en chancelant. La portière du SUV s'ouvrit à son tour et Charlotte en descendit. Son long manteau noir contrastait avec la blancheur de craie de son visage. Les gouttes de pluie firent très vite scintiller sa chevelure sombre. En trois enjambées rapides, elle fut sur Sally Linol à qui elle arracha le col de son manteau et de son chemisier pour dévoiler la plume tatouée sur son cou. Puis, d'un seul mouvement, elle sortit un pistolet de la poche de son manteau et tira une balle à bout portant dans la tête de l'ancienne prostituée. Avant même qu'Enzo ait trouvé assez de souffle pour crier NON !

Le sang qui gicla en fines gouttelettes sur son visage moucheta de rouge sa pâleur. Ses immenses yeux noirs se braquèrent aussitôt vers la silhouette qui approchait, elle pointa son arme vers la poitrine de Dominique, qui s'arrêta brusquement. Enzo la rejoignit en quelques secondes.

Charlotte avait le bras tendu dans leur direction, l'arme tremblait dans sa main. Ses yeux avaient un éclat sauvage qu'Enzo n'y avait jamais vu. Cette femme, la mère de son enfant, venait de tuer Sally Linol de sang-froid. C'était elle qui avait voulu l'assassiner dans le château de Gaillac. Elle dont il avait partagé le lit un nombre incalculable de fois. Tout un kaléidoscope de souvenirs tourbillonnait dans sa tête. Un million de fragments de lumière et de couleur. Rires et amour. Moments partagés au fil des années. Il en était presque aveuglé. Il sentit des larmes lui brûler les joues. Il ne pouvait même pas trouver assez de voix pour demander pourquoi.

Mais il entendit celle de Charlotte, frémissante, dire :

– Roger m'a appelée hier soir. Pour me raconter ta petite découverte.

Elle inclina légèrement la tête vers la forme prostrée de Sally Linol, allongée par terre, son sang mélangé à la pluie s'infiltrant dans les graviers.

– Il pensait que ça pouvait m'intéresser. Il ne se doutait pas à quel point.

Finalement, les mots parvinrent à franchir les lèvres d'Enzo tandis que son cerveau se remettait à fonctionner et qu'un million de pièces d'un puzzle impossible commençaient à se mettre en place.

– C'est toi qui as tué Marie Raffin !

Elle répondit par un imperceptible haussement d'épaules. Elle avait beau s'efforcer de paraître calme, Enzo voyait qu'elle était profondément ébranlée.

– Pourquoi ?

– Il y a très longtemps, à l'école, en cours de sciences, j'ai appris que chaque action entraîne une réaction. Des conséquences. Toutes les choses qui sont arrivées ces vingt-deux dernières années, depuis que mon frère s'est engagé sur cette route sans retour m'ont obligée à recoller les morceaux dans son sillage. Tout ce que j'ai fait, je l'ai fait pour le protéger.

– Ton *frère* ? fit Enzo, incrédule.

Elle l'ignora. Presque comme si elle essayait de se persuader elle-même, elle ajouta :

– Il avait une faiblesse et il a commis une erreur.

– On peut difficilement parler d'erreur quand on assassine trois femmes, dit Dominique.

Charlotte fut incapable de croiser son regard. Elle continua à s'adresser à Enzo :

– Il était jeune, immature. Marié trop tôt, déjà père de famille. Et, oui, il avait certaines... prédilections.

Enzo vit sa bouche se plisser de dégoût en utilisant cet euphémisme pour qualifier sa perversion.

– Mais c'est aussi un génie. Intelligent, charismatique, visionnaire. Tout ce qui manque à la génération des politiciens qui dirigent le pays aujourd'hui. Je ne pouvais pas permettre à ses erreurs de jeunesse de priver la France des talents exceptionnels qu'il a à lui offrir. Et Dieu sait que nous en avons un besoin urgent en ce moment.

Enzo avait du mal à respirer et à réfléchir. Il répéta :

– Ton *frère* ?

Il vit renaître son arrogance lorsqu'elle concentra sur lui tout son mépris.

– Le grand Enzo Macleod. (Elle secoua la tête.) Tu ne t'en doutais pas, hein ? Quand je recherchais mes parents biologiques, non seulement j'ai découvert qui était mon vrai père, mais j'ai également découvert que j'avais un frère. Un jumeau. Pas un vrai jumeau. Né une demi-heure avant moi. Pendant qu'on me faisait adopter à Angoulême par les domestiques de la famille, les Gaillard, on envoyait Jean-Jacques chez la cousine de ma mère adoptive, elle aussi affligée de stérilité, une malédiction familiale. Pendant toute mon enfance, je l'ai pris pour mon cousin. On se voyait aux réunions de famille. Noël, Pâques, vacances d'été.

Enzo vit ses yeux sombres se voiler à l'évocation de ces souvenirs.

– Pendant tous ces longs étés passés dans la maison familiale en Corrèze, nous étions inséparables. Nous avions une compréhension des choses différente des autres. Nous partagions nos idées, nos secrets. Nous nous écrivions des lettres dès que nous étions séparés. Je l'admirais, je l'adorais, j'étais peut-être même un peu amoureuse de lui. Et puis j'ai découvert pourquoi. Nous n'étions pas du tout cousins. Mais frère et sœur. Chair et sang. Une seule et même personne. Chacun partie de l'autre.

Ses yeux s'éclaircirent un instant sous l'effet de la colère.

– Ils n'avaient pas le droit de nous séparer. De nous briser comme ça. Ils auraient dû le savoir. Le sang est plus épais que l'eau.

Ses cheveux pendaient à présent en mèches détrempées autour de son visage.

– C'est toi qui as tenté de me tuer dans le château, à Gaillac, dit Enzo.

Un semblant de sourire voleta sur les lèvres de Charlotte.

– C'était une erreur. Irréfléchie. Qui a failli nous perdre. J'avais un des costumes de Roger dans mon appartement. J'étais allée le chercher pour lui au pressing des mois plus tôt et j'avais oublié de le lui rendre. Il était toujours dans ma penderie. J'y ai vu une certaine ironie, tu sais. Te tuer en faisant croire que c'était Roger. Stupide. Je m'en rends compte maintenant. Quand j'ai fini par lui rendre son costume, j'ai insinué que c'était la faute du pressing. Si jamais on remontait jusqu'à lui, Roger serait mis en cause, pas moi.

Elle regarda de nouveau le corps couché dans l'allée.

– Voici le détail qui nous menaçait depuis toutes ces années. Je savais que tu finirais par la trouver, Enzo. Tu es si foutrement acharné.

Elle tourna vers lui ses yeux pleins de colère et il les vit soudain s'adoucir.

– Coup de chance, tu m'as menée jusqu'à elle. Et maintenant que je me suis occupée de Sally, il ne reste que toi.

Et ta petite... chose, dit-elle en jetant un regard désobligeant à Dominique. Tu les as toujours aimées jeunes, n'est-ce pas, Enzo ?

Il sentit les muscles de sa poitrine se contracter, comme pris dans un étau.

– Qu'est-ce que tu as fait de Sophie ?

Charlotte haussa les épaules.

– Elle est morte, bien sûr. Tu n'as jamais appris à obéir aux ordres.

Presque tout ce qu'Enzo était ou avait jamais été mourut instantanément. Il ferma les yeux, repensa au cerf blanc rencontré dans les bois du château Gandolfo et souhaita que Charlotte appuie sur la détente. Jamais, il le savait, il ne pourrait avoir envie de continuer à vivre. Lorsqu'il les rouvrit, elle souriait ; il comprit qu'elle était complètement folle.

– Ça me paraît presque dommage de priver un vieillard de sa petite merdeuse alors que je lui ai déjà pris tout le reste.

La détonation de son arme dans le silence du matin fut assourdissante quand elle tira une balle dans la poitrine de Dominique. Un coup sourd, écœurant qui fit pivoter l'ancienne gendarme sur elle-même avant de s'écrouler par terre. Le cri angoissé d'Enzo transperça l'air humide ; il se laissa tomber à genoux à côté d'elle pour la retourner sur le dos. Du sang suintait de sa bouche et imbibait rapidement le tissu de son T-shirt, sous sa veste. La douleur, le chagrin et la colère qu'il éprouvait étaient insupportables ; il cria encore, comme un animal hurlant à la mort, et se tourna à moitié vers Charlotte, juste à temps pour la voir baisser vers lui le canon de son pistolet.

– Cela me paraît une erreur, cependant, de tuer le père de mon enfant. (Elle soupira.) Parfois, c'est le seul moyen de garder le contrôle. J'ai décidé de fréquenter Roger quand nous avons découvert que Marie Raffin fouinait dans les affaires de Jean-Jacques, posait des questions indiscrètes, essayait d'accéder à ses comptes. Et toi… ? (Elle eut un sourire affectueux.) Je t'ai gardé trop près, Enzo. Beaucoup trop près.

Puis l'affection céda la place à une grande froideur lorsqu'elle ajouta :

– Quant à Laurent… Eh bien, c'était vraiment une erreur. Mais je suppose que je devrai vivre avec. Ce sera au moins un souvenir de toi.

Voyant son doigt appuyer sur la détente, il se prépara à mourir. Mais le léger frottement d'une semelle sur le gravier mouillé fit se retourner Charlotte au moment où une silhouette sombre se dressait derrière elle sous la pluie et l'assommait.

Elle lâcha son arme, qui rebondit avec un bruit métallique sur les graviers. Ses jambes se dérobèrent, elle s'affaissa ; du sang coulait d'une entaille à son front. Sophie se tenait au-dessus, ruisselante de pluie, une clé en croix à la main.

– Putain de salope ! gronda-t-elle en regardant la forme prostrée de celle qui avait voulu tuer son père.

Sa lèvre inférieure tremblait d'une vive émotion. Enzo fut frappé par la force de son accent écossais quand elle dit :

– Tu n'as pas réussi à me supprimer, hein ?

Puis ses yeux pleins de désespoir fixèrent ceux d'Enzo :

– On aurait pu penser qu'elle finirait par apprendre qu'on ne déconne pas avec les Macleod.

Sur ce, son visage se chiffonna et elle fondit en larmes.

Chapitre 45

Il attendait depuis des heures, qui lui paraissaient une éternité. La lumière des plafonniers reflétée par le sol l'éblouissait. Des bruits de voix, toujours feutrées, traversaient les couloirs de l'hôpital. Des brancardiers poussaient des patients sur des lits roulants en direction ou en provenance du bloc opératoire. Des infirmières aux chaussures blanches, dont les semelles couinaient sur le linoléum brillant, passaient en lui adressant des sourires de sympathie.

Pendant le plus longtemps possible, il s'était efforcé de ne pas penser. Du tout. Car chaque fois qu'il pensait, il ne pouvait retenir ses larmes. Larmes pour la femme qu'il avait aimée autrefois, cette femme qui lui avait donné un fils et qui finirait ses jours en prison. Larmes pour les horreurs que la pauvre Sophie avait endurées à cause de lui ; pour Bertrand, hospitalisé à Montpellier avec une jambe fracturée et le visage meurtri. Et larmes, surtout, pour la jeune femme atteinte par une balle en pleine poitrine pour avoir commis le crime d'être amoureuse de lui.

Le seul rayon de soleil, dans toute cette sale histoire, c'était que Kirsty n'avait pas mis au monde le fils d'un assassin. Raffin, quels que soient ses défauts, n'était ni un pourri ni un assassin. Mais une victime, comme eux tous. Enzo culpabilisait de lui avoir voué une telle haine.

– Monsieur Macleod ?

Enzo bondit de son siège en voyant approcher le jeune chirurgien et chercha sur son visage un signe d'espoir. Ce dernier avait enfilé une longue blouse blanche sur un jean et des tennis blanches ; ses mains et ses ongles reluisaient de propreté – la peau presque à vif à force d'avoir été frottée avant de pénétrer au bloc. Cela faisait presque vingt-quatre heures que Dominique avait été opérée.

– Elle a fini par se réveiller, annonça-t-il. En résumé, nous avons recousu le poumon et posé un drain pour évacuer le sang. Il y a une côte cassée mais, heureusement, pas de lésion trachéo-bronchique. La balle est passée à côté du cœur ; par miracle, elle n'a touché aucune artère. Si elle ne s'était pas logée dans une côte, elle aurait pu endommager la moelle épinière. Le pronostic est excellent... cette jeune femme est très résistante. Elle devrait être sur pied dans quatre à six semaines. Et complètement rétablie d'ici quatre à six mois.

Enzo sentit ses jambes se dérober sous lui. En le voyant chanceler, le chirurgien glissa une main sous son bras pour le stabiliser.

– Elle est toujours sous sédatifs. Mais vous pouvez passer quelques minutes avec elle. Ça lui remontera le moral.

Le soleil s'infiltrait autour des stores baissés de la chambre plongée dans la pénombre ; la chaleur y était étouffante et une puissante odeur de désinfectant imprégnait l'air. Seuls les bips des différents moniteurs de surveillance des fonctions vitales troublaient le silence. Dominique tourna légèrement la tête lorsqu'Enzo entra et un minuscule sourire étira ses lèvres sèches, craquelées. Son visage était d'une pâleur mortelle, ses yeux rougis avaient un regard distant. Elle avança la main droite à tâtons vers la sienne tandis qu'il approchait une chaise du lit. Une fois de plus ému par sa petitesse, il la serra doucement.

– Là-bas, quand j'étais par terre, la bouche pleine de sang qui bouillonnait, dit-elle d'une voix faible et étranglée, j'ai cru que j'allais mourir... mon seul regret, c'était de ne plus te revoir.

Malgré la douleur qu'il éprouvait, Enzo réussit à plaisanter :

– Tu sais, dans vingt ans, quand tu me torcheras le cul et que tu me pousseras dans un fauteuil roulant, tu regretteras peut-être de l'avoir regretté.

– Oh, arrête !

Elle rit et grimaça de douleur en même temps. Puis, lentement, son sourire s'effaça et toute son attention se concentra sur le visage d'Enzo :

– Je t'aime, Enzo Macleod.

– Moi aussi, je t'aime, Dominique Chazal, dit-il.

Pour s'empêcher de pleurer, il cligna furieusement des yeux, tira de sa poche arrière le journal *Libération* qu'il y avait glissé, plié, et lui montra la une :

– Regarde.

On y voyait les portraits de Charlotte et de Jean-Jacques Devez ainsi que ceux, en plus petit, des trois prostituées assassinées à Bordeaux. Sous le titre *MORT D'UN RÊVE*, l'article racontait l'arrestation des jumeaux secrets. Une histoire explosive capable de provoquer un séisme politique qui ébranlerait le pays dans ses fondations. Raffin n'avait pas perdu de temps depuis le coup de téléphone d'Enzo, la veille.

Dominique se força encore à sourire :

– Tu vas gagner ton pari, alors.

– Pas tout à fait, dit-il en secouant la tête. Reste à savoir qui a tué Lucie Martin.

Elle battit des paupières et fronça un peu les sourcils.

– Tu le sais ?

– J'ai une idée, soupira-t-il. Mais aucune preuve... pas encore.

Chapitre 46

Enzo avait suivi l'ambulance depuis Biarritz jusqu'au centre hospitalier de Cahors et assisté à l'installation de Dominique dans une chambre particulière où il pourrait lui rendre visite chaque jour et l'aider dans son long et difficile processus de guérison. Ou rééducation, comme disent les Français.

À présent, il venait de garer la voiture au pied de la cathédrale, et traversait la place par le marché couvert. Reconnaissant des visages familiers à la terrasse du café Le Forum, il les salua de loin sans s'arrêter. Tout ce qui l'entourait avait beau lui être familier, il se sentait déplacé, comme en pays étranger. Il savait, bien sûr, que le monde restait le même, que lui seul avait changé. Et tout ce qui le concernait. Tout ce qu'il avait connu et maîtrisé. Tout ce qu'il avait été. Tout ce qu'il était et pourrait devenir. Le socle sur lequel il avait bâti sa vie venait de se désintégrer sous ses pieds. Une seule chose l'empêchait de sombrer dans l'abîme, Dominique et les sentiments qu'elle éprouvait pour lui. Elle aurait besoin de sa présence, de sa force. Comment pourrait-il la décevoir après tout ce qu'elle avait subi à cause de lui ?

Il monta l'escalier avec lassitude. Son appartement lui parut affreusement vide, hanté par les souvenirs fantômes d'un passé plus heureux. Sophie était partie chercher Bertrand à Montpellier.

Il la revoyait serrée contre lui sous la pluie, à Biarritz, tandis que l'ambulance transportait d'urgence Dominique à l'hôpital et que la police emmenait Charlotte menottée. Traumatisée, tenant à peine debout, elle tremblait dans ses bras, secouée de la tête aux pieds par de terribles sanglots. Le bébé que Pascale lui avait légué, l'enfant qu'il avait aimée et élevée seul pendant toutes ces années, la fille qu'il avait cru perdre et qui, finalement, l'avait sauvé d'une mort certaine. Comment la vie aurait-elle pu continuer sans elle ?

Et puis il y avait Laurent. Le fils que Charlotte avait eu tant de réticence à lui donner, et qui n'avait plus que son père maintenant. Un père assez vieux pour être son grand-père. Une mère dont il ne pourrait qu'avoir honte. Des dispositions devraient être prises à Paris afin qu'Enzo en ait la garde. En attendant, Kirsty l'avait récupéré chez la nounou qui le gardait et emmené provisoirement rue de Tournon.

Éclairée seulement par le jour qui filtrait des portes entrebâillées des chambres, l'entrée baignait dans une demi-pénombre. La porte de la chambre d'amie était grande ouverte. Nicole avait changé les draps, refait le lit. Tout était en ordre, astiqué, rutilant sous le soleil dont les rayons passaient par-dessus les toits. Elle ferait une bonne épouse pour Fabien. Enzo se désolait qu'elle tourne le dos à une carrière où elle aurait pu briller. Mais si c'était Fabien qui la rendait heureuse, de quel droit se permettait-il de la juger ?

La démarche raide, il s'avança vers le séjour, poussa la double porte et respira les odeurs familières d'une vie antérieure. De nouveau il éprouva la sensation d'être un étranger revenu hanter son propre passé. Dehors, sur la place, la vie suivait son cours habituel et s'écoulait devant lui comme s'il n'était qu'un simple caillou dans une rivière. Tout petit, insignifiant, obstacle des plus mineurs à son flot rapide.

Nicole avait empilé le courrier sur la table ; il entreprit de le trier d'un œil distrait. Surtout des factures, des relevés de banque, des prospectus, détritus d'une vie qui, d'une certaine façon, paraissait avoir perdu de l'importance. Il s'arrêta sur une enveloppe blanche portant le cachet officiel de l'institut médico-légal de Bordeaux et son adresse manuscrite. Il l'ouvrit avec le pressentiment de savoir exactement ce qu'elle contenait. Il ne se trompait pas. Le jeune médecin légiste anthropologue de la morgue de Bordeaux l'informait qu'il n'avait trouvé aucune trace de Rohypnol dans l'os cortical de Lucie. Confirmation définitive, s'il en était besoin, que rien, dans la mort de Lucie, ne correspondait au mode opératoire de Régis Blanc.

Il laissa tomber la lettre sur la table et vit une enveloppe blanche matelassée sur laquelle son nom et son adresse avaient été tracés avec de grandes lettres enfantines. À l'intérieur, il trouva deux autres enveloppes. Toutes deux cachetées. Sur l'une, son nom était gribouillé d'une manière qui lui parut étrangement familière. L'autre, plus épaisse, était vierge. Ouvrant la première, il en retira une simple feuille pliée en deux. Avant de la lire, ses yeux se portèrent immédiatement sur la signature en bas de page. Elle venait de Régis Blanc.

Monsieur Macleod,

Dès que j'ai appris il y a quelques semaines que la petite Alice aurait quitté ce monde dans peu de temps j'ai su que j'étais en danger. Il y a des chances pour que je sois peut-être même déjà mort quand vous recevrez ceci. Il y a des choses, monsieur, que je vais emporter avec moi dans la tombe. Mais je voulais que vous ayez ça. Anne-Laure les a retirées pour moi d'une cachette où on met des choses en sécurité. Elle ne sait pas ce qu'il y a dans l'enveloppe, et j'aimerais que vous ne lui disiez pas. J'espère qu'elles pourront d'une façon ou d'une autre vous aider à attraper le salopard qui a tué la pauvre Lucie.

Régis

Enzo ressentit une variation dans le courant de la vie qui glissait sur lui. Une variation infime, mais suffisante pour provoquer un tourbillon, ne serait-ce que brièvement.

Ses mains tremblaient lorsqu'il déchira la languette de la seconde enveloppe. À l'intérieur, il y avait une demi-douzaine de lettres pliées retenues par un élastique pourri qui se cassa dès qu'il le tira. Elles étaient écrites sur un papier bleu pâle, avec une encre d'un bleu plus foncé qui avait très légèrement pâli au fil des ans. L'écriture paraissait féminine. Chacune commençait par *Mon très cher Régis* ; elles étaient simplement signées *Lucie*.

Quoi qu'il ait pu advenir des lettres de Régis à Lucie, Enzo tenait celles qu'elle lui avait envoyées ; il les lut debout, subjugué. Suppliques amoureuses d'une innocente de vingt ans adressées à un homme qui avait quinze ans de plus qu'elle et gagnait sa vie en faisant travailler des prostituées. Lettres d'une personne morte à une autre, souvenirs de la tombe revenus hanter un présent qui ne savait rien du passé. Mais, plus important que tout, elles révélaient à Enzo l'identité de l'assassin de Lucie. Confirmant, enfin, le soupçon qu'il nourrissait depuis longtemps.

Chapitre 47

À la tombée du jour, la 2 CV d'Enzo remonta péniblement la côte conduisant au château Gandolfo. La pluie avait détrempé la route ; cette fois, aucun panache de poussière calcaire ne s'élèverait dans son sillage. Le temps s'était dégagé ; seuls quelques nuages sombres planaient encore au-dessus de l'horizon tandis que des étoiles commençaient à percer le bleu foncé annonçant la nuit.

Des lumières brillaient aux fenêtres, sous le toit de tuiles romaines, et les silhouettes sombres des pigeonniers jumeaux se détachaient contre le ciel.

Enzo laissa sa voiture devant l'aile qui abritait le bureau de Guillaume Martin. À travers les vitres, il vit une lampe allumée, mais pas le vieux juge. Il rebroussa alors chemin, se dirigea vers l'arrière de la maison et dépassa le vieux four à pain et à pruneaux en direction des carrés de lumière que projetaient sur le sol les lumières de la cuisine. Quand il frappa à la porte vitrée, Mme Martin, qui s'affairait autour du fourneau, se retourna aussitôt, s'essuya les mains sur son tablier et se hâta de venir ouvrir.

Elle parut agréablement surprise de le reconnaître.

– Monsieur Macleod. Entrez, entrez, dit-elle.

Enzo pénétra dans la chaleur de la cuisine. Jusqu'à cette seconde, il ne s'était pas rendu compte qu'il faisait si froid dehors.

– Je cherche votre mari. Il est là ?

– Oh oui. Guillaume est dans le vieux chai. Il y passe beaucoup de temps. Je crois bien qu'il n'a pas abandonné l'idée de le convertir en chambres d'hôtes. (Elle rit.) Comme si on en avait encore besoin.

L'un des vieux battants en bois de la double porte était entrebâillé ; une lumière tremblotante d'un jaune blafard s'en échappait et s'étalait sur le chemin qu'emprunta Enzo, en contournant la maison. La porte grinça bruyamment lorsqu'il la tira à lui pour entrer. Surpris, Guillaume Martin se retourna.

– Monsieur Macleod ?

Une vieille lampe à pétrole qui pendait au bout d'un fil accroché à un chevron l'éclairait à moitié. Sa surprise initiale se transforma en une expression proche de la résignation quand son regard perçant scruta le visage d'Enzo.

– Qu'avez-vous fait des autres lettres de Blanc à Lucie ? demanda celui-ci.

Incapable d'affronter son accusateur, le vieil homme baissa la tête en enfonçant les mains dans ses poches.

– Je les ai détruites, bien sûr. Vous ne pouvez pas imaginer à quel point chaque mot me donnait envie de vomir. (Il respira profondément.) Il fallait que j'en garde une, évidemment. Celle qui dénoncerait le mieux l'étrange passion de Blanc pour ma fille. Une passion que Lucie ne partageait pas.

– Mais si, elle la partageait. Je possède les lettres qu'elle lui a envoyées. Ce n'était pas une passion à sens unique, monsieur le juge.

Martin braqua sur Enzo des yeux brûlant de défi et de déni. Mais il ne put trouver les mots pour le contester. À quoi bon, si Enzo avait les lettres ?

– L'amour ne se discute pas, monsieur le juge. Et je ne prétends pas le comprendre. Mais votre fille aimait cet homme.

Il hésita un instant avant d'ajouter :

– Dans ses lettres, elle parle à Blanc du jour où vous avez découvert leur correspondance. Elle lui raconte votre fureur noire face à ce déshonneur infligé à la famille ; son attitude de défi, les disputes épouvantables qui s'en sont ensuivies ; sa menace de quitter la maison pour de bon, de clamer au grand jour son amour pour Régis.

Martin sortit les mains de ses poches et serra les poings de chaque côté de son corps.

– Je n'avais pas l'intention de la tuer.

Il donna de l'emphase à chaque mot comme pour les souligner. Comme si l'absence d'intention pouvait rendre acceptable l'acte de tuer.

– Pour rien au monde je n'aurais voulu lui faire du mal.

– Pourquoi l'avez-vous tuée, alors ?

Enzo était incapable d'éprouver une once de sympathie envers cet homme, qui dut le sentir car il releva la tête et s'écria :

– Parce qu'elle allait le faire ! Elle allait partir !

Sa respiration s'accélérait en repensant à ce qu'il avait probablement essayé de refouler pendant plus de vingt ans.

– Ce samedi-là, elle est venue me trouver ici, après le départ de sa mère, pour me dire qu'elle avait pris sa décision. Elle allait faire ses valises et quand elle retournerait à Bordeaux le lundi, ce serait définitif. Nous avons eu une dispute épouvantable. Je ne l'avais jamais vue comme ça. Hurlante, méprisante, me défiant presque de l'en empêcher. Cet homme l'avait contaminée. Souillée.

Il fixa sur Enzo des yeux remplis de douleur, comme pour le supplier de le comprendre.

– C'était ma petite fille. Ma petite chérie aux boucles d'or qui venait s'asseoir sur mes genoux pour me dire qu'elle m'aimait. Ma petite Lucie.

Des larmes silencieuses glissèrent sur ses joues.

– Et voilà que, brusquement, elle se dressait devant moi pour me crier des choses horribles en plein visage. Me reprocher de ne rien connaître à l'amour, de ne rien connaître sur elle, rien sur un homme dont le métier était de prostituer des femmes. (Un sanglot l'étrangla.) Je n'ai pas pu le supporter. Je n'ai tout simplement pas pu le supporter. Il fallait que ça s'arrête, monsieur. Il fallait que je l'arrête.

– Et vous l'avez tuée.

– Je n'en avais pas l'intention. Pas la moindre. Mais il y avait un vieux manche de pioche appuyé contre la porte. Soudain, il s'est retrouvé dans ma main et j'ai perdu la tête.

Les yeux fixes, écarquillés, il revivait l'horreur de cet instant.

– Lorsque je me suis rendu compte de ce que j'avais fait, j'ai pleuré pendant des heures sur son corps. À genoux, je lui tenais la main. J'aurais donné n'importe quoi pour revenir en arrière. N'importe quoi.

Ses propres paroles le ramenèrent au moment présent, dans l'obscurité de ce vieux chai mal éclairé, et il regarda Enzo.

– J'ai vite compris que je ne pouvais pas avouer à Mireille que j'avais tué notre bébé. J'ai paniqué. J'ai caché son corps, j'ai nettoyé les traces de sang. Mais je n'avais aucune idée de ce que j'allais faire ensuite. Quand Mireille est rentrée, je lui ai raconté que Lucie était partie se promener. C'est tout ce que j'ai trouvé pour la persuader de ne pas appeler la police sur-le-champ. Puis, comme elle n'était toujours pas revenue quelques heures plus tard, j'ai suggéré qu'on fouille sa chambre.

– Pour trouver la lettre de Blanc que vous y aviez laissée.

Il hocha la tête.

– Ça ne pouvait pas suffire. Si les gendarmes la recherchaient, ils finiraient de toute façon par découvrir son corps.

Ses yeux s'égarèrent involontairement vers un coin sombre du chai, tout au fond, et Enzo se demanda si c'était là qu'il l'avait cachée.

– Et puis ce fut comme si Dieu se manifestait pour m'offrir une issue. Blanc a été arrêté le lundi suivant pour le meurtre de ces trois prostituées. Je savais ce qu'il me restait à faire.

– Cette nuit-là, vous êtes donc descendu ici dans le noir et vous avez étranglé votre propre fille, post-mortem, pour faire croire qu'elle avait été tuée par Blanc si jamais on retrouvait son corps un jour. Puis, vous l'avez portée jusqu'au lac, vous avez lesté son corps et vous l'avez jeté à l'endroit où l'eau est la plus profonde.

Enzo s'interrompit et se mordit la lèvre pour contenir sa colère. Ce qu'avait fait cet homme était tout simplement impardonnable.

– Votre propre fille !

Le vieux juge leva des yeux remplis de honte.

– Que va-t-il se passer maintenant ?

– Vous devriez le savoir. Vous avez dû en juger des gens comme vous. Allez chercher votre manteau. On va ensemble à la gendarmerie de Duras. Vous pourrez y faire votre déposition.

*

Madame Martin devina tout de suite que quelque chose n'allait pas, mais son mari n'eut pas le courage de la mettre au courant.

– Je vais juste chercher mon manteau et mon chapeau, lui dit-il. Monsieur Macleod m'emmène faire un tour en voiture. Ce ne sera pas long.

Puis il s'éloigna sur l'ancienne voie romaine qui menait à son bureau.

La vieille dame jeta un regard triste et apeuré à Enzo qui se demanda si, au fond, elle ne devinait pas ce qui se passait.

– Où allez-vous ?

Enzo se trouva extrêmement embarrassé. Peut-être était-elle la seule personne innocente de cette histoire sordide. Une femme qui avait perdu une fille de façon inexpliquée et n'allait pas tarder à découvrir que ce mari qu'elle aimait tant l'avait tuée. Pour Mireille Martin, il ne pouvait y avoir pire dénouement.

– Nous allons juste à Duras.

– Pourquoi ?

Le son étouffé et distant d'une détonation lui évita d'entendre la réponse. Ses yeux effrayés cherchèrent aussitôt une explication dans ceux d'Enzo. Pour sa part, ce dernier savait exactement ce qui venait de se produire. Il traversa la maison en toute hâte et se précipita sur la voie romaine, suivi par la vieille dame. La porte du bureau était ouverte. Guillaume Martin gisait les bras en croix sur son siège pivotant, le haut du crâne soufflé par la balle qu'il venait de se tirer dans le palais.

Le hurlement qui jaillit de la gorge de Mme Martin serait, il en était certain, de ceux qu'il ne pourrait jamais oublier.

Chapitre 48

Paris, printemps 2012

Pour Enzo, le printemps était à Paris la plus belle époque de l'année. Tous les arbres étaient en fleur, l'air imprégné de la fraîcheur des vents d'hiver, pas encore altéré par la chaleur et la pollution des mois d'été à venir.

De légers nuages parsemaient le ciel bleu, sous le soleil et la lumière limpide du matin. Le jardin du Luxembourg fourmillait de monde. Couples en balade, main dans la main, mères promenant leurs enfants, étudiants riant, fumant ou révisant leurs examens sur des bancs. Au fond, le Sénat étincelait, presque blanc sous ses imposants toits d'ardoise. Les palmiers en pot récemment sortis de leur période d'hibernation à l'intérieur de l'orangerie entouraient maintenant le bassin.

Enzo approcha de l'herbe deux fauteuils verts en métal, et Dominique installa la poussette de Laurent de telle sorte qu'il puisse les voir tous les deux ainsi que l'eau miroitante. Son fils commençait à marcher, mais on ne pouvait pas le laisser seul. Dès qu'on le lâchait, il fonçait comme un boulet de canon sur ses petites jambes qui le propulsaient à une vitesse folle jusqu'à ce qu'il trébuche et tombe. À proximité de l'eau, ce n'était pas une bonne idée. Pour le moment, il avait l'air content dans sa poussette.

Depuis les évènements de l'automne précédent, Laurent avait accepté aveuglément que Dominique remplisse le rôle de sa mère. Et durant cette période, un lien particulier s'était également forgé entre le père et le fils. Ils avaient passé des heures, des jours, des semaines ensemble, Enzo le guidant avec la patience d'un père chevronné dans l'exploration du monde qui l'entourait.

Ils étaient assis depuis quelques minutes à contempler la vie s'écouler autour d'eux quand Dominique dit :

– Ça ne t'a jamais révolté, cette injustice ?

Il lui jeta un regard surpris :

– Quelle injustice ?

– D'avoir élucidé tous ces meurtres et perdu quand même le pari.

Enzo haussa les épaules.

– Je sais que je l'ai gagné. C'est tout ce qui compte. Et qu'est-ce que c'est deux mille euros entre amis ?

Elle se mit à rire.

– Répète-moi ça à la prochaine échéance de tes impôts.

– Franchement, quelle importance si les gens préfèrent croire que c'est Blanc qui a tué Lucie ? Le principal, à mon avis, c'est d'avoir épargné la vérité à madame Martin.

– Tu crois vraiment qu'elle ne la connait pas ?

– Oh si, probablement. Au fond de son cœur. Mais il y aura toujours une part d'elle qui pourra croire autre chose. Une autre version des évènements. C'est peut-être indispensable pour survivre.

Dominique se pencha par-dessus la poussette et posa sa main sur la sienne.

– Tu es un homme bien, Enzo Macleod.

– Possible, gloussa-t-il. Mais je pourrais encore m'améliorer.

Elle vit une légère appréhension altérer ses traits quand il regarda sa montre.

– Tu n'as aucune idée de la raison pour laquelle Kirsty veut te voir ?

– Aucune.

– Tu ne trouves pas bizarre qu'elle ait précisé que tu devais venir sans moi ?

Il haussa les épaules.

– Une fille a le droit de vouloir son père pour elle toute seule.

Sceptique, Dominique haussa les sourcils et insista :

– Tu es sûr que tu ne me caches rien ?

– Parole de scout, dit-il en dressant deux doigts en l'air avant de consulter à nouveau l'heure. Bon, j'y vais. Vous vous débrouillerez tous les deux sans moi ? Ça ne devrait pas être trop long.

– Tout ira bien, affirma Dominique en se levant à son tour pour l'embrasser.

Il nota que ses mouvements étaient encore empreints d'une certaine raideur. Mais si elle ressentait des douleurs, elle refusait de l'avouer.

– Tu lui diras qu'on va se marier ?

Il hocha la tête, posa les mains sur ses épaules et plongea son regard dans le sien.

– Ne t'inquiète pas. Elle ne peut que s'en réjouir pour nous.

– Je l'espère.

Dominique se rassit et le suivit d'un œil inquiet tandis qu'il s'éloignait vers le Sénat et le haut de la rue de Tournon.

L'appartement de Raffin était un lieu si chargé de souvenirs pénibles qu'Enzo avait été très content d'apprendre par Kirsty qu'ils allaient déménager. Dans un endroit plus grand, plus lumineux, plus moderne du quatorzième arrondissement. Beaucoup mieux adapté pour élever Alexis, pensait-elle.

En attendant, ils habitaient toujours ce premier étage donnant d'un côté sur une cour intérieure pavée, de l'autre sur la rue de Tournon. Le marronnier était en pleine floraison, toujours le premier à donner des feuilles, et aussi le premier à les perdre.

Enzo gravit l'escalier, le cœur lourd. C'était sur ce palier qu'il avait croisé Jean-Jacques Devez, une première et dernière fois, et qu'il s'était étonné de lui trouver un air familier que les évènements ultérieurs expliqueraient on ne peut plus brutalement. C'était également là que Raffin avait reçu la balle destinée à Enzo. Et c'était dans cet appartement que, par une chaude soirée d'été, il avait rencontré Charlotte. Une rencontre qui avait changé sa vie d'une manière qu'il n'aurait jamais pu imaginer.

Quelque part dans les étages, le pianiste balbutiant qui accompagnait ses visites depuis six ans jouait toujours sur le même piano désaccordé. La *gavotte en sol majeur* de Haendel. Un des exercices que les professeurs de piano préféraient infliger aux élèves sans talent. Il semblait à Enzo que cet élève-ci ne réussirait jamais à dépasser le niveau débutant.

Kirsty l'accueillit à la porte et le serra dans ses bras comme elle ne l'avait plus fait depuis qu'elle était petite, lui coupant presque la respiration. Puis elle s'écarta, les yeux brillants, l'air étrangement fragile et enjouée à la fois.

– Entre, papa. Je suis si contente que tu aies pu venir.

Elle le prit par la main pour l'entraîner vers le séjour qui, comme Kirsty, paraissait plus lumineux que d'habitude. Le soleil pénétrant à flot par les grandes fenêtres se reflétait sur le parquet.

– Où est Alexis ? demanda Enzo en regardant autour de lui.

– Oh, Roger l'a emmené en promenade.

– Tu voulais vraiment me voir tout seul, alors ?

Se contentant de sourire, elle le guida vers la table où une théière et plusieurs tasses en porcelaine étaient disposées sur un plateau.

– Assieds-toi. Tu veux du thé vert ?

– Oui.

Il l'observa plus attentivement pendant qu'elle le servait. De fines pattes-d'oie commençaient à se dessiner au coin de ses yeux et sa mâchoire délicate montrait les premiers signes de l'âge. Même les enfants vieillissent, pensa-t-il.

– Comment ça va entre Roger et toi ?

– Très bien, affirma-t-elle avec enthousiasme. On a eu pas mal de choses à surmonter depuis... enfin, depuis que tout ça est arrivé. Mais on a réussi. Ça nous a rapprochés. Il est redevenu le Roger que j'ai connu.

Elle marqua une pause et ajouta :

– Ça va marcher.

Enzo se força à sourire :

– J'en suis heureux pour toi.

Mais au fond de son cœur, il savait qu'il ne serait jamais réellement heureux qu'elle vive avec Raffin.

La sonnette retentit alors. Il vit sa fille se raidir, comme sous le coup d'une petite décharge électrique.

– Tu attends de la visite ?

Elle eut du mal à soutenir son regard.

– Surtout ne m'en veux pas. Il m'a fallu beaucoup de temps pour trouver le courage de le faire.

Sur ce, elle se précipita dans l'entrée, où il entendit la porte s'ouvrir et des voix la saluer en anglais. Des voix familières. Un homme et une femme. Il se leva, le cœur battant, en ayant le sentiment d'être tombé dans une embuscade.

Kirsty entra la première, les yeux baissés pour éviter les siens. Suivie par son père biologique, Simon, l'ami d'enfance d'Enzo. Il paraissait étrangement vieux : presque plus de cheveux et une barbe plus blanche que noire. Juste derrière lui se tenait une femme qu'Enzo avait l'impression d'avoir connue dans une autre vie. Petite, d'âge mûr, un peu trop enveloppée. Ses cheveux qui auraient supporté de grisonner avec élégance étaient teints dans un noir bleuté qui ne réussissait qu'à souligner ses rides. Seuls ses yeux n'avaient pas changé. D'un étonnant vert profond cerné de noir. Enzo eut un choc quand il reconnut la mère de Kirsty, Linda, son ex-femme. Celle qu'il avait abandonnée pour Pascale et n'avait pas revue depuis plus de vingt-cinq ans.

À leur expression, il comprit qu'ils étaient aussi stupéfaits que lui.

– Qu'est-ce que ça veut dire, Kirst ? demanda Simon.

Immédiatement, Enzo en voulut à son ex-ami d'utiliser ce diminutif.

Linda ne le quittait pas des yeux :

– Tu es mieux conservé que moi, lança-t-elle sur un ton plein de rancœur. La belle vie en France, sans doute.

– Sans doute, acquiesça Enzo en se forçant à sourire.

– Kirsty ? insista Simon, qui après avoir aperçu Enzo ne l'avait plus regardé une seule fois.

– Je suis désolée si ça vous paraît un peu mélodramatique. Mais il m'a semblé que c'était le meilleur moyen de mettre les choses au point. Avec vous tous réunis ici, en même temps. Une bonne explication, et on n'en parlera plus. Si je ne vous ai pas dit toute la vérité quand je vous ai demandé de venir ici, je vous en demande pardon.

Sa mère la regarda pour la première fois :

– Mais de quoi parles-tu, Kirsty ?

Enzo vit sa fille prendre une profonde inspiration avant de se lancer :

– Vous savez tous qu'Alexis a un problème d'audition. Il y a quelques mois, avec papa, on est allés voir un spécialiste à Biarritz. À partir des analyses de sang, il a détecté une maladie congénitale qui obligera Alexis à porter des prothèses auditives toute sa vie... Ce que je ne vous ai pas dit, à aucun de vous, c'est que cette légère surdité neurosensorielle n'est qu'un des symptômes de sa maladie. Elle se manifestera probablement sous d'autres formes quand il grandira.

– Lesquelles ?

Kirsty regarda Enzo.

– Eh bien, par exemple, une mèche blanche.

Enzo sentit les poils de sa nuque se hérisser. Sa main droite se leva instinctivement vers sa propre mèche blanche, exactement comme dans le cabinet du médecin, à Biarritz. Il se rendit compte que les autres le regardaient, mais il ne quitta pas Kirsty des yeux.

– Alexis souffre du syndrome de Waardenburg, continua-t-elle. Ce syndrome peut se manifester de plusieurs façons. Des yeux de couleurs différentes, un palais fendu, une mèche de cheveux blancs. Une surdité. C'est une maladie génétique héréditaire. Dont ni toi, Mom, ni toi, Simon, n'êtes atteints, je crois. Une seule personne ici présente a pu la lui transmettre.

Enzo tourna les yeux vers Linda. Il la vit rougir, des taches pourpres apparurent sur ses pommettes. Simon aussi la dévisagea.

– Simon n'est pas mon père, n'est-ce pas, Mom ? Tu lui as menti.

– Kirsty...

Elle la coupa aussitôt :

– Ne me mens pas à moi aussi. Tu n'as pas intérêt. Un simple test de paternité peut le prouver.

Seul l'assassin lointain du pauvre Haendel ponctuait le silence. Mais personne ne l'entendait. Puis Linda prit la parole en jetant à Enzo un regard si malveillant qu'il faillit reculer d'un pas.

– Quand il est parti, j'ai tout essayé pour garder Simon près de moi. Je n'avais plus que lui. J'étais seule...

Les autres restèrent sourds à cet appel à la compréhension.

– Alors tu lui as fait croire que c'était lui mon père.

Linda baissa la tête, incapable de la démentir.

– Et toi, tu t'es servi de cette arme pour blesser papa, continua Kirsty en tournant vers Simon des yeux furibonds. Pour l'abattre. Tu *savais* ce que ça lui ferait.

– Kirst...

– Je t'interdis de m'appeler comme ça ! cracha-t-elle avec mépris.

– Je voulais seulement ce qui était le mieux pour toi. Je m'inquiétais pour ta sécurité, et toute la merde dans laquelle il t'entraînait, répliqua-t-il avec un regard noir en direction d'Enzo.

Kirsty secoua la tête :

– Il me semble plutôt que la seule personne dont tu t'inquiétais, c'était toi. Et, bien sûr, pour que tout le monde puisse y croire, que je pouvais réellement être ta fille, il avait bien fallu que tu aies couché avec ma mère. La femme de ton meilleur ami. Tu ne peux pas le nier, hein ?

Kirsty avait asséné cela avec une fermeté irrévocable qui interdisait toute poursuite de la discussion.

– Eh bien j'espère que vous profiterez bien de votre séjour ensemble à Paris. Mais j'aimerais que les choses soient claires maintenant. Je ne veux plus vous voir ni l'un ni l'autre. Jamais.

– Kirsty...

Le chagrin creusait chaque ride du visage de Linda.

– Jamais ! répéta Kirsty en croisant les bras sur la poitrine. Vous savez où est la porte.

Pendant un long moment, personne ne bougea. Puis Simon se dirigea à grands pas vers l'entrée sans un regard pour les autres. Ils entendirent la porte s'ouvrir et claquer derrière lui.

Linda avait les yeux rivés sur le sol. Elle finit par relever lentement la tête pour déverser vingt-cinq ans de rancœur sur l'homme qui était le père de son enfant. Celui qui l'avait quittée pour une autre femme. Son regard était à la fois plein de haine et d'apitoiement sur soi. Encore jeune à l'époque où il était parti, elle avait juré de ne jamais se remettre avec un autre homme.

– Tu m'as pris les meilleures années de ma vie, dit-elle.

Enzo secoua la tête.

– Non, Linda, je t'ai donné les meilleures années de ta vie. Tu as gâché le reste toute seule.

Il lut dans ses yeux qu'elle était consciente de s'être sacrifiée sur l'autel de son propre martyre. Un sacrifice accompli non par amour pour Enzo mais comme un moyen de le punir en se punissant elle-même. Et il ne ressentit que de la pitié à son égard. Car maintenant, il lui prenait aussi sa fille.

Linda enveloppa Kirsty d'un long regard douloureux chargé de regrets avant de se détourner lentement pour s'en aller.

Une fois la porte refermée derrière elle, le père et la fille écoutèrent le silence. Même le pianiste avait capitulé.

Alors, les yeux brillants, Kirsty se tourna vers Enzo et, en deux enjambées, se jeta sur lui, noua les bras autour de son cou, enfouit le visage contre sa poitrine et sanglota comme un bébé. Tout en la serrant de toutes ses forces, il caressa d'une main ses longs cheveux soyeux, comme quand elle était enfant.

Au bout d'un moment, elle retrouva sa voix et dit :

– Pour moi, ça n'a jamais fait aucune différence de penser que Simon était mon père biologique. J'ai toujours su que j'étais la petite fille de mon papa.

– Et tu le seras toujours, affirma-t-il en se demandant s'il aurait la force de la lâcher.

Remerciements

Je remercie chaleureusement pour l'aide qu'ils m'ont apportée dans mes recherches : Joël Capucci, de l'École nationale d'administration pénitentiaire, et ses conseils éclairés sur les prisons françaises ; Steve Campman, médecin légiste, San Diego, Californie ; John et Karen Lamb, qui m'ont permis de m'inspirer de leur fabuleux château dans le Lot-et-Garonne. Enfin un remerciement particulier au Dr Richard Ward dont les relations avec la police chinoise m'ont permis d'écrire les romans de la Série chinoise, et dont les contacts et les encouragements m'ont donné accès à un réseau international de criminologues. Malheureusement, le Dr Ward nous a quittés en 2015. Paix à son âme.

Peter May
Janvier 2016

Votre livre est fabriqué en France sur un papier certifié PEFC,
pour une gestion durable de la forêt.

Ouvrage réalisé par Cédric Cailhol Infographiste

Reproduit et achevé d'imprimer en novembre 2020
par l'imprimerie Corlet (Condé-en-Normandie)
Dépôt légal : octobre 2020 – Numéro d'impression : 20110202
ISBN : 978-2-8126-2100-0

Imprimé en France